U0034908

十年

王濟洲 著

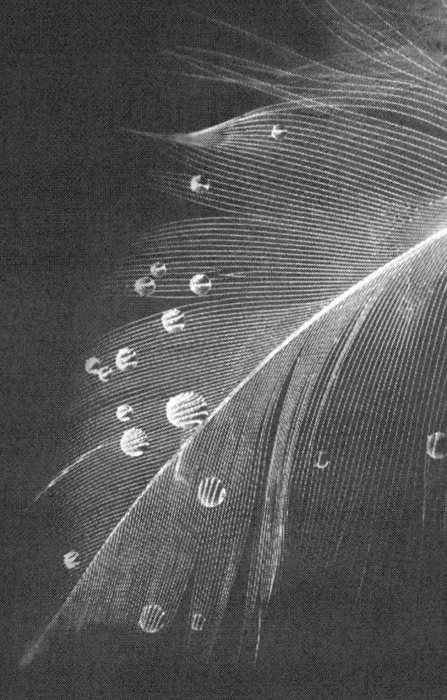

目錄

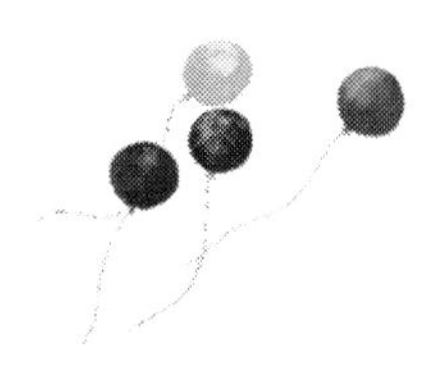

第一章　大學畢業

2010－2011 年

（一）校園招聘

對於所有上過大學的人來說，「校招」應該是再熟悉不過的字眼，無論在大一、大二時玩得多麼昏天黑地，男生從「媽寶男」變成「犀利哥」，女生從「馬尾辮」變成「網紅臉」，從大三第二學期開始，許多同學都開始為自己的出路尋思打算，考研、出國留學或就職。想就職的同學，八成繞不開「校招」。

2009年的暑假一過，我周圍的同學也陸續開始找實習了。有迫不及待主動找去銀行的，也有各種國有銀行、股份制銀行、城商銀行巧立名目來為自己招兵買馬的，有些來學校開培訓班，提前給將來的「員工」培訓業務技能，有些託系裡老師介紹佼佼者，而老師們的頂級心肝兒八成會留校，當人類靈魂的工程師繼續播撒知識的火種。大多數學生還得自己去找機會，網上投簡歷是大溜，託親朋介紹，或者道聽途說的消息，都不能放過。如果能在大三暑假進到一家厲害的公司實習一兩個月，表現不至於太差的話，在畢業的時候，能順利入職的概率很大。

我曾有一位校友，她本來就讀於廣西財經學院，作為交換生來我校一年，利用京津間距離短的優勢，大三暑假找到了KPMG的實習。等大四畢業之際應聘KPMG時，免了筆試，直接進面試，發揮了她英文流利的優勢。這樣的操作，對於21歲的我，用當年的流行語形容，就是「羨慕嫉妒恨」。

對於校招，「宣講會」是不得不說的。大學畢業季，來學校開宣講會的公司大大小小，數量繁多，隔三差五在不同的報告廳裡都會有一個，涵蓋學校所有學科的相關方向。我當年在本校參加過幾場，沒有合適的，又去其它學校參加，曾跑過北京大學和北京郵電大學的幾場。在北大的其中一場，當時那家公司提到它們外派日本的一個崗位，需要當場測試日語水平，僅學過幾個月日語的我，硬著頭皮上了。

而在北郵的情形，現在只記得當時偌大的操場上久久回蕩的歌曲〈*You Belong With Me*〉。在北京跑宣講會的同時也順帶玩了，白天陪浩艷同學去面試過高爾夫球寶貝、高檔小區售樓小姐、COACH的管培生等，晚上我倆去三里屯把酒言歡，也是相當有趣的。十年後的今天，浩艷同學已在北京成為老闆。春寒料峭的北京留下了我們年輕的身影，我當時的想法是成為「北漂族」，計劃著無論如何都要去北京，為此還專門考了英文導遊證，心想在北京做個英文導遊也是不錯的，而結果是自那段日子之後，與北京一別便是十年。

我們還去應聘過「郵輪工作」，浩艷同學說去郵輪掙得多還能環遊世界，能省錢、攢錢，興許還能結識達官顯貴。後來，由於「郵輪工作」的前期投入太高，加之代理公司工作人員的言談舉止太折損形象，不可信便作罷了。

我在天津的高校又轉了幾輪，終於在南開大學的幾場招聘會中投中了一家，面試後雙方感覺都還行就定了下來，於是它便成了我大學畢業後的第一份工作。那次沒有浩艷同學陪伴，她後期死磕北京，進了培訓行業做職業演講，結識了一群頂尖人物，在北京站穩了腳跟，而我則與北京漸行漸遠。

當年宣講會的時間安排大致是，比如1小時的宣講會裡，10分鐘放宣傳片，20分鐘介紹公司，10分鐘校友分享和經驗交流，5分鐘介紹招聘流程和崗位，最後15分鐘留給同學們提問。通過宣講會，能獲得包括公司介紹、校友關係在內的顯性信息，也能從宣講會的組織水平、員工形象、言談舉止、精神狀態等方面獲悉關於企業文化等在內的一些隱性信息。

通過校招進了很牛的企業也並不代表將來就飛黃騰達了，這才僅僅是開始。比如進入四大會計師事務所的，加班到凌晨兩三點是家常便飯，精神再強大的人，身板不行也撐不住，而能熬過三年的人更是鳳毛麟角。再比如當年風風火火進銀行的，被數字壓得喘不過氣來，有的甚至後來遇上裁員潮。而與此同時，許多當年的落選者則失之東隅，收之桑榆，人生際遇很奇妙。

雖然第一份工作並不會決定太多的東西，能堅持幹很久的人也在少數，大部分人都會從第一份工作上辭職，但「應屆畢業生」這個身分一生只能擁有一次，除非本科畢業就職後再回去考研。這個頭銜是許多同學可以進入某些頂級公司的敲門磚。阿基米德說的「給我一個支點，我可以撬起整個地球」，這個「應屆畢業生」頭銜就是那個支點。

（二）第一份工作

我第一份工作時間：2010年6月1日—2011年7月19日。

很多牛人會說第一份工作重要的是能培養什麼樣的工作習慣和思維方式，專業不重要、行業不重要、工資不重要。我想說的是只有經歷了，你才能從自己的角度去詮釋某些道理。對於某些人，第一份工作什麼都不是，不僅不能培養工作習慣，反倒受了氣，誤了光陰又白費了力氣。而對於另外一些人，第一份工作就能帶他們找到職業方向。

這份工作的主要內容是去全國各地的分公司做內部稽核，屬於白領！之所以強調「白領」這個平常得不能再平常的字眼，是因為在接下來的好幾年裡我才意識到，平平無奇的「白領」工作不是隨隨便便就能擁有的，當處在某個特定環境下時，某些因素限制了你，你能選擇工作的空間非常小，小到你能降低標準直至無視之前堅守的尊嚴。

由於工作的關係，接觸到形形色色的人。有剛畢業的學生，有一份工作幹了七八年還在打醬油的人，有每天打雞血的營業人員，有精明的部門主管，有身家上億的大客戶，有傲慢的直營客戶，有積極配合的經銷客戶，有互相埋怨的供應商以及弄虛作假的廣告公司。

辦公室環境雖然是衡量一份工作好壞與否的雞肋，但也能反映出某些東西。由於工作的性質，體驗過祖國天南海北的辦公室環境。有的坐落於北京、上海氣派的寫字樓裡，有的位於烏海的居民樓中，有邯鄲光線昏暗、椅子高度不夠的辦公室，也有冬天的中山沒有空調、陰冷的辦公室，有仙桃租在當地廣電大樓裡的辦公室，還有重慶那窗外摩天樓密集聳立的辦公室，有銀川迷宮一樣的辦公室，也有延吉樓下朝鮮料理一條街的辦公室。

工作內容繁多。有讓人聽到耳朵發麻的電話客戶拜訪，有讓人暈得天旋地轉的冰箱查核，有客戶口音重到聽不懂還得繼續溝通下去的尷尬，有要面對直營客戶傲慢嘴臉的忍耐，有高達幾米的單據等著翻看的鬱悶，有多達幾十個附件的excel表格等著被領導審查的擔心，有打車轉遍整個城市去查看市場的疲憊，有飛機一落地就直奔辦公室的匆忙，有上班時間偷偷上QQ的暗爽，有晚上在酒店上網玩到凌晨2點、第二天裝作很有精神的任性。

要說這工作和我大學的專業有什麼牽強附會的關係，那就是「旅遊」了。至於當初為什麼我會選這份和專業不對口的工作？因為母校是財經類大學，所有專業的學生都學過一些財務管理、金融學、會計學、審計學之類的基礎課程，對於按流程辦事的基層內審工作，基本能勝任，而且當時的公司屬於行業領袖企業，能每個月去到各地旅遊又有許多校友同事，在當時的處境下，算是優選了。

記得第一次空降東北的激動。8月的東北清清爽爽，空氣像是從北歐帶來的，從長春機場到吉林市一路上的風景讓我這個第一次踏入東北的南方人認識到黑土地的夏季原來這麼美。松花江畔的江景房酒店，早餐時看漲水的松花江洶湧澎湃，晚上在霓虹閃爍的江邊散步，還有大口吃的餃子、大盤的菜和豪爽的服務員們。

從吉林市到朝鮮族自治區延吉市的一路也是風景不斷，沿長白山脈而行，平坦的土地，大片的莊稼，神祕的長白山，有些許微冷的空氣，人煙稀少的高速服務區，雙語標識的公廁……在延吉，滿耳都是朝鮮語，滿街都是朝鮮族餐廳，讓人產生一種進入朝鮮的錯覺。延吉離長白山很近，我們凌晨驅車5個小時趕到長白山腳，又坐了幾小時的爬坡車，徒步登上天池口，遇上大霧，未能見到天池的廬山真面目。

千年古城邯鄲，滿目瘡痍，給人一種古城衰落的破敗感，唯一的記憶就是在那兒吃驢肉火燒吃到飽。在曾經的河北省會保定，我們住的酒店一樓是星巴克，不遠處是直隸總督府，當李鴻章、曾國藩的起居用品鮮活地出現在眼前時，不僅有一種歷史感，也有些許恐怖感。

西北對於我又是一個很想去探究的地方，想想西域的天高雲淡，塞外的「高手如雲」，就有一種莫名的衝動。10月的銀川，神清氣爽，不冷不熱，生平第一次見到駱駝，第一次體驗大漠中駕車的暢快淋漓。鎮北堡西部影視城，神奇的沙湖，高高陡陡的賀蘭山，直直的陽光，沒有寒風，沒有沙塵暴，好一派塞上江南風光！

號稱「中國書法之城」的烏海市，黃河穿城而過，留給我印象最深的是一種蒙古的鍋貼菜。桌子中央架一個大鐵鍋，鍋裡、鍋壁貼滿各種食物。烏海的獨特之處還有它市內幾個區的區號是不同的。那天零下3度，我們在黃河邊上凝視渾濁的黃河水，第一次近距離接觸黃河。

重慶，我認為是中國大陸夜景最漂亮的城市。靈動的嘉陵江和大氣的長江穿城而過，賦予了這座城市靈氣和恢弘，現代的都市感與原始的自然感完美結合。立體的交通，隧道、高架橋、跨江大橋、蜿蜒盤旋的輕軌，以及層層疊疊的摩天大樓，都在霧都的霧裡若隱若現著。嘉陵江上的過江索道，豪華遊輪，解放碑繁華的夜市，渝中區的夜景……重慶美得「太不像話」。除了美，重慶還有「吃」，火鍋自不用說，其它的小吃也分分鐘俘獲我的胃。洪崖洞——去過重慶的人應該都不會錯過此地，現實中的「千與千尋」，滿樓的小吃和特色商店，頂樓是另一番天地，夜晚有樂隊表演。

那隻被我們在瓷器口的甜品屋誤打至死的小蜜蜂，那個嚇人的「鬼洞」……那天晚上和同事逛洋人街，誤入烏漆墨黑的「山谷」，心想明明就在市區，怎會有如此荒蕪之地？深夜打車回酒店，沿嘉陵江的沿江公路一路狂奔的爽，現在依稀仍能憶起。

有一回在大理，同事偷偷去了麗江，由於加班的緣故，我被落下了，沒能一起去成。當時強迫我加班的領導說：「你還年輕，以後有的是機會，想去麗江，買張機票，隨時的事。」到如今，10年過去了，我依然沒能踏足麗江。

同事偷偷去麗江的事，被經理發現了。這給了經理一個訓斥她們的「正當理由」。經理劈頭蓋臉地質問那同事倆，「去麗江也不打聲招呼，作為女孩子到處亂跑，太不像話了！你們出來工作，就是為了旅遊的嗎？」義正辭嚴、擲地有聲，不給人留任何反駁的空間，無論從職業操守上，還是從她作為領導的權威性上，訓斥得嚴絲合縫。

每次出差，領導心裡也盼望著去不同的地方，賞不同的美景，品不同的美食。她，以及他們都很期盼「旅遊」，但口頭表述時，一定要包裝一下措辭的。

這家公司屬於「臺企」，我所在的部門直屬其「全球總部」，老大是股東之一，身家上億的臺灣人，訓起大陸籍的經理來，「熱血澎湃」、「狗血噴頭」！讓我第一次知道，原來嗲嗲的臺灣腔，訓起人來，也這麼帶勁兒。可想而知，大陸籍經理往下逐級訓人的的樣子。

在這樣的環境下，有些人收入可觀，可用的都是活生生的尊嚴。

（三）出國

人生際遇，變幻莫測，遇兩難之境，只能選其一。而一旦擇定，就會對未選擇的路懷有深深的好奇和眷念：如果走那條路，人生會是更奇偉、瑰麗？還是更平凡、黯淡？當一種選擇塵埃落定，就無法再回到選擇的起點。類似於男人「該選白玫瑰還是紅玫瑰」的命題，答案是：無論選哪個，都會遺憾。

從東北黑土地到西南邊陲，從西北大漠到嶺南山區，從松嫩平原到華北平原再到江漢平原，從北方邊境小城到南方特別行政區，從歷史古城到現代都市，從長白山到蒼山，從賀蘭山到白雲山，從塞上江南到西子湖畔，從黃河到長江，從黃浦江到珠江……疲憊的時候睡覺，醒著的時候工作，剩下的時間旅遊，這是第一份工作的大概。它在我心中種下了一顆種子，通過它，我發現了潛藏在身體內的一種渴求，它促使我從一條留下很多人足跡的路，走向了另一條「芳草萋萋、十分幽靜、顯得更誘人」，實則充滿荊棘的路。

在大連出差期間，無意間在網上搜「去國外」，出來一堆「去國外留學」，「去國外打工」的鏈接。礙於自動彈出的網頁太多，隨便點開一個，和一家辦理馬來西亞留學的仲介聊了起來，對方說得天花亂墜，並許諾畢業後能安排進馬爾地夫的酒店工作。想想能在碧海藍天下工作，忍不住心動，便和仲介饒有興致地在線聊了起來。

仲介介紹了費用、流程、材料，以及一些時間節點之類的事。關掉對話框後，我著手準備起第一件事來——考雅思。果斷買了雅思的備考書籍，斷斷續續，有一搭沒一搭地準備著。

過了幾個月，雅思6.5的成績單已到手。在網上無意間又打開了一個鏈接，熱忱的仲介給我介紹了另一個項目，去國外工作、生活、學習皆可。我詳細詢問了一番關於流程、費用，以及可信度的問題，仲介跟我解釋，名額他能幫我搞定，但需要先繳納一筆8800元的仲介費，他幫忙搶名額，搶到後再支付4400元，然後他幫忙遞交材料。

當時的我，滿打滿算也只能湊出八九千元的樣子，不過還是答應了下來，按雙方約定的時間和帳號，給匯了過去。在北京的一處建行，工作人員問我：「你認識匯款對象嗎？」「不認識。」「要當心騙子！」「我知道。」我怕上當，便找仲介要了一個他們曾經辦過的客戶的聯繫方式，QQ跟那客戶確認後才放心。其實這客戶也有可能是仲介假扮的，所幸這一切都不是騙局，這名客戶現已定居紐西蘭。

幾天後，我到了大理，在鳥語花香的季節，工作的重擔伴著遊玩的興致。有一天，我接到仲介從山東打來的電話，說名額已搶到，需遞交材料，於是隨身備好材料的我，跑到最近的郵局，火速郵遞了過去。這一天，晴，天高雲淡，大理讓人覺得生活充滿了想像。

過了一段日子，簽證下來了，貼在嶄新的護照上。簽證上的字，油墨味兒很重，像某個沒控制好出墨量的街邊打字複印店裡印出來的。

又過了兩個月，訂好機票，從杭州蕭山機場飛了出去，全新的生活正式開始。從杭州飛的原因是，在QQ群裡約了一位同行的妹妹，她家住山東，在杭州與廣州之間二選一的話，當然是杭州離得近些。後來跟她一起搭乘了十幾個小時的飛機後，一出奧克蘭機場，便各奔東西了，她去了當地人家裡換宿。

路過新加坡，順帶溜了一圈，離目的地還有十來個小時的飛行距離。

彼時的我在國內好山好水地玩著，有正規的工作，有充實的生活，並沒執意要出國，只是單純想出去體驗一下西方文明，以及澳紐地區的文化面貌和持普世價值的人們對待善惡的態度及社會的風貌，都令我十分好奇跟嚮往。這一去，便是風雨兼程，一路的「詩與遠方」，也一路的「苟且」。

我是以Working Holiday Visa出的國，如果做一張五年的損益表，那是否是一個正確的決定還有待商議。不謀生計，也不謀綠卡，出國的目的只能歸納為：單純想「體驗」。如今證明，如果你能忍，生活遲早會給你一個靜美的秋天；如果你想要自由，生活就會給你一個奔放的非洲草原，可能葬身獅口，可能看盡狂野。

第二章　初到紐西蘭

2011 年

（一）Auckland房東

晚上，飛機從新加坡樟宜國際機場起飛。

揣著全部身家2萬元，在轟隆隆的機艙中，心裡充滿了不安，幾天來的「滿心期待」在一瞬間變成了「不知所措」。一路向東，伴著窗外如濃煙般的漆黑雲層。在經歷了十來個小時的飛行後，黎明的曙光緩緩進入視野。

從高空俯瞰奧克蘭，只見零星的小島被郁郁蔥蔥的植被覆蓋著。機長廣播說航道上方有鳥群，暫時不能降落，於是飛機在上空盤旋了近半小時後，終於著陸，掠過碧藍的海水，滑進被綠色環繞的世界。

我提前在QQ群裡找好了接機人，是一位華人。華人接機的慣例是：他們負責把你從機場接去住處，這住處可以是你指定的，也可以是由他介紹給你的，報酬則是一條煙。我在新加坡機場買好了一條價值20新幣的煙，當時認為「一手交煙，一手搭車」合理買賣。日後當地華人朋友告訴我，那點路程不值「一條煙」。

奧克蘭機場不大，出海關後，和同行的小妹道別，我推著行李車，隨著人流往前走。只見滿眼的金發碧眼，對照昨天的新加坡，簡直恍如隔世。

我走到一處公用電話亭旁，用尚不流利的英文詢問了一位機場工作人員，關於如何撥打電話。老太太戴著碩大的棕色邊框眼鏡，挪動著肥碩的臀腰部，靠過來跟我解釋說：「把你手裡的5塊錢硬幣投進去，然後按這邊的鍵，就可以撥號了。」謝過老太太後，我趕緊撥通了接機人的電話。

對方不耐煩地說：「航班提前到了？我正在趕來機場的路上，約莫15分鐘後就到，現正在開車，不方便接電話。」說罷便匆忙掛掉了。整個通話過程不足1分鐘，我尋思著「這公用電話機能不能找零啊？這麼短的時間，花去近25塊人民幣，有點貴吧。」於是我又問了一遍老太太，老太太說電話亭沒有找零的功能。

20分鐘後，接機人到了，人高馬大，像山裡的獵人。握手，寒暄，直奔停車場。一出機場，立刻滿眼的花紅柳綠、萬紫千紅，如夏天冰箱裡的空氣，瞬間包裹整個身軀。9月初，正值紐西蘭早春之際，白雲在頭頂行走，陽光透亮，一眼能望到視野的盡頭。

在車裡，我問起接機人：「為什麼接機的報酬是一條煙？」他說：「在紐西蘭，煙很貴，20根一包的煙需要近50塊人民幣；30克一包的煙草需要100多人民幣，許多人都是抽自捲煙。」

車子駛過空蕩蕩的馬路，兩旁的綠草坪尤其醒目，各具特色的獨棟小院裡，種滿了花花草草，果樹上掛滿果子，花樹裡開滿鮮花。40分鐘後，車子在一棟木房子前停下。前院有一棵大橘子樹，根深葉茂，掛滿了黃澄澄的橘子，樹下掉了一圈，沒人拾掇，其中一部分已長出青色黴斑。樹旁是屋主精心打理的多肉植物，清泉繞過，兩隻灰兔子蜷縮在木柵欄旁，暖洋洋的陽光透過樹葉的葉縫灑進庭院。

大大的落地窗門被徐徐拉開，一個60歲開外的老太太笑臉相迎，從鋪著鵝黃色地毯的客廳走出來。她走到跟前，上下打量了我一番，側著臉跟接機人說：「這小夥子滿精神的，年紀也不大吧？」「不大，剛畢業不久。」「哦，來紐西蘭讀書的？還是打工的？」「來體驗文化的，偶爾也會打打工吧。」「好，好，先進屋再說。」接著，我從後備箱取出行李，拖進房東為我備好的一間偏房。

一張白色的床，沒有被褥；一個大立櫃，暗沈的板栗色；一張陳舊的書桌，沒有鋪桌布。木地板、木門窗，沒有空調，春寒料峭的天兒，只能靠自己的體溫來取暖。窗外有一棵大桂花樹，是我從未見過的那種「大」，粗大的樹幹上長滿青苔，大朵的桂花掛滿了枝椏，有幾朵還伸進了屋裡，在大書桌的邊沿搖搖晃晃著。

接機人跟房東談好了價格，200紐幣一週，押一付一，我滿口答應。放下行李後，接機人帶我去最近的商圈辦電話卡，買生活用品，送我回來後便驅車離去了，從此再沒見過面。當時的我，竟然沒意識到「簽合同」這回事，以至於後來發生的事，我既不能擺出強硬的姿態去處理，畢竟人生地不熟，又生性慈善；也不能用法律武器來維護自己的權益，白紙黑字一個也沒有，只能打碎牙齒往肚裡吞了。其實紐西蘭政府對於房屋租賃的管理是比較到位的，精確到房屋保溫層的問題，從政府網站還可以直接下載房屋租賃的標準合同。

初春的南半球，之於我，一切都是那麼得新鮮。水龍頭裡的涼水可以直飲，而熱水則不能；燒菜做飯用電爐，不用煤氣，不用電磁爐；房子都是木質的，高出地面幾十公分，鋪著毛茸茸的地毯。

夜幕降臨，屋主過來跟我說話。她說自己是北京人，移民來奧克蘭已十幾年了，孩子們都在國內打拼，就自己和老伴生活在此，英語只有三腳貓的功夫，只懂Hello、Thank you和Goodbye以及Bank，幸好生活在華人區，到處都有華裔工作人員，所以這麼些年來倒也過得順暢。最近老伴回北京修牙去了，因為在紐西蘭修牙貴。

我聽得入神，忘記了自己還沒吃晚飯的事。老太太瞧見我背包的背帶處線縫鬆掉了，主動提出來幫我縫補，邊縫邊喃喃自語：「自己白天閒來無事，偶爾也做做針線活。」這一舉動讓我倍感暖心。我連上網絡，準備跟家人報平安，老太太在身邊縫補著，如果是電影場景的話，那得是多麼溫馨的一幕咧。

「咕咚、咕咚……」我的肚子響了起來，我餓得不行了，上一頓飯還是在飛機上吃的麵包和三明治，落地紐西蘭後還沒進過食。我拿出從中國帶來的方便麵，準備煮來吃，老太太一個箭步跟了進廚房，說：「煮麵呀，火呢不需要調太大，小火就可以。順便提醒一句，洗澡呢，男孩子嘛，乾脆俐落，5分鐘就能搞定吧？」「能能能，男孩子洗澡洗得快。」我連忙答道。後來才曉得，老太太就是典型的「20點以後不讓進門，洗澡不允許超過5分鐘，限制燒飯的極品房東」。

床很軟，一躺上去，身體就陷進去了。夜晚下起雨來，滴滴答答地敲打在木房子的頂上，這種清晰、清脆的聲響讓我想起小時候，在外婆家木房子的二樓，睡在床上聽細雨淋在青瓦上的聲音，是一種能透過聽覺，讓人產生嗅覺反應的效果，是一種分明能讓人聞到雨水的甘甜味道的聲音。

深夜不時刮過一陣陣風，把桂花樹上盛在花蕊裡的雨水一股腦兒地拍打在木房子的牆壁上，一驚一乍，又是和大自然那麼渾然一體的感覺。在紐西蘭的第一個夜晚，就在雨水和微寒中度過了。我蜷縮著身體，迎接著未知和新奇。

兩天後，中秋節如期而至。由於租住的房子在居民區，在這人人以車代步的地方，沒有車子就猶如殘障人士沒了輪椅，不是步履維艱，而是寸步難行。去最近的超市，步行需50分鐘，去最近的小餐館，最少半小時起。沒有鍋碗瓢盆，想做飯，也無從下手，更別說菜市場有多遠了。

幸好隨身的包裡還有餅乾，於是我在房間裡開始啃起餅乾來，順便開著電腦搜集著信息（紐西蘭天維網，紐西蘭最大的中文網絡門戶，在上面可以了解到衣食住行、招工、搬家等各類資訊http://www.skykiwi.com/）。老太太在客廳看中文臺的節目，聲音飄進我的房間，我想「怎麼不叫我一起去看電視呢？而且就自己一個人，做那麼大一桌的中餐，也吃不完吧？」雞鴨魚肉的香氣飄過來，赤裸裸的誘惑加折磨。

我繼續啃著cracker餅乾，哢嚓哢嚓地響著，帶著回聲。老太太沒叫我一同去隔壁房間吃飯，她獨自享受著一大桌的美味佳餚。

在2011年中秋節的夜裡，兩個孤獨的身影。

（二）離開Auckland

在以「週」為單位交房租的紐西蘭，中秋節一過，意味著200紐幣一週的房租已經消耗掉一半了。同行的小妹去了奧克蘭郊外的一小鎮農家換宿，包吃住，還能體驗原汁原味的本地家庭氛圍。

要找「換宿」並不難，但為了什麼而去換宿？這個問題的答案也並不易。當時還沒到山窮水盡的地步，想來想去，得到的答案只是「省錢」這一點。後來證明，很多事情的出發點，如果只是圖「省錢」，最終結果大都不會太出彩。

那就先找找工作吧。現在想來，當時真的是「稀裡糊塗」，毫無計劃可言。要說找工作，連份像樣的英文簡歷也沒有，招聘網站的帳號也沒註冊，蒙頭蒙腦幹巴巴在「天維網」上一頓亂戳。

路遙說：「每個人都有一個覺醒期，但覺醒的早晚決定個人的命運。」20歲開始渴望探索生活的廣度和生命的深度，和30歲結婚生子以後才察覺到自己的渴望，對於大多數平凡的人，對他們人生走向產生的影響是截然不同的。

如果時年23歲的我意識到當時的機會有多麼珍貴，寫好簡歷，並拼盡全力去找一份可以提供長期工簽的工作，那麼所有的一切都將不同。能即時意識到機會的寶貴性和時間刻度在自己生命裡的重要性，會助你走上更認可自己的道路。

於是，「沒有覺醒」的我，做了一個決定，創造了一段「愛麗絲夢遊仙境」似的經歷。

之前通過山東仲介交換聯繫方式的客戶，比我提前一週到了奧克蘭，中秋節後的第一天，她來我住處拿睡袋。細雨中，四處靜謐，一大片一大片的草坪中急速冒出一個騎著山地車，蒙著雨衣的身影，原來是那客戶——佩。

我問她：「你工作找得如何？」她說：「不咋地，投了幾份簡歷，都石沈大海了。」我接著問：「那你準備繼續留在奧克蘭找嗎？還是換去威靈頓或基督城？」她答：「就在奧克蘭找，如果在這邊找不到，去其它地方估計就更難找了。」她反問我：「你呢？」我停頓了一下，說：「我準備去南島了，昨晚在天維網上聯繫到一個香港老闆。」「哦，去看看也成，比閒在奧克蘭要強，畢竟你不是來找技術活兒的。」「嗯，我也這麼覺得。」和佩道別後，她扛著睡袋疾馳離去，身影逐漸變得越來越小，直到消失在我的視野裡。

前腳佩剛走，後腳另一個朋友開著車就來了。他來奧克蘭十多年了，和老婆在這邊過著小日子，父母在山西開礦。他開車帶我在奧克蘭市區轉了一圈，瓢潑大雨中，車開得很快，水花四濺，稀稀拉拉的行人穿梭在奧克蘭銀色和古銅色的建築間，給我的感覺是高級又雅致。我們選了一個在鬧市區的港式餐廳，他請我飽飽吃了一頓。餓了好幾天的我，一聞到中餐的味道，全身的每一處器官都摩拳擦掌起來，每一個細胞都在極力地吸附著由飄過來的味道帶來的「食物分子」。

大塊的肉，噴香的灌湯包，拇指粗的大蝦，我想狼吞虎嚥，又想風捲殘雲，卻也想顧及第一次與朋友見面時應有的禮儀，尤其是在如此溫文爾雅的富二代面前。飯後，雨勢減弱，我們走回停車場，我試圖撐起雨傘，朋友提醒說：「這點雨，不用打傘也可以。」我當時驚呆了，「這點雨？Are you kidding？」雨大得都快下貓下狗了，5秒鐘就可以濕身。後來才曉得，在紐西蘭，一般情況下，人們不會撐傘，雨下得再大，把衛衣帽子一翻，蓋頭上就算是做完防雨措施了。

朋友把我送回住處便回家了，原本他是來找我換人民幣的，我根本沒有富餘的人民幣，不僅辜負了他的一番心意，還白白蹭了一頓飯，更麻煩人家給了我一個辦銀行卡的家庭住址。

一回到住處，我又趕緊聯繫了昨晚在天維網上找到的那家在Timaru的中餐廳。香港老闆跟我說：「過去包吃住，一週薪水500紐幣，幹的活兒就是接待客人和收銀之類的。」我想了想，反正在奧克蘭又沒有車，與其一天天坐以待斃，不如去南島試試。於是，我徒步了一個多小時去最近的售票處買了機票，80紐幣，奧克蘭直飛基督城，在這過程中我還弄丟了從中國帶過去的雅思成績單和調酒師證書。

此時，從入住起算，還沒到一週。我跟房東老太太說我要去南島，需要退租。她乾癟的眼窩裡，兩顆眼球立刻咕嚕一下轉了一圈，擡高聲調跟我說：「去南島做什麼？打工嗎？」我說：「一個香港餐廳的老闆叫我過去。」她繼續拔高聲音起來：「餐廳啊？去餐廳打工，還不如去Hamilton摘草莓呢，很多泰國人在那邊做工。」我說：「去南島我可以暫時不用擔心住宿的問題，還能攢點錢，也不光是為了打工，順便能獲得一些訊息吧。」

她直奔主題，說：「你要搬走也可以，但按紐西蘭的法律規定，是需要提前兩週提出的，像你這樣突然提出搬走的，押金不能退了。」我說：「我也覺得自己的決定不妥，但我帶來的錢真的很少，這200紐幣對於我來說很多，實在對不起，請退給我吧。」

老太太開始往裡屋走，說：「我的房子還在還貸中，我更沒錢，我比你更需要這200紐幣。」我回答：「我也理解您的難處，但我也才住了3天，剛來這邊，人生地不熟的，麻煩通融一下吧。」她變得更凌厲了，說：「不要說了，像你這樣住一週就不住了的租客，我損失更大。」說罷，便走進了裡屋，「啪」把門甩上。

我多白癡，根本沒簽合同，我硬要逼她退，也並不是不可以。或者乾脆打電話叫警察過來，看她更怕警察還是更愛錢，因為在本質上，她是在從事非法出租的生意。

作罷。我聯繫了另一個朋友，第三天搬走了。臨走前，老太太在客廳喊話說：「垃圾都帶走啊，不要留在屋裡和院子裡。」來接我的朋友說：「垃圾不丟她家，難道你帶上飛機嗎？」於是，我把一袋垃圾棄在院子的籬笆旁。「歸園田居」般的庭院旁，一袋垃圾格外顯眼，透過它，我彷彿看到了房東真實的面目。

在朋友家住了一晚，他隔天把我送上去市裡的公車。下車後，在Queenstreet，我一手拿著紙質地圖，一手拖著大行李箱，夾著一床大蠶絲被，找著要入住的青年旅社。晚上在青旅裡和一群歐美小年輕看如火如荼舉行的橄欖球世界杯。

第二天清早，check out，在樓下的車站坐上機場巴士，直奔奧克蘭機場。

（三）Timaru快餐廳

經過幾小時的飛行，飛機平穩降落基督城國際機場，機上中年空姐的笑容溫暖、自然、親切。

拖著大行李箱，拎著大蠶絲被，步履蹣跚地出了機場。在出口處，只見一中年短髮男子，穿著POLO衫，挺著似是非是腹肌的肚子，一手握著諾基亞大翻蓋，一手插口袋，挑著短粗的眉毛，一個勁地朝我走來的方向望著。我一下便猜出來是他，他也瞬間反應過來，互相寒暄過後，香港老闆帶我走去停車場，一輛深藍色的商務車停在空曠的石渣地面上，車裡還坐了一個瘦小的香港仔。

香港老闆本是廣州人，隨家人移民去的香港，幾年前來南島開快餐店，普通話基本能過關，跟我同坐後排的香港仔則費勁了，每一個從他口中跳出來的字眼，我都得揣摩一會兒才能反應過來，跟在做普通話聽力測試似的。

南島的風景好到超乎人的想像，如同進入另一個時空，中土世界般的陌生感，世外桃源般的紅情綠意。沿途只見連片的牧場、成群的羊群和永無盡頭的無人海岸，翻著白色泡沫的海浪使勁地拍打著或礁石或沙粒的海灘，離車道近在咫尺，浪花再大些，就能拍到車身了。大約三小時的車程，視野一直未離開過海岸線。陰天，厚重的雲層下，周遭更加顯得渺無人煙。

香港老闆的店在Timaru，一個小鎮大小的城市，天藍得如同打翻的調色盤，找不出任何雜質的成分。老闆安排我入住在一幢木房子的一樓，天花板上貼著螢光色的星星狀貼紙，晚上熄燈後，能看到「滿天星」，對這開腦洞的設計，小驚喜了一下。

快餐廳出售炸土豆、烤羊肉，還有一些西方人常吃的炸捲。土豆炸得外焦裡嫩，羊肉烤得汁水四溢，淋上醬汁，滿口生津，讓人垂涎三尺。店面很小，後廚空間很大。幾個香港仔黑工幫活，老闆給老大600紐幣的週薪，給另一個小工週薪500紐幣，從沒幹過餐廳活的我，被安排在了最裡端：洗土豆，打土豆，削土豆。

土豆成袋地裝在一起，往攪拌機裡倒出來時，灰土撲鼻而來，然後拉閘放水，機器開始轟隆隆地轉動起來，跟街邊的炒板栗機一樣，幾個回合下來，土豆被打磨得光滑白淨。機器下方有一孔，拉開小鐵閘，土豆掉出來，掉進預先放好的桶裡，我坐在桶邊的小板凳上，用小刀「一刀、兩刀、三刀」地削。老闆跟我說，自己的父親也曾經幹這行，教會了他「三刀成形」的技能：第一刀，削掉爛掉的和仍帶皮的部分；第二刀，掏掉被蟲蛀掉的孔洞；第三刀，根據土豆大小，切成尺寸適中的兩塊或者三塊。

店裡生意興隆，顧客絡繹不絕，我也就不能停歇，只聽見機器響過一回又一回……廚房兩香港仔也忙得不可開交，炸薯條，製作三明治，點單、結帳，收盤子，擦桌子。晚上店鋪打烊，我們仨一起收拾餐廳：擦桌椅，拖地，整理冰箱陳列，打包沒賣完的土豆，洗碗盤，準備第二天的食材輔料……這滿滿當當的第一天就給了我一個小小的下馬威，回到住處，不禁心生膽怯，這樣的體力活我能勝任嗎？無論從體能方面還是從心理接受度來看，似乎都是一個挑戰。從早上10點一直做到晚上9點，從沒出過店鋪，這樣不見天日的日子慢慢地過到了第四天，我逐漸心生厭倦。

住處沒有網，「兩點一線」還得靠老闆的車接送，一種被奴役的感覺愈發濃烈，好像一刻都不能再待下去了，但又不曉得離開之後能去哪裡。

第五天晚上，洗過澡，我和老大聊天，從其口中得知，在南島更南的地方，在南阿爾卑斯山脈中，有一個叫克倫威爾的小城，那裡被譽為紐西蘭的果園之鄉，盛產各種優質水果，每到豐收季，就出現「用工荒」，尤其到櫻桃成熟的時候，成群的背包客聚集那裡，工作、party、陽光、雪山、酒精、荷爾蒙……

另一個香港仔也湊過來，說：「去年我和一幫香港朋友在那邊做工，睡在果園，吃在果園，吃了很多免費的黑櫻桃、白櫻桃、粉櫻桃，把在香港一百多港幣一斤的車厘子當零食吃。還有，摘櫻桃的工作收入還不錯，你可以去試試。」我一邊聽著，一邊盤算著，這櫻桃怕是非摘不可了！但問題是，現在仍是9月底，距離櫻桃成熟還有好幾個月，現在過去乾等著？等櫻桃成熟嗎？聊天結束後，各自回房睡去了。天花板上的繁星發著螢綠色的光，既神祕又滲人。

早上10點，老闆娘依舊開車來接我們去店裡，我又轟轟隆隆地開動起土豆機來。中午，老闆叫我把閣樓上的廢油倒掉，我爬上閣樓，找到一個個金屬盒子，又踏著嘎吱作響的木地板爬上屋後面的天臺，大油桶立在那兒，粉紅色的油塊凝結在封口處。

我帶著藍色橡膠手套，把粉紅色的油塊用力往裡塞，感覺像在做湖南的米粉辣椒。塞了幾分鐘，臉被風吹得拔涼拔涼的，內衣卻早已濕得貼緊肌膚了，果真是體力活啊！我擡頭，似乎看見了深海，「深藍」籠罩著整個城市，沒有一點其它的顏色，藍到令人產生恐懼，感覺從空中能隨時冒出一條大鯊魚。

遠處的海港映入眼簾，煙囪吐著白泡。我再也控制不住自己了，「快離開此快餐店，我要去尋找自由。」當晚，我提出要走人，老闆立刻給我結了工資，第二天我乘大巴回到基督城，因為去南方的克倫威爾，需要從基督城出發。

在餐廳工作的幾天裡，我收過幾次銀。第一次，客人跟我說他需要包裝袋，我沒聽懂，反問了一下，被老闆略微訓斥了一頓，大概意思是：「你說自己英語過了六級，雅思又考過了6.5，怎麼聽不懂客人說的話？還不如這邊兼職的高中生。」我當時禮貌地回答他：「我還不太適應紐西蘭的口音。」

現在想來，很多事情，你無法跟別人解釋，尤其是外行或者不了解事情來龍去脈的人，他們只會評判你的結果。只有你足夠厲害，才能在不懂的人面前也顯得很厲害。

在Timaru待了一週，卻沒逛過這個美麗的小城。

（四）從Christchurch到Cromwell

大巴開了3小時，到了基督城。

跟我同行的，是昨晚一同辭職的香港仔。他準備在基督城的餅乾廠做幾週工後，再飛去Queenstown，他要在那玩skydive。跳一次，需要四、五百紐幣，所以計劃在基督城再幹一陣子，存上一點錢，再去爽一把。我陪他去工廠跟招聘經理見了一面，經理同意他三天後入職。然後眼睜睜看著我「既沒工作，也沒去處」地離開了。

從工廠出來後，我獨自朝著要入住的青年旅館走去。路上走走停停，全程花了兩個多小時。心想：「路過就當旅遊了，當下的風景錯過了，幾時才能再見？」我拖著行李箱和被子，在沿途的街巷、公園和超市裡逛了一圈。風景確實好，不愧為花園城市。城裡淌著的河流是沒有人工堤岸的，兩旁是土丘，河裡長長綠綠的水草隨波左右擺動。

在旅館當晚，自己做的dinner，日本朋友誇「老乾媽」好吃。後來這瓶老乾媽在Cromwell的一個農場裡，被我送給了一個旅居印度的紐西蘭藝術家。所住青年旅館有「叫醒服務」。早晨6點，工作人員印度小哥叫醒我，送我到屋外。初春的基督城新綠盎然，青草散發著腥腥的嫩芽味，旅館旁，長滿水草的小溪，寬敞又湍急。剛急匆匆嚥下的烤麵包還在胃裡散著餘熱，一陣風吹來，不禁打了個寒顫。

旅館的接駁車將我送到附近的長途客運站，稍等了片刻，一輛渾身黝黑的大巴出現了，如裝甲車般，高大魁梧又現代時尚。我把行李箱放進車廂下方的空間，嶄新的車身蓋「唰」地一下，嚴絲合縫地蓋上，只覺一陣熱風劃過面頰。

我上車，坐在靠窗的位子，車子在市裡繞著圈子接了幾撥人之後，便朝南開去了。一路上盡是風景，隨手一拍都能用作電腦桌面，令人興奮不已。越往南，世外桃源的氣息就越濃，整個山頭被做成羊群的天然牧場，像人工鋪上去的一張張綠色地毯，在比北半球的光線要亮幾個色度的陽光下，天更藍，花更艷，草更綠。心裡真實的感受是：不真實——美得實在不真實。

車子四平八穩地開了五、六個小時，終於在Lake Tekapo附近的一個補給站停了下來，稍作休息再趕路。

湖泊位於基督城與皇后鎮之間，四周圍繞著撒滿金色陽光的森林和白雪皚皚的群山。由於屬於高地地帶，在南阿爾卑斯山脈的包裹下，湖周邊冬日不冷，夏天不熱，氣候宜人。因為湖底獨特的青綠色岩石，使得整個湖面呈現出一種翠綠迷濛的夢幻景象。沒吃午飯，早已餓得前胸貼後背的我，第一次見到此潭碧綠的湖水，頓感心曠神怡，讓同車的倆巴基斯坦人幫我拍了張照片，在湛藍的天空下，潔白的雪山腳，翠綠如天空之境的湖泊前，留下了年輕的身影。

上車，又過了幾小時，終於到了克倫威爾小鎮。我在車站打通當地青年旅館的電話，接電話的是一位近50歲的英國女子，我描述了一下自己所在的位置，她說馬上就來接我。這家青旅是我在基督城的青旅裡拿的那本BBH的手冊中，找到的當地唯一一家青年旅館。每天，我幫它幹半天活，旅館提供我三餐以及免費住宿。在一晚最少得近100元人民幣的住宿費面前，以「換宿」的方式來節省費用的年輕人，來自世界各地，多如牛毛。

「換宿」能節省費用，更能深入體驗當地的生活，何樂而不為？更何況，「換宿」的工作內容定不會是扒人皮，喝人血的壓榨式勞動，大都是幫主人修修庭院，除除雜草、建建籬笆、翻翻地或者種種花之類的修身養性的活兒。當然也有洗衣，做飯，幫屋主人照顧寵物或小孩之類的，碰上特殊情況，也會有幫忙砍樹，或者幫忙放羊之類的。當然，前提是雙方自願，如果認為活兒累，大可以體驗一兩天後捲鋪蓋走人。

有些屋主還會帶著一起去釣魚，捕魚，划獨木舟，坐直升飛機，去他們的度假別墅，去他們的朋友聚會，甚至會給介紹一些短期工作，更誇張的還有跟屋主人或屋主人的子女結婚的。在旅館裡「換宿」可以結交世界各地的青年朋友，可以共享信息，分享玩的地方，打工的機會等；而在私人家庭「換宿」，則不僅可以體驗到當地原汁原味的生活內容，從他們的一日三餐到一整天的精神狀態等，還可以真正體驗一把無憂無慮、「沒心沒肺」、與世隔絕的神仙生活。

紐西蘭除了幾個大城市外，基本都是人煙稀少的祕境，一些邊邊角角的無人海灘旁，赫然聳立著溫馨的原木房子，大大的落地窗，暖暖的純木地板，坐在庭院裡，就能體驗到面朝大海，春暖花開的感覺。每一寸肌膚，每一口呼吸，都提醒著你，這裡就是「世外桃源」。

我被英國阿姨接上了她四四方方的小紅車，她用字正腔圓的英式口音問了我一些基本信息：「打哪裡來？」「多大年紀？」「來克倫威爾做什麼？」「準備待多久？」我一一如實回答。不一會兒，車子在一個類似國內度假村的地方停下，廣闊的大院子裡橫橫豎豎排了好幾棟深棕色的一層建築。大片的草坪中央是一個圓形的餐飲中心，裡面有臺球桌和小吧檯。進園處的左手邊是前檯接待處和員工休息區。英國阿姨把我送到右邊的一棟樓前，我放好行李，洗了把臉，換了件衣服，一看錶，竟已是晚上7點多了。在走去餐飲中心吃晚餐的路上，擡頭一看，一輪新月竟已悄然爬起，旁邊簇擁著好幾顆閃閃發亮的星星。遠處的群山，很明顯地染著一圈發白的黃光，在這南阿爾卑斯山的懷抱裡，太陽是不願意輕易落山的。

第一天的晚餐，我便露了一把小廚藝。在英國阿姨的提議下，我炒了一個紅椒茄子，裡頭放了些許的老乾媽醬，其餘幾個菜則是由另一位在此換宿的法國捲髮女生所做，基本就是我印象中各種泛著奶油味、奶香味的稠糊糊的法式菜餚，再加上紐西蘭本地的麵包和精心烹製的米飯，好一頓「硬搭」的國際飯局。

晚上把餐飲中心打掃了一番，收拾完後回去睡覺了。

第二天早餐時間，只見在此換宿的一位香港女生往碗裡倒麥片，倒了一小半碗後，她又將一瓶剛從冰箱裡拿出來的牛奶拉開口子，滿上小半碗，沒掉了剛才的麥片，接著她左手拿著獼猴桃往嘴裡送，右手用勺子一勺一勺地舀著半軟的麥片和冰涼的牛奶。我上前問：「為什麼不加熱一下？一大早喝不了那麼涼的牛奶吧？」她說：「這邊都是這樣的，冰涼的牛奶摻著麥片當早點……」原來如此，我琢磨著，然後學著她的樣子，第一次把一碗冰涼的牛奶麥片，在9月底的一個早晨送進了肚裡。

9月底，雖說入春已有近個把月的時間了，但由於是山裡，又是高緯度地方，晝夜溫差大，早、晚還是能感覺到瑟瑟的寒意。

（五）換宿

吃完早餐後，跟旅館的另一個owner去幹活了。第一天，我倆修籬笆。他叫David，50歲，上身穿衝鋒衣，下身套三分長短褲，大橡膠靴子「Duang、Duang」地拍打著小腿肚，真皮帽簷泛著鹿皮色，兩側翹起，帽繩伏著耳背垂到下巴處。

David叫我先把舊籬笆木樁裡的釘子拔出來，稍完整點的木樁會被打磨後刷上漆再利用。他給了我一個帶拔鉤的錘子，我一前一後地錘著。腦袋歪七歪八的釘子不好拔，往左錘，它逆時針轉，往右錘，它順時針轉，就是不願變直，更不會按照所設想的力道輕易地從木頭裡出來……第一天就光拔釘子了。

第二天，除雜草。第三天，修樹枝。第四天，洗床單。

每天的工作僅限上午4小時，其間還有一段tea time時間，大概15分鐘左右，用來喝咖啡或小憩。旅館的另一位合夥人Susan，會親手焙烤巧克力Muffin，在短短的15分鐘裡，配上紅茶或咖啡，再來幾縷純淨、溫暖的陽光，別提有多愜意了！根本不覺得是在幹活，反倒覺得是在體驗生活。那一週，我愛上了Muffin，一直愛到現在。

兩個女主人，一個男主人，一條大狗，一個法國女生，一個臺灣男生，一個香港女生，還有我。在靜謐的小鎮唯一的青年旅社裡，我帶著「未雨綢繆」的心理快樂地過了一週。

第八天早上，Susan過來跟我說：「按照這家青年旅社的規定，每一位換宿者所能待的時間不超過一週，為了讓更多新鮮的面孔在此留下痕跡，不脫離換宿的初衷。畢竟換宿的主要目的是文化交流，而不是為了幫特定的人省錢。」

此時，我手握的是諾基亞5300，而這裡的網費是15紐幣／15分鐘，在那國內人民幣5塊錢可以包夜的年代，這簡直貴到令人無語。但不上網又無法找下家的換宿去處，於是一咬牙付了15紐幣，在餐飲中心上了15分鐘網，結果網頁運行了5分鐘，「英文閱讀理解」做了5分鐘，最後慌張了5分鐘，就結束了。香港女生用她70紐幣/2G流量的Vodafone無線上網卡，慷慨地幫我在網上找了一番，也無果。我拿起電話生硬地撥通了皇后鎮幾家旅社的電話，被一一拒絕。

天無絕人之路。

Susan託朋友關係，給了我一個對面山裡農場主家的換宿機會。於是，又一個春和景明的清晨，農場主開著小卡車把我接走了。他把我安頓在農場中的小木屋裡，19世紀歐洲的感覺，就是大家腦海中的那種一陣風刮過，門把手叮當作響的純原木房子。右邊是一條河，前、左、後面被望不到頭的青草環繞著。

和我住一屋的是一位紐西蘭籍、旅居印度加爾各答的畫家，他此次回國探訪家人，順帶采風、作畫。窄窄的房間裡並排放著兩張床，他那邊堆滿了雜物，被褥團成一團。農場主給了我一個有點破損的鴨絨睡袋，晚上睡進去，在山裡寒風侵襲的環境下，有能給人精神力量的暖。唯一的問題是，早上醒來時，床頭布滿了從睡袋裡掉出來的鴨毛。

畫家開著破舊的小卡車帶我去超市採購生活用品，帶我去山下的飯店找他三個月後舉行小型畫展的地方，只有那會兒，我才能趁機蹭上十來分鐘的無線網，在這樣一個網費極貴，網速又極慢的小鎮郊區的山坳裡，能免費用上無線網，也是久旱逢甘霖的感覺。畫家得知我是中國人後，求著讓我給他寫幾個毛筆字，我給他寫了兩字——「富貴」。

每天，下午和畫家一起作畫，晚上在小木屋裡做中餐，嗆人的辣椒粉味道讓畫家覺得新奇又可怕。上午自然則是幫農場主幹活了。農場的活依季節而不同。我幹的第一件事是剪羊毛。不是從羊身上直接剪，那需要專業人士操作。在從羊身上剪下來的一撮撮羊毛裡，許多都帶著羊的皮膚，我需要把這些長、寬2厘米左右的羊皮和羊毛分離開來，這樣才能打包送去加工廠。

我坐在農場廠房的二樓，聽著帶有濃重口音的廣播，不急不慢地剪著羊毛。剪了約摸兩三天後，農場主叫我一起去查看剛誕下的羊崽在哪裡。因為農場太大，占了好幾座山頭的面積，有些羊群跑去很遠的山谷裡產崽，所以需要不時搜尋羊崽，而搜尋的交通工具是——私人直升飛機。

農場主開著直升機，我坐在一側，聽不見他在講什麼，也看不清下面有什麼，全當是一次觀光之旅了。這工作不僅需要會開直升機，還對視力有極高的要求。除了搜尋羊崽，還有趕羊。趕羊時，農場主開著越野車，加上4條狗，三下五除二就把羊群趕進了羊圈，當時的我真的驚呆了，狗，原來這麼聰明，這麼有用！除了趕羊時我在一旁觀看外，我幫忙挖過馬糞。幾人站在馬糞堆裡，用九齒釘耙用力刨，然後裝進蛇皮袋裡，可以賣個好價錢。

農場的活兒多種多樣，農場的生活也豐富多彩。早上和農場主的孩子們一起吃早點，十幾種果醬一字鋪開，各種解饞，讓早餐時間變成狩獵甜品的時光。黃昏時，在十幾厘米深，一望無邊的草地裡玩遊戲，聊天，給他們講關於中國的東西。那種快樂只可用「跟回到小時候一樣」來形容。

又過了一週。農場主說，他們全家要乘直升機去斯圖爾特島度假，我和畫家都需要離開。依依不捨之下，農場主把我送回了先前的旅館。畫家帶著我寫的「富貴」二字去入住了山下的飯店。

紐西蘭主要由兩大島嶼組成，但其實紐西蘭還有第三島，它在南島的下面，叫Stewart Island。除了亞南極群島和南美洲的部分地區外，這裡是距離南極洲最近的島嶼。

（六）愉悅的一天

農場主送我回先前的旅館，卡車駛過狹長的水庫大橋，兩側是寶藍色的湖水，波光粼粼、深不見底。

農場主把車停在鎮上的十字路口，道別後，我拖著行李走了半公里，回到先前的旅館。Susan在前臺接待處埋頭按著計算器，我打了聲招呼，她擡頭，金色短髮下的臉頰泛著三分熟牛排紅，顴骨旁堆出許多細紋，嘴角上揚，外眥合成15度，露出潔白勻整的上齒。「Hello」她用轉了幾個調的英倫與南島混合式口音熱情地回應我。

我跟她說明了來意：「農場主一家要去度假，我需要離開，但沒去處，只好先回旅館，再從長計議。」Susan了解後，說：「我們很歡迎你回來，但根據換宿的規定，短期內我們不能再答應你的換宿請求，因為不斷地還有別的換宿者在申請過來，我們需要尊重規則。」我說：「謝謝你，Susan，那我就在這裡以房客的身分入住吧，先付今晚的住宿費，明天再看情況。」她說：「可以，你想入住哪種房型？」「就室外的房車吧，一晚19紐幣的cabin房。」「好的，我這就給你安排。」

Cabin房，是可以隨時掛在車子後面，拖去指定地方的移動臥室＋客廳。裡面一應俱全，除了早上有點冷之外，其他方面無可挑剔。晚上聽室外草叢裡的蟲鳴聲，早上看玻璃窗上的露珠兒，還有半夜灑進房間的皎潔月光，一切都非常完美。再來一杯紅酒和一個戀人，那就賽神仙了。

從Timaru來克倫威爾的目的是等著摘12月的櫻桃，但此時仍是10月中旬，在這偏遠的小鎮裡，如何有意義地、以最低花銷過完這倆月是擺在我面前的急切問題。

交完第二晚cabin的房費，手機裡來了一條短信，來自於一位在南島工作的中國小夥伴——小升。在Timaru的香港餐廳時，我晚上在QQ群裡閒聊認識的網友，他問我找到工作沒，我說沒。他說數月前，他申請了一份在果園剔果子的工作，叫thinning。Induction的時間是後天早上9點，在一個叫Suncrest的果園。他說他現在在Timaru的homestay情況很順，不打算來克倫威爾了，如果我願意，可以頂替他去試試這份thinning的工作。

我說有工作總比閒著好，決定去頂替試試，盡管心裡很沒底。畢竟小升是用他自己的護照申請的，在講誠信的紐西蘭，能成嗎？

沒車子，沒網絡，沒工作，沒頭緒，在旅館賦閒的三天，整個人被焦慮吞噬了。

謝過小升後，我開始準備。先問了旅館的工作人員如何去果園，他們說果園很遠，需要開車才能到。既然沒車，就先在附近的修理店買輛二手自行車吧，畢竟十里八里的，騎車也能到。於是花了60紐幣，買了單車和頭盔。

後天早上，旅館工作人員給我畫了一幅簡易地圖，我拿著地圖，戴上頭盔出發了。蔚藍的天空下飄著白雲和烏雲，一時一縷陽光灑過，一時一陣碎雨灑過。騎了一個多小時，進入了真正的荒郊野嶺。墨綠色的防風林，整齊濃密的果林，鳥聲此起彼伏。慢慢的，後脊也開始發涼，各種恐怖片場景開始在腦中閃現，這麼偏僻的地方，熊、老虎、狼？電鋸殺人狂？近親結婚的變態食人家族？

旅館的人說，Suncrest果園的入口處有一個大的白色蘑菇狀信箱，於是一路上，我腦裡一直想像著白蘑菇，究竟會是什麼樣的呢？冠狀上會不會有鮮艷的斑點？莖會不會很粗？又過了十幾分鐘，一個通體白色，根部沾有黃泥的大蘑菇出現在了斜右方，我趕緊加速……進園，迎面是一個大斜坡，我推車上去，一個小作坊建在土丘上。我向在裡頭刨木頭的男子說我是來參加induction的，他給我指了下房間。

進門，滿屋子金髮碧眼的人把目光全投到了我身上，因為全場二十來人，僅我是亞洲人。不一會兒，一個下半身肥碩的黃髮女子進來，她開始點名：「David、Claudia、Jack、John……Adam，Adam？」「Adam在嗎？」她問了幾遍。我沒反應過來，遲疑了一會兒，才意識到她喊的正是小升的名字。我鼓起勇氣，答：「是我，在。」透過金絲邊框眼鏡，她盯了我一眼，然後掏出翻蓋手機，邊翻短信，邊說：「早上你不是給我發過短信，說你不來了的嗎？」原來小升為了表達他的誠實，跟她說自己放棄這份工作，但並沒告訴她「讓我頂替他」這一事。

我頓時陷入尷尬，說：「是，對不起！Adam是我朋友，我不是Adam，他不能來上班了，所以想讓我代替他來，請問可以嗎？」她臉上露出一絲輕微生氣的神情，沈默片刻，說：「我先問下經理，你稍等。」5分鐘後，她再次進屋，說：「經理同意了，你可以從週三開始上班，如果你想住進果園的話，週三一併把行李搬過來就行。」我當即回答：「我想住，我週三搬過來。」

在回旅館的路上，我體驗到了生平最如釋重負、消愁釋憒的感覺。所有的彷徨，無助，輾轉，迷茫，焦慮和不安，在這一刻全沒了。我盡情地呼吸著這果園深處帶著甜味的空氣，近處的雪山彷彿在張開雙臂擁抱我，我開心地唱起歌來。

到目前為止，那是我人生中最愉悅的一天，沒有之一。

第三章　Suncrest果園

2011 年

（一）Thinning

週三，早早起床，收拾行李。早餐的烤麵包片上塗了厚厚的幾層巧克力醬，冰涼的牛奶「咕咚」下肚，把胃裡軟脆軟脆的麵包片泡發起來，飽腹感十足。跟旅館的幾位老闆打過招呼，又跟香港女生、法國女生、臺灣男生道別後，騎上自行車朝果園的方向出發了。

我右手架著自行車把手，左手拖著黏了幾十張飛行記錄貼的黑色行李箱，自行車把手的兩端分別掛著兩個大塑膠袋，裡面裝著一些行李箱裡已經塞不下的必需品：油、鹽、辣椒粉等調味料。由於Suncrest果園周邊幾里盡是其它的果園，離鎮上最近的超市走路需3小時以上，如果不提前備好生活物資，毛頭毛腦鑽進果園生活，不挨餓，怕也得過向人伸手的日子了。

去果園的路並不是一馬平川。高低起伏的坡路，和細石碎沙的路面不斷地考驗著我的車技，行李箱的兩個輪子磨得疙裡疙瘩，使得我逐漸疲痛的左手需要克服來自地面逐漸增大的摩擦力，而攢緊車把的右手則需要克服由於體力下滑而逐漸增強的不平衡感。左手痠痛，右手筋疲力竭，陽光刺眼，風亂刮，身旁時而呼嘯而過的大卡車嚇得自己一驚一乍。在一個上坡處，我大喊了一聲。巧的是，在杳無人煙的果園深處，不遠處正好有一戶人家，而門口正好站了兩個人，這兩人正好聽見了我帶有怨恨、煩躁和倦意的叫聲。

尷尬了0.1秒，我氣定神閒地繼續趕路，心想：「反正在國外，他們又聽不懂。」這句「反正在國外」支撐著我走過日後的許多年，每每開始犯「慫」的時候，它總能帶給我一些「剛」的力量。

費了一兩個小時，終於到了果園。我把自行車丟在土丘的邊上，拎著箱子徑直走去果園的公共廚房，期盼著那天的黃髮女子來給我分臥室。此時大家都已經進果園開工了，空無一人的廚房裡撒滿了歐洲小青年們的各種衣物、書籍、酒瓶和遊戲道具。正當我不知所措之際，一個膚白碧眼的長捲髮女生走了進來，她問我：「你是來果園上班的吧？」我說：「是的。」她說：「現在大家都已經在做工了，你放下行李就過來吧？」我說：「好，等我一下。」

於是，剛進廚房，還沒待上10分鐘，便匆匆開始工作了。金髮碧眼的女生叫Claudia，德國人，跟我同齡，大學專業是音樂學，她是我認識的第一個德國朋友，當她第一次說出「Germany」的時候，我彷彿聽見了飛天的敦煌壁畫人物開口跟我說它們來自魏晉南北朝。熟悉、陌生、不可思議、新奇，興奮又急於想了解對方。

果園的supervisor叫Mark，49歲，未婚，有女友。之所以強調「女友」，是因為在紐西蘭，有同性伴侶是一件正常的事情，Mark是直男，所以是女友。他女友喜歡和大自然對話，有一次跟我們說，她有時會半夜醒來，趴在地板上聽大地的呼吸聲。

果園的樹被規劃得整整齊齊。一壟一壟平行排列的樹從高速路旁延伸到山腳，縱向望去，視線裡全是夾道兩旁的樹枝伸出來的胳聘。這工作的內容是：把杏樹上長出來的未成熟的橄欖大小的小杏兒剔掉一些，使得一串枝椏上只留四到六顆，顆與顆之間保留一定的間隙，好讓每一顆都有生長的空間，幾個月後，每一顆都能盡情地長成它自身最大的尺寸，不會因為擁擠，或因為「兄弟姐妹」太多而稀釋掉供給的營養。

剔果子的工具則是一把人字梯加一雙手。高高低低，裡裡外外的小杏兒掛滿了每一條枝椏，我們需要做的就是以最快的速度剔完每棵樹。「剔完」並不是簡單地把杏兒弄少就可以，需要根據每根枝椏掛果的具體情況，細心地剔出不同的效果。如果想偷工減料、敷衍塞責，Mark的火眼金睛一下便能識破。

工資則以樹的「棵」為單位來計算，用每天所剔樹的數量來乘以每種樹的單價，即是當日的工資，而這個「計件工資」絕對不會低於按時薪算出來的工資金額。意思是：如果你今天剔了11棵，每棵樹的單價是10.5紐幣，那麼你今天的工資是115.5紐幣，而今天你剔樹的總時長是8小時，按照紐西蘭的法律規定，最低時薪是13紐幣（2011年），那麼總工資應該達到104紐幣才能合法。果園一方面想讓你達到個人的最快速度，充分壓榨你的剩餘價值，一方面又不想違背紐西蘭的法律。

那麼他們如何令你達到個人的最快速度呢？如何讓你的「計件工資」金額不小於你本應有的「時薪工資」總和，但又不會太多於你的「時薪工資」總和？怎麼知道「多快」才算「最快」呢？怎麼來給樹定單價呢？聰明的資本家在壓榨工人的時候，總是「足智多謀」，他們會找一個非常能幹、身體機能一流的印度人來操作一番，以他的用時標準來定價。

而速度不快，或者想偷懶的人，達不到果園既想充分壓榨員工又不違背法律的時薪規定標準，在滿足不了他們邊際效益最大化的情況下，面臨的結果只會是——立刻被開除。

第一天工作結束，Mark誇我很能幹，充分滿足了他們想榨取我剩餘價值的願望，算是度過了「試用期」，但這也並不意味著可以高枕無憂了，日後幹不好，照樣等著隨時被炒魷魚。一個捷克的小夥子調侃我說：「中國工廠多，你適應了這種快節奏的工作吧？」我說：「在中國，我從來沒在工廠工作過。」

一天工做下來，最重要的就是午餐了，它是決定下午能否「滿血復活」的關鍵。由於果園太大，若在靠近山腳的那一頭，走回去廚房弄午餐吃，是不明智的，來回步行時間需要20分鐘以上，步行那麼遠也很耗損體力，所以果園的小夥伴們都自己準備午餐盒。

大部分人帶的是方方正正的盒子，裡面裝一塊士力架，一塊巧克力，和一塊厚實的三明治。當時的我「不吃米飯就不算吃飯」的觀念根深蒂固，下午剔果子時還在尋思著他們「巧克力午餐」的事，晚上回到廚房，發現兩阿根廷人正以三明治當晚餐，而且是在晚上10點，倆人劈裡啪啦地邊做邊吃著。他們說在阿根廷，不是一日三餐，是一日四餐。

廚房裡的鍋碗瓢盆都由果園提供，沒有做中餐用的炒鍋，沒有電飯煲，我用帶長柄的不鏽鋼鍋煮米飯，把米淘洗乾淨放入鍋裡，水蓋過米3厘米，蓋上蓋子放到電爐的鐵絲圈上，打開電源，調到最高檔，10分鐘後，鍋內沸騰起來，這時揭開蓋子，用盛飯勺慢慢地攪和，為使米飯不黏鍋底，原理類似於煮粥，不過比起煮粥，用不鏽鋼鍋煮飯可難太多了。煮飯——當然是要把米煮到不軟不硬為最佳，最少也得熟，水也不能殘留太多。

第一天晚上，我嘗試著第一次用不鏽鋼鍋煮飯，結果是鍋底生成了2厘米厚的鍋巴，我向廚房的小夥伴們喊道：「用這種鍋煮米飯太難了。」Claudia答：「你不是亞洲人嗎？竟然不會煮米飯？」我說：「在中國都用電飯煲，插上電源就可。」

Claudia是東德人，父母等她18歲成年後選擇離異，她會做披薩，也會煮米飯，而且是用不鏽鋼鍋煮飯！對於地地道道的西方女孩本身就難能可貴了，況且她煮的飯比我的要好太多。當然她不常煮，一兩週煮一次，最頻繁的時候也頂多一週一次，其餘天要麼pasta，要麼toast。

果樹下沒有吃飯的桌椅，更沒有熱飯的地兒，所以午餐選擇吃三明治就成了上上策。第一天晚上，我開始自己動手準備第二天的午餐三明治。Claudia和David在晚上準備午餐時，我在一旁認真地看著，拿兩片麵包，擦上黃油，西紅柿切片，洋蔥切絲，再插兩根香腸，一個簡易三明治就完成了。

我做的三明治，有好幾天都沒有夾任何食材，抹上黃油，擦點raspberry醬。午餐時拿起來就啃，聊天時還說：「三明治不好吃。」Claudia咯咯地笑道：「你的當然不好吃，因為裡面啥都沒有。」

（二）果園裡的小夥伴

果園裡一共住了8人，我和一香港仔住一屋，每週房租30紐幣，倆阿根廷人住在5米開外的另一間小木屋裡，Claudia和David則睡在他們的大商務車裡，每週繳納15紐幣，還有一對捷克小情侶也住車裡，玫瑰紅的陳舊塗層，猶如一個遲暮美人。

杏樹的剔果工作持續一個月左右。每片果林的成熟期錯開，在Mark的監督下，十幾號人每天手腳麻利地踩著杏兒的成熟節奏，有條不紊地辛勤勞作著。隨著時間的推移，我的手法也愈發嫻熟。Mark會根據不同的果樹形狀或掛果情況來安排人員，長得越規矩，掛果越少的，通常只安排一個人，那些樹形越奇怪，果子掛滿枝椏的，往往會安排兩人合作，一人負責一面，這樣就不需要一個人搬著梯子繞著樹轉圈，可節省不少時間，能提高效率，也能節省工人的體力。一天，我被安排和香港仔一起操作一壟長約100米的杏樹。

香港仔叫Jimmy，28歲，不高，圓圓的臉上戴副大黑框眼鏡，操一口極度不標準的普通話，做工時戴一個二戰期間日本兵式樣的帽子，帽子像隻貓一樣匍匐在Jimmy的頭上，在果樹間上下地竄動著。第一次見這個帽子是在某天中午，Jimmy從果林走來廚房，我剛好吃完泡麵準備起身去邊上的林子散步。廚房在小山坡上，Jimmy一深一淺地爬上來，帽子兩側的兩隻棉質大耳朵噗哧噗哧地扇動著，像極了電視劇裡的鬼子。

「你好，聽說你來自中國？我是香港人，很高興認識你。」Jimmy說著，露出兩顆齙牙。「我也是，很高興認識你。」這是我和Jimmy的第一次碰面，也是我第一次見到這頂令人浮想聯翩的帽子。

匍匐在Jimmy頭上的「貓」在樹葉間穿梭得越來越慢，我依舊瘋狂地高速操作著自己這側的果子，等進入心流狀態的我回過神來時，發現Jimmy已被甩在後面好幾棵樹了，這是合作，不是比賽，最好是能兩人同步，若兩人速度相差懸殊，會影響最終的剔果效果。

見此情形，Mark蹬著他的高筒橡膠套鞋走了過來，歪著腦袋，掰彎一根高高翹起的樹枝，反復查看著：「Alvin，你過來下，這些果剔得不乾淨。還有Jimmy，你怎麼這麼慢？」我雙手夾起梯子快速小跑回去，濕漉漉的草叢把我的球鞋沾濕了，顏色從淺棕色變成了深棕色。

就這樣，Mark一來，偶爾返工，偶爾達標，和Jimmy保持著差好幾棵樹的距離，硬生生合作完成了一整天的工作。當然一到「個人戰」的時候，我的速度優勢又能充分發揮出來了，慶幸的是，大部分時候都是各人剔各人的，合作的天數算下來，三個月裡就那麼幾天。

每天下班第一件事便是一群人搶洗澡室。有時碰上德國人在裡頭刮體毛，等候的時間很久，德國人一刮起體毛，便是以髮際線為起點，一直刮到膝蓋處，胸毛、腋毛，陰部都刮得認認真真。日後才曉得，白人刮體毛如同滿清人蓄辮子一樣，很尋常。有時會碰上捷克小情侶在浴室裡頭肉搏，由於板房的隔音效果不佳，兩人在裡面喘粗氣的聲音傳到客廳，大夥兒只能面面相覷地笑。

Claudia笑起來時，兩頰的肉鼓起，像個小女孩，在西方人裡顯年輕。她和David在北島的Martinborough相識，當時兩人同在一泰國女人的葡萄園裡幹活。她和David的關係為「好朋友」，異性成為好友本身就難，在西方國家乾柴烈火般的青年異性間，更是難上加難，所以這份友情算得上難能可貴。

David戴耳釘，穿唇環，以百會穴為中軸線，右側頭髮長得跟韭黃一般，又長又黃，左邊頭髮剃得精光，常穿一件黃綠色格子衫，痞裡痞氣，英語說得溜，喜歡看書，喜歡玩網遊，最喜歡玩magic card。David來紐西蘭後，花了4000紐幣買了輛二手商務車，把裡頭拾掇拾掇就能睡人。於是從北島到南島，偶爾工作，大多數時間玩耍，白天遊山玩水，晚上David和Claudia則睡在車子裡。

時光如白駒過隙，轉眼三週過去。杏兒也從橄欖般大小長成了鵪鶉蛋般大小，2011年10月23日紐西蘭橄欖球世界杯迎來了決賽的日子。

這天夜裡，一屋子人驅車去鎮上的小酒吧觀賽，大夥兒準備喝個爛醉，然後讓由於感冒發燒，不準備喝酒的我開車接他們回來。我試開了幾次，大夥兒嚇得將此計劃作罷了。於是，我就乾脆裹在被窩裡玩著索愛walkman手機等他們回來。外面大風呼嘯，把小木屋吹得顫顫巍巍。我的頭有點暈，鼻子塞得緊，身上發著熱。果園如同與世隔絕，僅大門口拐過的一條高速路將其與外界聯結，偶爾疾馳過幾輛車，便又立馬恢復了寧靜。果園裡沒網，於是我買了張無限網卡，70紐幣能用2G的流量，看看網頁，聊聊天。

今晚大夥兒都外出了，於是能做的事貌似也就只有上網了。我問爸媽：「天冷了，奶奶身體可好？」「你奶奶腿腳更不靈便了，天兒冷，上個廁所都費老大勁了。」那頭閃爍的頭像丟過來一行字，惹得我思緒萬千。我清晰記得9月離家時，奶奶在靠椅上挺起身子張望的樣子，枯瘦的手臂，灰白的頭髮，憔悴疲憊的神情，彷彿眼睛多睜開一秒都快支撐不下去了。臨走時我強顏歡笑道：「奶奶，我過年回來看您，您保重身體！」我轉身離去，給奶奶留下一個漸行漸遠的身影。

風愈來愈大，小木屋將要被掀翻了，卻始終屹立不倒。屋外響起一片歡呼聲，大夥兒正開著蛇形的車回來，7個酒氣沖天的人大喊著，啤酒瓶滾得滿車都是。我披上外套，走進起居室，大夥兒已經在和著歐美電子樂，喝著酒跳著舞了。David和Claudia勾肩搭背地拿著酒杯擺Pose，一口一句「德意志萬歲」，屋內氣氛嗨到了頂點，屋頂將要被掀翻了。

第二天下雨，停工。果園一下雨，大夥兒就沒工開。一群人宅在一起做披薩，捲壽司，嚼巧克力，吃大桶冰淇淋。Jimmy跟我說果園裡新來了一對香港情侶，他們之前在澳大利亞待了2年，剛來紐西蘭不久，現租住在山那邊的一戶人家裡。「那我們有空可以過去坐坐。」我提議說。「可以的，我也正有此意。」Jimmy回答著，兩隻眼睛放著光。「要不就今天吧？反正下雨也沒事幹，你問問他們是否有空。」於是，來回互換了幾條短信，此事便促成了。

Jimmy開著他的銀灰色轎車載著我出了果園，15分鐘後，車子一拐，進入一片郁郁蔥蔥的林子裡，兩棟乳白色房子露出精雕細琢的長廊，長廊上方盤繞著一團紫色的花，把長廊頂部的間隙塞得嚴嚴實實。車子一個轉身停在旁邊小房子門前的砂石地上，Jimmy打方向盤帶動輪子在砂石地上摩擦的聲音，在我聽來是那麼舒服，彷彿聽到了「紐西蘭的聲音」，把現代文明和絕美自然結合到極致的聲音。

車剛熄火，鑰匙還未拔出，一高一矮，滿面笑容的兩個人從窗簾後探出了頭，移開門，頓時滿耳粵語，我在一旁聽著，頻頻抿嘴微笑。

「這位是Alvin，來自中國，這位叫Marco，這位是Josephine。」Jimmy後退兩步，騰出一個位置。我和小情侶六目相對。「你們好，聽Jimmy說你們在澳大利亞待了2年？」「是的，我們也剛來紐西蘭不久，來來來，先進來坐。」4人說著便進了客廳。一旁的廚房裡放著一張橢圓形紅木飯桌，開放式廚房的竈臺上零七散八地堆放著意麵、番茄醬、咖啡粉以及亞洲掛麵等，客廳中央有臺陳舊的彩色電視機，象牙色的沙發，有幾分80年代美國的味道，地上鋪著嶄新的地毯，色絢麗，毛很長，踩在上面，有種小時候在河裡游泳時被水草撫摸的感覺。

（三）2011年11月1日

Marco和Josephine帶我和Jimmy進廚房，四人圍坐橢圓形飯桌旁。

Marco問：「你們會玩香港的牛頭牌嗎？」「會，在香港有玩過。」Jimmy答道。「牛頭牌？沒聽說過，應該不難吧？」我說。「要不現在玩吧？反正外面下雨，只能待家裡了。」Josephine提議說。於是4人玩起牛頭牌遊戲來，Marco教了我10分鐘規則，玩半小時後，我趕上了他們的節奏。

我們沒有覺察到時間的流逝。雨時大時小地下著，桌上的薯片被開封了一袋又一袋，Tui空瓶一個接一個地增加著。下雨天，在一層樓的木房子裡聽到的雨聲，每一滴都似落在自己的聽覺神經上。4人在世外桃源的小木屋裡，伴著雨聲、啤酒和薯片玩了足足14個小時，餓了吃意麵、巧克力和披薩，渴了喝牛奶、果汁和啤酒。

晚上12點，Jimmy和我回果園。David和Claudia他們在玩喝酒遊戲，一群人面紅耳赤，眼神迷離。「你們倆這一整天都去了哪呢？」「我們去山那邊見了倆香港朋友，他們下週一正式開始在我們果園做工。」「別老顧著和中國人玩嘛，多跟我們大夥兒接觸接觸唄，好不容易放假能待一塊，就應該一起喝酒啊。」David的話音剛落，我手裡就已被塞進了一個棕褐色的瓶子，冰冰的，冒著寒氣。原來又是甘甜可口的Tui。德國人覺得其口感偏甜，在他們眼裡不夠「啤酒」。

一群人玩得熱火朝天，3箱啤酒被三下五除二幹完了。山裡的晚上冷，我披上冬天的棉襖，引來幾個德國人善意的譏諷。動感音樂響徹果園，橘色的燈在漆黑的雨夜裡發著光，帶著生命力和年輕的荷爾蒙，以及對美好生活的熱愛。

Marco祖籍中山，跟父母移民去的香港，家境富裕，出手大方，經常開車載我們去釣魚，爬山，也開車載我去過幾次皇后鎮。從克倫威爾到皇后鎮的高速路蜿蜒在山間，發生過不少車禍，一來由於路況確實復雜，二來由於去皇后鎮買醉後酒駕的小青年太多。

皇后鎮吸引Marco的地方是兩個相距不遠的賭場。Marco嗜賭，曾在澳大利亞輸掉4000多美金。紐西蘭一般的城市頂多只設一個賭場，趕上某天手氣不佳，就只有輸的分，而皇后鎮有兩個賭場，就意味著在其中的一個賭場輸了後，有可以轉戰另一個賭場贏回來的可能。香港人迷信風水、手氣之類，所以Marco經常這樣幹，有時真贏了回來，而大多數時候則輸得更慘。

我記得自己第一次進賭場時，腳上穿的是一雙在廣州上下九淘的潮流拖鞋，雖說夠酷，但和賭場的氣氛格格不入。我走進賭場，在櫃臺換了籌碼，跟Marco坐到了俄羅斯轉盤前，一張氣派的大桌子上印著0到36共37個彩色數字，我摸了摸桌面，手感真好，毛茸茸、軟綿綿的毯子鋪在大理石上，軟中帶硬。Marco給我講解了一下俄羅斯轉盤的玩法：如果一次只押一個數字，中了的話，莊家賠40倍，一次壓兩個數（把籌碼放在兩個數字的分割線上），若中了其中一個的話，莊家賠20倍……我觀望了3輪，Marco贏了1輪40倍的，我迫不及待要出手了。

第一把我單壓了一個數4，沒中，第二把我只壓了數字11，中了，返了40倍——400美金。我高興地叫了出來。Josephine問我是如何選定的11，我說隨便猜的。其實11是Jack全名的字母數。見好就收，是賭場的永恒法則，道理雖懂很多，無奈自控力不足，第一天鎩羽而歸，不僅輸掉了起初贏來的400美金，最終還賠進去200美金。

回到果園，我跟Claudia說起這事。Claudia苦笑著說：「我從不去賭場，據我所知，一般亞洲人喜歡進賭場。」Marco嗜賭，所以我也跟著前前後後去了好幾回，有贏過幾百美金的時候，也有輸了幾百美金的時候。

隨著時間的流逝，天兒漸漸熱了起來，11月的克倫威爾已開啟春末夏初模式。此時的我早已習慣了果園的生活，午餐時間在果園的草地上採採蘑菇，週末開車去隔壁的皇后鎮轉轉，閒時偶爾去湖邊喝喝酒，搞搞燒烤，雨天和歐洲的小夥伴們宅家裡玩遊戲，聊文化差異。

生機勃勃的克倫威爾，桃子、李子、蘋果都爭先恐後地冒了出來，掛在枝椏，密密麻麻。下雨的日子變少了，能開工的日子就變多了。剔果的活兒繼續著，人字梯在果園裡搬來搬去，我愈發靈活得像隻猴子。杏兒也終於剔完了，已移到了另一片區，這回剔的是桃兒。桃果兒小，樹也小，擺放人字梯時需小心，一個疏忽，就會把樹弄折。

2011年11月1日，天依舊藍如墨水，太陽光直直地照著。突然間，狂風四起，我努力地睜著眼睛，不想讓大風影響自己的進度。纖弱的桃樹彷彿快要被連根拔起，砰砰砰……一些綠豆般大小的白色顆粒物從天而降，砸在頭上很痛，我戴著帽子，只聽到帽簷上叮咚作響。「下冰雹了！」隔壁的德國小夥伴大聲喊道。

這陣仗好似天庭的一根珍珠項鏈被扯斷了。

一陣狂轟濫炸後，冰雹終於停了，也停工了。由於明天是我生日，我和Marco、Josephine、Jimmy、David還有Claudia一起回到Macro租住的房裡準備徹夜為自己慶生。每人做一道自己家鄉的菜，大大的巧克力蛋糕和水蜜桃氣泡酒，菜香、蛋糕香和酒香溢滿整間屋子。仨香港人給我唱了首在廣東地區流傳甚廣的生日歌，倆德國人給我唱了首德國民謠，還有一臺灣男生給我唱了首國語的。

果園裡常待一起的幾人都湊齊了，就差新來的Jack沒來，他住在隔壁小鎮Alexandra，胖臀人力經理是他姑姑。Jack長得眉清目秀，身體結實，幽默隨和，在果園裡總能引大夥兒開懷大笑。

第二天晚上，我突然接到家人打來的電話，時斷時續的聲音告訴我，昨晚奶奶過世了，臨走前還念著我的名字。掛斷電話後，我聽起歌來，手機裡一直存著的五月天的〈天使〉。我把頭埋進被窩裡，柔軟的鴨絨被像一團雲，我感覺自己慢慢地飛了起來。

奶奶瓜子臉，大眼睛，高鼻梁，是個大美人，可惜沒有留下年輕時的照片。19歲時，在爺爺「客串」道士時經人介紹與其相識，之所以稱「客串」，是因為爺爺是個無神論者，做道士是為了謀生。奶奶欣賞爺爺的能說會道，學富五車，在那文盲遍地的年代，爺爺自學成才的故事蜚聲在外。

婚後的幾年，日子過得還不錯，丈夫是教師，賺得不多但夠養活一家人。可好景不長，在動亂年代，丈夫不幸成為被「打倒」的一分子，頭銜一扣，日子也就跟著每況愈下了。嗷嗷待哺的孩子，委屈求全的丈夫，上頓不接下頓的饑餓，社會的輿論、鄰里的批鬥。在那些「罵不能還口」、「打不能還手」的日子裡，唯一能做的是——忍。奶奶曾失去過一個孩子，聽說長到10多歲，發燒無錢醫治，活活送了命。後來，爺爺終於等到了「扶正」的一天，不過生命中最好的光景都已消耗在那些貧窮、饑荒、委屈、隱忍、無助的歲月裡了。

奶奶會做獨家的芝麻糖。過年時節，把自己種的白芝麻磨碎後混進砂糖裡，吃起來又甜又香，街坊鄰居親戚都喜歡這種黃黃、香香的糖，蘸著糍粑，滿口生香。

奶奶喜歡吃「粑」，各種粑：糍粑，南瓜粑，糯米粑，玉米粑，蕎粑……小時候和哥哥在奶奶家做南瓜粑，我們會捏好多小動物的樣子，惹得奶奶開心不已，不過等煮過之後，也找不出哪個是自己捏的了。

奶奶喜歡燒柴火，即使到了有條件燒煤氣的時候，她還是喜歡燒柴火。她說火大，煮東西夠力。她對柴火大概是有一種情結，只是子女們不理解她，催她放棄柴火，而我是贊成奶奶燒柴火的，那是能給她安全感的一種習以為常。我也喜歡柴火，把生紅薯放進柴火堆裡，一會便能熟。

奶奶還會做紅薯糖，用紅薯熬出來的一種東西，用它來做米糕是過年時的風俗。用紅薯糖把爆過後的大米黏起來，放到陶缸裡，等親朋來訪時，沏茶倒水，吃米糕。由於用紅薯糖做的米糕很鬆軟，有股獨特的美味，姑姑家的小孩們有時會去偷陶缸裡的米糕吃。

奶奶會做炸紅薯片，把紅薯切成片，放進油鍋裡炸，炸成金黃色，那是她無師自通發明的。除了各種原創食物，她還會些手藝。在當地，如果有人去世，他家人會在此後的三年裡每年去掃一次墓，帶去一個以竹為架、用紙糊的東西，寓意「思念」和「捨棄」，她會做那個東西，而且銷量很不錯。

這些都是小時候的回憶。

長大後，有一年過年回家，發現奶奶的聽力嚴重下降了，說話得大聲喊才聽得見，家人說，奶奶不再用柴火了，燒菜的手藝也漸長了，因為捨得多放些油在菜裡了。

後來，我大學畢業了。第一份工作的工資，原本打算給奶奶買助聽器，但由於自己也是嚴重的拖延症患者，一晃7個月過去，等終於下定決心去買時，家人跟我說奶奶的身體已經非常不好了，不好到甚至不能去醫院配助聽器了。回家見到奶奶，才幾月，判若兩人。

再後來，我走了。走的時候跟奶奶說過年回家看她，她開心地點頭。最終，我沒能見到奶奶的最後一面，那是我一生的遺憾。如果多年後能在天堂重逢，不知她能否認出暮年的我。

天依舊很藍，我坐在David的大商務車車蓋上，Claudia躺在一旁的草地上。我跟她說我奶奶去世了，她問多大年紀，我說80，她說還很年輕，我感到驚訝，反問說80還算年輕嗎？她說算，她爺爺都89了，每天開車到處晃悠，還和老太太調情打鬧。

我躺在了車蓋上，問她：「德國的天也跟紐西蘭一樣，這麼藍嗎？」她說是，我說不信，她問為何不信？我說因為德國位於北半球，又有那麼多工業汙染，怎麼可能這麼藍？她說不信的話，可以親自去德國看看。我又問她：「德國人是相信去世後上天堂的嗎？」她說是的。

天藍得很深邃，我也相信在看不到底的深藍處，天堂真的存在。此時Jack走了過來，打扮時尚，笑容帥氣，瞬間把我們帶入另一種人間天堂的情緒裡。

（四）夏天裡的聖誕節

Mark今天說，剔果子的工作只剩最後四週了，桃子和李子被種在3公里遠的地方，從住處到園區，需自行設法到達。大多數時候我騎自行車上下班，碰上雨天便坐David和Claudia的商務車。

小點的桃樹長得纖細，大點的有碗口粗，枝杈張牙舞爪地伸著，果子像一顆顆粉嫩的橄欖，摸上去外軟裡硬。桃樹長得稀疏，從遠處能看清剔果子的人，像一隻隻貓頭鷹，架在樹上。我常常「用力過猛」，smoking time也爭分奪秒，想著多剔一棵樹，就多一份工錢，因此被supervisor叫停住好幾回。

在紐西蘭，該工作時工作，該休息時休息。專門催促那些勤奮過度的亞洲工人休息，成了supervisor的工作內容之一。白人們一到點，會迅速停下手中的活兒，捲根煙吧唧幾下，或者飲杯原味奶、紅茶，再配幾個muffin。15分鐘的break time的確能延緩體力的消耗速度。

桃園後有一潭碧綠的天然池水，下班後幾個德國人一定會下水游上幾圈，我不諳水性，只能在青草沒過頸項的岸邊等候著。Claudia說在德國的小學，游泳是門必修課，是一項必須掌握的技能。

桃子、李子的剔果工作進行著，果園裡各個國家的年輕人穿梭著，酷酷的裝扮，風華正茂的年紀，大把的汗水和荷爾蒙充斥在烈日下的林間。相比杏果，桃子和李子的剔果工作需要更多的人手，果園新招來一批人，Jack就是其中一員，18歲，從英國來紐西蘭遊玩半年，體驗打工度假，順便拜訪親人。Jack長得不高，但很壯，一張略帶童顏既視感的臉上，流露有西方人稜角分明的成熟男人味兒，整個人散發著從少年向青年過度時「含苞欲放」的獨有味道。

時光飛逝，12月轉眼到了第四週，南半球的聖誕節如期而至。我第一次體驗在夏天過聖誕節，沒有雪，周圍一派生機盎然的景色。David提議一起去皇后鎮玩，於是12月24日晚，我和Jack、David、Claudia、倆德國小夥、一愛沙尼亞姑娘驅車前往皇后鎮。

紐西蘭的公共場所禁酒，但平安夜及新年夜例外，街上的人，人手一瓶酒，或紅酒、或啤酒、或烈性酒、或雞尾酒，可以與任何路人打招呼，聊天，跳舞。整個鎮子變成一個party的海洋，波濤洶湧的海浪翻滾著，一場盛宴如箭在弦。

我們一行人把車停在皇后鎮山腳下的一個停車場後前往餐廳。

街道兩旁的建築大都只有一兩層，五彩斑斕的外牆，小道縱橫阡陌。皇后鎮三面環山，一面朝湖，湖水靛藍，岸邊躺著一抹長長的白色沙灘。從山腳到山頂，可徒步而上，也可坐纜車，在山頂一眼望去，整個皇后鎮的湖光山色盡收眼底。

我們找了一家Fish&Chips店坐下，每人點了一份大薯條。薯條很粗，外面焦脆，裡面柔軟，蘸上番茄醬，涼涼甜甜的醬汁包裹著溫暖飽滿的薯條，十分美味，從此我便愛上了Fish&Chips。一袋薯條下肚，六分飽，喝幾杯冷飲，吃幾個炸魷魚圈，晚餐就算解決了。

平安夜的皇后鎮好不熱鬧。川流不息的各國、各色人種奔走相告，今晚是慶祝的時刻。我們找了一家二樓的小酒吧，買了酒，跟著音樂擺動著身體，昏暗的燈光打在臉上，每個人都笑出了牙花，愛沙尼亞女孩喝嗨了，抱著一旁棕皮膚的陌生女孩，上下其手挑逗起來。我尋思著：「原來外國人玩得這麼開。」這是我第一次真正意義上的「進酒吧」。

一群人圍在一起邊喝邊跳，一晃便到了凌晨，想起明天還要早起幹活，於是依依不捨地離去了。Claudia沒喝酒，因為需要有一個清醒的人開車回去，幾十里的山路，左一拐右一拐，不能有閃失。

12月25日，克倫威爾的櫻桃開始陸續變紅，有些紅得像晚霞，有些紅得像朱砂，有些像少女面頰上的一抹紅暈，粒粒如草莓般大小。其他人負責李子園剔果工作的收尾，我和Jack打先鋒。因為在計時不計件的李子園裡，我倆的表現最好，沒有偷懶和閒聊，所以Mark讓我倆先來採櫻桃，櫻桃是計件報酬。

櫻桃還沒全熟，稀稀拉拉的紅點點在枝繁葉茂的櫻桃葉中若隱若現著。我倆開著Hydralada開始採櫻桃。先佩戴好「綳帶」，綳帶上有一個方形的鋼圈，綳帶的長度可調節，把鋼圈調到胸前合適的位置，將黃色的桶放進方形鋼圈內，鋼圈能把桶架起來懸掛在胸前，這樣採摘時，櫻桃從手指到桶裡的時間可縮至零點幾秒。

我戴著太陽帽，塞著耳塞聽著歌，努力地找著零星的紅點點，一鎖定目標，即刻將Hydralada開過去，用拇指跟食指輕輕一掐，捏住櫻桃的柄頭，然後放進桶裡。

Hydralada是一種採摘果子的機器，長長的機械柄可將人伸至五、六米的高空，驅動和方向全由兩隻腳來掌控，Hydralada開起來要說簡單也不見得，好幾次我不小心刮到樹枝，便連皮帶肉把樹枝削了下來，站在上面的人感受不到其力度，不管多粗的樹枝，輕輕一碰，能像切蛋糕似地削下來。

我和Jack在白色巨網網住的櫻桃園裡來回穿梭著，偶爾嬉笑打鬧。午休時兩人席地而坐，談天論地，啃著自己做的簡易三明治，吃著紅得發黑的，如李子般大小的櫻桃，滿嘴的紅色汁液從口腔蔓延到胃裡。

有一天，在Hydralada上，我對對面的Jack說：「下班後I'll comfort you.」他吃驚地看著我，尷尬地笑著說：「I'll comfort you在英國有性暗示的意思，Are you gay?」我趕緊回答說：「No, no, no, I just didn't know that.」接著兩人大笑起來。

日子一天天過去，對一些英國和紐西蘭英語的地道用法也愈發熟悉起來，笑話鬧越多，進步也越快。天，一如既往的藍，躺在草地上，感覺像在深海，靜謐，平靜，安詳。

第四章　Sarita果園

2012 年

（一）摘櫻桃

從12月25日到年底的一週，櫻桃陸續成熟。

李子和桃子的剔果工作也已收尾，果園裡的小夥伴們開始全員投入「摘櫻桃」的「戰鬥」。櫻桃能賣個好價錢，出口各國都極受歡迎。果園老闆瘋狂斂財的季節終於到來，在果園裡蹲守了幾週甚至幾個月的工人們也終於迎來「賺大錢」的時候。

「摘櫻桃」論桶來算工錢，手腳麻利點的人，可以賺到最低時薪兩倍以上的數目，對於工作崗位稀少的南島，算得上是一個創造大量就業崗位的時機。

聖誕跟新年之間的這週，克倫威爾的陽光越燒越烈，天也越來越藍，一團一團似棉花糖般的雲朵掛在空中，背景是一大片一大片的純藍。

這時的我已對Hydralada的使用駕輕就熟了，靈活地在櫻桃樹間穿梭跳躍，胸前的小黃桶滿了又換，換了又滿。爭分奪秒、踏踏實實地幹了一週，惹得一些捷克的小青年開玩笑地說：「Alvin，中國人真是很能幹，把邊玩邊幹的活兒幹出了如此嚴肅認真的範兒。」

2011年12月31日晚，一群人又來到皇后鎮。

人聲鼎沸，比起平安夜，熱鬧有過之而無不及。一行人吃過晚飯，買了幾瓶啤酒拎在手上，走走停停地逛著小鎮，由於人太多，大夥兒走散了，我和Claudia還有另一個德國小夥尋到一處湖邊的空地，盤腿坐下，喝著啤酒聊著天，在一片歡聲笑語裡等待2012年的到來。

時間一分一秒地流逝到了11點59分，人群躁動起來，隨著一聲巨響，一朵耀眼炫目的花朵飽滿地綻放在夜空中，倒數終於來了：10、9、8……人群嘶聲力竭地喊著，煙火盡情繽紛地放著，整個小鎮猶如人間天堂。這是我生平第一次參加新年倒計時活動。

倒數完畢，酒瓶碰撞的聲音此起彼伏，我們從沙灘上起身，拍了拍身上的白色細沙，找到散落在人群中的另外幾人，商議著晚上在哪裡過夜。驅車回克倫威爾已是不可能的事，因為人人都喝了酒，蜿蜒曲折的山路開車風險太大。住青旅貌似也行不通，鎮上屈指可數的幾家青旅這會兒被圍得水泄不通，此時，愛沙尼亞姑娘發話了：「去我朋友家宿營吧，她家就在對面山上，我們叫輛出租車即可。」

於是，一群人開始「劫車」。跨年夜的司機似乎都喝過酒，只聽見一輛輛車在耳旁呼嘯而過，一群人前前後後走成零散狀一人伸一手，費了很大功夫才攔到一輛麵包車大小的的士，愛沙尼亞女孩向司機講明目的地後，一群人又在車上歡呼吶喊起來，寂靜的山路上，樹林裡，充滿了我們噴湧而出的青春。

車子駛到一幢白色木房子前停下，一群人張羅起分配房間，女生住裡屋，裡屋暖和且帶洗手間，男生住車裡，住不下的都睡帳篷。於是我和Jack還有德國人Flo住到了帳篷裡，把一個帳篷塞得滿滿當當的，三人呼出的熱氣把山上的寒氣阻擋在外頭，不一會兒便進入了夢鄉。

2011年就在歡愉中結束了，2012年如期而至。新年的第一縷曙光照在帳篷上，露珠兒顫抖著，「呲呲」地沿著帳篷的穹頂骨架滑到草地上，Jack在我旁邊瑟瑟發抖，Flo睡得正酣，我拉了拉David給的毯子，想試圖分給Jack一角，可惜太小，愛莫能助。還好夏天山頂的陽光一大，溫度就迅速躥了起來。

沒洗臉，沒刷牙，我們坐David的車返回克倫威爾。David沿途在各處把小夥伴們逐一放下後，送我回到住處。我搬出果園的小木屋後，便搬進了Marco和Josephine的家，客廳鋪了兩張床，住著一男一女倆臺灣人，我則住在屋後的大Cabin車裡。我推開門，瞧見倆臺灣人在打包行李，收拾完畢後，把行李搬上車，禮節性地道別，揚長而去，留下一堆碎石子被碾壓得吱吱作響的聲音。

「人來人去」的生活，在接下來的一年時間裡，我會淋漓盡致地感受，從重度傷心，到深度傷感，偶爾輕度無感，到最終接受並看淡離別。

凳子還沒坐熱，David和Claudia表示也要離開克倫威爾了，他們來紐西蘭已有近一年時間，雖已經延簽，但所剩時日不多，於是決定去南方自駕遊一番，相處了近三個月的伴兒要走了，我心裡充滿了感傷。

好在克倫威爾的櫻桃都成熟了，在繁忙的工作中慢慢收拾起對他們的思念。我當初來克倫威爾是在Timaru聽從了那香港仔的指引，稀裡糊塗做了三個月剔果的活兒後，終於等來了摘櫻桃。

這時我面臨一個問題，由於所持簽證規定，在同一雇主下連續工作不得超過3個月，於是眼看著紅燦燦的櫻桃遍布了Suncrest果園的角落，我卻不得不離開這裡，於是給Mark發了個短訊，辭了職。

在Marco的引薦下，我進到隔壁一家叫Sarita的果園。Sarita裡聚集著一群香港人，三三兩兩的德國人，以及零零星星的英國人、臺灣人、韓國人和紐西蘭本地人。

Sarita果園裡有幾處木房子，裡頭早已住滿了先來的人，停放在果樹旁的房車車廂也快住滿，好在仍留有幾個空位，每輛房車裡本來只有一張床，為了能最大限度地塞進更多的人，有些本來是沙發的地方被改造成了床位。我從Marco家搬了出來，搬進了Sarita果園裡，床就是某房車中的一處沙發，住我對床的是一德國小夥，進門處的大床則住著香港小夥。

來Sarita的第二天，我便投入到工作中去了，胸前掛一四四方方的桶子，扛一把人字梯，熟練地穿梭於一壟壟的櫻桃樹間。枝頭上懸著一大串一大串的櫻桃，普通的紅櫻桃，有大紅、朱紅、粉紅、棗紅、殷紅……少見的黑櫻桃以及白櫻桃，黑櫻桃黑如葡萄紫，白櫻桃白如漢白玉，上面添有幾抹紅暈，和幾絲奶黃。

新果園的生活依舊豐富多彩。我一直對粵語感興趣，於是每天收工後，湊到香港朋友旁聊天，學著蹩腳又有趣的港式粵語。果園裡還有一對從中國來的「男男情侶」，其中一人擅長廚藝，會自製辣醬，這可把這群香港人高興壞了，天天爭著嚷著要吃那男生做的飯。

有倆男生的場合，香港人會翹著舌頭努力講普通話，倆男生不在時，香港人則只用粵語交談，剛開始我還饒有興致地聽著，時間一久也便索然無味了，慢慢地，我和這群香港人疏遠了。

逐漸和同一屋的德國小夥談到了一塊兒，另有倆睡車子裡的德國小夥，於是再一次融進了德國人的圈子。倆睡車裡的德國小夥分別叫Patrick和Marco。一個出生於1991年，一個出生於1993年，幾人迅速成為相談甚歡的朋友，一起去湖邊野炊，一起步行三小時去參加山腰上的露天Party。

摘櫻桃需要早起，每天早上5點集合，下午14點收工。山裡的夏天是會下雪的，山裡的早晨冷到雙手、雙腳打寒顫，手指不聽使喚，人變得顫顫巍巍，站在人字梯上，寒風吹得臉又痛又僵。

身旁的亞洲同事們竭盡全力地奮戰著，身旁的歐洲同事們哼著小曲兒，不緊不慢地享受著。我介於他們之間，那時的狀態，那時的價值觀，亦在其二者間。

（二）第一次喝醉

每個國家年輕人的穿衣風格都有其獨有的呈現。

Patrick和Marco的著衣風格留給我印象最深的部分是Sagging。它指的是將褲子穿在腰下，然後露出部分或整件內褲，在男性嘻哈文化中特別流行。Sagging所影射的文化符號可能就是「親我的屁股吧，我不在乎你們怎麼看，我就是和你們不同。」在這個社會裡，許多人穿著光鮮亮麗，體面十足，可這層外衣下所藏的卻是醜陋無比的靈魂，而Sagging正是年輕人對現實叛逆的象徵。

Sarita果園有兩處廚房，一頭大的是大夥兒主要的煮飯和閒聊處，一頭小的是供住在這邊的幾個工人和管理人員使用。大的那個時常有人，聚會喝酒不便，於是2012年1月17日晚，我、Patrick、Marco來到小廚房喝酒。

廚房旁住了倆馬來西亞留學生，暑假來此做工。兩人均為馬來人，跟我說在馬來西亞，他們是可以合法迎娶四個老婆的。其中一個是虔誠的穆斯林信徒，每天早中晚做五次禮拜，當只耳聞過的現象在我眼前呈現時，又驚又喜又有趣。有一天，我去找他，推開門四處張望了一下，沒發現有人在，心想剛剛還發短息來著的，說自己在屋裡，怎麼不見人影呢？於是打給他，誰知從地下響起一陣電話鈴聲，我低頭一看，噗嗤一聲笑了出來。

我和Patrick還有Marco三人帶著啤酒來到廚房，邀請了這倆馬來西亞留學生。由於自身是穆斯林的緣故，滴酒不沾，於是他倆就在旁邊看著我們仨喝酒，玩drinking games。

隨著時間的推移，夜漸入深，三人開始暈乎乎。Marco提出要煮點東西吃，打開冰箱，一通亂搜，發現了一袋麥片和幾桶牛奶，踉踉蹌蹌地把麥片和牛奶一股腦兒倒進pot裡，等牛奶開始沸騰，Marco又從冰箱上找來一捆越南米粉，我以為他要把米粉放進去煮，原來他是拿來當攪拌用，我試圖把他手裡的米粉放進去，Marco阻止了我，他說：「小時候奶奶就是煮這種麥片牛奶粥，不需再放別的東西。」我當時是把這pot當火鍋了吧。

此時Patrick已喝趴在桌上，我和Marco美滋滋地吃著，又玩了幾輪games，情緒更加高漲了。把鍋碗瓢盆、桌椅板凳弄得叮噹作響，驚醒了睡在旁屋的幾個香港妹子，被她們呵斥了幾聲，三人識趣地伴著意猶未盡的醉意回去睡覺了，漆黑的果園裡，我們大聲地笑。

這是我生平第一次喝醉。

醉醺醺地進了房車，香港仔在床上和一個香港女生摟摟抱抱，我把一罐沒喝完的啤酒遞到他鼻子前，說：「不喝點嗎？」邊說，手已拿不穩酒罐子了，把剩一半的啤酒灑到了他身上，此時的我被房車裡曖昧昏黃的燈光一照，天旋地轉起來，雙腿一軟，倒頭便睡了。山裡晝夜溫差大，還好我一直帶著去年在奧克蘭買的蠶絲被，我把頭埋進被窩裡，緊了緊被子。

隔天天放亮，我還在床上，對床的德國小夥問我昨晚是不是喝多了。我隱隱約約聽到有人在屋外議論我和Patrick、Marco昨晚醉酒的事。有人在外頭說：「昨晚有人在那個小廚房喝酒，吵到很晚。」「對啊，還偷吃了人家的麥片和牛奶，剩了一大堆，還不洗鍋。」「就是，椅子什麼的橫七豎八倒了一地，桌上到處都是酒。」「不知是誰幹的。」

我心一驚，昨晚究竟醉到什麼程度？該不會被果園懲罰吧？疲憊再次使我陷入了夢鄉，臨近晌午我從房車的小床上起身，洗漱完畢進廚房，隨手撕開一袋方便麵，加點白菜葉煮了起來。

香港人在一旁議論著：「聽說昨晚是那倆德國人和Alvin在醉酒，還偷吃了人家的麥片和牛奶。」「真是太不像話了，這麼吵。」「要管理員以後晚上把那間廚房鎖起來才行。」「就是，得跟Paul說。」我急匆匆地把麵嚥下肚，迅速離開了廚房。

Patrick和Marco還在車裡呼呼大睡，我走過去叫醒他們，跟他們簡單概述了一下目前果園的人對我們昨晚喝酒的議論，他倆毫不在意地大笑起來，說：「下次咱們再喝吧！」我說：「好啊，一定！」

誰知，那是第一次也是最後一次。2012年1月19日，週四，他倆離開了Cromwell，約好在Wellington再見，可惜後來也落了空，那些坐在屋頂喝著啤酒，吃著櫻桃，看著晚上十點還未下山的太陽的日子終究成了記憶裡一段美好的回憶。

生活和工作齊頭並進著，2012年1月9日，我成了整個果園摘櫻桃的第一名，由於一個強大的競爭對手今天休息，我便趁機拿下了這個第一名，小高興了一下。

中午放工後，回到廚房得知香港朋友Marco和幾個人去另一家果園找到了新工作，沒有通知我，也沒有叫上我。隨著在Sarita待的時間越長，我和Marco還有Josephine間的心理距離則越遠。他倆和香港朋友走得近，去Queenstown蹦極沒捎上我，聚餐也沒拉上我。2012年1月6日晚，我在小廚房做Pastry給韓國朋友吃，被前來拿食物的Josephine撞上，她內心或許也在想「我為何沒喊她和Marco？」

漸行漸遠，終於在1月底，我跟Marco還有Josephine說我要去北島的Martinborough找David和Claudia，他們在那認識一個葡萄酒莊的泰國老闆。之前和他們約好一起沿西海岸自駕北上Nelson的計劃就取消了，心裡有些許「不守承諾」的愧疚，但終究還是把想法說了出來，Marco表示可以理解。

2012年1月20日，在Sarita的最後一個工作日，中午早早收工，下午全員搞BBQ聚餐。一想到燒烤，我腦子裡冒出來的是「豬尾巴」、「韭菜」、「豆腐」、「香芋」、「羊肉串」、「雞皮」、「茄子」之類的，誰知，紐西蘭的簡易燒烤只有「香腸」，粗大的香腸，可以撒鹽，可以抹醬油或番茄醬，也可以原味伴啤酒下肚。

Sarita的工作雖說結束了，但還能繼續住上一段日子。我從1月21日開始，又有了一小段短暫的45S Orchard的體驗，這裡的45S指的是「南緯45度」。

（三）再見Cromwell

2012年1月21日早上，45S Orchard派車來接仍堅守在各果園的殘兵剩將們，由於它很大，在當地屬於龍頭型企業，臨近收尾時，再找一批人幹上一週，把散落在自家果園內邊邊角角的櫻桃一顆不落地收上來。

我被接到了它家大廳，填寫完申請表後，立馬投入戰鬥。由於是收尾的活兒，沒有規劃個人片區，也不明確告知員工的工作路徑，懷著滿心期待進入偌大的果園，原以為是進入一個寒暖流交匯處的漁場，魚蝦貝類無窮盡，誰料早已被人捷足先登，只留下一片掃蕩後的殘羹冷炙。

稀稀拉拉的櫻桃不規則地分布在遠近高低的樹上，因為管理人說可以隨便採，那就放開手腳放肆採了，這棵剛摘完，跳過三棵，轉身盯上斜後方的斜後方。讓人大開眼界的是，果園裡竟然有「偷果賊」。採滿一桶後，一般會就地放下，貼上自己的標簽，接著爭分奪秒找最近的空桶，掛上前胸，奔赴新的目標。果園的巡視員看到地上的櫻桃後便將其運走，計入標簽主人的業績，一天完工後，集合大家宣布各個的當天成績。

偷果賊的狡猾之處在於，他們看準了寂靜的果園裡人影稀少的特點，偷偷摸摸地把他人的標簽撕下，再貼上自己的標簽，1秒鐘的功夫，就能不勞而獲他人半小時的成果，由於不能容忍這點，Marco和Josephine在第四天辭去了這份工作。

2012年1月22日，除夕，晚上和香港朋友慶祝，尬聊了幾小時，只記得「一人準備一個菜」的佳餚確實能解饞，至於當晚的談話內容，已記不起了。

1月26日，如打仗般，征戰了幾個block，被小卡車載著，在凹凸起伏的泥草地上，上下顛簸地奔馳著，身心俱爽，感覺自己像開墾南泥灣的戰士，雄赳赳氣昂昂。一整天摘了29桶，其中有瓦努阿圖的朋友送我的一桶。

45S Orchard裡有一批瓦努阿圖的朋友，他們大體全是黑皮膚，有墨黑色的，有炭黑色的，有鍋黑色的；有黑得發亮的，也有黑得發暗的；有淺一些的，接近褐色，也有黑得像綢緞，皮膚細膩能反光……短短的頭髮，盤成直徑不到一厘米的圓圈緊貼著皮膚，沒有鬢角，禿禿的，露出凹陷的太陽穴。嘴唇豐滿厚實，牙白身健，雖有高矮胖瘦，但大都身姿矯健。

他們在摘櫻桃時，會互相打鬧，嘴裡不時發出人猿泰山式的喊叫，在枝繁葉茂的櫻桃樹間，頗有幾分原始的氣息。我和旁邊的法國男生也偶爾跟著喊，在樹林深處，徹底回歸到大自然，感覺大自然滲透進了自己體內，與我融為了一體。

1月25日，我把去年在Cromwell青旅旁買的自行車賣給了瓦努阿圖的朋友Flu，30紐幣，他騎著開開心心地走了，碩大的身軀壓在秀氣的自行車上，有點滑稽的畫面。

1月27日凌晨收到一條短信，提示說早上開工時間延遲至8點，起床後竟發現有另一條未讀消息：今天的班次全部取消。這種跡象顯示，45S Orchard的櫻桃應該也摘不了多久了。

果不其然，第二天，果園宣布今年的採摘任務全部結束，樹上僅剩的一些就留給在果園蹲守了幾個月的鳥了，牠們怪可憐的，被果園專門雇獵人用槍打，被電網擊，終於可以在人類退出後，好好飽食一頓大櫻桃了。

1月28日，45S Orchard的採果工作正式結束，Cromwell 2011-2012季度的櫻桃採收也正式結束，意味著，所有人都即將離開，也包括我。最終，我發現自己竟然是屈指可數、集齊了Cromwell四大果園工作經歷的人，它們分別是：Suncrest, Sarita, Summerfruit, 45South。

在這南阿爾卑斯山脈的小鎮裡，我第一次真正接觸到西方的衣食住行，感知到西方人的喜怒哀樂，也察覺到自己內心的自由和善良。我忘卻了所有的「勾心鬥角」、「人情淡漠」、「現實冷暖」，它猶如一個楚門的世界，雖然不夠真實，雖然總有要出走的那天，但足以讓我懷念一輩子，讓我今後在北半球看盡人性之惡的時候，依舊能被這個深埋心底的人間天堂給溫暖到。

決定了去北島找David和Claudia，買了機票，需要先從Dunedin飛Wellington。所以2月1日，帶著萬分不捨，我離開了Cromwell。馬來西亞小夫妻送我到橋頭，那裡是出入Cromwell的必經之路，曾經多少次進進出出的地方，到真的說再見時，眼裡除了傷感，還是傷感。

我用傷感的眼神癡癡地望向Dunedin的方向，只花了18分鐘，便搭上了一輛順風車，在紐西蘭這叫Hitchhiking。這是我第一次搭順風車，司機是葡萄酒莊老闆，60來歲的樣子，把我送到BBH的門口，謝過之後道別，道別之後入住，入住之後逛街。

Dunedin是南島第二大城市，僅次於基督城，由於歷史及文化上的因由，達尼丁是紐西蘭全國的四個主要中心之一。這裡擁有紐西蘭最古老的大學——奧塔哥大學，以及奧塔哥理工學院。這麼一介紹，是不是隱約能覺察出什麼貓膩？在人煙稀少的南島，一個地方聚集有那麼多大學，就意味著年輕人很多，年輕人多，娛樂業就發達。在市中心，有個圓形廣場，周圍被各種酒吧環繞，一到晚上，人聲鼎沸。

據說Dunedin最冷的8月，氣溫最低為4°C，最高約有13°C；最溫暖的2月，氣溫皆徘徊在20～25°C左右。我是2月1日到的Dunedin，親身的感受只有刺骨的寒冷，從南極來的風不僅能把體溫吹低好幾度，甚至能把正常智力範圍的人吹成輕度弱智。

入住BBH的第二天，在大廳認識了Johannes。他有車，載著我和Ran遊覽了博物館和Dunedin著名的peninsula。其中有一段我們開車上下世界最陡峭道路的經歷，來來回回開了好幾趟，好不歡樂！為表示感激，我和Ran晚上給Johannes親手做了頓中餐。Ran是Sarita香港人裡的一員。

對Dunedin的感覺是：它似遙遠邊陲朱唇皓齒的女俠，不食人間煙火又擁有一身蓋世絕學，翩若驚鴻，婉若遊龍，隔海遙望南極，是洪荒世界裡的一座燈塔。2月5日，匆匆告別Dunedin，飛機一路北上，直朝Wellington。機艙裡的大媽空姐，樸素又樸實。

第五章　David和Claudia

2012 年

（一）葡萄園

飛機平穩著陸Wellington。

從機場到市區花了8.5紐幣。去Martinborough之前，順道在Wellington與提前幾天從Cromwell回Wellington的倆馬來西亞留學生碰了下面，三人去了紐西蘭國家博物館。

酷炫、現代、原始、自然，是我對Te Papa博物館的印象，它是南半球最大的博物館，免費向遊人開放，館裡的主要藏品有：毛利人使用的器具、工具、工藝品及其它表現風土民情的物品，紐西蘭早期歐洲探險家介紹，早期歐洲移民的生活情景，以及紐西蘭的地質狀況和珍禽異獸。拖著大行李箱在博物館裡上上下下，根本不覺得不方便，一門心思只顧捕捉各種應接不暇的展品，相機快門劈哩啪啦按不停。

帶上在博物館裡買的禮物，坐上火車，再轉中巴，顛顛簸簸一個多小時，終於到了Martinborough。一下車，Claudia已等在路口，熱情地朝我打招呼，旅途的疲倦頃刻間消失得無影無蹤。

Claudia和David住在Martinborough鎮上的一棟白色木房子裡，庭院前有棵碩大的叫不出名的樹，掛滿「殘陽如血」般的紅色碎花，地上也鋪了一層。我拖著行李箱小心翼翼地跨過這似工藝精美的波斯地毯般的路面，穿過院子進了屋。

屋裡David在玩遊戲，沙發上還有倆人，Luke和Lasse。臥室裡放了他們四人的床墊，我只好睡客廳，客廳裡的是床，比床墊更舒服。我整理了床鋪，鋪上被子，擺上枕頭，像模像樣的溫馨感撲面而來。奔波了一天，內耳平衡系統早已失調，洗過澡後轟然倒在了床上。

第二天，所有人在客廳休閒。他們說在我來之前的一週，他們把這間屋子裡裡外外大掃除了一番，這本是座廢棄了半年多的房子，他們接上電，清了幾公斤的黴斑和灰塵，才有今天這副模樣，雇主泰國女人為了獎勵這幫她眼裡的孩子們，給了他們一瓶上好的葡萄酒，並免除一週的房費。

David和Claudia曾在這裡做過4個多月的工，由於面臨僅剩一個多月簽證就到期的情況，他倆又回到這兒，打算優哉遊哉地過上兩三週，順便掙點盤纏。

David把我介紹給了泰國女人，從明天開始正式上班。

Martinborough位於紐西蘭北島最南端的Wairarapa，是該地最有名的一個葡萄酒產區，得益於漫長的秋季和顯著的晝夜溫差，馬丁堡出產的葡萄酒精致優雅且極具特色，果香馥郁，層次復雜。我的工作就是為生產優質葡萄酒，在葡萄園裡攬各式工種，讓葡萄健康地長大。

2月7日，上班第一天，斷斷續續下了好幾場雨，秋意漸濃的感覺。葡萄園裡沒過腳踝的豐草沾著雨水，草尖兒上的水和草根處的稀泥使我的鞋在一小時內便濕透了，襪子也跟著濕透了，腳像浸泡在溫水裡的感覺，又溫又癢，於是索性把鞋和襪子都脫了，光著腳幹活兒。

看似柔軟的草坪實則紮腳厲害，我忍著痛雙手使勁地摘著葡萄葉。今天的任務是把過於繁茂的葡萄葉去掉一些，以讓被遮在下面的葡萄幼子能更多地暴露在陽光下。

時斷時續的雨不停歇地下了起來，勢頭越來越大，終於17點收工回家。全身淋濕，貌似狼狽，內心卻充實快樂。回到房間，一屋子人和睦的氛圍瞬間使我忘卻了白天的勞累。

來這裡的目的不是賺錢，工作只是體驗生活的一種方式，一種既能為我提供物質支援又能讓我更深入地理解當地社會的方式。多做一天，或少做幾小時，根本是不在意的，停工或開工也都可心平氣和。下大雨被淋成落湯雞，在我眼裡是多賺到了一種人生體驗，是快樂，甚至是幸福的事情。

葡萄園的活兒在紐西蘭叫「Vineyard活兒」，之前隱約聽人說過，幹Vineyard很辛苦，很多亞洲男生都堅持不下來，回報率低且累。我把這個想法跟Claudia討論，她說：「我和David去年在這裡幹，賺了不少，那些說Vineyard賺不到錢的人，是自己弱吧？」

第二天的工作是時薪制，既然是時薪，那就會有人磨洋工，自然就會有supervisor來監督。Vineyard裡一壟壟平行排列的葡萄架，各排都非常長，一眼望不到頭，一天的活幹下來，來回在葡萄園裡走過的路程應有幾公里。

Supervisor跟我說：「今天上午你的任務是做完這壟。」話畢，我擡頭一望蔓延到天際的葡萄架，內心是絕望的，彷彿在辦公室裡，上司跟我說：「午餐前請把這一百頁PPT修改完。」倘若是我一個人，我定是不能堅持下來的。慶幸有一群德國朋友在左右，有Claudia在身邊，每當我感到不可能時，看看他們，聽聽他們的意見，頓時就有了動力和幹勁。德國年輕人體力好，意志力強，積極樂觀，任何事情在他們眼裡都不會輕易顯得苦。

2月9日。工作內容是「扣鐵絲」——把防鳥的網子蓋在葡萄藤上，然後把邊緣的鐵絲拉下去扣進地裡的鐵環裡，以固定住碩大的網子。這樣的活兒一年一次，所以隔年再來扣鐵絲時，地上的鐵環大都被土給埋住了，露出小小的頭，有些被雜草蓋緊，需要拔掉雜草，摳掉周圍的土，才能騰出放鐵絲的空間。扣一個已經耗費我身上20分之一的體力了，一壟葡萄藤少說也有幾十上百個鐵環。

和我組隊的是Luka，我倆一人一邊，他蹭蹭地一個接一個地扣上了，又快又準。我一個、兩個、三個……每扣一個，內心來之坎坎的感覺就愈發濃烈，對自己的無力感，對Luka的愧疚感，對一望無盡的葡萄架的焦慮感。

Luka在對面為我加油，我的意志處於崩潰的邊緣，第一次碰到一件事讓我認為自己不行。

終於，我咬緊牙，使出全身力氣，不顧指甲，不顧指頭皮膚，不顧腰椎，像個衝向敵人機槍的戰士，瘋狂地幹了起來，居然趕上了Luka的進度，一天下來，順利完成任務，回到家，十個手指頭的皮全磨破了，擦了點藥。

2月10日，早上得知今天的工作內容跟昨天一樣，於是我發短信給泰國老闆，說今天身體不適，請假一天。一整天就自己一人在家，睡覺、看書、上網、做飯。晚上Luka說我太懶，我回答說：「我的身體告訴我的大腦，我或許幹不了那活兒。」發達富裕的德國，那兒的年輕人來紐西蘭不是為了幹活兒，但他們能以輕鬆的心態來面對我眼裡「不是人活兒」的活兒，他們的體力、能力、心態都讓我欽佩。

2月11日，泰國女人那兒沒活兒。我主動給另一家葡萄園的supervisor發短信，表示今天想工作。John回復我說有半天活兒，於是我起身出門，穿著人字拖踩過濕漉漉的草叢去了葡萄園。

今天的活兒還是「除雜草」、「拔鐵絲」、「壓網子」、「錘釘子」……其中「錘釘子」是最容易完成的活兒，拉住網子的一角，拽出一個洞，用有著碩大釘帽的塑料釘子從中穿過，再用大錘子兩錘將其錘進土裡，半硬半軟的土，錘起來手感賊好。

不過正因為錘釘子的活兒完成一次容易，所以整體才不輕鬆，為何呢？因為往土裡錘進一個釘子的時間只需10秒，意味著每錘一個釘子之間的間隔時間就變短了，不可能錘完一個後休息1分鐘。實際的工作狀態是，錘完一個立刻起身去錘下一個，於是錘完一壟葡萄架，就等於做了幾百個「下蹲」……一天下來，大腿肌肉火辣辣的。

2月12日，週日，今天休息。

我走路來到一公里外的一處宿舍，找一個中國女生Rachel，她也在泰國女人的果園裡幹活，互相得知是中國人後，便邀請我去她家做蛋糕，和她一屋的是倆香港女生，四人去了酒吧，還去了一中國大叔家，中國大叔給我們烙了餅，吃天津冬菜，伴著大叔手機裡鳳凰傳奇的《荷塘月色》，一屋子其樂融融的中華風韻。

而Rachel在接下來的幾個月裡將隨我踏上一段旅程，一段徹底改變她人生軌跡和命運的旅程。

（二）Taupo艷遇

2012年2月13日晚。白天掛了一天的網，帶著腰痠背痛回到家，泰國老闆的混血兒子在大廳，他是泰國女人與紐西蘭前夫所生，泰國女人的基因強大，兒子長相完全依亞洲人的模樣。他的到來預示著今晚會有一場天昏地暗的「惡戰」——喝酒。

果然，大夥兒把一箱箱的啤酒和烈性酒擺上桌，隨著喝酒遊戲的進行，各個爛醉如泥，泰國老闆的兒子在屋外吐了一地，David用一個乾拖把去處理嘔吐物，大夥兒看到拖布上的沾黏物後，也都想吐了。

泰國老闆的兒子獨自摸著黑回了住處，他住在山腰處。他媽跟他爸在多年前離了婚，後來一任接一任地換男友，每天把自己和男人鎖在屋裡灌葡萄酒，每次出現時她都帶著一股酒氣，醉眼朦朧，半醉半醒。知天命的女人，半老徐娘，風韻猶存。

有一幫勞務輸出的泰國女子幫她幹活，她們不會英文，只能比手畫腳，但滿面含春的笑容常掛嘴角，她們勤勤懇懇，每一筆工時都在筆記本上一五一十地記好，攢下來的錢都寄回泰國，我想她們雖不會英語，但她們耳邊每天一定回蕩著一種世界上最美麗的聲音——她們遠在泰國的家的呼喚。

泰國老闆的兒子回去後，我們收拾了一下瓶瓶罐罐，凌晨兩點入睡了。我到第二天下午1點才醒，折騰了一天的身體，感覺每個器官都被酒精穿透了，正當我在床上自憐自艾，感慨弱不勝衣的身體時，同屋的幾人早已起來四五個小時了。同樣的工作，同樣的食物，同樣的飲酒，同樣的作息。不得不感嘆，白人的身體素質真是

「杠杠的」。

晚上Lasse從Wellington回來，是由一老年男子開出租車免費送回來的，他是Lasse幾個月前在Wellington換宿的主人，由於很喜歡他，至今依然常邀他去家裡玩，回來時Lasse會給我們帶一堆零食，其中就有我最愛的「蘋果派」。

我和Lasse一邊吃著熱乎乎的蘋果派，一邊從東西方的文化差異聊到二戰，在一旁的David聽了，插話進來，慷慨激昂，鏗鏘有力地表達他的見解和立場。前幾天因為David想霸用我的無線上網卡，被Lasse懟了之後，就跟Lasse結下了梁子。

工作照常。我和Rachel被安排去另一家葡萄園掛網，由於每天穿著人字拖上班的緣故，遇到稍微緊點的鐵絲，掛起網來就非常吃力，不僅需要手使勁，腳踩下去，硬生生的鐵絲，像踩在鈍的刀口上。

壞事往往伴著好事。那家葡萄園相對清閒，不僅可以在smoke breaks免費喝咖啡，吃餅乾，還有一顆野生油桃樹。做累了就到油桃樹下摘個油桃，用手擦擦放進嘴裡。純野生的油桃樹，像是上帝賜給我們的禮物。

幾天的時間，我和Rachel把油桃樹上的油桃吃光了，第一次感受到原始人的快樂。我們想像中的古人生活，沒有網絡，沒有手機，沒有電，應該很枯燥吧？但其實他們有很多現代人所不知道的快樂。自那以後，我再也沒吃過更可口的油桃了，那棵油桃樹上的油桃成了我心中的朱砂痣。

隨著時間的推移，葡萄園的工作也漸入尾聲，活兒只到2月底。所以我和Rachel決定聽從中國大叔的建議，北上Te Puke，去找

Kiwi Fruit工廠的工作。

2月16日，7點半起床，走路到韓叔家，把車牌號抄好發給Claudia，說若晚上我沒聯繫她，就讓她報警。坐上車，一路北上。三人一邊琢磨著GPS一邊開，8小時後終於到了。韓叔把車開到Eastpack門口，三人下車去領了申請表，填寫個人信息。工廠負責人Wes說，如果我們下個月來Te Puke，可以在他即將開業的Hostel裡換宿。

晚上韓叔送我們去附近的一戶華人家過夜，第二天去Eastpack面試，面試完後去附近ANZ銀行的ATM機上取錢，卡被吞，沮喪的狀態下，堅持見了一網友，在我焦灼的情緒下，他淡定地說他和一群華人還有馬來西亞的印度裔住一起，如果我來Te Puke，可以住他那兒。

在Te Puke的兩天匆匆而過，韓叔帶我們南下回Martinborough，由於開夜車，他睏得睜不開眼，於是讓我開。雖說我有紐西蘭駕照，但從來沒在路上開過，況且那一段是在Taupo湖的邊上，晚上的沿湖公路浪漫倒是浪漫，但若一不小心拐進漆黑的湖水裡，三人就一命嗚呼了。

我硬著頭皮上，雖說路上車極少，但凡有車經過，都是風馳電掣，我戰戰兢兢地開了一段。凌晨2點多，回到了Martinborough，下車時我把護照和錢包忘在了韓叔的車上。

屋裡新來了一對法國情侶，住在屋外的van裡，只用屋裡的水電煤、洗澡室和廚房，兩人似晶瑩的水晶一般單純，開著他們那輛N手車，打四次火才能打著的老古董van，載著我在各個葡萄園「南征北戰」，2月的最後一週，我們仨的工時最多，也因此建立了友誼，暴雨來襲的黃昏，在N手車裡的「談笑風生」、「眉飛色舞」，都是嵌入記憶裡的快樂。

他們教我做法國可麗餅，還特意寫了一張做法的紙給我。

充實快樂的日子就這樣一天一天地流逝，終於到了分別的日子。2月28日，最後一次聚餐，縱有萬般不捨，也只能依依惜別。29日早上，頂著滿頭的hangover，我拖著行李坐上大巴先到Wellington，然後換到去往Te Puke的大巴。

路上大巴爆胎，晚上到了Te Puke後，手機欠費又沒電，在陌生又黑暗的地方，拖著大包小包的我做好了露宿街頭的準備。前幾日見過的網友及時趕來，他根據我之前發的短信找了過來，接我去了他的住處，暫時安頓好了第一晚。

第二天，我沿著高速公路走了兩個多小時到Eastpack，從身邊呼嘯而過的車子讓我心驚肉跳了兩個多小時。找到Eastpack後，談了具體的工作事宜，也包括Rachel的早晚班班次問題。

我們的計劃是：Rachel3月1日來Te Puke，我們把行李寄存到某處，然後去Tauranga和David會合，在Tauranga住一晚，接著南下Taupo和Claudia會合，然後一起去「Northland」自駕遊半個月。

在Martinborough，大夥兒各自離開前，就有了此計劃。

在Te Puke的兩天：高速路上迷路，全身淋濕，手機欠費，找不到住處。不過仍設法把下一份工作的事情辦妥了，也和Rachel一起hitchhike到了Tauranga。工作、旅遊、流浪，三不誤。

見到David後，終於有種找回組織的感覺，休憩了一晚，第二天坐車到Taupo，此時Claudia已經從Martinborough成功hitchhike到了Taupo，終於人都齊了，就差David的女朋友了，她過幾天從德國過來。

在Taupo的BBH裡，我們睡外頭帳篷裡。天兒太冷，晚上在帳篷裡瑟瑟發抖。

BBH裡住了不少德國年輕人，大家都在同一間廚房裡做飯。連續幾個晚上，我和Rachel在做中餐時，都有一個德國女生湊過來，在一旁默默地觀察著我們。

突然有一天，她把Rachel叫了過去，傳話說讓我去門口，她想跟我說幾句話，我帶著詫異走了過去。她和我說：「你好，我叫Dunja，我聽Rachel說你叫Alvin，每天看你們做中餐，真有趣！今晚你想不想去Taupo湖邊散散步？你來Taupo也沒怎麼逛過吧？」我結結巴巴地回答說：「是啊，來這邊還沒怎麼去湖邊逛過，去走走也可以。」

面對一個20歲女生的盛情邀請，我覺得拒絕是件極其殘忍的事。於是我推掉了同大夥兒去山上泡溫泉的計劃，和她出去散步了。從BBH走到Taupo湖邊，又沿著碩大的Taupo湖走了兩三個小時。終於她開口說：「好冷啊。」我答：「是啊，真的好冷。」她說：「你能抱著我嗎？這樣就會暖和點了。」我說：「好的。」

於是，我抱了過去。過了一會兒，她說：「你接過吻嗎？」我說：「接過，在大學的時候，你呢？」她說：「我還沒有過。」於是，我們吻了一陣子，在寒風凜冽的Taupo湖邊，她說那是她的初吻，她說她很喜歡我。

過了很久，我們一起從月明星稀的Taupo湖邊走回BBH。那是2012年3月5日，星期一。

（三）Raglan

2012年3月6日。

早上在帳篷裡醒來，打包好行李，和David、David女友，Claudia還有Rachel一同走去Taupo市裡一處位於湖邊的遊樂場，David和Claudia綁在一起蹦極跳了下去，我選擇了看似沒那麼可怕，實則令人心驚肉跳的項目——高空鞦韆。

工作人員讓我半倚在一個懸空的架子上，扣上安全繩後，身體在空中呈坐姿，吊鉤將我移到湖面上方，工作人員手裡攥一根控制索，她問我準備好了嗎，我惴惴不安的心開始砰砰地跳了起來。

「等一下……」話音未落，我的身體已如離弦之箭，氣貫長虹地滑向幾百米下方的湖面，湖上泛著一片青煙似的薄霧，湖水綠得彷彿一塊無瑕的翡翠，我像一隻輕巧的水鳥掠過上空，湖水蕩起微微的漣漪。

未來得及感受由於自己的「深水恐懼症」而引發的窒息感、神志不清以及過分焦慮，慣性已帶著我的身體在另一端高高地揚了起來，湖面又變成了我眼皮底下一面翠綠的鏡子。就這樣，我的身體左右來回地在高空中蕩起了鞦韆，直至緩緩地停了下來，工作人員才用升降機將我慢慢拉上去。

Rachel問我感覺如何。我感受到一種別樣的「神魂震驚」，從高處自由落體時的失重感，接近仙霧繚繞的湖面時的恐懼感，反復蕩上去時的興奮感，最後被從幾百米深處拉上來時對器械安全性和對工作人員操作穩當性的懷疑感，到終於雙腳著地後的踏實感，心潮澎湃，意猶未盡。

結束完遊樂園的行程，一行人開始Hitchhike去Hamilton，在路上我用短信和Dunja告了別，約定好將來若有機緣，改日定相會，不管是在東方還是在西方。

此行搭車不算順利，一來由於我們一夥人不少，二來行李多。司機沒停下來，有些因為車子空間小，有些則因為司機在趕時間，等不及讓我們一一裝卸繁多的行李。一群人分散開後，分別各搭乘了三四趟才到達Hamilton。

有在車上睡著的時候，也有毛利女車主想去買大麻而找我們索要油費的情況，最後搭乘的一輛被塗改得五顏六色的車，車主是一個在Hamilton的Central BBH住了近8年的卡車司機，當時我們被驚出了滿目的「崇拜」，原來BBH還可以這麼操作？喜歡它就住它十年八年。

黃昏，抵達旅館，紮好帳篷，解決晚餐，入睡。

第二天一早醒來，洗過澡，匆匆拆卸掉帳篷，從Hamilton坐大巴到Raglan。它是一個擁有如畫般美景的沿海小鎮，這裡的海灘被譽為紐西蘭最好的衝浪勝地，沙灘是著名的「黑沙灘」。說起沙灘，大多數人腦中浮現的是黃色或白色，但也有其它顏色的沙灘——例如黑色的，這是因為沙灘位於火山附近，火山活動會產生黑色岩石，進而形成黑沙灘。

在Raglan入住後，花了31紐幣第一次在紐西蘭買了袋捲煙，體驗「自己捲」的新趣。紐西蘭是地球上煙最貴的國家之一，在2012時，大部分人抽的是袋裝的手捲煙，買一袋煙草，再購一捆過濾嘴，加一盒捲紙，再配一個打火機。煙草口味分許多種，朗姆酒味的，香草味的，琳瑯滿目。

在旅館戶外的木椅上曬了良久的太陽後，一群人在夕陽的餘暉中去海邊衝浪了。大浪翻捲著，有些許恐怖，有史前大洪水的既視感。

（四）Northland自駕遊

在Raglan的兩天，天空澄碧，纖雲不染，和風送暖，萬物鑲上金邊。

如此給力的天氣，我們除了衝浪就是泡圖書館蹭網，有一種熱帶海島的慵懶閒情之感，唯一提醒我未超絕塵世的事是，對上個月在Martinborough的葡萄園做工時，最後一週的工資仍未到帳的擔憂。

從Raglan坐城際公交回到Hamilton，在轉車前往奧克蘭的間隙，我去了久違的賭場，2分鐘輸了100紐幣。Rachel被拒入場，理由是她的牛仔褲上有破洞。車子行了幾小時到達奧克蘭，再一次見到睽別半年的大都市，心裡早已沒了當初的迷茫與不知所措，再次穿過Queenstreet時，心態也早已發生了天翻地覆的變化。

租好車，David當司機，幾人一路北上。天近暮色，我們在最近的一個無名Campsite住下。無水無電無手機信號，無人煙，甚至幾乎無人類文明痕跡，唯一的人工烙印是一塊褪色的木板上用Baskerville襯線字體寫著的「露營地」幾個詞，破舊中給人古典的感覺。

晚餐就在路旁的長椅上以自製三明治解決了。以天空為被，以大地為枕，身旁五米開外的地方是太平洋，波濤拍打著海岸，我用手電筒照著寫下了當天的日記，封頁上沾上了白沙。海風鹹濕的味道包裹我，繁星之下，我感覺自己的靈魂抵達了前所未有的自由，它縱情地在這隅漆黑的太平洋上翺翔著。原來生命可以這般自由自在！

清晨在海浪聲的陪伴中醒來。驅車前往Whangarei，它是紐西蘭最北的城市，是北地大區的首府。在Whangarei找好Campsite後，我們去掃了一堆燒烤用的食材和伏特加，David烤的大蒜番茄別有一番味道，他把番茄從中剖開，往裡塞些大蒜，然後翻過來放在鐵架上烤，火焰把番茄內部與大蒜接觸的部分烤成魚頭裡膠狀物的樣子，沁甜的味道讓人錯以為真的是腦黃金，以為真的含有不飽和脂肪酸DHA和卵磷脂，以為真的能促進大腦發育。

只是單純醉了。晚上一人乾一瓶伏特加的陣仗，有且只有那一回。Campsite的管理員叫來了救護車，他以為我們將要一命嗚呼了。眇眇忽忽中，只見救護車上下來幾個彪形大漢，用手電筒直射我們的眼睛，然後以他們alcoholic的親身經驗，拋下一句：「太年輕了，喝多了。」隨後便離開了。

第二天，Campsite的老闆謝絕了我們的繼續入住，委婉地將我們請了出去。David開著車在街上晃悠著，費了一番功夫找好了一處旅館，入住後第一件事是洗昨晚吐髒的衣服。

David頂著宿醉去車站接一個猶太朋友。幾個月前他們在奧克蘭的BBH裡相識，猶太人叫Michael，23歲，帶張60萬人民幣的卡從以色列出發環遊世界。如此豪氣，世上除了中國富二代，恐怕也只有猶太人能了。

David在I-site幫他買好票，安排好路線，在車站候著。Rachel

跟我說：「你瞧，David還是對Michael好些，換做是我倆，他應該不會給我們買票，不會安排如此細致。」我一聽，心一驚，眼一楞，有點失常態地回答她：「不會的，換做是我們，他也會幫我們訂票的。」

在回去的車上，我腦子裡久久回蕩著Rachel的話，我越想往相反的方向想，越有一個力量使勁地拽著我，我開始精疲力盡起來，想要放棄抵抗，又想殊死扛住。

晚上在泳池旁聊天，所有人坦誠相見。德國人David和猶太人Michael大聊特聊二戰時納粹種族滅絕猶太人的歷史，Michael說他奶奶差點就成了被滅的一個，幸好差點。隨著興致高漲，加之回想起在過去幾個月裡David不時釋放出的種種信號，我愈發覺得Rachel的話不是平白無故，而是理有固然。

第二天，Claudia依然在宿醉中掙扎。我、Rachel、David和Michael一起去著名的Abbey Caves，它是野生螢火蟲洞，考慮到自然生態，一般不能拍照，也鮮有人拍照，尤其在伸手不見五指的洞穴深處，那些小精靈們經不起閃光燈。

Abbey Caves是三個連起來的洞，在漆黑一團的洞裡擡起頭便能望到滿頭的「星空」，非常夢幻。想進去探險需要備有兩樣東西：防滑鞋和頭燈，我們卻一樣也沒準備，空手進去了。洞裡有水，水最深處會到膝蓋，許多地方需要躬身屈膝，手腳並用地爬。

那天剛下過雨，雨水滲入洞裡，最深處的水沒過脖子，腳下是不見底的淤泥，我穿著人字拖，踩在稠稠糊糊的淤泥上，大腿以下似乎全是固體顆粒分散在液體中形成的黏稠懸浮液，每一步都在往下陷。我往前走的速度需要戰勝往下陷的速度，這樣才能保證腦袋是浮於水面之上的。Michael在前探著路，我和Rachel在後跟著，David獨自打了退堂鼓。

經過一番驚悚的跌倒，踉蹌，我們終於看見了一束光線，通過一個長滿雜草的橢圓形洞窟口射進來，我們亻興奮地朝它奔去，此時已不管腳下的軟泥是否在把我人字拖的鞋底板和人字夾撕裂開，也不管水是否已經沒過了嘴角。三人相互攙扶著爬出了洞口，長舒了一口氣，多麽奇妙的歷險！

David在路邊的車上等我們，三人濕漉漉地坐上車回了Campsite。晚上臨睡前，在帳篷裡，我問Claudia，「你是否也覺得David討人嫌？」她有點小吃驚地望著我，用向來不急不緩的口吻回答我：「為什麽？」我說：「就是有點覺得他煩人。」

說罷，各自睡去了。外頭野牛的嚎叫聲震耳欲聾，威武、孤獨、悲愴、瘆人、淒厲。

（五）告別

3月12日，從Whangarei到Russell。

Russell是紐西蘭第一個歐洲人居民點，富有歷史故事的小鎮。紐西蘭很多「第一」都誕生於此，第一座教堂、第一所學校、第一家旅館、第一個加油站。

白虹貫日，我們經海裡蹚過淺水區，爬上光滑的岩石坡，它似山非山，一種恍惚的墨綠色依附其上，像是被時間耽誤了，潮濕、緘默，蔓延在整個岩石小山丘上。我們小心翼翼地抓握著石縫裡的可攀爬點，一步一步走上光可鑑人的頂部，海浪將鋸齒狀的嫩綠色海帶零零星星地播撒在上面。

途中David問我：「昨晚你跟Claudia說你討厭我？」我說是的，他問為什麼。我跟他解釋了一通，從他在Martinborough時霸用我的無線網卡，到他在Whangarei時對Michael明顯更尊重、更關懷備至的態度，從他對Rachel表現出來的不感冒，到他偶爾顯露出來的小自私，均一一在帶著海腥味的海風中一吐為快，兩人不歡而散。

午餐後，開車來到Paihia。車上安靜地尷尬著，暖和的陽光反射進車內，大家酣然入夢。Paihia是一座以旅遊業為主的城鎮，我們幾人選擇了kayak，花了2個多小時，繞到海中的小島再折回岸邊，上午的不快，在船槳猛烈拍打海水的過程中冰消氣化了。

結束皮划艇，馬不停蹄趕往Kerikeri。Kerikeri是歐洲人和毛利人最初接觸的地方。Kerikeri麻雀雖小五臟俱全，旅遊景點、機場、劇院、圖書館、購物中心、咖啡廳、世界各地的美食飯店，旅遊服務，完善的醫療和福利設施應有盡有。

我們沒在鎮子裡過夜，而是選擇了郊外的一個Campsite。在漆黑的夜裡，在漆黑的海邊，把一隻烤雞和幾個漢堡塞進了肚裡，絲毫沒有餐風宿雨的艱辛感，反倒有一種鑄山煮海的成就感和體驗大自然野性的痛快感。夜深後，只聽見海浪瘋狂地拼命撞擊海岸，海風帶著一長列的怪聲，像是在奮激地怒吼。

帳篷接連數日紮在海邊，沒有手機信號的日子，縱情享受大自然。

3月14日，終於到了此行的最終目的地——Cape Reinga。它是紐西蘭最北端的最北邊。在Cape Reinga我看到了塔斯曼海和西太平洋交匯處水中的分界線。東邊是遼闊、平靜的太平洋，而西邊終日面對的是波濤洶湧的塔斯曼海。

Cape Reinga之後，行色匆匆地趕往下一站滑沙。一座高聳的黃色山峰，由鬆散的黃沙堆積而成，拿一塊衝浪板墊身子下面，陡然驟降的感覺讓人有重回童年的感覺。可惜的是，我口袋裡的諾基亞滑蓋機進了細沙，正式壽終正寢，算是以有紀念意義的方式優美地完結了它的使命。

車子繼續往回開，朝著駛向奧克蘭的方向。

有森林、沙子和海浪，美如天堂，延綿著舉世聞名的Ninety Mile Beach。沿著其中的一段無人海岸可以欣賞如畫美景，可以激浪垂釣，游泳，也可以在退潮時挖掘一種當地的貝類。海風溫潤清透，海浪低吟淺唱，沙灘與大海相映成趣，有千里沙灘，萬里海波的既視感。

沙灘之後，我們徒步了著名的Waipoua Forest，它有一棵號稱「森林之王」的貝殼杉，這棵已經1200多歲的老貝殼杉仍在生長。這裡是一個古樹的世界，到處是珍稀鳥類，通往這個森林的公路是一個由巨大的貝殼杉形成的天然通道，路邊是多姿多采的蕨類植物。

Northland自駕遊的最後一站，自然少不了Coromandel Peninsula。在長達400公里的壯麗海岸線上，水清沙幼，海灘純淨未受汙染。在這般充滿田園詩意的環境中，或徹底放鬆，享受慵懶舒適的假期，或釋放激情，體驗動感十足的水上運動，皆是完美的選擇。

3月18日，從Coromandel回到奧克蘭，免費入住於一戶猶太老奶奶家。熱忱的老人和政府簽了協議，專門款待猶太人，幫助猶太人。由於Michael的關係，我們也順帶被免費款待了。經過半個月的野外生存，那一晚有種魯濱遜回到英國城裡的感覺。

3月19日，David和Claudia開車去奧克蘭大學存放東西，車子加完最後一次油，算清帳目，平攤完費用後，終於到了要分別的時候。我竟然在車後座上哽咽起來，有捨不得，也有對旅途中的小摩擦感到失望和抱歉。半年多的相處，所有的情感似乎在這一刻就要畫上句號了。

我們在奧克蘭市中心的長途客運站道別，自那至今，未再見過David和Claudia，感謝他倆讓我第一次深入地知道了西方人和西方文化的種種。

我和Rachel坐上了去往Te Puke的大巴，即將開啟另一段美好的故事，而Rachel在Te Puke也改變了她自己的命運。

第六章　Te Puke

2012年

（一）抵達Kiwi Corral

2012年3月19日。我和Rachel從奧克蘭坐大巴先到Tauranga，再從Tauranga搭順風車前去Te Puke。寥寥幾字輕描淡寫，實際費勁周折，折騰半死才搭到Te Puke，分不清東西南北，這趟搭車純屬瞎眼雞叼蟲子——碰運氣。

好在運氣不賴，在天黑前趕到了Te Puke鎮上，我們的目的地是Kiwi Corral，它離鎮上還有十幾分鐘的車程。上個月韓叔帶我倆開八小時的車從Martinborough北上來找工作時，在EastPack認識的supervisor開了這家Kiwi Corral旅館，他主動邀請我倆前去換宿。

我和Rachel站在Te Puke郵局前，行李放一旁，開始給Wes發短信，告知他我們的位置。過了四十多分鐘，他回消息說在忙，不能前來接我們，讓我們自己想辦法。

此時暮色無聲降臨，天空由蔚藍色變成了鐵灰色，散霧瀰漫街道，街道兩旁的燈柱亮了，楚楚動人的燈光零零散散地鋪在地上，沒有星星，沒有明月，微風柔和涼爽。

沒有高樓大廈，不見購物中心，已關店的古董藏品店，門口裝飾著稻草人的休閒咖啡廳，靜謐、文藝，彷彿有種隱秘的暗示，讓人從不知所措中抽離出來，進而沈浸在寂靜而芬芳的想像之中。

Te Puke是位於Tauranga東南28公里處的一個小鎮，兩者同屬於紐西蘭Bay of Plenty地區。該地區陽光充足，氣候溫暖，土壤肥沃，盛產各種水果。這裡有大片的果園和花園，種植著從獼猴桃、柑橘到鱷梨和香料等多種作物。

Kiwi Corral位於Te Puke小鎮郊外，是Bay of Plenty地區最大、最有名的背包客棧之一，也是紐西蘭一流的working hostel之一，有可同時容納500人的床位及設備，有背包客在此連續入住長達6個月之久的記錄。這家旅館記錄了我人生中美好的經歷之一，日月麗天。再多裁紅點翠也不足以表達我對它的情感。

Te Puke以獼猴桃的種植而聞名，生產了紐西蘭70%的獼猴桃，它被譽為「奇異果之都」。小鎮郊外甚至有一家名為「kiwi 360」的獼猴桃主題公園。紐西蘭人把獼猴桃稱作Kiwifruit，後來Kiwifruit被譯為中文——奇異果。

綠色奇異果早期外觀呈黃褐色，成熟後呈紅褐色，有棕色絨毛，裡面果肉呈亮綠色，帶一排黑色或者紅色的籽兒。黃金奇異果是紐西蘭的新國寶，有光滑、古銅色的外皮，金黃色的果肉，香甜多汁。

Kiwi是幾維鳥的英文名，幾維鳥因叫聲擬似「kiwi」而得此名，紐西蘭人將其視為民族象徵，定為國鳥，遂以kiwi命名獼猴桃，以專業的商業化栽培和國際化市場銷售鏈將其推廣至全世界，進而紐西蘭獼猴桃市場委員會演變成為現在的Zespri國際營銷公司。我和Zespri也有一段奇妙的相遇。

獼猴桃質地柔軟，口感酸甜，味道被描述為草莓、香蕉、菠蘿三者的結合，它以Kiwifruit的名字吸引世界各地的人來到Te Puke，來到Kiwi Corral。

3月19日晚22點30分，抵達Kiwi Corral。

（二）找工

一進Kiwi Corral的大廳，只見兩位明眸皓齒、金髮碧眼的年輕女子在討論著什麼，嘴裡發出雜亂細碎的聲音，兩頭金色捲髮湊攏到一塊兒，淺黃而微棕略像雙峰駝身上毛的顏色。她們在仔細研究手裡的一個硬幣，看似不是紐幣，背面的花紋不同。

我和Rachel走進裡頭，見到Wes，他熱忱而迅速地給我們安排了房間，我住3號房。饑腸轆轆的我們在廚房煮了隨身攜帶的麵條，清湯掛麵配萬古不變的老乾媽，津津有味地吃了起來。

冰箱後頭傳來一陣爽朗歡快的笑聲，幾位小夥兒在玩「傳足球」的遊戲，只見黑白相間的球在他們的足間，頭部，胸部跳來跳去。好一會兒，其中三位坐了過來，開始跟我們搭話：「你們好，你們來自哪裡？」「中國。」「你們是男女朋友關係嗎？」「不是，只是普通朋友關係。」我用叉子掀起一把麵條，在空中捲了三下，放進嘴裡，問他們：「你們是哪裡人？」「烏拉圭。」

這三個字，彷佛是來自遙遠的一聲雲雀啼叫，曾經在地理課本上學過的名詞，竟然活生生地響徹在了耳邊，原來地球上是真有這麼一個國家存在的，腦子裡立刻回蕩起一個單詞——interesting，只有它能概括我此刻的心情。

洗漱後睡去了，行程和情緒皆滿到溢出來的一天，身心俱疲。

由於我們是來換宿的，不需要繳納房費，以充當無薪水員工的身分來獲取免費住宿，於是第二天一大早便投入工作了。吸塵，擦拭廚房和浴室，活兒簡單，不費時也不費多少力氣，加之才剛過三月中旬，旅館的住客還不多，一切都自然地維持得整潔乾淨。

幹完活，吃過早餐，我坐同住這裡的馬來西亞女生的車去了鎮上，她們將我在一個丁字路口放下，我按地圖找去一家叫Seeka的工廠填工作申請表。在Te Puke找工作大都需要親自去公司填申請表，待公司有空缺職位時，會電話通知申請人前去面試或直接參加induction。

我去上個月見過的中國網友家取了行李，去New World超市買了接下來一週的食物後，搭車回了Kiwi Corral，雖只有短短十幾分鐘的車程，但搭起車來並沒有想像中容易。

為什麼又找工作？上個月不是特意從Martinborough過來填過申請表嗎？早上Wes幫我打電話去EastPack詢問為何沒有通知我去做induction？甚至錄不錄用我，也沒半點消息。那邊回答說：「數日前，人資部試圖聯繫過我，但我的電話打不通，於是他們便作罷了。」

Te Puke的工作崗位整體供少於求，往往求職者剛猶豫一秒鐘，就有幾個人來爭同一個職位，這裡的就業競爭很激烈，「英語好」是最起碼的條件，作為中國人，需要競爭過當地人，需要競爭過同質的中國人或亞洲人，需要競爭過在心理認同上更有優勢的歐洲人，還需要競爭過在潛意識裡被憐憫的南太平洋島國人。

旅館裡來了一批來自所羅門群島的女人，臉、手臂、腳背均黝黑，同撒哈拉以南的非洲人一樣黑。她們膚色如炭，嘴唇較薄，臉上有稜角，頭髮泛棕黃色，像一顆顆閃閃發亮的黑珍珠，各個黑的明度、彩度不一，各有千秋，有墨黑、油黑、灰黑、青黑、魆黑、炭黑……我和馬來西亞女生給她們取名「黑莓」，意思是酸酸甜甜，既美味又有助於抗氧化、防衰老。

開始我以為她們是非洲人，經Wes介紹才知道是所羅門群島人。所羅門群島每年會向紐西蘭進行勞務輸出，在紐西蘭各地農忙時，派遣勞務來農場或工廠。距離所羅門最近且文化認同感最強的兩個發達國家就是澳大利亞和紐西蘭，那裡的工資比所羅門高不少，許多人爭先恐後想要過去。

我和所羅門群島女人們自然熟，第一次聊天便聊了三個多小時，從教育、薪資水平、婚姻、工作、旅遊、食物、水果聊到Facebook、夜店、滑雪、衝浪、捕魚、信仰……我覺得我和她們之間有種奇妙的緣分，像是失散多年的親人，有種靈魂深處的相互吸引。

她們讓我嘗了所羅門木薯粉，一種熱帶島國的味道瀰漫全身，直至髮絲和指尖。

接下來的幾天，一直閒賦在旅館裡，Seeka沒打來電話，就只能乾等著。沒有車子，寸步難行，哪兒也去不了。還好隨著Kiwifruit季節的到來，旅館裡的住客逐漸多了起來，阿根廷人、印度人、瓦努阿圖人、法國人、德國人、西班牙人……大家住一起，睡了吃，吃了睡，偶爾打打乒乓球、橄欖球，玩玩Scrabble遊戲、UNO遊戲，也是樂趣橫生。

3月25日下午，我和馬來西亞女生去另一家叫Trevelyan的Packhouse找工作，抱著試一試的心態去的，沒想到要了我們，當晚立刻上班，我急急忙忙回旅館換了雙鞋，因為規定不能讓腳趾頭露在外面。

第一晚工作，大腦和身體都被興奮填滿，一晃就到了凌晨3點半，下班，坐馬來西亞女生的車子回旅館。

在Te Puke的第一份工作就這樣開始了，在回來的車上我有些許不安，在Te Puke沒有車子，該如何生存？怎麼上下班？怎麼去超市？事事都要依靠他人，這種強烈的不確定感，令我惴惴不安。

還好，Trevelyan的工作氛圍極好，毛利人口諧辭給，無拘無束的感覺讓我的神經可以不用繃太緊，中間休息時的免費咖啡和點心更是讓我覺得胸中恬淡、心滿意足。

（三）Josh

Trevelyan的人文氛圍毋庸置疑，沒的說。

但工作本身不輕鬆，我做的是晚班，晚上車間很冷，進去不出半小時手腳就冰涼了。開足馬力的生產線轟轟隆隆地叫著，紛擾不寧，有那麼幾個瞬間，只覺萬狀愁苦，機器的運轉聲如蜩如螗，如沸如羹，只能靠意念去轉移自己的注意力。

我被安排在Grading組，意思是「分級」。把從眼前翻滾著經過的獼猴桃按質量好壞分級：外表有撞傷、劃傷或者破皮之類的，需要挑出來扔進座位旁的圓孔裡，外觀好的果子才被允許進入下一道工序。

我視力沒到5.2，有輕度散光，加上運輸帶的傳送速度飛快，眼睛不能聚集於一處，借助調節視野或移動目標到眼球之間的距離，均不能在我的視網膜上形成清晰的圖像，當然如果目不轉睛地盯著果子，還是能合格完成任務的，就怕「稍不留神」。

稍不留神，有缺陷的果子就從眼皮底下溜走了，一睏，一打盹，又有幾個果子偷偷摸摸地溜了過去。我對面坐著倆阿根廷女生，整晚用西班牙語交流，完全不知所云，像掉在一片雲裡，不解對面的女生，不解眼前的工作。

某晚，一韓國裔supervisor走過來我們的小組，手裡握著幾個不合格的果，在機器的轟鳴聲中啰啰地朝我喊：「這是從你的帶上下去的，瞧這些果，都有問題。」「不好意思，我盡力。」

她叫我上去。只見白色頭罩網下面是一張精心修飾的臉，眉色和髮色一致，粉底液厚重，腮紅上移淡到看不見的地方，橘色咬唇妝在白熾燈下閃耀著。她用韓式英語跟我說：「你聽著，這種突出來一個疙瘩的需要挑出，這種凹進去一個黑洞的需要扔掉，這種有劃痕的也不行……」十分鐘後，我有點搓手頓腳了。我說：「我知道這些Grading標準，問題是運輸帶太快了，我來不及挑，它們就已經不見了。」

她煞有介事地說：「哪怕一個壞果都不能漏，漏了你就不能勝任這份工作。」「我當然能勝任這份工作，請問你屬於什麼職務？」「我是這條線的監管員，我有權力指出你。」「如果你不滿意我的工作結果，可以把我調去裝箱，如果你繼續以剛才的語氣指責我，我待會就去人資部投訴你。」

次日晚，我被調去了裝箱，輕鬆了不少，韓國女也無了蹤影。裝箱區匯集了一些印度裔斐濟人和一些毛利大媽。站我對面的是毛利大媽，她問我以前在中國是做啥工作的，我說做審計的，於是她常常出數學題讓我心算，我配合著她，一連七八晚，心算了好幾十道題。

工作這樣進行著，車間裡各國人交織穿梭，有互相指責，也有相互合作，並肩作樂，也度日如年。

下班回到Kiwi Corral，那裡才是我的樂園。它似一個情趣盎然的生命體，有包羅萬象的細胞。

3月27日午後，我正和所羅門女人們聊著天，一個戴棕色包頭帽的白人男生從遠處微笑著走了過來，沒有帽簷的包頭帽通體柔軟，貼在腦袋上，時尚又帶點嘻哈的感覺。

男生高高大大，體態勻稱，神采英拔，臉和手背都白裡透著紅，像新鮮的水蜜桃。碧藍的眼睛躺在深邃的眼窩裡，像兩汪愛琴海畔的泉眼，兩道淺棕色的眉毛自然地躺成兩彎新月，笑起來現出兩個大大的酒窩，丹唇皓齒，如文藝復興時期的雕塑般五官分明，充滿少年的俊美感，外帶一絲放蕩不羈的隨性。

他一個箭步跳了過來，熱情地跟我們打招呼：「你好，我叫Josh，你叫什麼名字？」「你好，我叫Alvin，很高興認識你，你是哪裡人？」「奧克蘭。」「奧克蘭人？我第一次在這裡遇到紐西蘭人，你也來這裡找工作？」「是，今早剛從奧克蘭過來。」

Josh，20歲，土生土長的奧克蘭人，熱情，單純，灑脫，幽默，他的特別之處在於他的家庭。Josh有姐弟3人，一姐，一弟，一妹。姐姐的父親是薩摩亞人，弟弟的父親是紐西蘭人，妹妹的父親是南非人，他自己的父親是澳大利亞人，母親則是英國人，全家人都擁有雙國籍，不僅在50多個英聯邦國家暢通無阻，也能在歐盟自由遷徙。這不是聯合國，是真實、有血緣關係的一家人。除了他弟和父親一起住以外，其餘兄妹三人同母親住一起，未親眼見過自己的父親。Josh僅在Skype上與在澳大利亞的父親視頻過一次。

當晚，我和Josh聊到凌晨4點多，邊喝Cider邊抽手捲煙，在南半球盛秋的夜晚，白天葉落草枯的清冷景象變成了與樹林和天際融為一體的黑色。萬籟俱寂，我們在室外的木桌椅上哈著白氣兒，月亮很刺眼。

3月28日晚，一香港女生過生日，我們華人幾個準備給她個驚喜。讓Josh扮成「白馬王子」，等香港女生中間休息時，Josh托著蛋糕突然出現在她面前，大家一擁而上唱生日歌，香港女生驚喜交集，熱淚盈眶，嘴角揚起。

此時，Packhouse人資部的人也注意到了這一幕，為我們拍掌叫好。人資的人問大夥兒都在這兒上班嗎？只有Josh說沒有，剛來Te Puke，還在找工作。HR的人說：「我們這裡晚班壘箱垛的人還缺幾個，如果你願意的話，可以來上班。」「真的嗎？很有興趣。」Josh滿口答應，天上真的掉餡餅了。

Josh原本是配合我們去給香港女生送生日驚喜的，沒想到順便給自己找到了工作，果然有「贈人玫瑰，手有餘香」的事情發生。

Josh開始在Trevelyan上起了班，妙不可言的日子也開始了。下班後一起去買L&P，買熱氣騰騰的Pie；一起打乒乓球，打排球，打橄欖球，打棒球；一起深夜去海邊，去Tauranga的酒吧，一起抽手捲煙；一起幫瓦努阿圖人做PPT，一起玩撲克，一起玩Journey Through Europe，玩Asshole；陪他去填Unemployment申請表，和他去奧克蘭Sky Tower賭場，與他去屋後的Dragon Maze玩滑梯。

Kiwi Corral裡各個國家的人各自形成一個個小的集體，但又相互交織著，我穿梭在各個小集體間。和所羅門女人一同祈禱，聽她們彈信手拈來的吉他；和馬來西亞華人談工作，談不可置否的現實；和歐洲人暢談世界，聊心向微光的夢想。

我在Kiwi Corral度過了2012年的秋天。它是濃得化不開的水，似能捧起又從指縫間流過；它是甜得捨不下的蜜，似能戒掉又忍不住地索取。那裡留下了我的少年美好。

（四）月老Kiwi Corral

4月1日，改冬令時。改完冬令時後，紐西蘭和中國時差4小時。

烏飛兔走，Te Puke也走到了果熟蒂落的季節，Kiwi Corral的住客們越來越多，世界各地的人匯聚到同一屋簷下，鼓腹含和，閒暇舒適。聊聊文化差異，聊聊家鄉美食，聊聊旅行計劃，聊聊工作感受，聊聊八卦新聞，打打球，打打遊戲，打打撲克，自在樂活賽神仙。

5號房間裡住了一個來自威爾士的Matt，一個來自英格蘭的Dave，還有一個來自吉隆坡的Jonathan。Matt和Dave在亞洲遊覽了一圈之後來的紐西蘭，準備經美國返回英國，算是環遊了一圈世界。

在歐洲年輕人的潛意識裡，Gap Year的概念根深蒂固，許多人都會在高中畢業或大學畢業後選擇環遊世界，區別在於環遊幾個國家，十幾個國家還是幾十個國家。

Matt膚色白皙，五官清秀中帶一抹俊俏，帥氣中帶一抹溫柔，而在那些俊俏與溫柔中，又有他自己獨有的英倫味道。Dave鼻梁直挺，唇角上勾，輕笑時若鴻羽飄落，甜蜜如糖，靜默肅然時若孤光寒星，稜角分明又不失柔美。

他倆來Te Puke準備做兩個月工，攢點盤纏繼續上路。4月5日，他倆同Josh一起出門摘果子。採果要在適當的時候，早採的獼猴桃營養積累少，糖分、酸度都達不到標準，軟熟後則會失去原品種的風味。採果應選適當的時間，天氣晴朗的早、晚，或多雲時進行，避免在中午高溫時採收，以防果實吸收大量的熱量，容易加速果實的軟化，也不宜在下雨、大霧、露水未乾時採收，果面潮濕容易造成病原菌侵染。

Matt和Dave跟著工頭幹了一段時間的採果。白天上班，晚上同我們在Kiwi Corral裡拉閒散悶，Rachel也是「閒聊大軍」的一員。初來乍到，甜美又無害的Rachel和呆萌沒心機的Matt逐漸搭上了話。有一天，他們同馬來西亞華人去周邊一日遊，回來後，兩人之間的感覺開始變得微妙起來，某些東西似乎始露苗頭。

一天早上，我起早打掃地毯，瞧見昏暗的大廳裡，他倆坐在那兒，聊了整宿的天。我問他們都聊了些什麼，他們說聊了中國和英國的歷史。頗有幾分「從詩詞歌賦到人生哲學」的意味。

果不其然，兩人從眉目傳情到兩情相悅，繼而大方公諸於眾。

而另一邊的Dave則開始了他孤家寡人的日子，Matt被Rachel占有了之後，Dave就一心撲在工作上了，為接下來的美國之行埋頭苦幹。同屋的Jonathan和馬來西亞華人美眉們走得近，他常常去Camy的桌旁挨肩擦臉，一整宿、一整宿地待著，聊著。聊到後來，其餘的馬來西亞華人們都知道他對Camy有非分之想了。

一些人對他評價一般，雖沒明顯缺點，但更沒多少亮點。甚至有人從細節處挑剔他，說有一次我在吸塵時，吸塵器移到他腳下，他的腳擡都懶得擡一下……貌似華人美眉團對他有點微辭，不知是出於保護閨蜜的心理，還是嫉妒閨蜜的心理。

但這些都不妨礙他繼續纏著Camy，而Camy在經歷過她的極品前任之後，心理留下的創傷後應激障礙也在Jonathan暖男般的甜嘴蜜舌、甜言軟語下不藥而癒了，兩個人最終走到了一起。

旅館裡的戀情不止於此。有原本就以戀人身分入住的愛爾蘭情侶，也有真搞地下情的妹子。德國姑娘Isabella晚上偷偷溜出房間和薩摩亞小青年夜月一簾幽夢，旅館老闆的女兒在party上意外懷孕等。

老闆的女兒剛滿20歲，肚裡孩子的父親不是男朋友，不是未婚夫，是在party上遇到的一男子，一夜情後身懷六甲。她沒有讓男子「負責」，也沒選擇墮胎，而是在Wes第二任老婆無微不至的照顧下安心養胎。

也許並不是所有的孩子都是「愛情的結晶」，也並不是所有的孩子都背負著「延續香火」的使命，他們單純只是上天賜予人間的禮物。

旅店裡的雪月風花綿綿不絕。愛爾蘭的Tommy和墨西哥的Edi在床上行雲雨之歡時被我撞個正著，而馬德里29歲的Nadia和Josh之間甜津津、酸溜溜的味道也被我嗅到了。

Kiwi Corral像是月老的一個會客廳，來的人心領神會。佳人才子，流水桃花，一見鍾情，兩情相悅。兩年後，Rachel和Matt在中國無錫舉辦了婚禮，而Jonathan和Camy也在吉隆坡購置了婚房。

「金風玉露一相逢，便勝卻人間無數」，這是神奇的Kiwi Corral。

（五）再見Kiwi Corral

4月12日，Trevelyan晚班，已接近24小時沒闔過眼。

果子少的時候，晚班只有三四個小時，有時還停工，時刻有朝不保夕的感覺，就想到去找找晝間的工作，藏不住年富力強時的這股精氣兒。

我讓黑莓們把我介紹給她們上班的公司，黑莓們是所羅門的勞務公司派遣過來的，受統一管理，上下班統一接送。廠名叫Oakside，是Seeka旗下的一家分廠，準確來說應該叫Oakside site廠。裡頭管理略混亂，進門處只有一個打卡器，員工需要排長隊，項背相望一個個輪流按指紋，接駁巴士常常會在門口等上一段時間，等全員齊整。

我能從和黑莓們一起上下班的過程中獲得不少樂趣，休息時她們遞給我所羅門的餅乾，就著廠裡提供的免費奶茶。聽她們描述在所羅門安然自得、快樂舒心的生活狀態。

她們分別來自所羅門不同的島嶼，有些島離首都霍尼亞拉較遠，划船需幾天幾夜。有的說她們在海裡用木製的叉子叉魚，叉到的魚一部分就地支起烤架烤了飽腹一餐，有些則拿去霍尼亞拉的集市上出售，一美金一條。在熙熙攘攘的海鮮市場裡，鋪一塊顏色秀麗的塑料布，把剛叉上來的魚擺在上面，蹲身而坐，等待客人上門。

賣完魚，步行回海灘，三三兩兩湊攏彈起吉他，唱起歌，跳起舞。向上帝禱告，朝大海感恩。我每次都聽得如癡如醉，猶如另一個世界的故事，心馳神往。

晚上在Trevelyan聽毛利大媽講她在自家後院種大麻的故事，早上回Kiwi Corral幹換宿的活兒，接著睡兩小時，睡眼惺忪地爬起來去Oakside和黑莓們連說帶笑地包裝獼猴桃。

有一回感冒，工作中站著睡著了，手依然在條件反射式地飛速活動著，大腦已失去了意識。有一回過敏，上完晚班全身騷癢，在床上撓了兩小時，帶著紅腫的身體和如螞蟻叮咬般的癢，和黑莓們去了Oakside，8小時的班如八個世紀。幸好有黑莓們神妙奇特的能量包裹著我，她們有如佛法的力量，支撐我度過一次又一次連軸轉的兩班倒。

年輕，能夠作死地折騰，能夠日夜顛倒，能夠瘋狂地工作後縱情地party，能夠24小時不睡覺。

作為Seeka的分廠，Oakside不是每天都有果兒，於是我又去了另一家在Kiwi Corral附近的廠。3月底競爭激烈，沒能進到這家離旅館最近的廠，4月底機器晝夜不停地開動起來，空缺職位也跟著多了起來。這家叫KKP，也是Seeka旗下的分廠。填完表做過induction後，我開啟了兼三家廠的模式。

旅館裡的人說我太勤奮，「這哪像是來旅遊的樣子，分明是來務工的，比從所羅門勞務派遣來的黑莓們還勤奮。」我是旅館裡工作最勤奮的人，三家廠的班次兼旅館換宿的活兒，連軸轉起來時兩天兩夜不睡覺，但同時我也是玩得最high的幾人之一。

4月17日晚，Nadia的西班牙男友過來，叫Tommy和Josh去附近的地下涵洞喝酒，也邀請了我。由於第二天早上有班，於是忍住了沒去。凌晨3點多，Josh敲我房門，找我要Jägermeister，我把酒瓶遞給他，並叮囑他不要喝光了。

4月20日，經我介紹，Josh也在KKP找到了工作。我和他從早上7點上到了晚上8點多，休息時在二樓的露天陽臺喝咖啡，抽手捲煙。幾張連體的室外木質桌椅，在阿根廷人、德國人、法國人、英國人、馬來西亞人的簇擁中，有幾分大學課間活力四射、青春洋溢的氣息。

4月21日早上，隱約聽見大廳有人在議論，Josh跟瓦魯阿圖的黑人哥們兒說要找BBH。由於又連軸轉了一晚，緊繃的肌肉刺激了腦部神經，使得睡意正濃的腦海裡浮現出一片模模糊糊的景象，眼皮一塌就睡死了。

醒來後問Josh怎麼回事，他說我借Jägermeister給他的那晚，他開懷暢飲、酩酊大醉、仗氣使酒，尿濕了旅館大廳透氣性良好的休閒布藝沙發，昨天被Wes調監控視頻發現了，掃地出門。

沒找到合適的BBH，Josh搬進了Trevelyan的員工Cabin，在工廠的後面。Josh走後，我升級了在Te Puke的瘋狂上班模式：24小時不睡覺，兩個獼猴桃當早餐馬不停蹄奮戰下一間工廠，教黑莓們做中餐的同時，逮著機會就和世界各地的住客們聊天，收獲了不少軼聞趣事。

每週領到工資後，黑莓們會去鎮裡買一大堆肉、蛋、果、奶、蔬菜、海鮮、零食等，大塊的豬骨扔進鋼桶裡煮，沸騰後取出撒上鹽，幾人圍坐徒手啃，沒有多少「料理」的痕跡。

自從有一回她們看到了我在廚房裡，把胡蘿蔔去頭、去尾、洗淨、切成薄片，將羊心切片，在燒熱的平底鍋裡倒入植物油，待鍋中植物油升溫，放入切好的羊心煸炒幾下後再放胡蘿蔔片，炒至胡蘿蔔片將熟，放入醬油、精鹽，然後出鍋裝盤……

打那以後，她們迷上了我做中餐的樣子，我也成了她們的料理老師，教她們切絲，翻炒，放調味料，用叉子甚至用筷子吃飯。

日子裡的「充實」和「有趣」相映生輝。

只睡兩小時，起床後趕下一個班次時「想死」的心情，做獼猴桃的包裝盒做到整個人傻掉的感覺，難得有一天休息，精神煥發地和人去Tauranga吃自助餐，逛海鮮市場，怡然安適地去Kiwi Corral的後山摘蘋果，採桔子，撿掉了一地的牛油果。

5月3日，我在日記本上寫下一行字：「過去的48小時我做了4班，白班夜班連軸轉，到達了身體的極限，再多堅持一分鐘，都有猝死的可能。」

「瘋狂工作」和「拼命玩耍」左右開弓。

比如偶爾去找住在Trevelyan的Josh喝酒。5月5日晚，我倆租車去鎮裡的Liquor專門店買酒，在他的cabin裡喝得爛醉如泥。他問我有沒有宗教信仰，我說我算半個佛教和半個道教信徒。他花了一兩個小時跟我解說了關於耶穌和基督教的東西，給我看耶穌受難的視頻，帶我跪在地板上祈禱，那晚他用紐西蘭口音的英語把我介紹給了上帝。

5月7日，已精疲力竭。在無數次想死的念頭湧上心頭之後，終於向相對距離較遠的Trevelyan提出了辭呈，一心撲在KKP上，不時同黑莓們去Oakside裡晃一晃。

我把在KKP的班次換到了晚上，從而認識了幾個同住在Kiwi

Corral的朋友。

一個是Josh介紹來的同母異父的弟弟Dillon，一個德國女生，一個德國男生，還有一個德國出生的越南裔女生Phuong。我們幾個志同道合、步調一致、惺惺相惜，雖沒到高山流水的程度，但也稱得上相見恨晚。感覺對方很舒服，在一起有聊不完的話題，每個人都能拋出一些令人眼前一亮的故事，風趣橫生。

5月底，Kiwifruit季臨近尾聲，工廠裡的活兒越來越少。Oakside已徹底結束，黑莓們等著被接回所羅門。而KKP的活兒也斷斷續續，時有時無，於是我又去了Eastpack找了casual工，是一個相比contract工更「隨便」的工種，算是臨時工中的替補。

在Eastpack做了兩三天，期間去了Santara登記。至此，我是極少數在Te Puke的四大工廠都有過induction的人之一，也是極少數做過四家工廠的人之一。

Kiwifruit季一結束，旅館裡的人就陸續離開了。Rachel和Matt去了奧克蘭，Dave和韓國小夥去了南島，馬來西亞姐妹帶著父母去旅遊了，Nadia跟著男友去了Queenstown，Edi和Tommy 去了Rotorua。

旅館裡只剩我、黑莓們，以及新認識的那幾個可以心靈相通的朋友。我們幾人黏在了一起。聊天、做飯、彈吉他、搭車去Tauranga，由於在時間把控和搭車戰術上的失誤，導致N次「半途而返」，我們總共搭了5次車，分布在5天，雖然沒有一次到達過目的地，但過程卻成了我們之間永遠的素時錦年。

每一天，我們都以為是最後一天，每一晚都聚在一起做「最後的晚餐」，連續做了一週。6月14日，真的迎來了猝不及防的「最後一夜」。

正當Wes過來告訴他們幾個關於新工作的事情時，他們在室外的Cabin裡抽大麻。Wes本想跟他們說有了新工作pruning，就可以不用離開Kiwi Corral了。Wes聞到了屋裡甜津津、辣酥酥、香馥馥的味道，於是立刻把他們都趕出了旅館。當晚他們去鎮上找了間酒店住下。第二天早上，愛爾蘭情侶把他們接回旅館和我會合，準備南下Wellington，同行的還有波蘭女生Joanna。

3個德國人和Dillon選擇北上奧克蘭，我們就此分別，盡歡而散，約定後會有期。鬼出電入的日子，不易捉摸，無法預測。我和黑莓們道別，她們紛紛泫然欲泣，不斷地囑咐我，一定要去所羅門見她們，她們會在霍尼亞拉等我，我連聲答應。

告別Kiwi Corral和Te puke，我和波蘭女生奔向Wellington，開啟下一站的精彩。傷感總歸是有的，人生聚散無常，嘆一聲：「今年花勝去年紅，可惜明年花更好，知與誰同？」

Wes挽留我，我推辭了。如果當年我一直待在Kiwi Corral，現今應早已移民紐西蘭了，就沒有了後來的一切。人生沒有如果，一切都是最好的安排。多年過去，當回憶沈寂冷卻，那些小小平凡卻美妙的日子穿過身體，在許多黑夜和迷茫中，我能感覺到它們的溫暖。

第七章　Wellington

2012 年

（一）大都市

6月15日，愛爾蘭情侶載著我和波蘭女生Joanna一路向南。

又到Taupo，上次經過這裡是在幾個月前和David他們。地方還是原來的地方，人已不是原來的人了。我們去Pak'nSave和Warehouse採購了大量的水、麵包、牛奶和各種食物，添置了兩件當季流行款衣服，聯繫到Tommy和Edi，黃昏時一同去泡山上的露天溫泉。

在Taupo可以看到間歇泉、泥漿池和熱氣騰騰的噴口，這些像是在月球上才能見到的奇特景象，在Taupo並不稀奇。在Taupo湖邊的一些沙灘，游泳和涉水時還能感受到溫暖的地熱水流。

Taupo湖往北不遠就是紐西蘭的新晉旅遊勝地——Huka Falls，這裡水聲如雷，氣勢磅礴，每秒鐘從崖頂傾瀉下來的水量巨大，我們要去的溫泉就在此瀑布的上遊。

上遊河道很寬，水平如鏡，水波不興。河水呈明綠色，水流很緩，流量很大，像一條正在放慢速度發洪水的大河。溫和而軟化了的黃昏，空氣中一片溫和、芬芳的味道，晚霞如同一片赤紅的落葉墜到鋪著綠毯的地上，斜陽之下的山崗變成了暗紫色，好像雲海之中的礁石。

無論用浮標法、流速儀法還是超聲波法測量，眼前這流量超大的河，都似外星球上的一道天塹，匪夷所思的美感中帶些陌生感，陌生感衍生出恐懼感。

溫泉就在河的旁邊，我們幾個輪番享受了一下這野外的人間樂園，飄飄欲仙、怡然自得、骨軟筋酥、物我皆忘、心神俱醉。泡完溫泉還沒過足癮，幾人又相繼跳入了河裡，我在淺水區感受水流撫摸身軀的輕柔，6月的Taupo略帶幾分寒意，好在河水下層暖和，捨不得從裡探出身子。我和Joanna手牽手在離岸邊最近的一段水域嬉戲。

過了好一陣，兩人都累了才依依不捨上岸，此時天色已暮，滿天星斗閃著光芒，像無數銀珠，密密麻麻鑲嵌在深黑色的夜幕上，銀河像一條淡淡發光的白帶，橫跨繁星密布的天空。

在回Taupo BBH的途中，突然不寒而栗，剛才那條帶外星球氣質的野生河，說不定裡面有史前怪獸，萬一被未知生物拖住腳，我們就死翹翹了。

第二天早上，我和Joanna跟愛爾蘭情侶還有Tommy、Edi道別。搭了四次車，費了一番功夫，成功抵達Wellington。

司機將我們放在Lodge In The City旅館門口，入住後，吃過晚餐，在Joanna的牽線搭橋下，我倆去了威靈頓中心的一家酒吧，同當地的歐洲留學生們小酌了一下，接著馬不停蹄去參加了當地的一個Couchsurfing活動。

Couchsurfing在世界各地的會員會舉辦各式各樣的聚會，旅行者能參與其中。我和Joanna穿著新買的衣服，精心打扮了一番。酒吧裡人頭攢動，各種膚色、各個年齡段的人匯聚在一起，英語、西班牙語相互交織，我點了杯英式啤酒，端著酒杯跟在活潑熱情的Joanna後面，挨個和人打招呼。

有穿吊帶裙的妙齡女子，端著白葡萄酒杯倚靠在牆柱上，窄短的吊帶裙在腰節以上部位有一段護胸和護背的衣料，上面印染了幾朵艷麗奪目的薔薇花；而一旁沙發上的kiwi男孩，則戴了一頂用毛線織的帽子，帽頂有一坨毛茸茸的球，兩側垂下來蓋住耳朵，他兩腿叉開癱陷在沙發裡，手裡握著一紮能蓋住半張臉的黑啤。

當晚我們認識了幾位當地的朋友，並打了幾輪撞球，球技拙劣的Joanna讓大家捧腹大笑，化解了剛來威靈頓時的一絲拘謹，找回了自在的感覺。

當晚我和Joanna搖搖晃晃地走回Lodge In The City。裡頭住了些在威靈頓的留學生，有沙特阿拉伯人，也有蘇丹人。在大廳見到一女孩，來自南蘇丹，炭黑色的皮膚像是上帝在她身上打翻了一瓶墨汁，墨黑色的臉上清秀的五官化著精致的淡妝。

巧克力色粉底讓膚色顯得柔和、均勻而有光澤感，橙色的口紅像新鮮的橙子，透過它能聞到一股清香，瓦藍色的小洋裙像一朵嬌艷的翠雀花包裹著她的身體。她說她的祖國不久前剛獨立，現在還在戰爭中，家人全力支持她來平靜祥和的紐西蘭留學。

翠雀花南蘇丹女生雖美，但考慮到這裡廚房不夠乾淨，人員構成太過複雜等因素後，我和Joanna決定搬去另外一間BBH。第二天我們去了I-site，工作人員給推薦了TREK Global，是一間位於市中心的青旅。於是，我們聯繫了之前在Kiwi Corral認識的新加坡男生Peter，他開車把我們送到TREK Global。

來威靈頓的首要目的是找工作，不過找工作歸找工作，玩也是要玩的，扛不住大都市燈紅酒綠的誘惑，加之還有Joanna這樣的「派對動物」相伴，怎能安分？

搬去TREK的當晚，我和Joanna在大廳裡喝了起來，兩人分享了一瓶Cider，酒精度只有8，雪碧般大小的瓶子兩人一分，竟然都醉了。

法國人、韓國人、英國人、德國人……管他哪國人，此刻在我們眼裡，都是用來作樂的人類而已。他們問我來自哪裡，我說「Te Puke」，本想從我口中得到「中國」、「日本」、「韓國」之類的回答，豈料我死命咬定說自己就是「Te Puke人」，惹得大眾哄堂大笑。

那晚的我真心覺得自己是Te Puke人，它給了我深入觀察和體驗並愛上西方文化的機會，讓我認識到自己也是可以被他們接受，尊重並喜愛的。它雖不是故鄉，對於在威靈頓的我，Te Puke就是我心靈的港灣，一個給足我生活費並給足我自信，讓我找到最舒服狀態的地方。

對於威靈頓這個大都市，我就是一個來自小地方Te Puke的普通青年，帶著一顆赤子之心，求職來了。

（二）求職

TREK Global裡有許多不同國家的住客，其中包括Rachel、Matt、Kim還有MiuMiu，紐西蘭是個small world，處處能不期而遇。

6月18日早上10點，火警響起，大家紛紛睡眼朦朧地走出房間，原來是場火災演習。起床後吃過早點，開始改簡歷，從中國帶來的電腦在一個月前壽終正寢，黑莓們帶我在跳蚤市場買了臺二手電腦，不能顯示字母符號以外的語言，涉及到和中文相關的東西時，就只能顯示一些方格。

不過在紐西蘭這種和大自然相擁的地方，現代的電子產品似乎變得可有可無。

我借了法國女生Sandy的電腦，插入優盤，改起簡歷，由於電腦的系統語言是法語，改完內容後，Sandy幫我調好格式，第一天就在TREK認認真真地改簡歷。凡事預則立，不預則廢，起碼在心態上先給自己打足氣。

6月19日早上8點，我和Joanna去威靈頓國家圖書館打印簡歷。國家圖書館為紐西蘭最大的圖書館，與國會大廈相對而立。館內珍藏有不少珍貴文件，例如1840年紐西蘭成為英國殖民地的懷唐伊條約書、麥哲倫航海世界一周的相關資料等。

外觀簡單別致，沒有花裡胡哨的修飾卻也別有一番情趣，給人簡潔、清爽的視覺效果，簡約的設計理念，細膩、精致的做工，與其說是圖書館，更像是一件時尚誘惑的藝術品。

我走到二樓，找到打印機插入優盤，發現簡歷所存的格式不對，於是折返TREK，找Sandy重新調整了格式，再回到圖書館，這一來一去在路上花了一個多小時。威靈頓城區看著小，走起來耗時又費力，費力的原因是威靈頓有不少上坡路，上坡不僅需要雙腳克服地面摩擦力做功，還要克服重力做功，故消耗較多的能量。打印好簡歷後，Joanna已經在圖書館二樓的咖啡廳打聽空缺職位了，帥氣的店員回答她：「目前不缺人，如果你感興趣的話可以先留個聯繫方式。」

從圖書館走出來後，我們去了許多酒店應聘，不管是奢華時尚的五星級大酒店，裝潢講究的商務型酒店，還是匠心獨具的家居型酒店，統統溜達了一圈。在沒有使用Google地圖的情況下，我倆硬生生地靠著眼睛的捕捉，把所見之處的酒店地毯式地掃了一遍。

其中一間是InterContinental Wellington，這幾個英文單詞至今歷歷在目。

由於大學的主修專業是國際酒店管理，所以對洲際酒店集團也略知一二，眼前這棟從地面上陡然聳立到高空的建築，應該有幾百間客房和套房可選，從經典客房到全裝修豪華客房或洲際酒店專屬貴賓房也應該一應俱全。

我們走進酒店，直赴前臺，詢問招聘信息。前臺小姑娘將我們引向人力資源部的房間，一位高䠷的職業女性接待了我們，我們表明了來意，並做了簡單的自我介紹。她問我們手持何種簽證，我們如實回答。

她低頭看了一眼我們的簡歷，用略帶遺憾的語氣說：「我覺得你倆都很優秀，英語交流也沒問題，但鑑於你們的簽證限制，不滿足目前的招聘要求，我們要能長期工作的。」「能不能先聘用我們，再以sponsor的身分幫我們轉成長期工簽呢？」她推了推鼻梁上的鏡框，說：「目前我們還沒有這樣的措施，等合適的時候再聯繫你們。」

有點悵然若失地從富麗堂皇的酒店出來，旋轉玻璃門鑲著金光閃閃的邊，彷彿在告訴我，在川流不息的威靈頓，就業形勢並不樂觀，四郊多壘。果不其然，我們接連在N家酒店碰了壁，理由都是：簽證的限制。

華燈初上，流光溢彩，在澄明的燈光下，馬路露出了溫柔的一面，變成了暖暖的顏色，帶點褐，帶點黃，又有點兒金屬光澤。夜色的燈火虛幻浮華，終究比白日的城市多了飄渺的感覺，拖著疲憊的身子回到TREK，我和Joanna又開始了每晚一瓶的Cider。

喝Cider的時候，結識了一個嬉皮風格打扮的愛爾蘭男生，駝黃色頭髮，駝黃色小山羊鬍，用濃重的愛爾蘭腔跟我倆交流。從此，愛爾蘭男生Philip就成了我們在威靈頓最親密的朋友，在都柏林幹過酒吧工作的他，對於如何explore威靈頓的夜生活，得心應手，登峰造極。

當晚，Philip的出現讓一整天的勞頓煙消雲散，他帶我倆盡享都市風情。我們去了威靈頓的Cuba Street。它是威靈頓一條十分具有波西米亞風格的繁華商業街，據說與古巴的哈瓦那相似。這裡有酷炫的塗鴉，有諸如阿姆斯特丹、伊斯坦布爾和印度風等異族風情的餐廳，有很多二手唱片和書籍、懷舊服裝和另類家具商店，是嬉皮士、藝術家和復古愛好者的聚集地，當然也是「派對動物」的天堂。

在處處都充滿著波西米亞風情的街中，彈吉他，表演提線木偶，甚至玩火的街頭藝人比比皆是，大小酒吧鱗次櫛比。我們去了幾間不同風格的酒吧，Tequila shot，舞池，各色人種的身軀，配上當下最勁爆的歐美音樂，身心全都交給它，它來幫我們驅逐煩惱。

在回去的路上，一個髒辮法國男人在麥當勞旁彈唱，一個碩大的禮帽倒置在話筒架三米遠的前方，裡面橫七豎八地捲了許多各種面值的紙鈔，我和Philip還有Joanna即興同他合唱了一曲〈Hey

Jude〉。

初晨，暮色退去，一切歸於平靜。太陽光從東窗進來，被鏤空的細花窗簾篩成了斑駁的淡黃和灰黑，落在潔白的被子上，彷彿是某些神奇的文字。

今天我和Joanna決定去找職業介紹所。總共拜訪了三家，其中一家讓我進到面試環節，Joanna則在大廳等我。對方仔細詢問了我在中國時的工作內容，審計的具體對象，觀察我對審計的熟練程度以及判斷是否與紐西蘭的會計行業系統相匹配。Joanna有點憤憤不平地說為什麼只讓我進去？我說可能是因為我有過審計的工作經驗吧？

在回旅館的途中，只要看到路邊有酒店就進去打聽有無招工，精品店裡櫥窗下方掛出來的招工啟事，在我們眼裡就像石油工人發現的新油田。

回到TREK，Philip和阿根廷人、德國人在玩Beer Pong。在威靈頓的日子就是，重複地投簡歷，重複地去酒吧。網投是必須的，街邊的餐館、紀念品店，以及超市、海鮮市場等均不能放過，期冀是找到一份能換成長期簽證的工作。

在New World、Countdown還有Pak'nSave裡更不能輕易罷休，同一家New World去了幾回，混到臉熟了也不能如願，坐半小時、50分鐘一班的公車去郊外的Countdown裡毛遂自薦填表，也被店家善意勸返。

白天除了宅在圖書館蹭網發簡歷外，就是外出找工作，晚上除了待在旅館同世界各國的人聊天，玩遊戲外，就是外出作死地玩。

人的肌體如莊稼，也分春生、夏長、秋收、冬藏。冬藏指的就是人要養精蓄銳，尤其冬天的晚上10時之後正是人的血氣相對衰竭，應該休息的時候。6月的威靈頓正是嚴冬，港口的風刮得夜晚的威靈頓像隻鳴聲不絕、貼水疾飛的鷺鷥，我是牠潔白羽翼上的一滴水珠。

Philip帶我們去了許多酷炫的地下娛樂場所，林肯公園撕心裂肺的吶喊響徹在世界上風最大的城市的寒夜裡。

日復一日地找著工作，面試的電話寥寥無幾，offer更是「素未謀面」。後期，我和Joanna兵分兩路各自找適合的，這樣在那些只招一人的地方，命中率會提升，可結果仍不盡人意。

在威靈頓找工作的人大致分為：本地中途跳槽的，本地大學畢業生，外國技術移民者，外國背包客，外國留學生，外國移民家屬……如果沒有特定的技能，比如IT、醫藥等，想找到長期工作的可能性低。

兩個月後，我搬到了Nelson。New World的海鮮部打電話來讓我去面試，由於需要跨越海峽，我在糾結中放棄了那次面試。若歲月靜好，那就頤養身心；若兵荒馬亂，那就多些歷練。命運給予的無論好壞多少，皆需坦然應對，而自己選擇的，無論結果如何，皆需認真對待。

第八章　Nelson

2012年

（一）Tasman Bay Backpackers

德國女生Christina也住在TREK，是之前在KKP的同事。早餐一個獼猴桃、一碗麥片泡冰牛奶的情景還留存在記憶裡。

來威靈頓後，Christina面貌一新。穿上了西裝套裙，裙子的下襬恰好抵達小腿肚最豐滿的地方，素雅的襯衫下襬掖入裙腰內，平整、挺括、貼身，藏青色的面料，把Christina詮釋得典雅、端莊、穩重。

Christina也在忙於找工作，她在德國從事過HR相關的工作，託仲介物色了許多公司，均沒能覓到肯聘用她的東家，焦頭爛額的她甚至萌生過回Te Puke的念頭。

旅館裡從伊朗技術移民過來的Hamid攛掇大家去找IT類的工作，與IT搭邊的工作容易獲得長期工簽，工作一段時間後還能移民拿綠卡。

我也依然每天找著工作，旅行社、飯店、warehouse、酒店、銀行……有一間日料店在門口貼出招工啟事，工作內容是在客人面前做鐵板燒。因為鐵板燒是一種味覺與視覺相結合的餐飲享受，以鐵板為舞臺、刀鏟為道具現場製作，所有的原料會在客人眼前烹製。店家問我敢不敢在客人面前做，我說敢。在店裡觀摩了一番，遺憾的是最終沒有錄用我，理由仍然是簽證太短。在國外生存，簽證是必須要過的一道坎兒。尤其在歐美國家，長期工簽更是百不得一的「稀世之寶」。

白天泡圖書館、找工作，晚上聊天、去酒吧。Scrumpy是我和Joanna在那段時期的共同回憶，盛滿了我們對未來的迷茫和好奇，半醒半醉日復日，百折不撓中帶點庸俗消極的真實內心。

Scrumpy是Cider的一種，起源於英格蘭西部，用未經精選的蘋果製成的烈性蘋果酒。味道極好，有一股撲鼻的芳香，甜甜的滋味恰到好處，濃一點、嫌太甜，淡一點、嫌無味，溢滿口中，回味無窮，但畢竟它是酒，幾杯下肚，就常常踉踉蹌蹌了。

我和Joanna在不投簡歷、不填表的時候，就一起逛威靈頓。別致的民居，彎曲的小巷，教堂、街道、公園、商店和噴泉，藝術與時裝，歷史與夢幻，也有高雅、浪漫和風姿清麗。

7月3日，在Countdown又一次碰壁之後，我的心理防線開始崩潰。晚上10點發生地震，那是我生平第一次經歷地震，在廚房俯身去拿雞蛋時，地板顫動起來，我以為自己喝醉了。忽然有人驚呼「地震了」，我身手敏捷地第一個衝出了旅館。

接下來的幾天，除了泡在威靈頓國家圖書館之外，就是宅在旅館中和世界各國的人聊天，聊政治、宗教、歷史、電影，吃的、喝的、玩的，晚上偶爾和Joanna去Bristol酒吧打打撞球，會會威靈頓國際俱樂部的人。

當同樣的日子在心裡產生了同樣的一種效應，越攢越多，越存越久，開始分心，直到有一天，在連自己都毫無預料的情況下做出一個魯莽的決定。

7月7日，又逛了幾間酒吧，和Joanna喝了一大桶Scrumpy，回旅館時已凌晨1點多，在大廳和一個長住旅館的紐西蘭人聊到3點多，把鬱鬱寡歡的小情緒宣洩給了一個完全陌生的人。6點起床，沒洗漱，沒吃早餐，搭車到bluebridge station，坐渡輪跨越庫克海峽去南島，就此與Joanna別過。

庫克海峽位於紐西蘭南島和北島之間，溝通了南太平洋與塔斯曼海，是海上交通貿易的重要航道，海峽上沒有橋梁，靠渡輪往來南北二島。

我花了51紐幣，4個半小時，11點30分抵達南島的Picton。Picton隔庫克海峽與威靈頓相望，地處南島鐵路終點，是南島通向北島的門戶。下船後坐巴士到達Nelson時，已是下午2點多。在渡輪上頭昏腦脹地和仨奧地利人暢聊了2小時，又酣睡如泥地爆睡了2小時，在巴士上搖搖晃晃了2小時後，終於帶著威靈頓的宿醉抵達目的地。

Nelson位於紐西蘭南島北部，北隔塔斯曼灣和庫克海峽與首都威靈頓遙遙相望，是紐西蘭的地理中心，這裡有肥沃的土壤、豐富的魚類和海產資源，以及舒適宜人的氣候。Nelson是紐西蘭南島西北角上的一個天堂，這裡到處充滿著積極向上和富於創造的生活態度，周圍遍布有許多葡萄酒釀造廠。這裡是紐西蘭陽光最充足的地方，有幾百位藝術家居住在此，他們作品的靈感往往來自於該地區格外漂亮的地理環境，海岸、森林和山谷景觀。

位於Nelson的著名旅遊勝地Abel Tasman National Park，為紐西蘭最小的國家公園，擁有無與倫比的美麗海景，在公園內可以進行遠足、划皮艇等活動，裡面的住宿種類很多，既有簡易小屋和野營地，也有私營高檔旅館。

Nelson是世界上日照時間最長的城市之一，無論什麼時候來，這裡都會有一段美好的日光和時光喚醒身上的細胞，這座小城的某種氣質能夠沈出心底的某種願景，寧靜、安詳、熱情、奔放，還有一種在精神世界裡放浪形骸的狂野。

Tasman Bay Backpackers的黃色小麵包車在車站候著要入住的客人們，我上了車，車子沿著橫平豎直的街道朝旅館駛去，透過麵包車的車窗，我看到街邊有大大小小的商鋪和餐館、酒吧，有可以遮雨避日的街區長廊，家家戶戶的門前小院子裡裝飾著各色盛開的鮮花。

入住當天，便認識了旅館裡一馬來西亞華人和一香港人，用中文交流的親切感瞬間拉近了我與這座小城的心理距離，當晚三人一塊兒吃了Tasman Bay Backpackers的特色巧克力布丁。

寧靜的Nelson與繁華的Wellington反差甚大。望著窗外煙灰色的天空，我不禁想念起Joanna、Philip、Christina、Sandy、Hamid、Simon……在威靈頓才找了3週的工作就打了退堂鼓，實屬冒失的決定，若把戰線拉長至2個月，興許能找到換長期工簽的工作吧？

窗外密雲不雨，我的眼前逐漸模糊，像一滴墨跡漸漸滲透宣紙一般，所有的一切都在融合，記憶和情感變得模糊，憂鬱、不安、糾結、後悔和思念一並湧上心頭。

（二）拿到offer

在Kiwi Corral時，一位華人跟我提起過，在Nelson有家叫

Sealord的公司，在漁業已經50多年屹立不倒，是一家優秀的大型企業，把紐西蘭優質的海鮮提供到世界各地。在不同的季節加工從海裡打撈上來的不同的魚、貝等。

在一個未經深思熟慮的決定之下，我從威靈頓來了Nelson。Sealord雖大，但要想從那兒拿到長期工簽難於上青天，十幾美元的時薪雖誘人，但對於似錦年華裡手握有限制簽證的我，從機會成本的角度看，是一個荒誕不經的決策。

《荀子‧王霸》：「楊朱哭衢途，曰：『此夫過舉蹞步而覺跌千里者夫！』哀哭之。」焦眉愁眼間，安慰自己既來之則安之吧。生命的厚重也在於隨遇而安，給自己一個完美的心態，學會駐足欣賞生命驛站的每一處風景，看花雨紛飛，看遠山含笑，淺舞時光，緊握安然。

於是，整理好心情。第二天騎自行車去Nelson市中心的Countdown和New World填申請表，接著又去了一家叫Advanced Personnel的仲介公司登記了基本信息和工作意向，回來Tasman bay backpackers（後文稱之為TBB）和一群在這住了很久的西方人聊天，通過觀察可知他們完全是一個伯塤仲篪、相親相愛的臨時大家庭。

7月10日，9點起床吃早餐，上了會網，和Christine戴上頭盔，騎自行車去Advanced Personnel仲介公司打探情況，由於每天去登記的人絡繹不絕，不主動跟進，恐怕會杳如黃鶴，機會渺茫。仲介公司的人跟我們說：「最近來登記的人很多，我們按照登記的順序逐次安排工作，一旦Sealord那邊招人時，我們就聯繫你們。」

Advanced Personnel是總部位於基督城的一家高級人事服務有

限公司，在紐西蘭全國範圍內提供廣泛的諮詢和招聘服務。這段時期Nelson分支機構的主要任務是幫Sealord招聘大量的季節性員工。

由於工作人員的回答邏輯通暢，不好辯駁，再繼續糾纏下去就會顯得我們無理取鬧了，只好禮貌道別，再三囑託。從仲介公司出來後，天晴得像張藍紙，幾片薄薄的白雲，像被陽光曬化了似的，隨風緩緩浮遊著。世界此刻是如此的美麗，到處放射著明媚的陽光，閃耀著五彩的顏色，飄逸著令人陶醉的香氣，分不清這是在Nelson市中心還是在西雙版納的某個繽紛多彩的植物園。

天氣如此之好，可以暫時拋開煩惱，盡情地欣賞一番美景。我和Christine騎自行車去Sealord外面轉了一圈，觀察了下大致環境之後，便徑直朝海邊騎去。

我倆在一塊碩大的黑色礁石上聊天，打盹。冬日的陽光從海上斜斜地照射過來，暖洋洋的。深藍色的大海像是在呼吸，它分明是活的，層層鱗浪隨風而起，伴著透明的陽光，也伴著我平靜的心，在那一刻，我覺得自己是一隻在岸上曬太陽的海獅，無拘無束、無憂無慮。

在礁石上躺了幾小時，進入冥想與沈睡之間的狀態，像吸足了日月精華，騎著自行車和Christine一路狂奔回到TBB。

TBB裡來了一個奧地利男生和一個奧地利黑人小妹，小妹憨態可掬，黑黑胖胖的臉上掛著滿臉稚氣，大眼睛含笑含俏，潔白的牙齒、豐滿的嘴唇、微捲的長髮，幽默風趣的言談舉止，充滿討喜的特質，散發著「妹妹」的氣息。

她家境優厚，父母是維也納當地的上層人士，出來旅遊只管盡情享樂，無需擔憂費用的問題。一週後，黑人小妹要離開時，由於太眷戀大家，一次又一次放了預約巴士的鴿子，用她的金錢實力證明了她對我們的不捨。

7月13日，我和Christine繼續造訪那家叫Advanced Personnel的仲介公司，裡頭的工作人員Luke已經認識我們倆了，幾乎每天都來一趟，他也只能苦笑表示無奈。在Advanced Personnel的隔壁，我們瞧見了一家專門為殘障人士介紹工作的仲介，我倆打趣地說：「要不明天喬裝成殘疾人去登記？成為殘疾人後，說不定工作好找些呢？」

同在威靈頓一樣，日復一日地找工作。不同之處是，在威靈頓還有選擇的空間，而在Nelson幾乎沒有，只能把所有希望全都寄託在Advanced Personnel身上。

7月10號開始，在我的主動請纓下，TBB的老闆答應讓我在此換宿，於是可以暫時長舒一口氣了，至少不用每晚花一百多人民幣的住宿費坐吃山空。

7月12日，在一家中餐館留了電話。第二天讓我去試工，第一次進國外中餐館的廚房，一臉橫肉的老師傅戴著白色的高帽，嫻熟地顛著鍋，熟悉的味道喚起了我的食慾，但由於這是面向本地人的中華料理，在菜品上有所改良，比如油炸餛飩、菠蘿蒜薹咕咾肉等。老闆是香港女人，瘦小幹練嗓門尖，她指揮我在前廳後廚忙不停，前腳剛上完菜，後腳跑去收銀臺給客人結帳，途中還指導我接客的英文措辭。

煎熬了4個小時，拿了份免費的晚餐回了旅館，在轉身離開這個名叫New Asia的餐廳時，一種絕裾而去的情緒充滿全身，我加快了步伐，告誡自己「以後再也別碰這種活兒了」。

連日來，在Advanced Personnel登記了好幾回自己的名字，以至於登記簿上我倆的名字在同一頁上出現了幾次。7月19日，經過我和Christine堅持不懈的努力，Advanced Personnel的Luke跟我們說Sealord又開始招人了，聽聞此消息，我倆像莊稼人久旱逢甘雨，又像漁人霧海中望見燈塔。

一早，我和Christine去Sealord做induction，在gatehouse等了半個多小時，人員集齊後，一個全身著白色作業服，腳穿白色高筒套鞋，脖子上掛著黃色防噪音護耳的中年毛利女子出現在我們面前，她給我們介紹了公司的發展歷程、業務範圍和招工情況，提醒我們注意事項以及工作流程和崗位職責，末了還有一個小小的筆試，有點小考試的感覺。

又過了一天，我和Christine去做drug test，在紐西蘭由於吸大麻的人大量存在，新入職時一般都被要求做drug test。我和Christine搭車到一個比較偏僻的地方，找到Alliance Group的辦公室，進去後，工作人員熱忱地接待了我們，一個樣貌似已退休的女人輕聲細語地給我做了聽力和視力測試。

做完體檢和drug test後，我和Christine回到Advanced Personnel，簽了合同，拿到9週的offer，從此心中的一塊石頭落了地。從Kiwi Corral出來後正好一個月，終於可以開始在心裡接納TBB成為我的新家了。

7月20日，我在日記本上寫下：「開始了在Nelson的生活，expect another wonderful experience。」

世界上沒有任何東西可以永恒。如果它流動，它就流走；如果它存著，它就乾涸；如果它生長，它就慢慢凋零。找工作亦是如此，它是一個過程，給了我自由和選項，讓我體驗了那麼多，遇見了那麼多，也收獲了那麼多的回憶。

（三）Sealord工廠

7月22日，結束了在TBB的最後一次換宿，翌日，Sealord的工作開始了。

自掏腰包住在TBB裡，享用其便捷的生活設施，品嘗其特色的巧克力布丁。在接下來的九週時間裡，TBB似柔和的螢光、慈愛的花傘、天邊的一抹美麗雲彩，帶我躍過寒冷的冬日，迎來溫暖的春天。

TBB裡住著來自世界各國的人，大家在一起滿滿的都是溫馨。有些人不出去工作，只在TBB換宿，以最低生活開銷維持自己的衣食住行，有些人在農場幹活，有拔蒜的，也有採摘南瓜的。而有些人則在Sealord上班，賺旅費的同時賺更多的體驗，以工作的形式去體驗當地的生活算是最刻肌刻骨了，上白班的需要5點起，年輕人大都是夜貓子，所以上夜班的人占了多數。

Sealord是一家大型的漁業公司，商業捕魚，加工出口一條龍，通吃產業鏈上下游。我和Christine得到的offer是在生產線上做處理魚的操作工。

第一天上班，一個臉上長著黃褐斑的老嫗用極快的語速給我們念了許多documents，她臉上的斑呈對稱分布、大小不一、形態不定，在白色頭紗下一竄一竄地跳動著。我漫不經心地聽懂了她七八成的講話內容，隨後填了表，同樣是漫不經心，上面的權責條款似乎也無足輕重，簽上名字就算完事。

老嫗將我們領到衣帽間，男女分開。把隨身攜帶的包包、掛件放下，換上通體白色的作業服，穿好白色高筒套鞋，拿上防噪音護耳earmuff，朝廠間的方向走去。推開廠間的門，一股消毒水的味道進入鼻腔，門前一個20厘米深的長方形水池裡盛滿了消毒液，給鞋底和鞋面消毒用。

兩個胖嘟嘟的女子在洗手槽旁教大家如何洗手：第一步洗手掌，第二步洗背側指縫，第三步洗掌側指縫，第四步洗指背，第五步洗拇指，第六步洗指尖，第七步洗手腕。洗完手，離正式進入廠間內還差最後一步——戴圍裙。又大又沈的橡膠圍裙從脖子套進去，蓋住肩膀後一直垂到小腿脛骨處，在腰後綁緊繫帶後，感覺像披上了一身鎧甲，沈重感帶來了一種莫名的衝動感。

我和Christine被分配在生產線的下游。隨運輸帶運到這裡的魚已基本被加工完成，我們的工作是在晶瑩剔透、柔嫩Q彈的魚肉上，把魚脊骨一側的一條白色肥肉挑下來。魚肉在我眼前以極快的速度掠過，我需要在不到一秒鐘的反應時間裡，在那條白色肥肉的左右兩側各劃上不輕不重的一刀。

劃太重，會把魚肉切裂，劃太輕又割不下肥肉。在極短的時間裡，速度需快，操作需準，不能劃多了瘦肉，也不能劃少了肥肉。這是項技術活。

不出所料，幾小時後，下游負責包裝的同事向supervisor投訴我的工作不到位，不是劃歪了，就是切多了，要麼就是殘留一部分肥肉在上面。

Supervisor是一個十四年前移民過來的華人女子，丈夫是乒乓球教練，以特殊技能人才的身分移來紐西蘭。女人長得圓乎乎的，一副厚道淳樸的樣子，她耐心地守在我身邊，一步一步，一遍一遍，一條一條地教我怎麼使巧勁。

工作第一天，在工廠的冰冷、嘈雜中，在華人女子的細心教導中度過了。

第二天一早，頭暈、發燒、嗓子痛、手腳關節痛、打寒顫……依然堅持去工廠熬了8小時。「切肥肉」的活兒依然不能上手，一條條模糊的白色物體像一條條倍速播放的蠕蟲，我沒戴眼鏡，只能憑感覺去找大致的方向和角度，然後迅速果斷地下刀子。

Supervisor教給我的方法是會了，但由於運輸帶速度太快，加上自己眼睛有散光的緣故，結果是要麼切下來的肥肉上帶瘦肉，要麼瘦肉上還留些肥肉。終於，在一而再再而三地收到下游的投訴之後，我主動要求換崗。

25日，在我提出換崗請求的當天，華人supervisor便把我介紹給了運輸帶上游的supervisor，一個高大壯碩的白人，淺粉色的皮膚，眼角處泛著淺白色，淺黃色的頭髮如布偶娃娃頭上的高溫絲髮圈，濃重的南島口音，在轟隆的機器聲中，有時很難聽明白。

我換去了「擺魚」。從捕魚船上卸下來的魚進入工廠後，在生產線的最前端被扔進攪拌器裡，一條完整的魚被切割成幾塊，運輸帶把切割開的「魚片」送出來，成百上千的魚片源源不斷地滾落到生產線上。我的任務是把它們擺成正確的姿勢：帶皮的一面朝下，露肉的一面朝上。

如果姿勢不正的魚去到下游，會增加下游同事的工作量，也會影響下游同事的工作速度。supervisor告訴我要面朝魚片流出來的方向微微斜著站，這樣在面對快速運轉的運輸帶時，能爭取到一小段處理的時間。

在從面朝魚片出來的方向轉到面朝運輸帶下游方向的過程中，有一小段時間供我處理沒來得及翻身的魚片，但即便這樣，仍會有一些魚片沒來得及被我翻身就匆匆開溜了。我眼睜睜地看著一些趴著的，歪七歪八的魚片漸行漸遠，心裡無奈，內疚，又些許恐懼。無奈機器太快，一次次讓魚片溜走，內疚又給下游的同事添了麻煩，恐懼supervisor會來念叨我。

果不其然，連眉毛也是淺黃色的supervisor又一次在轟隆的機器聲中隔著幾米的距離朝我喊：「不是跟你說過了嗎？要面朝魚片出來的方向！你怎麼又面朝下游？」

頭幾次，我禮貌而膽怯地道歉，並表示自己會盡全力。終於在一個起床氣還未退去的早上，我朝他怒吼：「我知道要面朝裡邊，但機器太快了，心有餘而力不足。」我聲音響亮，惹得旁邊的Kiwi同事們面面相覷。

由於是早班，需要5點起。冬日的早上巨冷，那種又睏又冷，滲進心脾，是一種能讓腦神經元受損的冷。感覺有背脊發涼又尿急的不適感，好多次痛苦至極，好多次冒出一百萬個不想去上班的念頭。冬日的早晨不僅冷，還黑。幸好有阿根廷女生的順風車可以搭，溫暖的小車裡亮著昏黃的燈，我們幾人迷迷糊糊地隨著車子的轉向東搖西晃著。

我擺魚的速度被詬病了很多次之後，連鬍子也是淺黃色的supervisor把我調去了「切魚皮」。魚片被擺好姿勢後，朝天的那面殘留有小塊魚皮，這個崗位的職責是把這些魚皮切掉。右手握一把鋒利的長刀，戴著藍色橡膠手套的左手按住軟軟嫩嫩的魚身，右手臂小幅度地擺動，銳利的刀鋒把魚皮像豆腐一樣削掉。在整條生產線中，這算是偏簡單的一環。

站我右邊的是一個清雅雋秀的kiwi男孩，挺拔俊雅，謙遜有禮，站我左邊的是一個以難民身分移民來的緬甸男生，黑黑黃黃，眉眼間透著英氣，像是一個從戰場中殺出一條生路的戰士。

Kiwi男孩慢慢吞吞，左邊桶裡還沒來得及切但又不能讓它們溜到下游去的魚片已經堆成了小山，魚片纏在一起呈圓錐形，再往上摞就會滑下來的樣子。

緬甸男生身手麻利，只見他擼起袖子，藍色的橡膠手套飛速晃動著，像外科醫生在爭分奪秒地縫合手術切口。我的速度介於他倆之間，三人心照不宣地配合著，共同守住了這一關，下游的人沒了閒話，灰褐色眼睛的supervisor也不做聲了。

同大多數的紐西蘭公司一樣，Sealord也有smoking time，抽煙的人趁機過過癮，不抽煙的人可以用它來喝咖啡，配幾個杯子蛋糕和幾片餅乾。Sealord提供免費飲品，在一間位於二樓的房間裡，小憩一會兒的工人們三五成群地聚在不同的角落裡，各種語言此起彼伏。

我常常和華人還有尼泊爾人坐一塊兒，在無數個情緒低落的午間，手捧咖啡，讓Nelson透明的陽光灑在自己身上，眺望蔚藍的海面和湛藍的天空連成一片的天際線。

天氣好的時候，我偶爾會騎單車去上班，20分鐘的車程，需穿過工業園、公園和海邊，戴著頭盔，背著午餐盒，在瑟瑟寒風中以一種特殊的方式感受Nelson。

微冷的廠間，轟隆的機器，偶爾幫我磨刀的帥kiwi大叔，高冷的kiwi男孩，自信從容的緬甸小哥……我逐漸適應了這份工作。雖然廠內消毒水的刺鼻味道和著魚腥味使人聞之欲嘔，但在清涼的冬日裡，Nelson的暖陽似冰箱裡的橘色照明燈，雖不太能感受到它的溫度，卻能在重要的時刻照亮某些角落，別有一番滋味。

2012年的晚冬，望著偶爾捲起大浪的海面，有一種置身天涯的荒涼感。一邊抱怨著，一邊堅持著，一邊享受著。黑色星期一，橙色星期五，彩色週末。日子一天天地過，Sealord的工作波瀾不驚，而TBB裡的生活則絢麗多彩。Christtine、Denis、Eriko、Sae、Teppo、Joel、Ross、Martin……一起做飯，一同去酒吧，一塊兒去海邊，一下聊各國文化，一會兒守在壁爐旁發呆、打盹，一轉念又暢聊起未來。

每天下班回旅館，雷打不動的一套動作：洗澡，換衣服，坐上沙發，打開電腦，然後昏睡過去。那段時間，我被大家笑稱為「愛睡蟲」。

8月9日，下班後在廚房做飯，平底鍋用久了成了黏底鍋，土豆全糊到了鍋底。全身痠痛，帶著感冒在Sealord熬過8小時的我，忽然在廚房尖叫了一嗓，Martin和Eriko被我嚇著了，趕忙問我何故，我說單純想大叫一下而已。

每天早上的冰牛奶，晚上的巧克力布丁，下午在沙發上的爆睡，還有週末晚上在廚房裡的盡情作樂，在屋前草坪上的嬉戲玩耍，聽新來的住客們帶來的奇葩故事。在TBB兩個半月的時光，像是種在心靈原野上的一叢波斯菊，又像是照亮我人生那一段旅程的一盞七彩路燈。

9月，紐西蘭，春回大地。

（四）紐西蘭一周年

9月1日，春天來了，我竟然才察覺到。

上午11點還賴在二樓靠窗的被窩裡，外面春雨淅淅瀝瀝地下著，像牛毛，像繡花針，像絹絲，密密地斜織著，如絲如縷般飄落到木房子二樓的屋簷上，用眼睛很難找到它們，只見彩色木頭被淋濕後顏色更加鮮艷了，木頭也和所有生命的過程一樣，慢慢老去，老成持重的氣質搭配著貴如油的春雨，用心感受這種氛圍，令人心靜如水。

我微微推開窗戶，架出一條10來厘米寬的縫隙，春風飄了進來，帶著濕潤的芳香氣息，輕輕地吹在我被褥上，感覺不到冷，反而覺得暖暖的，它像棉絮一樣輕軟溫柔，又如水蜜桃一樣清新甘甜。

院子裡的花開了，沐浴在柔風甘雨中，我也陶醉在這番美景中，賴床賴到了下午兩點半。進入春天後，身體似乎變得慵懶起來，上班不再那麼拼，感冒了就請假，不死磕，不勉強，我開始慢慢地把重點從工作上挪到了對Nelson這座小城的探索上。

Nelson大街小巷開遍爭相怒放的鮮花，沒有摩天樓，少有鋼筋水泥建築，家家戶戶住獨棟別墅，別墅的庭院裡種滿了花。陽光親吻每寸土地，樹上的鳥，牆角的貓，街角悠然自得的老裁縫，都在盡情享受著初春，也包括我。

9月16日，毛利男生Levin開著他的二手寶馬車載著我去他家的私人馬場，餵馬、爬山。這匹棗紅馬，長長的鬃毛披散著，腰背滾圓，四肢粗壯，雄姿勃勃。餵完馬，我們開車爬上山，山上一派生機盎然的景象，空氣中瀰漫著甜味，我在長凳上懶懶地睡了過去。

至此，在世外桃源般的紐西蘭待滿了整整一年，英語水平提升了，結識了世界各地的朋友，也接觸到各種文化。在綿軟的初春早晨，聽了首楊鈺瑩的新歌，應景的曲調使心要融化了，我想盡了形容詞來形容其優美程度，終於找到一個——「心疼」。當優美到「心疼」才能徹底，楊鈺瑩的歌在如詩如畫的初春裡，有一種優美到令人心疼的極致。

這裡幾乎沒有城鄉差別，家家住別墅，人人有車子，如果硬要區分城裡和鄉下，那就看哪家住得離市中心近，近的算城裡，遠的算鄉下。住鄉下的往往是大農場主或酒莊老闆，私人直升機和遊艇並不罕見。

在城裡，一般每週會有定期開放的Market，賣蔬菜、水果、小吃之類的，價格比超市便宜。在大城市，譬如威靈頓，Market會賣一些土耳其烤肉或印度甩餅之類的特色小吃，而在有些專門的Market，比如Papamoa，還會有二手家具、二手電器或者花花草草、首飾、衣服等出售。

每週日或週三，Market從早上開到下午，偶爾也會有彈琴賣唱的人出現。Market的地點常常選在市中心，大商場門前的廣場上，周圍被咖啡廳、服裝店或花店包圍著，由於紐西蘭人少，南島的人口密度更小，所以到處很潔淨，Market結束後，地面宛如剛洗刷過一般，組織者沒有「影響市容」、「破壞環境」之類的後顧之憂。

紐西蘭有四個大城市，確切地說只有一個，那就是占全國人口四分之一的奧克蘭，其規模大概和中國的一個地級市差不多，其他三大城市——首都威靈頓、南島第一大城市基督城還有歷史悠久的但尼丁，規模大抵和中國的縣城差不多。由此可見其它小城市，大約比肩中國的小鎮。

然而每座小城都有其獨特之處，譬如Nelson，一兩條商業街，四五個大超市，七八個商場，十幾個酒吧，能提供生活所需，又不失情調。一塵如洗的地面，隨處可見的鮮花，陽光充沛的海灘，碧藍浩渺的大海，森林公園近在咫尺，沒有熙熙攘攘，遠離車水馬龍，它小得別致，小得靈氣，小得惹人憐愛。

Nelson雖小，但麻雀雖小五臟俱全。warehouse提供所有生活必需品，在二手店可以淘到便宜又令人喜出望外的寶貝，中華、印度、土耳其餐廳暗示著國際化程度，週末人聲鼎沸的酒吧、夜店宣示著這座小城的現代和活力。

在Nelson週末的夜店裡常常可以碰到熟人，這和報紙上刊登當地每天的出生和死亡名單，報導誰家的貓走丟了，哪個小學近期舉辦了繪畫比賽等在本質上一致。Nelson的人很少，少到我可以感覺到自己之於這座城的存在，這種舒適、愜意和滿足感，我是第一次感知。

旅館裡的朋友大都轉瞬即逝，即使再怎麼「相見恨晚」、「志同道合」，也是過眼雲煙，但快樂是真切的。

在TBB的一個週末，大家興致盎然，喝酒、抽煙、玩遊戲、聊天。晚上有幾個英國女子在一旁談笑風生，饒有興致地玩弄著手裡一個可以感應情緒變化的戒指，另一旁坐了幾個德國人和巴西人，我夾在中間用中文敲打著方塊字。

彈指間的功夫，兩撥人便搭上話了，話題從「從哪裡來」、「學習還是工作」切入，他們似久別重逢的故友，也如一見如故的知音。其中一個叫Kate的女子，頗有幾分姿色，但有明日黃花的苗頭，和一個帥氣的巴西男生摟在一起，親吻、撫摸、耳語，旁若無人，後來兩人進了臥室纏綿起來，銷魂的呻吟聲肆無忌憚地傳了出來，眾人面面相覷。其間，Kate的女性朋友跟我們說，她在一個月裡和四個男人發生了關係，一個香港人，一個比利時人，一個kiwi，還有今晚這個巴西男生。

第二天一早，巴西男生飛去了奧克蘭，Kate則乘車去了Queenstown，在旅館門口，兩人吻別。若二位都單身，則並沒什麼不妥吧？

Nelson的生活不緊不慢，淳樸的人們坦誠相待，在這裡不會覺得自己渺小，不會覺得之於它我可有可無。我是Nelson的一部分，我的情感、情緒和能量傳遞到Nelson的空氣、土地、山水間，於是我看見了美景，聽見了春雨，遇見了旅館裡有趣的人。

Nelson遠離塵世，在萬物復甦的9月，只有一條大新聞抓住了我的眼球——釣魚島之爭。Eriko和Sae是日本人，我們之間聊過的話題比從詩詞歌賦到人生哲學還廣，唯獨沒有談論過此事。

一位長沙的朋友說，一個人的自信跟他所經歷的事情有關，更與他的經濟基礎相關，人的一生都在和自己的弱點做鬥爭，對人性了解得越多，內心的懼怕就越少。多年後回顧她的這番話，我覺得她只說了前一半，後一半可能是「內心的期待也越少」。

Nelson人從容不迫，有一種與財富、學歷、職業無關的發自內心的自信，讓人如沐春風。這種自信建立在一個富庶的國家基礎上，他們沒有體驗過文憑歧視、職業歧視、地域歧視。貧富差距小，國家給與一種至高無上的安全感，從「最低工資標準」到各種福利補貼。

他們雖遠離北半球，但他們並不是井底之蛙，Nelson更不是絕域異方，他們與歐洲共享普世價值，崇尚勇敢、公正、理智、自制，喜愛鄉居等品性，血脈中有對英國紳士文化的沿襲。

這一年，我欣賞美景，體驗文化，感受不同，同時也在內心不斷地克服人性弱點，追求自己認同的東西。在這一年探尋的過程中，內心不斷修補。

閒時要麼閉門酣歌，要麼磨礱浸灌；忙時要麼夙興夜寐，要麼不屈不撓。

第九章　南島Hitchhiking

2012 年

（一）Make the Most of Your Life

9月30日在TBB室外露營了一宿，第二天與眾人依依惜別。打包好這段記憶，綁上彩繩什襲珍藏起來。10月1日，開始了我徒手搭車2000公里的環南島之旅。

早上從Nelson出發，先搭到Blenheim，再搭到Christchurch，順沿海公路南下，滿眼是舒暢。壯麗的自然美景，每次看依然震撼人心，取之不盡用之不竭的翠綠、碧藍、乳白……肉眼所見的一切都像是P過的。

一輛移動雜技團的車載我進入基督城，他們下一站的表演在此，下車時給了我一沓傳單，讓我在旅館裡幫雜技團宣傳。在基督城入住的旅館叫Rucksacker Backpacker Hostel，用現金結付，廚房髒亂，後院的大樹間掛了幾張彩色吊床。晚上在附近逛了一圈，發現震後8個月的基督城還沒恢復往昔的繁華。

第二天在城區偶遇了Christina。在人來人往，聚散分離的旅途中竟然又一次不期而遇，緣分這東西真是不可言喻。我倆吃了頓泰國料理，泡了會兒圖書館，敘了會兒舊便又離去了。

第三天，我搬去了Nilz住的Foley Towers旅館，和他久別重逢，兩人的嘴如老太太紡紗，扯起來沒完沒了。我們去了震後在城區用集裝箱疊起來的臨時商業中心，七彩的集裝箱錯落有致地疊放著，用木質的、玻璃的、不鏽鋼的材質裝飾，洋溢著現代感，像藝術品展覽，前衛時尚。

隨後幾天相繼見了Sandy、Tiger等朋友，遊覽了已成廢墟的住宅區，做中、法、德國際大餐，藉著葡萄酒酒興，在南島第一大城市萬籟俱寂的夜裡把煩惱拋到九霄雲外。

10月6日，Tiger給我做了早點，煎一面熟的雞蛋，金黃色的蛋黃像油菜花，又像卡通人物的大眼睛，炯炯有神地盯著我。藍莓果醬、火腿腸配冰牛奶，營養豐富的一頓早餐。吃過早餐，我離開基督城，繼續搭車往南，一口氣搭到了Oamaru。

去Oamaru的目的是參觀19世紀的歷史建築。歐洲人把現代文明帶入紐西蘭也只有約三四百年的時間，老建築群少之又少，不過僅有的那些都完好無損地保存了下來。費了半天的功夫搭到Oamaru，辦理入住，放好行李，在客廳搭訕了兩個以色列人，他們正要去鎮中心，於是順便把我給捎上，10分鐘的車程，我感覺從純淨自然的紐西蘭穿越到了精美奢華的古羅馬。

雕欄玉砌的石頭房子，古色古香，像古歐洲的城池，厚重的歷史感向我襲來。一部分百年老房被做成文物保護起來，而一部分依舊在用來住，有改成旅館的，也有改成裁縫店或二手唱片店的。外牆面上的某些地方被人刻了字，落款日期有1912年，1934年，1968年，1999年……時間多麼奇妙，在不同的年代，我和那些人踏足了同一片土地。他們生命裡流逝的時光就是我腦中的歷史，玄而又玄的感覺，只可意會不可言傳。

Oamaru鎮裡恢弘氣派的砂岩建築群記載著昔日的輝煌，即使放到巴黎、羅馬，也毫不遜色。它曾經是南島中心火車站和港口所在地，運往澳洲、歐洲大陸的大宗商品都要經過這裡，因此一度十分繁榮，但後來基督城和但尼丁一北一南兩個城市相繼發展起來，Oamaru便逐漸衰落了。往事難回首，盛景不再來，精致小鎮，鎖住光陰。

7號晚上，我去I-site訂了張晚上去看野生企鵝上岸回巢的門票。薄暮時分，我沿海濱公路走了20分鐘到景區，聽講解員介紹完之後便是近半小時的等待——等天黑。因為禁止拍照的緣故，當晚沒有留下任何影像。

這次要看的野生企鵝是藍企鵝。藍企鵝是企鵝家族中體型最小的物種，有一身藍色的羽毛，也是唯一一種有藍色羽毛的企鵝，因此被稱作小藍企鵝，其頭部和背部呈靛藍色，耳部呈青灰色，腹部則為白色，其鰭外部為靛藍色、內部那一面則呈白色，喙為深灰黑色，腳部朝天的一方為白色，腳底和蹼則呈黑色。

等了半個多小時。天黑了，企鵝們即將從海上歸來。夜間的海邊氣溫很低，颼颼涼風吹得人腦殼痛，一群人在黑暗裡坐著，等著。不知過了多久，一些身形很小的動物開始從白色的浪花中彈射出來，蹦到岸邊繼而竄動著，瞻前顧後，一團一團，似乎是以家庭為單位，挪動著憨態可掬的步伐顫顫巍巍地進入了岸邊的灌木叢中。

我聚精會神地看了整整一個小時，沒有覺察到朋友的3個未接來電。夜色中的大海是黑色的，壯觀又恐怖，防波堤減弱了大浪的沖擊力，在這裡形成局部的平穩水面，景區內橘色的照明燈在水汽瀰漫中變得混沌。小企鵝們像一個個小精靈，在黑夜裡跳躍著，蹦蹚著，給人一種匪夷所思的生機感，多麼可愛、溫馨、感人的畫面！

看完藍企鵝，心滿意足。告別Oamaru，繼續趕路，向南去往Invercargill。途徑Hampton、Dunedin、Kaka Point和Balclutha。

Invercargill是位於南緯46度、東經168度的一座小城，有全世界最南端的星巴克，滿城的街道以蘇格蘭、英格蘭的地名命名，雖正值春季中最為當令的時候，但連綿的陰雨，依舊透出寒冬的氣息。

在從Dunedin去Invercargill的路上，我拖著行李箱穿過Dunedin城時，箱子的輪子脫掉了，強死賴活地磨蹭了2個小時才走到高速路口。等車，半個多小時後，一位老人停了下來，問我去哪裡，我說去Invercargill，他說他正要去機場接朋友，接完朋友後回家，他家在去往Invercargill的方向，他表示可以載我一程。於是我坐上了他的車，和他從二戰聊到食物，從通貨膨脹聊到醫療體系……得知老人名叫Alan。

在Alan朋友家喝了杯咖啡，小憩了一會兒後，我們去往他在Kaka Point的家。Kaka Point位於紐西蘭南島的南部沿海地區，相當於紐西蘭的好望角，很難找到比從這兒看大海更好的視角了，延伸山體上的燈塔和點綴在海水中的石頭，像極了出征布陣的戰士。

Kaka Point是我到過的現實版的天涯海角。它的常住人口只有100多，一家pub，一個超市，一家Fish&Chips。Alan帶我去買了薯條和熱咖啡，狂風暴雨的天氣，我倆在他自建的房子裡，娓娓而談。

Alan出生於愛爾蘭，今年78歲，有過四個國家的生活經歷。在愛爾蘭長到24歲後，去加拿大生活了24年，隨後在英格蘭住了20

年，之後來了紐西蘭，至今已有十餘年。他年輕時是建築工人，愛好攝影，也學過專業攝影，有昂貴的器材，得過不少獎。

他神采奕奕地跟我講他年輕時的經歷：15歲時在愛爾蘭被電擊差點喪命，17歲飆車時朋友不幸身亡，24歲和哥哥一起去加拿大闖天下。

Alan還是一個風流種。他結過兩次婚，第一任妻子的第一任丈夫是同性戀，第二任丈夫患了精神病，第三任便是他。後來，他妻子在多倫多的公寓裡開煤氣自殺了，連同15個月大的孩子。說到此處，老人眼眶泛淚，即使已過去50年了。

Alan在加拿大時有過許多風流韻事，泡妹、偷車、打群架、醉酒、被警察追……他說在加拿大的那24年是他生命裡最熱烈蓬勃的時光。後來由於再婚的關係去了英國。在英國，生活呈現平平淡淡的柔美。Alan開始踏實工作，積累財富，他在英國有幾處房產，各具特色。

再後來，Alan的女兒來了紐西蘭，為了安享晚年，有子女陪伴，於是10年前他也搬來了紐西蘭，自己建房子出售，或者幫他人裝修房屋，閒時搞搞攝影。

Alan的精神狀態不像78歲，他會電腦，熟練使用修圖軟件，開車能飆到100碼。他給我看他年輕時的照片，拍攝於五六十年代的照片裡，筆挺的西裝，酷炫的摩托，燦爛的笑容，鼎盛的朝氣。

Alan還有許許多多故事，三天三夜都講不完。通過那一晚的促膝長談，我看到了生命的可能性。Alan跟我說，當你見多了，眼界廣了，思想也就開了。愛爾蘭不羈的少年，加拿大瀟灑的青年，英格蘭穩重的中年，紐西蘭慈祥的老年。我佩服、羨慕、敬愛、崇拜。原來在任何年代都可以活得很精彩，人生是真的可以瀟灑走一回的。

我永遠記得在Balclutha的車站，我和Alan分別的那一刻，他囑咐我「make the most of your life」。人生聚散離合，在時間的無涯荒野裡，我很慶幸24歲的自己遇見過78歲的Alan。

（二）西海岸

南島西海岸，本地人稱其為「海岸」，到處是河流、雨林和冰川構成的原始狂野景觀，幾乎未受人類活動影響，整個地區的寬度不超過50公里，人口僅有幾萬。這是一個充滿野性的地區，南阿爾卑斯山將西海岸與其它區域隔開，當地人的性格相對獨立堅毅，同時也友善熱情，形成了一種獨特的文化。西海岸從南到北約600公里，景點眾多，適合自駕遊探索，從Westport至Greymouth的The Great Coast Road更是被《孤獨星球》評為全球十大海岸自駕公路之一。

告別了Alan，從Balclutha坐了一小程巴士到Invercargill。實在是連手機信號都很微弱的地方，搭到車的可能性極低，所以買票坐了巴士，算是環南島2000公里搭車之旅中小小的犯規吧。

到Invercargill後，竟然在博物館門口碰到了Teppo，又一次感嘆紐西蘭之小。博物館叫Southland Museum，裡頭有Invercargill引以為傲的Tuatara，是一種僅生存在紐西蘭的蜥蜴。2億多年前就已出現在地球上，是當今幸存為數不多的遠古爬行動物物種之一，是目前地球上所知的唯一恐龍時代存活下來的爬行動物。由於全球持續變暖，這種被稱為紐西蘭活化石的大蜥蜴正面臨滅絕的危險。由於紐西蘭大蜥蜴的性別由孵化溫度決定，氣候變暖使得孵出蜥蜴的雄性比例上升，長此以往，最終將導致可能因為缺少雌性無法繁衍而滅絕。紐西蘭大蜥蜴的繁殖率很低，平均來說，雌性每4年才交配一次，而卵需要11-16個月才能孵化出來。

我在Invercargill住的旅館裡住了好多去紐西蘭第三大島的遊客。Invercargill是去紐西蘭第三大島的必經之地。

斯圖爾特島是紐西蘭的第三大島，位於南島以南30公里處，中間隔著福沃海峽。斯圖爾特島是自然主宰下的蠻荒世界，這裡的寧靜祥和、鳥語花香、絕色風光數千年來未曾改變，島上超過85%的面積都是國家公園，在此可以遠足和觀鳥，我在Cromwell換宿的那家農場主家庭去年就是來的此島度假。

因為Invercargill是南島最南端，從此開始搭車北上返程。我搭上的第一輛車的車主是伐木工人，正開車前往Fox Glacier，而這也正是我準備要去的地方，算是走了狗屎運。

於是我坐上他的副駕駛一路北上，開了8個多小時，我們把能想到的話題全聊了，從興奮，興致勃勃，到尷尬，最後到蔫兒掉。途徑西海岸的無人森林，歇腳了一會兒，吃了簡易三明治，從伐木工人隨身攜帶的保溫壺裡倒出來的溫熱咖啡，在散發著松脂清香的森林裡冒著騰騰熱氣。

臨近傍晚，伐木工人送我到旅館門口。來Fox Glacier的目的當然是去Fox冰川。Fox冰川規模較小，擁有田野風情和開闊的視野，可以沿著步道徒步遊覽冰川，或者選擇跳傘或乘坐直升飛機進行空中觀光，將以福克斯冰川為背景的南阿爾卑斯山、雨林和海洋盡收眼底。

福克斯冰川的終端海拔僅兩百多米，距離海岸線只有二十多公里，因而是世界上海拔最低，也最易接近的冰川。冰川是活的，它不停地在運動著，因此在上面常常形成許許多多令人嘆為觀止的冰洞、冰拱、冰隧道等。

爬冰川出發前，會觀看一段安全視頻，工作人員會講一下注意事項，提供厚襪子、登山鞋、冰爪，雨披及背包等，一個嚮導一般帶領10-12人的隊伍，徒步時能看見整個冰川的地質構成。在全是冰的物理載體上行走，非常特別，整個冰川的地貌逐漸清晰，周邊的山被深綠的植被和火山灰覆蓋，冰川像一條長絲帶順著疊起的山巒向兩端延伸，冰藍色點綴在大片大片的灰綠色之間，帶著冰川地貌特有的質感。

白天體驗了鬼斧神工的福克斯冰川，晚上在旅館裡遇到兩個中國大陸遊客，是一對來自寧波家境殷實的畢婚族小夫妻，在杭州有房有車，這次來紐西蘭旅遊10天，預算五萬人民幣。

在廚房，先是男生跟我搭訕，後來女生主動邀請我和他們一同吃飯，初來乍到，他們興致高漲地問我關於紐西蘭的事情。當晚他們煮了魚，還煮了米飯，弄了隻大龍蝦和各色蔬菜，配有醬油、米酒和可樂、啤酒。三人胃口不大，中式大餐剩好大一堆，酒足飯飽，三人在飯桌上聊了起來。

男生說紐西蘭路上跑的車子很普通，很難見到像杭州那樣滿街的寶馬、奔馳、奧迪，我解釋說在這裡車子僅是代步工具，接著男生說起他父親給他買的車子，還有他在杭州城開車的趣事，繼而又聊起住房問題，女生說紐西蘭的房子滿漂亮的，比杭州的別墅溫馨，男生說如果喜歡那就買一棟。

隨後他們又問我今後想找中國老婆還是外國老婆，說如果找中國老婆的話，需要有房產，還跟我說起他一位同事面試岳母的經歷。在紐西蘭一年多了，與外國朋友從未聊過住房或婚姻的話題，每天除了吃喝拉撒就是alcohol、party、sex之類的。和小夫妻聊天的那個晚上讓我懷舊了一把，也似乎把我拉回了現實，作為富二代，他們少了許多物質上的煩惱，但同時我也替他們感到可惜。最後，他們問我將來如何打算，什麼時候結婚？去哪個城市發展？找什麼樣的工作？我一一回答了他們，以被面試的感覺，以做職業規劃的態度。

告別小夫妻，告別Fox Glacier，繼續北上。狂風暴雨中搭上了一個以色列人的車，我們在Hokitika吃了Fish＆Chips。Hokitika是了解西海岸迷人歷史的好地方，傾聽沈船、採金人和找Pounamu的故事。Hokitika是1860年代西海岸發現金礦之後的第一個定居地，是重要的河港。鎮子古老的步道上有許多可愛的老建築，這裡是傳統的綠玉產地，黃金珠寶藝人、細木工和製陶藝人所做的紀念品都值得一看。告別Hokitika，我們來到Greymouth，入住了當地猶太人開的旅館。

Greymouth意思是寬闊的河口，因小鎮的河口而得名，是南島西海岸最大的城鎮。在Greymouth主街的一面牆壁上畫著19世紀當地一個礦難的救援場景，可見當地夠太平的，從19世紀到21世紀，幾乎沒發生過什麼大事。

從Greymouth一路北上回Nelson，途徑Punakaiki煎餅岩景點，它是西海岸最著名的景點之一，迷人的「煎餅岩」很薄，是橫斷石灰岩，每一層約2-4厘米厚，層層疊疊，有序地排列著，整整齊齊。

臨近Nelson時，一位父親載了我，他兒子被小夥伴用獵槍誤傷，被直升機先行一步送去了醫院，他開車隨後前往，在如此緊迫的情勢之下，他竟然停下車來載我，我問他為何能如此這般沈著？他答：「停車就幾秒鐘的事。」進Nelson時，一位返程的女出租車司機載了我，我問她為何出租車也停下來免費載人？她答：「停車就幾秒鐘的事。」

至此，粗獷狂野的西海岸之旅便結束了，意味著2000公里的環南島之旅也結束了。世界島嶼面積排名第12，大小為150437km²的紐西蘭南島，我曾不花路費搭車環遊過，這事夠我銘記一輩子了。

第十章　再見紐西蘭

2012－2013 年

（一）斐濟人家

10月15日，結束了環南島2000公里搭車之旅，回到Nelson的住處。並非之前所住的TBB旅館，而是另外一處地方，位於幽靜的住宅區。一層樓的乳白色小木屋，帶停車棚和倉庫，庭院裡有一個可拆卸泳池，地磚的縫隙間零星地長有野菊花。

木屋的房間鋪有地毯，毛很長，踩在上面鬆鬆軟軟，像踏在棉花上一樣，溫馨的感覺從腳底傳遞至大腦。屋內有一個客廳，一個廚房，一個洗手間和一個浴室以及兩個臥室，房子面積不大，但很舒適，四面開窗，Nelson終年透明的陽光灑進來，給人充滿希望的感覺。

在此住了半個月之後，我又做了一個魯莽滅裂的決定，北上奧克蘭。在一位馬來西亞華人工頭的連哄帶騙之下，稀裡糊塗去了奧克蘭，而且還是為了一份黑工。在紐西蘭尾期最寶貴的一個月就這樣被我暴殄天物了。從Nelson到奧克蘭本有飛機可坐，我卻偏偏經水路再走陸路，搭渡輪過海峽再從威靈頓坐11個小時的通宵巴士到奧克蘭。

到奧克蘭之後，我聯繫了Nilesh。他是印度裔斐濟人，在皇后街附近的一家諮詢公司上班，他接我到公司附近的圖書館，我在圖書館裡洗漱了一番，蹭了一天的網。紐西蘭全國大城市圖書館的網幾乎被我蹭全了。Nilesh下班後開車載我回他家，他家在North Shore，汽車駛過跨海大橋時夕陽照進車裡，疲倦的我幾近昏厥。

半小時後終於到了他家。他家是一棟兩層樓的木房子，設計獨特，有點曲徑通幽的意味，臨馬路一側的花園很大，種有一些長著碩大白色花朵的植物。屋內房間很大，一大家子住在這裡，父母、妻子和兩個孩子。

直到認識Nilesh的那天，我才曉得原來斐濟有不少印度裔。在南太平洋的中央有一片小的島嶼，其中180度子午線經過的地方就是斐濟，它號稱為南太平洋的十字路口。由於180度經線貫穿其中，它是世界上最東也是最西的國家。

斐濟人口主要由斐濟人和印度人組成。其中57%是斐濟人，38%為印度裔人。此外還有一些歐洲人和其他太平洋島嶼人。斐濟人屬於美拉尼西亞人，皮膚黝黑，頭髮捲曲，頭頸較長。人們巧手善織，能歌善舞，有留長髮和紋身的習俗。在殖民時期，由於勞力不足，英國殖民者從亞洲和太平洋其他島嶼上招募來大批勞工，其中最多的是印度人。

Nilesh一家很熱情，特意為我準備傳統斐濟和印度美食，晚上在客廳專門給我鋪了一張斐濟特色的床。夜晚，牆上印度教神像在黑暗中發出紫紅色的光，有一種神祕且神聖的氛圍，有一種被洗禮的感覺。

第二天，Nilesh送我去Britomart，車上還有他兩個在奧克蘭大學學酒店管理的妹妹，我們聊了一路，關於酒店管理專業的課程設置在中國和紐西蘭的不同之處。和Nilesh一家分別後，我在麥當勞和Joanna碰面了，自威靈頓一別已小半年有餘，此間她一直在各地旅遊，臉上略帶倦容，但難掩她由內而外散發出來的神采飛揚。

我和Joanna來到Josh家過夜。在Kiwi Corral認識的Josh，上次見面已是近9個月之前的事了。在Josh家歇了一晚，終於見到了他那豪放不羈的老媽，果然名不虛傳，談吐大方，應付自如，氣質芳華，風韻猶存，像一朵散發著幽香的蓮花。

第二天，和Joanna還有Josh道別後，我來到奧克蘭Manukau地區的一戶華人家。屋主是一對從大慶移民過來的老夫妻，他們的兒子通過相親認識了有紐西蘭國籍的華人女子。

Manukau是一個以新移民為主體的衛星城，境內有奧克蘭國際機場及Manukau海港，交通便利，商業發達。居民以毛利人和南太平洋島民居多，治安不穩定，在大奧克蘭地區犯罪率最高。

其實，老兩口在多年前就已離婚，兒子為了把父母雙方都接來紐西蘭，特意讓他倆復了婚，這樣在手續辦理上方便些。

（二）黑工

入住華人夫妻家的當天下午，他們三缺一，拉我搓起了麻將。晚上在用煤氣竈的中式廚房裡燒起了中餐，瞬間穿越回中國的感覺。

11月5日，去了位於荒郊野嶺的胡蘿蔔廠。老闆是馬來西亞華人，會講粵語、英語、馬來語，但不會講普通話。監工是老闆的親戚，會講馬來語、粵語和普通話，但不會講英語。

廠裡員工除了南太平洋島國人就是華人，沒有紐西蘭白人也沒有毛利人。不會講英語的監工Sue常常和我搭話，在震耳欲聾的機器轟鳴聲中，不停地朝我講話，該怎麼做，不要怎麼做，講完活兒，又要聊簽證的事……我常常不勝其煩。

一些香港員工在流水線上挑揀胡蘿蔔。洗淨的胡蘿蔔粗大、鮮紅，令人垂涎欲滴，像熱帶雨林裡某種不知名的水果，也像晶瑩剔透的果凍，恨不得生生地咬上一口。它們散發著清香，我第一次知道原來胡蘿蔔是天然帶有香氣的。

起先，我在運輸帶末端和一薩摩亞小哥共同負責「平箱」。胡蘿蔔通過綠色橡膠帶運過來之後，經過一個漏斗狀的開口掉進一個大木箱裡，木箱是由原木釘封而成，約4平米大小，深度約一米四五。由於掉下來的胡蘿蔔會匯聚在開口下方的那撮地方，很快便會堆成圓錐形。我倆需要把箱子裡的胡蘿蔔攤均勻，好讓四個角、四條邊都塞得滿滿的。

我和薩摩亞小哥用英語談笑風生，監工Sue在一旁聽不懂又看不慣我們，於是把我調去裝框。每隔5分鐘左右，胡蘿蔔在框上方的鐵架內積滿，按一下按鈕，鐵架內的胡蘿蔔就會掉進框裡，我再把框從鐵架下方搬到身後的桌子上，接下來由其他人將它們封裝。貌似簡單，實則不易。首先，一框胡蘿蔔的重量不輕，機器走得快時，按按鈕的間隔時間變短，就容易手忙腳亂。

機器慢的時候，就容易發呆。一發呆就忘記按過按鈕了，框裡已有胡蘿蔔了，又按一下按鈕後，上面的胡蘿蔔往框裡掉，結果稀裡嘩啦滾得滿地都是。因為此事，我還和Sue吵過。有一回，她吼我「笨」，我一怒之下把手裡的框砸向了一旁的箱垛，衝出了工廠，在外面站了十幾分鐘，薩摩亞女生出來勸，「消消氣吧，現在大中午的，你沒有車子，一個人也回不去，還得等大家下班，進去上班吧……」

後來，我被安排挑揀過胡蘿蔔，和斐濟女生一起打掃過洗蘿蔔機，也在運輸帶下清理過胡蘿蔔，用塑料袋包裝過小胡蘿，也在大掃除時開機器鏟過淤泥。

唯一一次黑工經歷，不繳稅，一小時10紐幣，每週領現金。在胡蘿蔔廠上班的一個月，晚上在華人老夫妻家被老太太「洗腦」。除了討論房價，就是談論綠卡，要麼是婚姻，再就是紐西蘭的福利。老爺子胃出血只花了3紐幣就治好了，被老太太誇了三天。

我住在客廳，其餘兩個臥室都租了出去，車庫也被改造成房間租給了一對中國小夫妻。房租按週付，一週90紐幣。華人朋友知曉後，都說我傻，住客廳頂多70紐幣，讓我跟老太太談。於是，一天晚上，我和她談。她不同意70紐幣一週的提議，最終答應80紐幣。從那以後，老太太變得更尖嘴薄舌了，之前還會給我一些潮了的餅乾吃，自那晚之後，連潮了的餅乾都見不著了。

老太太尖酸刻薄，但老爺子慈眉善目。每晚在一起也聊過不少話題，七十年代的中國，這幾年的紐西蘭，移民的手續，兒媳和孫女，花園被當成菜園，還說外國人浪費土地……如今依稀記得老太太說過的一句話：「現在二十好幾，轉眼就三十好幾，我們都是這樣轉眼就老了。」

華人老夫妻家裡常來的一個kiwi叫Jamie，和他們的兒子工作過，為了練習漢語，Jamie常常來訪，即使華人老夫妻的兒子已經搬去了澳大利亞。Jamie老家在Gisborne，16歲時搬來Auckland，十歲開始學中文，所以我和他可以用簡單的中文交流。

有一晚，Jamie開車載我以幾近賽車的速度從奧克蘭東邊開到南邊，當時我很擔心，腦子裡浮現一些「兩男子酒駕一死一傷」的新聞標題。他也帶我去過Auckland的脫衣舞酒吧，亞裔眼鏡妹在鋼管上搔首弄姿的樣子贏得滿堂歡呼，而盛滿潤滑劑的大泳池裡印度女教授的擺臀扭腰也把氣氛推向高潮。

Jamie的爸爸是英國人，40年前來的紐西蘭，2年前去世了。Jamie有紐西蘭和英國雙重國籍，但也鮮少去英國。他辭去了工作，還沒找好下一家，所以暫時寄住在朋友家，晚上常常睡在車裡。他去過中國，而且待過3年時間，其中一年是在景德鎮的一所大專教英文，他在中國也有過不少趣事，比如從南昌坐慢車到景洪的經歷，比如種大麻的經歷。

他對中國了解很多，綠皮車、站票、路邊攤、看手相……他都曉得，於是我順便告訴了他在2008年2月我從長沙站到北京的故事。反而對紐西蘭的了解，Jamie並不多，南島他只去過Christchurch，而且是在5歲的時候。

11月，整好一個月，胡蘿蔔、華人老夫妻，Jamie留在了我的記憶裡。

（三）後會有期

12月2日又南下。Jamie開車送我去車站坐大巴，花了11個小時從奧克蘭坐到Wellington，晚上入住Downtown旅館，晚餐後被幾個從津巴布韋移民來的大塊頭老兄邀去酒吧。

震耳欲聾的音樂聲灌入耳朵，五顏六色的霓虹燈在酒吧內四面八方旋轉閃爍，舞池裡的男男女女隨著音樂的節拍扭動著腰肢與臀部。幾小時後，一津巴布韋老兄搭上了一個kiwi女子，帶回旅館準備「對壘牙床起戰戈，兩身合一暗推磨」，在廁所裡，他跟我說好緊張。原來那麼膀大腰圓、魁梧粗壯的人也會緊張。從12月3日到1月12日，我在Nelson度過了一段從充滿希望到斷絕希望的煎熬日子，感慨事與願違，時運不濟。

從2011年的春寒料峭待到了2013年的春光明媚，我在紐西蘭體驗了極樂與自由，見到了地球上極美的自然風光，對西方一些現象有了一定程度的了解。

西方人的婚姻不牢固是皆知的，各種在東方人的觀念裡顯得「奇怪」的關係比肩皆是。常常能看到單親媽媽或一直在換男友的間歇性單身女性，因為同居就能享有合法夫妻權益，所以許多人幹脆只同居不結婚。同居不僅限於異性之間，同性之間亦如此。

在人們普遍的印象中，東方人親情濃厚，西方人親情淡薄。其實不然，只是在不同的文化背景下，在家長和孩子之間的關係上，東方和西方有著不同。西方養老不需要兒女負擔，生兒育女一方面給自己帶來快樂，另一方面是一種社會責任。西方養孩子，更看重孩子成年以後能否受到周圍人的尊重。一般來說在一個良好的社會受人尊重以後，地位和金錢才會接踵而來。

我所接觸到的這些西方家庭，成員之間錢財分得比較清，每個人都有獨立的空間，注重隱私，尊重彼此的興趣愛好和職業選擇，表面看似冷淡，實則是一種相互成全。在紐西蘭跨了兩個年，接觸了各種各樣的人，留學生、遊客、背包客、華人移民……以下羅列我所觀察到的一些現象：

1. 從大陸來的留學生會抱團，而且抱華人團，包括港臺新馬，較少融入白人圈。

2. 白人男性喜歡亞洲女性，以打炮為目的居多，也有一部分終成眷屬。

3. 背包客是一種文化現象，叫backpacker，與它常聯繫在一起的一個詞叫gap year。

4. 年長些的華人移民大多數融不進紐西蘭社會，他們聚居在華人區。

5. 在白人國家，黃皮膚黑頭髮的永遠會被稱為Asian。

6. 紐西蘭的蔬菜很貴，在洋人超市看不到冬瓜、苦瓜之類的。

7. 中國人常吃的皮蛋，日本人常吃的納豆，在許多歐美人眼裡是「噁心」的食物。

8. 絕對不吃狗肉，很多人聽到「吃狗肉」三個字會毛骨悚然。

9. 在紐西蘭如果不會開車，如同一個高位截癱的人沒了輪椅。

10. 在國外最有名的華人明星是成龍。

11. 華人歌手開的「世界巡迴演唱會」確切地說，應該叫「華人世界巡迴演唱會」。

12. 歐美人沒有去KTV的習慣。

13. 歐美人喜歡戶外活動，週末開party。

14. 紐西蘭人和澳大利亞人之間相互dis。

15. 如果在國外上當受騙的話，八成是被華人騙。

很多年前張惠妹唱過一首〈趁早〉，其中有句「如果你不想要，想退出要趁早」。張愛玲曾言「出名要趁早，來得太晚的話，快樂也不那麼痛快了」。兩個「趁早」的具體涵義不同，但在廣義上是相通的，即告訴我們凡事要趁早。我理解的「趁早」並不是客觀時間上的「早」，而是一種心理時間——對自己想做的事及早著手。

從Nelson返回奧克蘭，在Jamie寄住的朋友家住了下來，房主一家是Eritrea移民，女主人做過割禮，一項痛苦萬分的手術。割禮的目的之一是提供給男人可靠的「驗貞」方法。他可以通過檢查新娘的外陰情形來判斷她是否是處女。性交時女人傷口被撕裂，然後癒合，然後再撕裂，就這樣周而復始，苦不堪言。當丈夫外出放牧或務工時，這種割禮功能亦可用於他回家時來檢驗妻子是否忠貞。Jamie說他和這個Eritrea女人發生過關係。

離開紐西蘭的那一刻，我百感交集，心裡一百萬個不情願，但又有某種力量在牽引著我離去。每一瞬間，嚮往自由的靈魂都必須飛翔，有時像蒼鷹，有時像蒼蠅，有時像蒼生渴求的眼神。離開紐西蘭後的每一天，我都好像在穿越時空。如果不能再見，就在遙遠的北半球，每一天都祝它早安、午安、晚安。

第十一章　東南亞

2013年

（一）曼谷

飛機飛行了11個小時，從奧克蘭到新加坡，再從新加坡飛到曼谷。如果要用一種顏色來形容我所見到的曼谷，一定是——粉紅色。

飛機上竟有兩個認識的阿根廷人，在曼谷機場入境時，他倆悠閒自在地過了海關，我需要去辦落地簽。由於沒有提前買好出泰國的機票，簽證窗口的工作人員死活不給我辦理落地簽，我跟她鄭重承諾絕對不會黑在泰國，她硬不肯，非要有出泰國的機票，車票或者船票。不得已，我上去機場二樓，用現金購買機票。

用茶色玻璃圍成的小屋裡，幾個眼窩深邃、臉窄、膚色略黑的人坐在電腦後方，我透過玻璃上濾網狀的洞洞朝裡面講話：「你好，我想買一張去柬埔寨首都的機票。」「柬埔寨首都叫什麼名字？」「就是柬埔寨首都，你們在網上查一下就知道。」其中一個戴金絲邊框眼鏡的胖女人朝我瞪了一眼，「你直接告訴我柬埔寨首都叫什麼？」

對剛剛所聽到的簡直難以置信。我控制住情緒，說：「叫Phnom Penh。」「怎麼拼寫？」胖女人搖了搖懸浮在她前額上的瀏海。我楞住了，露出一時語塞的焦急神態，當下我的確沒能拼寫出來。於是，小屋裡的女人用帶有濃重泰國腔的英語對我說：「既然你沒拼出來，那很遺憾我們不能幫你訂這張機票。」那一瞬間，我腦中一片空白。

終究我沒有買成去柬埔寨的機票，隨即腦海裡展開一張世界地圖，買去哪裡好呢？總要選一個城市，不然進不了泰國。於是我相中了越南的胡志明市，它是我在情急之下能瞬間想起來又離泰國不遠的大城市。我壓制住馬上就要無法遏制的怒火，跟狹窄的玻璃房裡的人說：「那幫我訂一張去胡志明市的機票吧，我知道怎麼拼寫，Ho Chi Minh City。」因為沒拼出來「Phnom Penh」而沒去成柬埔寨，錯過了原計劃中的Angkor Wat。

胡志明市離曼谷雖然近，但票價不低，尤其在這種倉促的情形下訂的票，可想而知會有多貴和多離譜，它的價格抵得上我從奧克蘭飛新加坡了。於是手裡的一沓本來準備用來在泰國享樂的現金在還沒進泰國時瞬間沒了一半，有一股將要節衣縮食的氣息湧來。

花了1000泰銖辦好了落地簽，終於進了泰國。熱帶季風氣候下的曼谷，1月雖然受較涼的東北季風影響而比較乾燥，但相對於紐西蘭的清爽，這裡明顯多了一些熱帶地區的濕熱感，一出機場便有最真實的體感。

人體冷熱感覺對環境條件的變化具有一定的耐受性，即某一閾值區間內的不同環境條件均能給人體帶來類似水平的冷熱體感，將這種耐受閾值範圍的大小稱為「體感耐寬」，體感耐寬可以反映人體冷熱感覺對環境條件的敏感性，耐寬大則敏感性弱，耐寬小則敏感性強。我一定是屬於耐寬大的，能適應零下十度的天津，也能適應悶熱潮濕的曼谷。

走到機場的出租車搭乘處，熱風襲來，全身的細胞立即調整模式。坐上出租車，在街道兩旁五光十色的影像中，我從機場來到了考山路上的一個旅館。

考山路是曼谷的一條街道，英文名Khao San Road，是全球背包客的聚集地，它無人不知，無人不曉，沒到過考山路就如同沒到過泰國一樣。考山路說不上是個旅遊景點，不過這裡的旅客比當地人多出好幾倍，它是專門為遠道而來的旅人而存在的。亂中有序，加上耀眼的招牌及塵埃紛飛的道路，展現出一種溫和慵懶的放蕩，讓人情不自禁地為它著迷。

考山路的精彩來自濃郁的嬉皮氣息。在熙熙攘攘的街上，有人躲避猛烈的陽光到餐館飲酒，有人攤開地圖尋找下一個落腳地，也有人什麼都不做。考山路也是出了名的專售假證件的地方。當然考山路上也有數不勝數的美艷人妖，每一個從身邊經過的美女，或者在酒吧裡意淫過的靚妹，都有可能多長了一個東西。

由於買機票花掉了大部分盤纏，而在紐西蘭匯去中國卡裡的錢一直遲遲未到帳，後來才曉得是因為中國卡沒有開通美元帳戶，款項是打不進去的，所以在曼谷就尷尬了，本想著吃喝玩樂一番，沒料到要省吃儉用了。

在旅館住下來之後認識了一些歐洲背包客。考山路是背包客必朝聖之地，是西方的背包客捧出來的一個烏托邦。烏托邦之所以為烏托邦，是因為它對於一群人存在吸引力，在此存在某個群體所推崇的東西。

我在考山路上吃過海鮮麵，泰式燒烤，香蕉煎餅，也在這裡嘗過酸、辣、鹹、甜、苦五味平衡，用料海鮮、水果、蔬菜等的泰國料理。考山路兩旁遍布著大大小小的各式酒吧，耳邊始終環繞著充滿節奏感的音樂聲，莫名有種情不自禁想要嗨起來的感覺。這裡的酒吧幾乎都會有液晶電視或投影電視，經常會播放一些足球比賽，大家聚在一起一邊喝酒一邊觀賽，氣氛熱烈開放。一些酒吧會有Live Music表演，現場感十足，還有一些酒吧會有人妖表演，和許多限制級的表演及服務。

除了考山路，大皇宮、四面佛、水上市場、鄭王廟都是要去的。最厲害是，由於要盡量節省，和在旅館認識的朋友全程靠坐公交車逛完了這些地方，在沒用Google地圖的情況下，僅靠紙質地圖和遊客中心的宣傳冊。

其中最有趣的一段是和兩個蘇格蘭朋友，還有一個加拿大朋友去逛鄭王廟的情形。路邊有兩具供人拍照的人形擺設，我們見旁無人，開心地拍完準備走人，突然不知從哪個方向衝出來兩個小孩，找我們要錢，我拒絕了，倆蘇格蘭小夥在尷尬中掏了錢。天下沒有免費的午餐這點我是知道的，但不曾曉得天下也沒有免費供擺拍的道具。鄭王廟規模僅次於大皇宮，其主殿和標誌性的五座佛塔是人們最常遊覽的景點。傍晚或天氣晴朗時觀賞，清淨莊嚴。

22號，房間裡新來了兩個人。一個菲律賓跟瑞典混血的男生，和一個來自湖北的男生。前者的母親30年前從菲律賓去的瑞典，小夥20歲，長相取了菲律賓和瑞典兩頭的優點，用「帥炸」來形容一點不為過；後者在泰國當中文教師，他說他的一個朋友把買房的錢拿去當旅費，在非洲玩了一年多。菲瑞混血小夥和我在網吧裡體驗了一回泰國學生的感覺，湖北小夥送了我一個中國結。幾年後，這湖北男生成了國內一個品牌的老闆。

半夜三更，在粉紅色的曼谷街頭，打臺球，吃蠍子，喝香蕉奶昔，聽蘇格蘭人說英語，聊屬於仍對生活充滿好奇和激情的年輕人的話題。在曼谷彷彿做了一個粉紅色的夢，夢裡熱情似火，嬌艷欲滴，奔放勁爽。

金碧輝煌，建築物是金色的，天空是金色的；妖嬈多姿，艷麗的民族服飾，艷麗的人妖美女；平凡樸素，生活本真的色彩，質樸自然；熱鬧非凡，世界人民的遊樂園，不言而喻；奔放靜美，泰國人民既熱情奔放，又享受寧靜之美。

曼谷，既能撒歡兒又能養神兒，不錯。

（二）胡志明市

在曼谷逗留期間，我去越南駐曼谷領事館辦好了越南簽。23號坐上飛機前往胡志明市。才飛了一個來小時就到胡志明市了。如果用一種顏色來形容我第一眼所見的胡志明市，我想應該是白群色。相比高度國際化的曼谷，作為越南第一大城市的胡志明市明顯低調一些，用三個詞語來形容，可以是便宜、暖和、接地氣。

胡志明市和湄公河是相依相存的關係。湄公河發源於中國唐古拉山的東北坡，在中國境內叫瀾滄江，流入中南半島後的河段稱為湄公河。湄公河是亞洲最重要的跨國水系，是東南亞第一長河，自北向南流經緬甸、老撾、泰國、柬埔寨和越南，並在胡志明市以9個出海口流向南海。作為越南的母親河，湄公河兩岸充滿了鮮活的色彩，縱橫交錯的河道周圍是節奏緩慢的生活氛圍，在這裡可以接觸到真實的越南農業勞動場景，感受越南南部真摯的風土人情，細細體味河畔的溫婉與富足。

這裡屬於著名的湄公河三角洲地區，屬熱帶季風氣候，全年高溫，旱雨兩季分明，土壤肥沃，水網密布，氣候適宜。胡志明市就位於這富庶的湄公河三角洲，社會經濟發展受西方影響，商業發達，曾有「東方巴黎」之稱。它給人的第一印象略顯混亂，交通似乎很瘋狂。在這裡，摩托車第一，汽車第二，行人第三，彷彿全世界騎摩托車的人都住在這裡。

即便如此，當地居民卻能在這種表象的喧鬧中享受平靜有序的生活，這裡的汽車開得慢且穩，較少有路怒症患者，摩托車雖然多，卻井然有序。

領略這座城市的風貌，最好的方式就是騎摩托車。這樣既能穿過小巷快速到達不同的地方，也能隨時停下來在各小吃攤位前大快朵頤。在很多街角、大樹下都能找到小吃攤，從疊放成一摞的塑料凳子中抽出一張坐下，從攤販用可樂瓶自製的筷子盒中撥出一雙一次性筷子，掰開來，就能在街頭飽飽地美食一頓了。

我入住的旅館的老闆娘會講一點英語，她問我有沒有女朋友，說如果我不介意的話，她可以以結婚為目的把她侄女介紹給我。我問她侄女會不會講英語，如果會的話，可以試著談一下。老闆娘食指和中指間夾著燃盡了一半的香煙，用蹩腳的英文說：「她不會講，但人長得漂亮，你們可以先從手勢交流開始。」她心虛地笑了笑。

和老闆娘聊完之後，我去附近的旅行社訂了第二天一日遊的行程。湄公河三角洲一日遊，還滿期待的，有一種不可名狀的置身於熱帶三角洲中的感覺。熱情、富庶、慵懶、密織著藤蔓的雨林、奇樹異草、奇花異卉……越想越期待明天的小旅行。

第二天早起，趕一日遊的大巴。開了三個多小時，大巴進了湄公河三角洲的雨林。

密布的支流和小島。戴圓錐形傳統越南帽的女嚮導在船頭賣力地划槳，小木船載著我穿過一片猶如世外桃源般的蘆葦林，來到一個不大的椰糖製作工坊，全程觀看了在中國也很有人氣的椰子糖製作過程，午餐時間，在涼亭下一個越南戲班子給我們唱了原汁原味的戲，有種穿越回清朝的感覺。

除了椰子糖作坊外還有水上市場，作為三角洲地區重要的農業中心，成百上千的越南人民在帽簷下露出一半窄窄的臉，滔滔不絕，像瀑布般不停地奔流傾瀉著各種聽不懂的越南語詞彙。

小木船在翡翠色的河道中左拐右拐，到了下一個景點——古芝地道。地道開挖於抗法戰爭時期，在後來的越戰中急劇擴展，共分三層，最下層深達8米。地道內有水井、糧倉、會議室、宿舍、醫院及軍事陷阱等，規劃極為完備，如同一個地下村落。

當我在狹窄的地道裡體驗匍匐前進的感覺時，才發現當年看《地道戰》時憧憬過的地道並沒有想像中有趣，只有在戰爭殘酷的逼迫下，人們不得已才選擇了這種生存方式。進入地道不久，我就發現自己產生了輕微的幽閉空間恐懼症狀，擔心會發生未知的恐懼，焦慮、呼吸加快……試想如果是在戰爭的情況下，會更加絕望和無助吧。

一日遊途中認識了一位在同濟大學做交換生的瑞士男生，他來越南玩三天，然後去緬甸。他說上海的房租一點都不貴，我說每月6000人民幣不算貴嗎？他說不算。後來才曉得瑞士的國民平均年收入有多高，對於瑞士人來說可能真不算貴。

回到旅館，又和認識的背包客們胡天海地，天南海北地聊，逛胡志明的夜市。當晚，我吃了鱷魚肉。方形桌子中央放一個小烤爐，上面架一張圓形鐵網，鱷魚肉被切成薄片，我們三人饒有興致，小心翼翼地品嘗著生平第一次「野味」的滋味。此野味非彼野味也，畢竟它不是野生動物，是養殖的，當然如果野味是指沒有檢疫標準的動物的話，我們吃的這養殖的鱷魚可以算野味。

胡志明市有很多街邊攤，塑料椅子和折疊桌是一條靚麗的風景線，各種膚色的背包客充斥其中，國際化中又濃烈地接著地氣。胡志明市的建築從造型到內飾無不透露著典型的法式風格，這裡也是世界上生活成本最低的國際化大都市之一。

相對於「胡志明市」與生俱來的濃重政治味，「西貢」則富有文藝腔調多了，大名鼎鼎的《西貢小姐》間接反映了這座大都市背後隱藏的人文氣質。現代摩登的胡志明市，舊日繁華的西貢；高歌猛進的胡志明市，小資文藝的西貢。

西貢是慢，是異國情調，是法式建築，是滴漏咖啡，是情人節的紅玫瑰，是神祕的東方女子裹著奧黛的曼妙身姿。胡志明市攜帶著這樣的西貢，煥發勃勃生機。

胡志明市是西貢，西貢是胡志明市。

（三）縱貫越南

胡志明市的物價是這樣的：一碗炒麵35000越南盾，一根油條11000越南盾，一瓶水6000越南盾。把卡插進ATM機，頃刻間自己成了千萬富翁。在胡志明市閒庭信步了幾天之後，坐大巴北上河內。

越南國土呈南北狹長的S形，我此次坐大巴貫穿越南，從胡志明市到河內。我躺在臥鋪車廂裡，只見天黑了又亮，亮了又黑，窗外有綠皮火車，陰天灰濛的海岸線，雜草叢生的山丘，和破敗的農村房舍。

在中途一處休息區稍作停留，準備吃午飯時，在轉身的一剎那，放在行李箱上的球鞋被人給順走了，當時腦子裡嗡的一聲，身體一涼，瞬間散掉了一些身體能量，一雙鞋固然不值多少錢，但這種迅雷不及掩耳之勢的偷竊行為讓我心有餘悸。

在中途另一處休息區稍作停留，準備吃晚飯時，一個老年女人向我兜售手工布藝手環，她用越南語一個勁地說，我雖然一個詞也聽不懂，但通過她的肢體，透過她的眼神，我能感受到她極力想向我兜售的慾望，無奈她賣的手環實在太遜色，眼看還不如中國的大學宿舍外賣的地攤貨，我婉拒了她，她又用蹩腳的英文跟我說她在收藏各國的錢幣，如果我有的話，可以以成全一個收藏家的性質給她一張他國的紙幣，然後象徵性地從她手裡拿一張極不等價的越南盾。

多麼聰明的想法，以「成全」的名義。我一般行事皆「成人之美」，可這回沒有。

又不知開了多久，只覺天黑了又亮，到了會安。會安位於越南中部，是一座混血古城，在這裡能感受到法式、日式、中式、越南式的美，認出時間的痕跡，不僅在每一處建築的設計中，也在被苔蘚覆蓋的瓦片中，在爬滿藤蔓植物的斑駁牆壁上，在描繪奇異生物或古老傳說的雕塑裡。

會安的人文傳統得到良好、完整的保存，雖然越南經歷過長年的戰爭，但會安古城卻沒受到戰爭破壞。更令人稱讚之處在於，作為世界文化遺跡的會安仍然是千家萬戶居住的地方，它不是一個毫無生機的博物館，也不是沒有靈魂的旅遊景點，它是冒著人間煙火氣的生活空間，過去的時間和現在的時間交織於此。古色古香的風貌，小資情懷的街巷，人頭攢動的鬧市，一切都平衡得剛剛好，不多一分也不少一分。

白天的會安古城很熱鬧，在沿街的小店裡能看見不少來自世界各地的遊客，這些店以經營咖啡茶室和出售紀念品居多。當地人喜歡在門口種上一些熱帶植物花卉，熱帶植物花卉容易長開，散發時間的味道，這給古城增添了一抹古色和異域風情。夜晚的會安古城有許多小攤販出沒，各種當地小吃，簡樸而純粹，通過味覺讓你直接感觸會安的氣質。

會安的習俗、儀式、文化、信仰活動以及傳統食物等仍與「古老」保持著千絲萬縷的聯繫，會安還擁有健康祥和的自然環境，郊區的小村莊如詩如畫。必然，在會安一定能看到穿「Ao Dai」的傳統越南女子。

Ao Dai是越南的國服，是越南最漂亮的傳統服飾，類似旗袍在中國的地位。奧黛由上衣和褲子組成，上衣的上半段胸部勒緊，兩側腰收緊，從腰部開叉，有一定的收腰效果。上衣的下半段分前後兩片裙擺，走路時前後兩片裙擺隨風而動。奧黛裡面配一條白色或是同花色的長達腰際的闊腳長褲。

大巴駛進會安後，還沒完全停下來，十幾輛摩托車便「虎視眈眈」地守在那兒了，他們是拉客的黑摩司機。由於需要在會安換乘大巴，前往河內的巴士在稍隔有一段距離的地方，於是我叫了其中的一輛摩托車。

途中，摩托車司機跟我說話，意外地暴露了他流暢的英文口語，常年拉外國客的緣故，他健談又熱情。發往河內的大巴晚上才出發，摩托車司機建議我去周邊逛一逛，來個一日遊，何樂而不為？

他載我跑了幾處標誌性景點之後，又去了郊外。在標誌性景點中，有一處廟宇，匾額和大院前立的石門上都刻有碩大的漢字，印痕很深，裡面長了青苔，有腐葉和蟲窩，帶一絲蕭條的感覺。摩托車司機跟我說這是古代的遺跡，很久以前越南也用漢字。

在郊外，他帶我去了他朋友家。越南農村原始而淳樸，像想像中五六十年代的中國農村，沒有水汙染、空氣汙染，四處一片田野風光，雖落後，但令人心曠神怡。我付了一餐飯錢，他朋友給我做了一頓傳統的越南家常菜，我吃到了純正的越南米粉。

回大巴站的途中，經過一座墳山，我不曉得是什麼，問司機這些似小院子一樣的東西是什麼，他說是墳墓。在好奇心的驅使下，我竟然叫司機停了下來，去墳山裡轉了一圈。這裡的大戶人家會把墳墓建得像小院子，用高高的圍牆把墳頭圍起來，裡面圈出足夠大的空間，圍牆上開一扇門，門兩旁寫有字，牆上和墳頭上貼有彩色瓷磚。這樣的「墳院子」一個挨一個，乍一看挺有意思，進去待了一會兒之後，便背脊發涼了。

晚上坐上大巴，北上前往河內。天黑了又亮，終於到了河內。冷、汽車尾氣、噪音，這些是我對它的第一印象。河內降雨豐富，花木繁茂，百花盛開，市區幾條寬廣筆直的大街以還劍湖為中心，向四周成輻射狀延伸，街道兩旁生長著四季長青的高大樹木。

也許是冬季的緣故，我看到的河內灰濛濛的，感覺自己離中國越來越近了，天空的顏色如此相近。街上似乎有煙霧，這些煙霧似乎是摩托車排出來的，摩托車是河內的主要交通工具，大多數摩托車司機都戴著安全帽，玻璃鏡片蓋到下巴，這樣可以隔絕前車排出的尾氣。有時候，從馬路一邊走到另一邊，短短的距離可能要花十來分鐘，這全拜來來往往、密密麻麻的摩托車所賜。

我在環劍湖畔花旗銀行的ATM機上又查了下餘額，發現在紐西蘭往中國卡裡匯去的款項仍未到帳，愈發擔心了。在河內只待了一天一晚便匆匆離開了，所以對它沒有太深的印象，只記得那天晚上在古城區看到的用扁擔挑貨物的小販身影以及那天晚上在旅館和前臺小哥聊天的場景。

樓上旅館，樓下旅行社。前臺小哥不是簡單的賓館前臺接待，也兼旅遊諮詢服務的職責。他說自己每月工資200美金，交公司50美金用來包中、晚飯，到手150美金，除去電話費、社交等支出約50美金，最多能存100美金。

離開河內後，我坐上跨境長途班車，跨過友誼關，抵達廣西南寧。

第十二章　回中國

2013 年

（一）從河內到湖南

左側是左弼山城牆，右側是右輔山城牆。猶如一位鶴髮童顏的老人，精神矍鑠，看盡千年風雨；又如一位拔山蓋世的壯漢子，戎馬倥傯，扼守南疆大門。廣西崇左憑祥，友誼關，又名鎮南關。

我從河內坐大巴去南寧，鐵皮車廂裡，座無虛席。滿滿當當的一車人把大巴塞成了一隻鴕鳥，一遇到坑坑窪窪的路面，車身就有節奏地搖晃。烈日當空，車裡空調開得猛，我只穿了一件背心，肩膀和手臂上的汗毛豎了起來。

車子離開河內，往北開出3小時後，大家都睡飽喝足了，開始打發起車上的時間。有人掏出《故事會》大小的刊物讀了起來，有人摸出那時方興未艾的智能手機滑了起來，前排的「地中海」大叔後腦勺上的幾撮頭髮在靠背下時隱時現，右側戴黃色太陽鏡的大媽「呼呼」地喘著粗氣，雙下巴的下方，粗短的脖子上拴了一串玲瓏剔透的寶石項鏈。

我望向窗外，左側鄰座的人拿出一袋檳榔，「你吃不？」我一愣，嘴上說不用，左手已經不由自主地伸了過去，等回過神後，我說：「車裡有點悶，真是吃檳榔的好時候，謝謝你。」接過檳榔，撕開口子，酒氣四溢。

我們聊了起來。「你來越南旅遊的？」「是的，你呢？」「我遊了幾個地方，借道越南回南寧。」「其實我在越南做服裝生意，常來河內，也去胡志明。」「做批發還是自己開店零售？」

我們從河內聊到了南寧。途經友誼關，暮靄沈沈的天空下，層巒聳翠的環境裡，感覺有一種別樣的雅趣。越南邊檢小弟為難我們過關，塞了幾塊錢才蓋章。到中國一側的邊境時，邊檢小哥看著我感嘆了一句：「你出去了這麼久啊？」我一楞，心想這鐘靈毓秀的地方，人也果然更有人情味。

我們一直聊。到南寧下車後找了一家旅館入住，旅館大廳有一個吧檯，吧椅上坐了一圈人，其中有一位法國青年，靠著在各個酒吧表演脫衣舞而攢路費環遊世界。他去過34個國家，曾經在一週內和5個不同的女生發生過關係，他說自己不算厲害的，他在巴黎的朋友是沙發客主人，他的紀錄是在一週內和12個人發生過關係。

法國青年還拍過AV，刻成DVD出售。

我們仨在陌生的南寧找了一間位於地下室的酒吧，從人生哲學聊到「俗不可耐」，從國際局勢聊到男歡女愛。法國人在酒吧裡跳了起來，我們在一旁喝著，眼裡放著光，感覺它能照亮我那一刻的人生。我們聊了一晚上，沒有互留聯繫方式，而那一天一晚也成了記憶裡飽滿豐潤的一顆珍珠。假使當初留了聯繫方式，它或許已經變成了可有可無的一顆砂石。

告別南寧，坐上臥鋪火車前往湖南，先到懷化。

電話卡已欠下「巨款」，在過去的幾週給遠在紐西蘭的ANZ銀行打了多個電話，從曼谷一路打到胡志明、會安、河內、南寧、懷化。出了懷化車站，在火車站廣場找了一臺公用電話機，看水果攤的男人收我2塊錢每分鐘，我給了他一根越南煙，他順便跟我吹噓了一下，說自己的姨夫是新晃縣縣委書記。

我跟電話那頭講了一串英文之後，在屋裡邊烤火邊嗑瓜子的女人聽出了貓膩，急忙衝出來跟在外頭看水果攤的男人急眼了，「他在講外語，趕緊讓他掛了，誰曉得他打去美國還是英國……」於是電話被強行中斷了，女人加收了我20元，順便呵斥了一下男子，那個自稱姨夫是新晃縣縣委書記的男子。

從懷化往東，連綿不絕的丘陵山地。火車穿過一段又一段隧道，車廂裡一會兒明一會兒暗。ANZ銀行從紐西蘭給我回電，無奈手機信號被隧道干擾，斷斷續續，雙方都沒聽明白，在稀裡糊塗中又中斷了一次對話。終於再一次和ANZ聯繫上，才曉得有可能是因為沒有在中國國內開通美元帳戶，匯入的款項入不了帳。於是在除夕前的第三天，我又特意去了趟杭州，去當初開卡的蕭山分行開美金帳戶。

在去杭州的火車上，我對鋪睡了一個鄰鄉人，他在廣東打了8年工，然後在蘇州、上海等地十來年，娶的老婆是陝西咸陽人，大兒子四歲，小兒子兩歲，一家人正去上海過年。他給了我一個水煮土雞蛋、四個橘子和兩根火腿。

到杭州後，我在旅館裡認識了一個來自加拿大法語區的人，他在蘇州讀碩士，說有一個親戚要去廣州開拓中國市場，如果我感興趣的話，可以幫他親戚在廣州做翻譯。互換了聯繫方式後，我們去賞了杭州西湖的雪景，宛如畫卷，恍入仙境，銀裝素裹，美不勝收。

在從杭州回湖南的火車上，我對面坐了一對情侶，男的36歲，女的26歲，男方是揚州人，女方是新化人，兩人在上海相識，這是男人第一次去女人家過年，帶了一個大彩電做見面禮。

在湖南期間，我去了一趟鳳凰古城，它享有「北平遙、南鳳凰」之名，是國家歷史文化名城。清晨的鳳凰帶著半睡半醒的朦朧美，夜色的沱江給人半夢半醒的迷離美。兩岸的酒吧在潺潺流水中喧鬧著，有別樣的美。鳳凰古城的美，正是由其與眾不同的建築風格勾勒而成。佇立於沱江兩岸的吊腳樓，青灰光滑的石板路，雨後的雲霧繚繞，水鄉的溫婉風光，沈從文筆下詩意的《邊城》，都是屬於鳳凰獨有的美。

在湖南期間還過了一個春節。同學聚會，親人團聚，打牌，聊天，聽鄰居吹牛，看旁人表演。親情的溫暖，友情的真摯，在湖南陰冷的數九寒天裡散發著溫熱，也在世風日下的社會裡顯得彌足珍貴，也顯得岌岌可危。

有一群人，貌似在「關心」你的近況，實則只是在「打聽」。打聽的目的無外乎是想同情你，以彰顯他們的生活如意，或是想貶低你，以宣示在自己的價值體系下有炫耀的資本，抑或patronize你，再則有求於你，諸如此類云云。他們想從你口中聽到的不是「開心」，不是「順利」，更不是「圓滿」。你跟他們講道理，他們用「傳統觀念」來壓你；你跟他們談邏輯，他們裝瘋賣傻；你跟他們提正義，他們裝聾作啞。你一旦示弱，他們就立馬裝腔作勢。裝模作樣的是那群人，裝妖作怪的同樣還是那群人。

不能否認，永遠也會有一群愛你，關心你，尊重你，祝福你的人存在，他們或是家人，或是發小，或者後輩，或者莫逆之交。和他們之間，我不忍去觸碰生活的殘酷和人性的陰暗，所以也最好點到為止。

湖南四季分明，綠色常駐，很好地詮釋了「濕潤」的含義，空氣中永遠充滿了氤氳的水汽，春冬濕冷，夏天濕熱，秋風送爽，身上每個細胞都能得到滋養，萬物都能生長，這是一片充滿生機的土地。

過完年了，去哪兒呢？

（二）到廣州

2013年3月3日，我在家中用在Papamoa Market買的電腦接上網線在Booking上憑感覺找了兩間青年旅社，並把它們標在日記本上，準備到廣州後擇其中一家入住。

3月4日，7點起床，洗頭、吃飯，去糧站坐班車到新化火車站，上了開往廣州的火車。火車上盡是些年輕稚嫩的面孔，從樣貌來看，估摸都是90後或95後，均為南下務工的小年輕，他們在臥鋪車廂過道的拉彈座椅上抽煙，打牌，剝橘子，滋溜滋溜地吸食方便麵，康師傅紅燒牛肉麵和統一老壇酸菜牛肉麵的味道交織瀰漫，讓聞到的人肚子咕咕叫。

我在上鋪，淩亂的被褥像澳洲海灘上曬太陽的海獅，枕頭中部凹陷、泛微黃，腳的一頭，床位與車廂之間狹窄的縫隙裡竟然堆放了一些空礦泉水瓶和檳榔包裝紙，下鋪抽煙的小弟在嘬煙的間息，煙頭自燃釋放的煙霧升了上來，已經幾小時沒喝水的我，嗓子一乾，氣管一陣發澀，頓時悲從中來，一個聲音在腦中響起：「這是在做什麼？為何離開紐西蘭來擠臥鋪火車？」

事情的發展都有它的勢能，常常只能順勢而為，很多選擇經不起推敲，不能以事後諸葛亮的視角去後悔和責備當初在各種因緣際會下和在當時的心境下做出的判斷，唯一能把握的就是當下。

從新化到廣州不算太遠，臥鋪火車也用不了太長時間，晚上11點順利抵達廣州。我拖著新買的布製行李箱走出廣州火車站，只見眼前盡是人，全是人，都是人。「人山人海」這個成語應該是專門為廣州火車站而造的。

在我過去的認知裡，廣州火車站在心中占有一席之地。幾十年來南下廣東的人經此進廣州，它見證了一個風起雲湧的時代，見證了敢闖敢拼的一代人。2008年冰災期間廣州火車站的悲壯和溫情依稀歷歷在目，小時候從長輩們口中聽到的關於廣州火車站的激動往事也依舊記憶猶新。

出站，已近晚上12點，守在出站口攬客的人舉著價目牌操著各種口音，我選了其中一間。拉客的人說他開的旅館就在火車站後面，距離不遠，價格不貴，於是我信了他，跟著他往一片居民區走去。那人指間夾一塊攬生意用的小紙板，毫無設計感的字體打印在A4紙上，外面簡單地裹了一層透明的尼龍紙。

在去旅館的路上，他問我是不是學生，來廣州做什麼。我說已畢業快3年了，來廣州找工作。他說自己老家是江西的，一家老小都在廣州打拼，這個用來做旅館的房子是租的。

他領我進屋，那是一間在3樓的房子。樓梯間雜亂地貼了些開鎖、疏通管道的小廣告，鐵扶手上的藍色塗層已掉落斑駁，樓梯的邊角處灰塵很厚，似乎還有蜘蛛網。旅館的門虛掩著，原來這間旅館是可以24小時進出的，只需入住時付給老闆房費，在任何時間都可以自行離開。

三室一廳的房裡足足擺放了十幾張上下鋪鐵骨床，不浪費一點空間，巧妙地利用房間布局，縱橫排列著，床上已經橫七豎八地躺了好幾個人。他給我指了指方向，示意我的床位，我給了他50元，他便離開，回火車站繼續拉客去了。

我去樓下一家24小時經營的重慶麵館吃了碗麵，上樓簡單洗漱了一下便入睡了，懷裡緊緊抱著裝有身分證、錢包等重要物品的包，不敢睡太死，在這樣的環境下，任何偷竊的行為都不足為奇。剛到廣州，就感受到了江湖氣，它是我預料中的廣州特質之一，緊張中帶有興奮，更帶有期待。

第二天早上8點起床，走回火車站，準備坐車去那兩間旅館中的一間。從火車站坐公交車到體育中心，下車後叫了輛出租車，上車時，司機問我要去哪，我打開日記本，猶豫了一會兒，用食指給他指了其中一間旅館的地址，他「哦」了一聲，踩下油門。倘若我指了另一間旅館，我的人生軌跡會截然不同。

出租車停在天河北路435號嘉怡苑445號樓的樓下，我拖著行李進電梯，按下了第27層的按鈕。

嘉怡苑位於天河黃金地帶的心臟地段，周邊密布數十個大型高級現代化商廈及豪宅，與中信廣場、大都會廣場、天河城、火車東站等只是咫尺之遙。嘉怡苑小區由超高層住宅組成，周邊配套設施完善，居家便捷，雖位於黃金地帶的核心位置，但聽不到噪音，小區內綠植繁茂，物業管理完善。

嘉怡苑小區四面均有出入口。一面是天河北路主幹道，沿此道可以一直走到大名鼎鼎的中信大廈和林和西地鐵站；一面是林和西路，此處遍布餐廳、茶樓、甜品屋、小吃店和菜市場，煙火氣十足；一面是天壽路接天河東路，這一片有充滿小資情調的酒吧、花店和高級商場；而另一面有一家大型超市，正對面是火鍋店和聯通營業廳及建設銀行。

我上到27樓，一扇老式裝潢的門半開著，我推門而入，門角的風鈴顫動了一下，對門而坐的前臺小妹笑臉相迎地問我有無預訂，我答無，於是她跟我解釋當晚已滿房，若不介意，她可以介紹我去對面一家叫「愛舍」的旅館，兩家旅館的老闆是前夫與前妻關係，雖離了婚，但業務上還是互助互利，我爽快地同意了。

於是她帶我到對面樓的10樓，一個戴眼鏡的廣東男生幫我辦理了入住手續，我把行李拖進臥室，旁邊床上睡了一個神似吳彥祖的男生，後來才曉得他就是這間旅館的老闆，是一個在中國打拼的尼泊爾人。

「愛舍」藉著2010年廣州亞運會的東風扶搖直上，成為廣州本土最早一批站穩腳跟的青年旅社之一，客源不斷，口碑爆棚，一部分客人衝著尼泊爾老闆的愛情故事慕名而來。愛舍為前來廣州找工作，面試，旅遊或短住的人提供了實惠、便捷的住宿服務。

放好行李後，我坐在客廳的沙發上瀏覽喜來登3月6日的招聘會信息，此時進來一個印度人，印度名叫Irfan，他說自己英文名叫Max，代表公司前來參加第113屆廣交會，他的英文水平很高，數學和邏輯都很強，而且擁有市場營銷的碩士學位。

我原本的計劃是：在廣州先找一份工作一邊做著，一邊等4月搶到紐西蘭銀蕨簽證後，再次入境紐西蘭，到那時無論如何都要賴在紐西蘭不走了。沒想到，入住愛舍後，我愛上了廣州，也錯過了搶銀蕨的時機，碰上了印度人，又結識一幫志同道合的朋友，一切的一切就此改變。

「愛舍」是一個神奇的地方，有愛，有舍，充滿愛的屋舍。它背後有一個動人的愛情故事，後來演變成一段狗血劇情，再後來有我的參與，我們的參與，它便成為了我們共享的一段人生故事，因為有「愛舍」，才有廣州在我心中的份量。

Irfan看見我在沙發上埋頭認真地瀏覽網頁，便問我：「哦？你在找工作嗎？你英語不錯，想不想去印度工作？」我說：「全世界都行。」

於是他當即幫我在印度的招聘網站上投了簡歷，神奇的事情發生了，當晚我接到了從印度公司打來的電話，簡單聊了幾句之後約好第二天上午Skype面試。我立刻查了相關的英文資料，熟記了一些專有名詞和表達方式，請教了Irfan關於印度面試的問候語、禮節。一切準備就緒，等待第二天的面試。

而這一切，都是在嘈雜、繁亂、玩樂、隨意中發生的。如果Irfan不出現，想必我現在早已拿到紐西蘭綠卡了，或者已經在廣州安居樂業了，況且因他的出現而來的那個機會，不是所有人都願意要，也不是所有人都能抓住。

晚上，在「愛舍」裡住的奇葩們陸續回來了，其中就有Evening，Eleven和Samuel。廣州故事，正式開始。

第十三章　愛舍

2013年

（一）初識愛舍

3月6日白天，我和Evening去喜來登招聘會，現場來了好幾家喜達屋集團旗下的五星級酒店。

一個大寫的S，被兩片弧形的棕櫚葉包抄。喜來登酒店裡面富麗豪華，每張擺放招聘表格的桌子上竟然都有一支巨型的白色蠟燭，蠟燭外套了一個玻璃罩，在垂到地面的奶黃色印花桌布的襯托下顯得高貴典雅。

走進這裡，彷彿走進了小說中的那些場景，壁紙、吊燈、室內層很高的大廳，典雅華貴的氣息撲面而來，在黑水晶一般的地板上行走，瞬間有一種想披上燕尾服成為紳士的衝動。過道的白色瓷壇裡種著五彩繽紛的玫瑰，紅的、粉的、大的、小的挨挨擠擠，滿含水汽。

別致的水晶燈懸在空中，折射出多彩奇幻的白與紫的光澤，清透與神祕融合，純潔與智慧並存，沁心與靈動共舞。喜來登像一杯醇厚的美酒，聞一聞，便醉了。

來喜來登參加招聘會是一種感官上的享受，雖然當天提供的職位不是管理層的經理職便是基層的客房服務職，或是前廳部的接待職。我和Evening合意了一下，決意暫時離開，那些職位並不符合我們的心理預期。Irfan陪同我們去了現場，他也建議從長計議。

Evening出生於湖北，家境寬綽，單身海歸，外放包容、風趣開朗，身形勻稱、前凸後翹、風度嫻雅、綽約多姿。不久前她辭去深圳的工作，決定轉戰廣州，目前在求職中。

回來愛舍，準備晚上和印度公司Skype面試。在眾目睽睽之下，我上半身著藍色襯衣、領帶，下半身穿牛仔褲、拖鞋，用Eleven的電腦臨時註冊了一個Skype帳號跟印度那頭的HR面了起來。

Eleven，88年出生，上大學前休學過兩年，現在是中國農業大學的大四學生，他有一手好廚藝，在同齡人裡稱得上「廚藝大王」，接下來幾個月裡我們每次的大餐都少不了他的主導或參與。

接上視頻後，屏幕上出現一張圓乎乎、黑湫湫的臉，濃密的眉毛，深邃的眼窩，咧嘴笑時露出潔白整齊的牙齒。跟國內一般的面試流程差不多，從自我介紹、工作經歷到職業規劃、應聘動機、對行業的了解程度，以及自己具備職位所需的能力陳述等等，30來分鐘的面試在輕鬆的氛圍中結束了。剛掛掉Skype，在一旁全程觀摩我面試的幾人齊聲為我口頭點讚，切換模式的速度如此之快，瞬間變為「一本正經」，感覺像是另一個人。

3月7日，收到印度公司發來的郵件，和人力資源部的面試算是通過了，接下來一輪是根據對方的要求製作一個PPT，針對郵件中提的幾個問題陳述自己的觀點並提出解決方案和解答思路。在Irfan精湛的PPT製作技巧和高超的英文水平幫助下，我倆共同完成了一個幾十頁的PPT。那是至今為止我做過內容最豐富、設計最精美的PPT，沒有之一。

Irfan全程幫我出謀劃策，並親力親為，他得到的報酬則是我做他的翻譯。他此行來廣州的目的是參加廣交會，拜訪多家電器批發城，找望遠鏡上的零部件進口去印度。做完PPT後，我隨他去了遠郊的兩間工廠做翻譯，到晚上8點來鐘才回愛舍。如果按小時收取翻譯費的話，還滿多的。

回愛舍不久後，10個打扮時髦的歐洲年輕人進來了，拖著大大小小的行李箱，一下把愛舍擠得滿滿當當。原來他們在某訂房網站上預訂了今晚的房，但由於愛舍很久沒使用那個網站，也忘了網站的密碼，於是無法提前獲悉他們的到來，也無法確認他們究竟有沒有預訂。當晚，旅館內已無法騰出10個人的床位了，情急之下聯繫了不遠處的另一家旅館，以介紹的名義將他們十人帶了過去。

帶路人是我、Evening、Irfan、Kiran和Karen。

Kiran就是愛舍的老闆，尼泊爾人，幾年前以結婚的方式來的中國，他能講一口流利的英文，曾經在加德滿都做珠穆朗瑪峰的登山導遊，每天接觸歐美和亞洲客人。他和前妻也是在做導遊時相識，兩人一見鍾情，迅速墜入愛河，並火速在Kiran老家舉辦了尼泊爾傳統婚禮。

Kiran前妻是江蘇人，他隨她一起來了廣州，由於不會講中文，剛開始在酒吧當服務生，接待大量的外國客人，後來覺得做服務生不是長久之計，便在前妻的帶領下開起了旅館。前妻是女強人，把一切打理得井井有條，從前期的開店準備到平臺搭建和經營，從硬件裝飾到會計帳目都一手包辦，Kiran負責出出主意，打打氣，加加油，還有「貌美如花」。

Kiran有神似吳彥祖的輪廓，又有尼泊爾人的眉眼之神。尼泊爾有30多個民族，但從大的方面分，主要有兩大類，一是屬於原住民的蒙古人種，在有山國之稱的尼泊爾，他們主要分布在喜瑪拉雅山南坡山區地帶；二是屬於南亞地區的雅利安人，分布於尼泊爾南部的平原。Kiran屬於前者。

Kiran和前妻經營的旅館並不是這間「愛舍」，而是我原本打算入住的「征途」。小兩口舉案齊眉，婦唱夫隨，小日子也算甜甜蜜蜜。兩人還生下了一個可愛的混血女兒，在廣州青旅界被人當成佳話頻頻稱讚。

好景不長，隨著時間的推移，兩人最終離了婚，個中原委各執一詞。Kiran被掃地出門，於是自己另立門戶，在「征途」的對面樓開了這家「愛舍」，寓意「充滿愛的屋舍」。

Karen是富二代，父親是福建大老闆，全家投資移民加拿大，在多倫多住著價值1000多萬人民幣的豪宅，這次她單純來廣州玩，算是結婚前最後的「單身之旅」。家人給她物色了一個對象，是福建移二代，不是富二代，對象家在多倫多辛勤奮鬥，Karen的父母認為這樣的踏實少年值得託付終身，於是便給他倆辦了訂婚宴。

Karen隨身攜帶的銀行卡裡有100萬人民幣，這是她爸給的零花錢。至於她為何不去住五星級酒店，而要選擇人雜的青年旅社？原因當然是青旅有趣太多了，一個人住冷冷清清的五星級酒店有什麼意思？也幸虧她選擇了青旅，才有機會碰到我們，才給了我們一次給她一個熱烈奔放、終身難忘的「婚前單身party」的機會。

我們把10個歐洲人送到另一間青旅後，他們放下行李就要我們帶他們去酒吧，這正合我們之意，於是一夥人坐上出租車浩浩蕩蕩去了酒吧，我們全程講英語。在廣州期間講英語的時間比講中文的時間多。

當晚我們在酒吧玩到凌晨3點多，我和Evening、Irfan、Karen打車回了愛舍，Kiran和10個歐洲人裡頭一個叫Annie的女孩去了別處。

Annie全身充溢著少女的純情和青春的風采，笑起來的樣子很是動人，兩片薄薄的嘴唇抹著烈焰色口紅，大大長長的眼睛會放光，腮上兩個陷得很深的酒窩彎成新月。第一次覺得歐洲女孩也可以用「巧笑倩兮，美目盼兮」來形象。

Annie膚色白皙，身材苗條，五官端正而秀氣，頗有「清水出芙蓉」之感。見到她的一剎那，我們都強烈地感到她身上散發出一種妙不可言的魅力，長款迷彩風衣半蓋住迷你短褲，棕色的軍靴裡套著黑白相間的長襪，一束大紅色綢帶紮在腦後的金髮上，宛如幽靜的月夜裡從山澗中傾瀉下來的一壁瀑布。

俏美的Annie主動向Kiran示好，兩人並沒有越雷池，點到為止地親昵了一陣。

（二）融入愛舍

9號，和Evening、Eleven、田一景打車去廣州城市學院的招聘會。沒有合適的職位，索性就去逛了逛小北。小北是非洲黑人的大本營，街上、商場裡、餐館裡、菜市場裡，隨便從身後冒出來的就是黑人。在黑人之間流傳有這樣一句話：「沒有到過小北，不算來過中國。」某種程度上說明了小北在非洲黑人兄弟心中的份量，也顯示了小北在中國對非貿易中的重要地位。

遠渡重洋的非洲商客，提著黑色塑料袋，坐著搖晃的公交車，循著口耳相傳的路線，將廣州庫存的襯衫、領帶、沙發、電視機等運回非洲，賺取差價，利潤不菲，足夠他們成為母國的中產階級。隨著時間的推移，一切都在發生變化，雖然肩挑背扛的個人採購者在小北依然存在，但在非洲這塊擁有廣袤土地和巨大人口規模的大陸上，互聯網也正孕育著新的商業變革的機會，在小北的很多黑人也做起了跨境電商的生意。

田一景外號「七七」，英國金融海歸，在廣州求職，旅館裡跟她關係較好的是一個叫阿奇的人。阿奇來自江西吉安，父母是當地公職人員，家境寬裕，收入遠遠高於我想像中的公務員家庭。阿奇在澳門留過學，會講粵語，英語也不賴，目前在旅館做前臺接待，以換宿的性質換取免費住宿，也許是不為生活所迫的緣故，阿奇並不急於找工作，每天優哉遊哉地過著。

我和大廚Eleven，還有小清新七七在小北的港式茶餐廳裡嘮了一下午嗑，回旅館後，又和Karen、Irfan打車去會合那10個歐洲人，這次挑頭的是Irfan，作為穆斯林的他也慢慢沈醉於「第三世界首都」的尋歡作樂了。

確切地說，不是10個歐洲人，而是10個白人，因為裡面有兩個澳洲人、兩個美國人。他們都是在花都教口語的英文老師，他們來中國的目的不只是教書，更側重體驗生活，一邊工作一邊領略當地風土人情及醉生夢死的夜生活。這不，一到週末，就淨想著往酒吧裡鑽。

我們來到一個酒吧，點了很多酒。令人驚訝的是在「第三世界首都」的大型酒吧裡竟然沒有會講英文的店員，於是我便成了臨時翻譯，酒吧的人還問我要不要去他們那兒做兼職翻譯，因為每晚都有外國客人來。

當晚，丹麥女生Katherine邀我去河邊散步，並主動向我示好，曾經心理距離遙遠的童話國度，如今近在咫尺、有血有肉，在珠江邊沐浴著春末的暖風，安適愜意，盡管剛喝過酒，帶有幾分醉意。

10號，去華南理工大學的招聘會，依然沒有合適的職位。期間和三菱公司的招聘員對了下話，一個市場營銷兼翻譯崗，他們先讓我用英文做自我介紹，還沒從前一晚的宿醉中緩過來的我顯出一副醉懨懨的樣子，不知當時坐我對面的人心裡是啥滋味？

大廚提議大夥一塊兒合租，於是在完全沒經過思索的情況下就去找房屋仲介看房了，還好沒找到合適的，不然可能會錯過愛舍後段的精彩故事。

晚上去「征途」房頂看夜景、看星星。征途在27樓，是復式樓層，在其樓頂可以360度俯瞰市中心。如果說香港的夜景是輝煌，重慶的夜景是壯麗，那麼廣州的夜景一定就是時尚。站在征途的天臺可以遙望「小蠻腰」。

小蠻腰底層淡雅的銀灰色燈光，自下而上地環繞塔身向細腰部集中，在匯合前的一剎那，細腰部燈光逐漸變弱，使得塔身的纖纖細腰在夜空中顯得更為亮麗，而在塔頂部分，航空燈依次變換著紫、紅、藍、綠，四色交替閃耀，如皇冠上的明珠，閃閃發光。

遠處五彩斑斕的小蠻腰發著光，像一個花枝招展的少女，有雪藕般的柔軟玉臂，優美渾圓的修長玉腿，楊柳細腰、盈盈一握。近處萬家燈火，超高層民宅像積木一般，連牆接棟，俯身望下，有一種上帝俯視眾生平安喜樂的欣慰感。

樓頂臨外牆壁的地方有一個人工水池，裡面養了兩尾金魚，一金一紅，紅的腹部帶黑色，金的嘴角泛白，常有一俄羅斯小夥來餵牠們，俄羅斯小夥睡在樓頂一角的玻璃小屋裡，他在幼兒園教英語口語，因為是白人，所以即使他的口語還沒我好，也能讓那些只看臉的家長信服。

玻璃小屋頂部也是玻璃，夜間可以躺在床上看星星，雨天可以觀摩雨滴打落在玻璃上的樣子，這是一間十分浪漫的小屋，俄羅斯小夥在裡面彈吉他，冥想，創作音樂，不用擔心打擾別人，也不用擔心被別人打擾。由於玻璃小屋沒裝空調，所以雖然足夠浪漫，但房費仍比室內的床位便宜。

在征途樓頂看完夜景，喝完酒，回到愛舍。愛舍有倆「懶人沙發」，輕便隨意、鬆軟適宜。心血來潮，Kiran、Evening、Karen和我把兩個懶人沙發背下了樓，放在小區綠化帶旁邊的空地上邊喝酒邊看起了星星。原本想買白酒的，不料買成了花雕酒，Kiran在半醉半醒中把花雕酒扔進了綠化叢，我也在半醉半醒中踏進綠化叢去撿，黑漆漆的匍地柏下方什麼都看不見，我用手指探索著。

突然，只覺從指間傳來一陣劇痛，提起手定睛一看，發現左手中指上破了一道口子，鮮血一個勁地往下流。十指連心，瞬間看星星的心情沒有了，心急如焚，心情緊繃。Evening、Karen陪我打車去中山大學附屬三醫院，掛了急診號。幫我清洗包紮的醫生一邊用酒精擦拭著傷口，一邊用調侃的語氣說：「不是什麼傷筋動骨的大傷，女人每個月流的血比這多多了」。我們仨一聽，頓時石化了。

Kiran沒有跟我們一起去醫院的原因是，在趕去打車的路上，Kiran的女朋友正好從老家回廣州，氣勢洶洶、怒氣衝衝的樣子，拖著行李箱，紮著馬尾，像一個女戰士。一見到Kiran就劈頭蓋臉地盤問，他倆之間似乎有矛盾。果不其然，我們從醫院回來旅館後，只見他倆仍然在對峙，氣氛緊張，又有點說不清道不明的詭異感，有一種山雨欲來風滿樓的既視感。

（三）深入愛舍

13日下午1點起床，中指上裹著的紗布被血染透了，貌似細血滲流了一夜。去樓下的天河衛生院換了一下紗布，才看清慘狀，只見指端的一塊直徑約一厘米的肉幾乎快被削下來，傷口處有一圈深紅色的膠狀物。

前天印度公司郵件通知我PPT合格了，接下來的一輪面試是與部門經理，也是通過Skype，日期就在今天。換好紗布，急忙趕回愛舍，拿起Irfan為我準備的英文資料啃起來，調整好狀態後，又在大庭廣眾之下用大廚的電腦面了20分鐘，感覺一切都算順利，在擔心之際，瞧到Karen和一個俄羅斯人、一個愛爾蘭人在為晚上的壽司大餐做準備，於是立刻摒棄掉剛才的情緒，加入了他們。

上網、睡覺、做飯、玩遊戲、喝酒。

愛舍裡來了一位比我們稍長幾歲，溫文爾雅、儀表堂堂的大哥，姓龍，做跨境貿易，常常進出韓國，在廣州小住期間選擇旅館，一來去留自由，二來能認識各領域的人。

換藥、學習、寫作、面試、思考。

印度的面試一關一關地闖，在Irfan的全力幫助下，一切都有條不紊地進行著。16日，照例一群人玩到凌晨5點回旅館，在不夜城廣州，街上24小時有人，商鋪24小時營業，這裡的人是可以不用睡覺的。

當晚，旅館裡爆發了大戰。

Kiran和他女朋友在他們睡覺的房裡大吵特吵，雙方語氣兇狠、態度粗暴、氣勢旺盛、撲地掀天、要死要活。

說實話，那是我第一次見情侶吵架吵到那麼「兇殘」的程度。Karen去裡頭拉架，差點被Kiran女朋友打，Kiran見狀愈加憤怒，以家暴之勢狠狠地摑他女朋友耳光。Kiran女朋友叫Lin，家裡是生意人家，天生帶一股颯勁兒，性格暴戾，帶些許古怪。只見被摑了耳光的Lin穿著粉色吊帶小洋裙赤腳站在床上拉住Kiran的領口準備還擊，無奈氣勢是夠了，但力氣不足，反倒又被Kiran狠摑了幾個耳光。

Kiran打紅了眼，像一隻嗜血的猛獸，對獵物窮追不捨，甩在Lin臉上的每一巴掌都像體型健壯的棕熊準備用鋒利的爪子撕爛獵物的皮肉一般，Lin的抵抗終於全線潰敗，也被眼前如喪屍般的Kiran嚇壞了，朝Karen大呼救命，幾分鐘前差點被揍的Karen連跑都來不及，哪還有勇氣去救援，急忙甩下一句「I save you later」後，就溜回客廳來了。

我們聽到Karen剛才的話，都忍不住笑了，雖然我們知道在這樣慘烈的情形下應該嚴肅。在旅館裡住的愛爾蘭男生看不下去了，去廚房拿了一支還沒開封的掛麵，跑到裡屋準備打Kiran，以讓他停手，畢竟即使錯在Lin，在這樣的「打法」下，任何人看了都不忍心，繼續打下去很有可能出人命。

我們幾人都走進裡屋，只見Kiran和Lin在床墊上站著，怒目相視，殺氣騰騰，嘴裡互相罵著問候全家以及願對方早日上西天的話，Lin帶著哭腔歇斯底里地叫著，Kiran繼續不依不饒地踩著話點甩耳光。

愛爾蘭男生拿掛麵當武器去攻擊Kiran，嘴裡嚷著叫他停手，我們所有人像警察一樣圍在外面叫他們住手。終於在大家的合力之下，他們倆停手了。鬧到早上8點多大家才去睡覺，整整一晚上的「戰鬥」，所有人身心俱疲。

暫時避一下愛舍劍拔弩張的氣氛，19日，我和緋聞女友Karen去肇慶旅遊。Lin懷疑Kiran和Karen有染，當面對質之時，Karen為了表明自己是清白的，抱著我說和我是一對，這才逃過Lin的「魔掌」，我們眼裡的Lin身上自帶一股殺氣，讓人退避三舍，Karen不好好回答的話，不會被剝皮抽筋也會被問候祖宗十八代吧。

於是我和Karen順水推舟地結成了緋聞男女朋友關係。在肇慶當地的賓館住下後，我們出去吃晚餐。肇慶街邊的大排檔正是我想像中嶺南地區的風格，悠然自得、無拘無束、包羅萬象、物美價廉、民風淳樸、自來熟。挑選了幾家後，我們決定在一家掛有「特色山鼠煲」招牌的店裡解決當晚的晚餐。

山鼠煲口感十分好，皮Q彈嫩滑、香氣四溢。點餐時，店老闆領我到裝有山鼠的籠子前，讓我自己挑選一隻，我選了隻身形肥長，毛色泛黃的大個子，老闆把手伸進籠子，拽住山鼠的尾巴，往地上用力地摔了幾下，牠「吱吱」地叫了兩聲後一命嗚呼了。老闆用一個煤氣噴火管繞著山鼠的周身炙烤了大約5分鐘，毛全沒了，呈現出令人垂涎欲滴的黃棕色。在老闆高超的廚藝下，剛剛還生龍活虎的小東西20分鐘後便變成了我們的盤中餐。

第一次吃山鼠的感受：新奇、緊張、美味。

在肇慶待了一晚，第二天我們坐車去德慶縣。德慶縣隸屬於肇慶市，龍大哥合作的工廠在德慶，這次我們來德慶是半旅遊半訪友的性質。龍大哥帶我們去吃了當地最美味的餐廳，並遊覽了孔廟。用我的導遊證免費進的孔廟。當年因為去天津市旅遊局換導遊證而付出了在中山門被人偷了IPhone4的慘痛代價，這次這張昂貴的導遊證終於派上了有且僅有一回的用場。

晚上龍大哥帶我們去西江邊散步。在西江的灘塗上，落日餘暉留下長長的影子，一片血紅，天色慢慢暗下來，葡萄色的黃昏，紫色的黃昏……在如此靜謐祥和的小城，有三倆好友，緋聞女友，若是能一直這樣待下去也是一樁幸福的事，有那麼一剎那，我情願把自己委身於此，把滿腔的年輕氣盛都凝結於此。多麼美好的一次旅行！

龍大哥的朋友開著最新款奔馳車將我們送回廣州，回到了現實中。24日，印度公司發來郵件說下一輪面試還要做題，於是24日整整一天，我和Irfan在旅館裡花了12個小時來研究並回復郵件，回完郵件後又馬不停蹄地和Karen、Evening、Kiran去醉生夢死。

（四）愛上愛舍

3月25號，Irfan帶我去清真寺。

廣州雖稱不上什麼宗教城市，但其海上絲綢之路的重要地位及自古以來廣博的包容性，造就了這裡多元的宗教文化，所以在這裡尋找清真寺不是件難事。我們去的是小東營清真寺，面積很小，外頭是個小拱門，進去後有個小庭院，一眼就可以看到裡面全部的建築，黃燦燦的外牆顯得特別醒目。由於位置隱蔽，很少有人知道它的存在，平常也只有禮拜日才會有信徒過來參拜。

對於非穆斯林的人來說，想進去參觀有點難。跟Irfan去清真寺是偶爾，而跟Irfan去拜訪工廠是經常，幫他做商務會議翻譯，帶他找尋商家，談價議價，雖全程免費，但忙得不亦樂乎。心血來潮了去看場電影，唱通宵K，去無限歡樂的Perry's豪飲……日子在無比充實中過著，精力充沛到爆。

Perry's集咖啡、西餐、酒吧為一體，崇尚自由、進步、關愛、感恩的精神理念，在上海、廣州等一線城市擁有多家直營分店，是老外聚集的hangout，小資、學生、白領的自由娛樂之地。在廣州期間，逛Perry's是routine。

3月30日，下午準備出門，外面傾盆大雨，猶豫了一會兒，在沙發上橫躺下。兜裡手機響起，一看是從印度打來的，一接，被通知自己被印度公司錄用了，讓我開始著手簽證的事宜。3月5日首來愛舍，3月30日定下印度的工作，期間盡情地享受了廣州，結識了一群有趣的朋友，如此神奇的際遇。

既然工作有了著落，那就更加能盡情釋放了。我和Karen住起了酒店，開始了酒店和愛舍兩頭跑的日子，而在愛舍，Lin走了之後，我就和Kiran睡起了他們的房間，免費蹭住了一個月。

紛亂之中，Evening喜歡上了Kiran。Evening是個單純、直爽的女孩子，有時挺貼切「胸大無腦」這個詞，有時又頗有主見，智商不低，崇尚自由，在廣州這麼開放包容的環境下，遵從內心，喜歡上一個人也很正常，不管他是Lin的男友還是前男友。

Kiran喜歡Lin，又恨Lin。Lin是Kiran喜歡的類型，無論從外表到性格，都是Kiran的菜。恨她的原因是，Kiran一直在心底隱約覺得自己與前妻的決裂也有Lin參與的份，這埋在最深處的念頭往往在情緒最差的時候冒出來，從而讓Kiran心生悔意，對和Lin「私奔」的決定的懷疑。但其實Lin也是Kiran的恩人，如果沒有Lin的幫助，愛舍開不起來，Kiran也拿不到簽證，或許早就已經回尼泊爾了。

Lin對Kiran抱什麼樣的情感，我們無從得知，或許她真心喜歡過他，畢竟聽人說Kiran和Lin曾經在愛舍自己的房間裡瘋狂做愛，這也從某方面反映出他倆是愛過對方的。

Kiran對Evening根本沒有到喜歡的程度，在經歷過和Lin的「萬念俱灰」之後，若有一個女生主動送上門來，安慰自己、排憂解愁，說不好今後還能幫自己，此時如果找不到必須拒絕的理由，那為何要拒絕呢？Kiran聽說Evening家境不錯，如果在一起了，Evening一定不會眼睜睜看著自己露宿街頭吧？留一條後路也是未嘗不可的，畢竟Lin爭著吵著要賣掉愛舍，一旦愛舍被賣掉，Kiran就無路可去了。

Evening喜歡上Kiran是出於簡單的被Kiran壞壞的氣質所吸引，就好像許多女生喜歡陳冠希一樣，身上自帶一股天然的魔力，有強烈的能改變周圍磁場的能量。Evening主動向Kiran表白，Kiran並沒有欣喜若狂，平靜中沒有拒絕也沒有接受，Kiran不想那麼快進入一段新的關係，Evening做朋友可以很好相處，但是做女朋友就未必了，興許也會生出諸多矛盾，還是先給自己留一段空窗期比較好，Kiran也許這麼想。

但Evening被Kiran獨特的氣質迷得神魂顛倒，心急想吃熱豆腐了。終於在4月1日晚上，給我和Karen開好了一間房，也給自己和Kiran開好了一間房。Karen有未婚夫，她守住了對她未婚夫的底線，Evening和Kiran在房裡究竟有沒有發生什麼就不得而知了。

Karen跟我說，她曾經試探性地問過阿奇，問他有沒有可能喜歡上自己，阿奇開門見山地向Karen坦白自己是同性戀的事實。Karen也說在她入住愛舍的第一晚，看到在沙發上戴著眼鏡看電腦的我，感覺我是一個誠懇、得體的人，長得也不差，她也算對我動過心。

對Karen，我也有過從對待一個普通朋友的感覺轉移到對待一個戀人的感覺，作為一起旅過遊、喝過酒、碰過杯、睡過同一間屋的緋聞對象，Karen親和、隨性、大氣又帶幽默感的個性，在婚前最後的放縱裡，呈現出一個栩栩如生的善良女孩形象，雖然她不是大美女，但獲得我的好感並不是什麼奇怪的事情。

阿奇得知我和Kiran在裡屋睡之後，很氣憤，帶著醋意嘲諷我不付房費。我回懟他：「老闆沒說什麼，你一個換宿的就不要多管了。」

阿奇應該是喜歡Kiran，他以我不付房費為由來宣洩他的醋意，這已經很明顯了。終於有一晚，客房滿員了，阿奇主動要求來裡屋跟我們一起睡，於是三人擠在一張床上，他故意睡在我和Kiran中間，一動不動地躺了一晚。也許他是想發生點什麼？也許他希望我和Kiran發生點什麼？但我和Kiran只是正常的朋友關係，阿奇想多了。

整個旅館裡春心蕩漾，不知道下一秒誰會喜歡上誰，誰喜歡上誰貌似都不會令人驚訝。唯一老實本分的只有第一天幫我辦理入住的廣東仔阿濱，他沒有喜歡過任何人，也沒有任何人喜歡過他，他沒有參與過任何狗血的劇情，似乎是唯一一個局外人。

4月11日，收到印度公司寄來的簽證材料。4月12日，Evening陪我去印度領事館預約面簽。辦理去印度的工作簽證，原來是需要面試的，想想還有點小緊張。

（五）離開愛舍

4月13日晚，我和Kiran去Perry's會合Annie一夥人，然後轉戰琶醍。

琶醍全稱是珠江琶醍啤酒文化創意藝術區，沿江而設，不管是舉辦規模盛大的國際啤酒節、狂歡節、美食節等，還是作為私人高端的露天酒吧聚會，都有著無可比擬的優越。琶醍是Party Animal的天堂，這裡有各種吊炸天、酷拽炫的酒吧，世界各國面孔川流不息，在這裡，英語可以被稱為通用語，德語、西班牙語，還有非洲的各種語言會不時飄過耳旁。

參加Party，是應該打扮打扮的，無論男女，都需精心打扮一番，男性穿大褲衩，女性穿登山鞋等在心理層面上都是不被允許的。來到琶醍的女人們紛紛換上亮麗的服飾，衣香鬢影，光彩如夢如幻，空氣中瀰漫著社交的慾望。華麗的材質，如絲綢、錦緞、絲絨，搭配艷麗濃烈的顏色、亮片、金屬與閃耀元素，女性特有的優雅、矜持、自信與驕傲在相互較量著，也在暗地裡使勁挑逗著男人們的神經。

琶醍是歡愉的海洋，有其遊戲規則。以不變應萬變的姿態就是女人們永遠在Party上保持優雅端莊與自信的法寶。這裡不僅有廣州本地的時尚女郎，也有火辣的湘妹子、川妹子，還有非洲黑珍珠，歐美金髮碧眼的大波妹，令徜徉在這一帶的各國男人們大飽眼福，垂涎三尺。

我們去了其中一間人氣很旺的叫Wave的酒吧，要收50元入場費，裡頭摩肩接踵，氣氛high到爆，強烈的鼓點，喧嚷的人群，妖嬈性感的女子和年輕瘋狂的男人，封閉式的屋子裡充斥著酒杯的碰撞聲及失控的嚎笑聲。

我們在裡頭盡情地跳到凌晨6點，出來時和Kiran走散，於是我獨自打車回愛舍，去過琶醍的人曉得出租車候車處是一個何其擁堵的地方。在等車的時候，兩個中東模樣的小夥子朝我打招呼，並要走了我的電話號碼，我心裡琢磨著，難道真的只要來到廣州，所有人都變得這麼友善了嗎？廣州有一種讓人散發善意的能量。

15號再去印度領事館，上週五去的時候，說要預約才行，於是我預約了今天。上午去，說辦理工簽的手續需要等下午，讓我下午再去，於是我折回旅館休息了幾小時後，下午再去。領事館的窗口人員隔著玻璃罩冷冷地對我說：「你這些都是複印件，不可以作為辦簽證的材料，需要對方的原件才行。」大失所望，滿心期待落了空，無奈只能再次發郵件給印度公司讓他們重新給我郵寄原件過來。

四月剩下的日子就在去酒吧，去醫院，大夥兒一起做大餐，下館子，看電影，K歌和相互引薦朋友中度過著，輕鬆又自由，期間旅館來來去去的奇葩不計其數，有帶條狗入住的，有嫌客廳吵又不睡臥室偏偏睡在沙發上偷聽我們聊天、而時不時插下嘴或時不時喝令我們安靜點的中年單身女人，有從雲南來、自稱身家上億每天戴一副太陽鏡神神叨叨的女子。

Kiran和Evening白天去看完老中醫，晚上又繼續燒烤啤酒麻辣燙。幸虧大家都還年輕，身板還行，不規律的作息並沒有影響到健康。Kiran和Lin終於走到了徹底分手的田地，他們決定把愛舍賣掉，拿走自己那一份，各奔東西。4月26日，愛舍的另一位股東來三哥港式茶餐廳議事。

愛舍有三位股東，Kiran、Lin和那位叫堂叔的人。堂叔負責打點好小區的事宜，疏通關係、託人關照，Kiran負責接待和日常運營，Lin負責平臺的維護和出謀劃策。本來三人合作得風生水起，把一間默默無聞的旅館做成了廣州口碑一流的青旅，無奈Kiran和Lin的關係每況愈下，最終鬧到決裂，於是愛舍也走到了十字路口。

Kiran和Lin鐵定主意要盡快處理掉愛舍，最好是能賣了它，畢竟堂叔的股份還在裡面，不把愛舍賣了，不但處理硬件需要額外的花費，還要支付給堂叔一筆，Kiran和Lin肯定不情願，更何況口碑如此好的一個旅社肯定是能轉手的。

獲知了他們的意向之後，Evening和我萌生出一個念頭，要麼咱倆接手？如此熱愛青旅文化的我們，對青旅的運營又比較熟悉，幹勁十足，在大愛的廣州擁有一間這樣溫馨的旅館是極具誘惑力的。於是我倆一碰頭，合意了一下，決心共同接管這間我們極愛的旅館。

5月4日，我、Evening、Kiran、Lin還有堂叔一起在茶餐廳討論關於轉讓流程和費用的問題，我和Evening每人需要出多少錢？他們仨每人能分多少？以及需要簽署哪些合同之類的。而就在前一天，我也拿到了從印度寄來的用來辦簽證的原件，去印度的工簽辦理也在往前推進著。

5月5日早上7點，Evening急匆匆地走進房間，叫我趕緊起床，他要去和Kiran簽合同，先把Kiran的股份問題解決了，再解決Lin和堂叔的部分。Evening給了Kiran一萬塊現金，並免除了Kiran曾經從她那兒借的3千塊，至此算是把Kiran徹底踢出了愛舍，想想還滿唏噓的，兩個月前我剛入住愛舍時，還問那個神似吳彥祖的帥哥是誰，他們跟我說是愛舍的老闆。

我預約了6號的印度領事館面簽，5號晚上和在廣州的老同學們聚了一下，睡在郊區的一個賓館裡，6號清早起床後直赴領事館。西裝革履的印度人坐在棗紅色寫字臺後方，油光發亮的黑皮椅子從他腦袋後方高聳而上，一旁巨大的魚缸裡水草豐茂，一盆一兩米高的熱帶植物枝繁葉茂地佇在角落。20來分鐘的面簽順順利利，簽證官像招聘面試一般，了解了一下我的學歷背景和工作經歷以及印度公司的大致業務內容，他當即告訴我通過了，讓我著手去準備無犯罪證明，這需要回戶籍所在地辦理。

由於去印度的事已經是板上釘釘了，在「接手愛舍」和「去印度」之間糾結了良久，照例用SWOT分析了利弊，又一次聆聽了內心的聲音，最終決定去印度，放棄接手最愛的愛舍。我隱隱覺得在印度有一個聲音在呼喚我，我必須得走這一趟才能完成使命。

我臨陣脫逃後，Evening找了龍大哥合夥，龍大哥爽快地接下了愛舍。在當時愛舍的那批小夥伴裡，任何人估計都會滿心歡喜地接手，只要給他們一個機會。Evening和龍大哥聯手付清了接手的各項費用，打發走了Lin和Kiran。Lin回了老家，Kiran也暫時回尼泊爾休養一段時間。臨別前一晚，Kiran和Lin似乎和解了，兩人坐在廚房的沙發上心平氣和地聊了一晚上，也許兩人都有那麼一絲悔意，苦心經營起來的旅館、愛巢、充滿愛的屋舍就這樣拱手讓給了他人。

Lin家境富裕，不指望賣愛舍能得幾個錢，Kiran更是神經大條的人，他只求有一個落腳之地，也不圖愛舍能給他帶來多少財富。他倆都強烈地想要賣掉愛舍的原因也許是，離開這個見證過他們感情裡最不體面的一面的地方吧。

Kiran最終沒能接受Evening，兩人之間停留在一種曖昧的朋友關係。Kiran在最後一晚寧可和互相見過最兇暴一面的Lin徹夜長談，Evening之於他就是一個「趁虛而入」的好朋友，而Lin才是他心底永遠的痛。

Karen在萬般不捨之下離開了廣州回加拿大結婚去了，七七回了西安老家，Eleven大廚覺得還是北方更適合他，於是回了北京，龍大哥不是在韓國就是在去韓國的路上。小夥伴們都陸續離開了愛舍，漸漸有一種寂寞的情愫湧上心頭。

阿奇在愛舍繼續做著他換宿的前臺接待工作，我倆互看不順眼。Evening接手愛舍後，有擼起袖子大幹一番的氣勢，作為她的「鬼混」夥伴，盡量不要干擾她，阿奇算是她的員工，我覺得自己還是搬出去比較妥當。

一段瘋狂的故事落幕，它成為我們所有人心中最珠圓玉潤的一顆珍珠，閃耀著年輕的光芒，定格在2013年春末的廣州。

第十四章　征途

2013 年

（一）搬去征途

5月12日早上7點到廣州，在硬座車廂裡晃了一宿，辦無犯罪證明的緣故，又回了一趟湖南。13日去印度簽證中心，拍照、填表、遞交材料、交錢，說要45個工作日簽證才能下來，聽到「45個工作日」的一剎那我有點懷疑自己的耳朵。

14、15號和小學同學去了趟東莞，見識了傳說中「性都」的風采，挺有親切感的，既國際化又接地氣。16號再次回到愛舍，阿奇和一群95後在聊天，他色瞇瞇的眼神配上一鼓一鼓的臉部肌肉，我越看越心煩。

雖然沒了Kiran和Karen，但依然能夠享受廣州多彩的夜生活。各種迪拜富二代、伊朗富二代、俄羅斯大富豪……倘若從高空向廣州扔顆炸彈，隨便炸死一個有錢老外的概率應該很高。

在搬去「征途」的前夕，還有一段小插曲。Evening家人給她相了一個親，男方在南航東北某市的分公司上班，特意從東北來看她，外表斯斯文文，講話帶點東北口音。24日晚上，我們在愛舍一邊吃花生米，一邊喝啤酒。

酒過三巡，Evening提議去琶醍，準備帶他領略一下我們在廣州的「聖地」。我聯繫了之前要走我電話的迪拜富二代，打算在琶醍會合，豈料中途手機沒電了，等於被迫放了人家鴿子。作罷，我和Evening還有她的相親對象進了琶醍的Suns酒吧，包了一張臺，一人點了幾支啤酒，琥珀色的酒瓶在粉紅色的燈光下搖曳生輝。意興盎然之際，一個香港大叔握著酒瓶靠近了我們，大方地幫我們點了不少酒，稱是請客。

和醉醺醺的香港大叔眉飛色舞地聊了很久，出來後，我和Evening在走路的時候挨得比較近，她的相親對象雙手插著口袋跟在我們後面。突然，他衝上來一把將我推開，並擺出準備打我的架勢，我見他兩眼冒紅光，於是本能地往後退了幾步，他繼而追上前來，沒有說話，繼續用眼神向我傳遞他的憤怒和攻擊性心理，我繼續退後，他繼續上前，在眾目睽睽之下，我覺得打架是一件羞恥的事，他像一頭大黑牛一般撞過來，我不斷避退，避免正面衝突。最終在眾人的拉架之下，我們各自打車離去。兩個月後，在最後一次Perry's的酒局上，他向我道歉，我倆一笑泯恩仇。

幾天後我搬去了征途，過起了平和的日子，並找了一份國際婚戀網站的英文事務工作，安安靜靜地候著印度簽證的下來。征途裡住了幾個俄羅斯人，那個給樓頂金魚餵食的Peter可以一週不吃飯，餓了就吃一塊餅乾，喝點水或者閉目養神一會兒，據他自己說是因為沒錢吃飯。

征途裡也有不少奇葩。一個中年離異大叔，無拘無束，浪跡天涯；一個換宿的重慶大女孩每天抱著雅思詞彙書啃，之所以稱她「大女孩」，不是出於年紀，而是出於身形。她身高一米八，體重目測150斤以上，健碩如柔道運動員；另一個在此換宿的女生，柔柔弱弱、瘦瘦小小，花癡女，迷韓國，學韓語，計劃去韓國留學。

征途的另一位老闆是一個老家湖南、已移居廣州的女子——「蘭子」，父母是體制內人員，據說有官方人脈。蘭子的主業是在華爾街英語做課程顧問，賺得盆滿缽滿，加上經營征途的副業收入，可以稱為小富婆。蘭子年紀不大，但舉止老練，黑框眼鏡後一雙小眼睛滴溜溜地眨著。

在征途的日子平靜了許多，內心寧靜了許多。不過平靜之下，偶爾也會有小漣漪。征途的俄羅斯人裡，有一個叫Tim的，有一晚他喝醉了，一瓶二鍋頭下肚，開始神神叨叨、手舞足蹈。Tim和母親住在莫斯科郊外的一所大房子裡，準備花5年時間環遊世界。沒醉的時候人很剛正，醉後很奇葩。

那晚一起小喝了點，Tim強行要求我們看他在中國各地拍的奇人異事，後來話題一轉便聊起了政治的東西，聊到了朝鮮，聊到了蘇共。Tim和我爭論，最終兩人不歡而散。躺在床上，我想起了這些年遇到的酒友，大抵可以分分類。

第一類，傾訴型。屬於內斂型，一部分女生屬於此類型，往往三杯兩盞淡酒下肚便臉頰緋紅、眼神迷離，開始傾訴些諸如對前男友不死心，父母不理解自己之類的話。

第二類，鬼哭狼嚎型。上大學那會兒，有一年夏天的晚上，在公寓足球場上，一女生在嚎啕大哭，邊哭邊嘶吼著一些聽不太清楚的語句，大概意思是她男朋友把她甩了，她還愛著他。

第三類，暴力型。如前文所述Evening的相親對象。

第四類，亂性型。在Te Puke的時候，在Kiwi Corral後山公園的那個巨大迷宮裡，一群人藉著酒興玩捉迷藏遊戲，後來鑽到附近的一個涵洞裡點蠟燭聊天，再後來越南裔德國女生Phuong和Dillon滾了床單。

第五類，顛覆型。此類型的人平時外表沈穩，一旦被酒精刺激便原形畢露。在Wellington時，從德黑蘭技術移民過去的Hamid外表是十足的成熟男生，但有一天晚上，在Cuba Street，我們想探究下他到底能有多瘋，結果果然沒讓我們失望，只見他揩女孩兒油，腦袋和屁股扭得像螺旋槳一樣快。

第六類，Party型。他們大抵知道自己的「極限」在哪裡，不逞強，喝到恰到好處的程度。Party的內容則因人而異，有酒後用毒品助興的，也有酒後蹦迪的，還有酒後玩遊戲的。

第七類，睡覺型。一上頭就倒頭睡的那種。

我碰到過以上各種類型的人。喝酒有婉約派，也有豪放派。喝酒也是一個個體品行的展示窗口，有些人藉酒吹牛，有些人藉酒亂性，有些人藉酒吐露心聲。如果能體會到喝酒的樂趣，也是人生一大樂事。

印度簽證需要45個工作日才能下來，於是我琢磨著這段時期要做點什麼好呢？

（二）學廚

工作了一段時間的部門被公司撤掉了，於是乾脆就不上班了，專心考廚師證。於是6月3日去廚師學校實地參觀了一下。

廣州東南廚師學校設在天河區華工大校園內，環境優雅，鳥語花香，各項設施配套齊全。由於正值暑假期間，大學生大多回了家，校園裡比較空，食堂二樓有一間大教室和一個小辦公室，大教室用來上理論課，辦公室裡有校長、財務以及各位老師的休息區。

6月4日交完學費，6月5日開始上課。第一天上午的實操內容是切麵糰和顛鍋。麵糰切片、切絲，老師教握刀方法，如何用力，如何掌控下刀的角度和速度。一個麵糰切完後再揉起來，揉成一團再切，這樣反反復復地練習，老師會不時來檢查刀工的進步情況，並給出建議或喝斥兩聲。

顛鍋部分。有兩隻碩大的鐵鍋架在竈臺上，鐵鍋開口大，向鍋底逐漸縮小，呈倒圓錐形，有兩隻掛耳，沒有以方便拋炒的手柄。拿一塊布包住一隻掛耳用力顛，鍋很重，想騰空顛基本上是不可能的，力大如牛的壯漢頂多也只能顛起來幾分鐘。所以，正確的顛法是捏住掛耳向下使勁，圓弧形的鍋在向下滑的過程中再往竈臺側壁上使一把勁，給鍋一個向前的力，使撞擊竈臺形成的向前的力和向下滑的力結合，手腕用力，帶上節奏，鍋就能顛起來了。

上午切麵糰和顛鍋，中午在廚師學校的宿舍裡休息了一會兒。我在的這個川湘菜班大約有十幾個學生，來自全國各地，最小的是97年出生的一位小朋友，雖然才16歲，但抽煙、罵髒話、喝酒樣樣會，混社會一兩年了，儼然一副小大人模樣。

下午是理論課，有重回校園的感覺，坐在教室裡邊聽邊做筆記，內容很多很細，我開始意識到廚師是一門博大精深的學問，不僅僅停留於眼上功夫和手上功夫，光理論知識就夠一般人暈頭轉向了。

6月6日，依然切麵糰和顛鍋，比我早兩天入學的小夥子們已經開始實操做菜了，今天他們做的是水煮蛋。

6月7日，我正式做菜。學的第一道菜是啤酒鴨。其實滿緊張的，老師是五星級酒店的大廚，同學們是準備考完證後做廚師的，我沒打算從事廚師的工作，總覺得自己是來打醬油的，心裡很虛，一虛就緊張，一緊張就容易出錯，加之需要當著大家的面做對每一道程序，要掌控好火候，出來的成品還要色香味俱全。

十幾個人輪流做完後把成品擺在桌上用來當午餐。今天的午餐除了啤酒鴨之外，還有黃鱔、咕咾肉。

6月9號學做水煮魚。同學們都很專業，我對廚藝的興趣也慢慢演變成了壓力，我認認真真地學會了做水煮魚。把魚去腮、內臟處理乾淨，切下頭、尾留用，沿中間魚骨將魚肉片成兩片，魚皮朝下，斜刀切除魚身的大刺，再切成薄厚適中的魚片。薑、蒜切片，乾辣椒掰成小段，在魚片中倒入一個蛋清，加鹽、料酒、澱粉抓勻後腌製20分鐘。豆芽掐掉根部，洗淨備用，然後放入有少許鹽的清水中煮至軟、至熟撈出後鋪在裝水煮魚的容器底部。

鍋置火上倒入油，下花椒慢炸約2分鐘，倒入乾辣椒和豆瓣醬，炒出香味和紅油。待辣椒變色，撈出一半的花椒、辣椒待用，將蒜片和薑倒入鍋中，炒出香味。倒入魚頭、尾、魚骨炒勻，加入適量熱水，沒過魚即可。水沸後，將魚片一片片放入鍋中，並用筷子輕輕攪散。煮到魚片變色至熟，約1至2分鐘，即可。將鍋中的魚片、魚湯倒入鋪好豆芽的碗中。將事先盛出的花椒、辣椒蓋於上面，淋入熱油。

6月13號，學了一道涼菜的做法，紅油豬肚。6月14號，學做魚香茄子，早上遲到了一個小時。6月17號學做辣子雞丁。6月20號學做重慶酸辣粉。6月21號學做酸豆角肉末。6月24日上課，沒有老師，之前教我們的老師辭職了，貌似和學校鬧矛盾。下午回到征途給領事館打電話詢問簽證的進展情況，他們讓我明天再打。

6月27日學做荷蘭豆炒牛肉，慢慢步入正軌，心態也從打醬油變成了想獲得一技之長。

7月1日，早上不情願起，賴床到10點多，去到學校時又遲到了十幾分鐘，新老師在複習理論知識，因為我們7月15日考廚師證，所以從現在開始進入理論課的複習階段。已辭職的範老師今天來辦手續，同學們圍上去噓寒問暖，同學們對新老師似乎不太滿意，一是新老師做的菜確實沒之前在五星級酒店有過豐富經驗的範老師好，另外或許在同學們心中有先入為主的偏見。

7月3日，老同學從深圳過來玩，我特意請了一天假去南海神廟。7月9日，又昏昏沈沈去上課，又遲到了。每天上課，每天遲到一點點，自慚形穢，想改又敵不過習慣的力量。7月13日，在旅館學了一整天後天要考的理論部分。14號去學校做考前培訓，培訓完之後和同學們道別，一個半月的相處，有些不捨的感覺。

15號考完後我仍然需要再去學校兩天，因為之前請假和晚入校的原因，有兩道菜我沒有學，學校秉著對學生負責的態度堅持讓我把它們學完，於是我又去補學了兩天，18號拿到結業證書，在回旅館的路上接到印度簽證中心的電話，說明天可以去拿簽證，簽證下來了。19號去簽證中心拿到簽證後，在回來的路上東南廚師學校給我打電話說我考試通過了，只等拿證。

說起拿簽證的事，也有一段小插曲。進入7月後，我開始不耐煩起來，等了兩個月仍然音信全無，於是我跑了好幾回領事館問情況。領事館的中國籍員工要走了我的電話號碼，說領事館參贊會聯繫我，我當時覺得哪裡不對勁，但又說不上來。

後來參贊真聯繫了我，大概意思是印度工簽耗時久，但如果能給他一點好處的話，可以加速處理，我幫他手機充了500塊話費，又約他出來吃大餐，並給了他2000塊人民幣。果然，三天後就拿到了簽證。一個堂堂領事館參贊竟如此堂而皇之貪汙受賄，令我對印度所想像出來的好感度大打折扣，這還沒去呢就已經幻想破滅一半了。

在征途平靜地過了一個多月，拿下一張廚師證，等來印度工簽，認識了一位很欣賞我的黎巴嫩朋友。不同於愛舍的「轟轟烈烈」，征途的「平平淡淡」也是另一段溫情的回憶。

聯繫了印度公司，它幫我訂好機票。8月7日，廣州飛成都，成都再飛孟買。在廣州發生的一切似乎是一場夢，在廣州待了約5個月，它成為我生命裡無法抹去的美好回憶之一。對廣州，不僅僅是喜歡，更是無可取代的愛。

最愛的廣州，再見了。神祕的印度，我來了！

第十五章　印度

2013 年

（一）到孟買

8月7日早上10點起床，告別征途，大叔送我上出租車，揮手道別。

出租車停在體育西路地鐵站，我乘上地鐵去往廣州白雲國際機場準備飛往成都。當天成都暴雨，飛機迫降貴陽，在貴陽等了4個多小時後再一次坐上飛機前往成都，到成都時天色已晚，已錯過去往印度的航班，找航空公司的人協商了良久無果，於是在候機室的椅子上睡下了，等第二天去往孟買的航班。

凌晨四五點，冷颼颼的風鑽進候機大廳，黎明的曙色尚未到來，我睜開微閉的眼皮，一股饑寒交迫的體感湧上心頭。冰涼的鐵質椅子實在令人難受極了，我徑直走去櫃臺，單刀直入地問櫃臺小姐最近一班去孟買的航班是幾點，我粗略解釋了一下因為暴雨錯過航班的事由，值機小姐說：「你稍等，我查下。」

她捋了捋垂到耳垂下方的一撮酒紅色頭髮，擡起頭用略微加速的語氣對我說：「有個6點多飛孟買的航班還有空位，但是馬上起飛，你想坐的話抓緊時間過海關。」

行李託運服務已關閉，我只好把大箱子拖上飛機，成都海關人員給我快速過了安檢，我左手拎著包，右手握緊行李箱拉桿，像百米衝刺一般奔向登機口。大箱子跟著我進了機艙，裡面人頭稀稀拉拉，我選了一排無人座，把箱子立在一頭，把三個座椅間的隔板拉起，橫著睡了下去。

多麼隨意的一次搭機經歷。隨意過了海關，隨意拉著行李箱上飛機，隨意在飛機座椅上睡覺。6點多，在飛機上又睏又累又餓，中國航空發的小毛毯質地薄軟，暖和柔滑，我用它緊緊裹住身體，一路昏昏沈沈地睡著，5個多小時後，空姐叫醒了我，說已經到孟買了。

原來，我睡過了南亞次大陸的上空。飛機落地孟買國際機場。出機場花了一個多小時，機場手推車不夠，我帶著行李跟在一群穿白大褂的穆斯林後面，有強烈的異域風情。

印度公司人資部一個叫Rajesh的小哥在國際到達口接機，他舉著寫有我名字的牌子，我一眼就注意到了他，他也看到了我，眼神一意會，便知是對方。我們坐上出租車駛向公司安排的公寓。出租車基色為黑色，在邊邊角角處裝飾淺黃色，有老式英倫風範。出租車的車窗是敞著的，因為太熱的緣故，孟買的出租車一般都敞著窗，有些幹脆沒有裝窗玻璃。

出租車裡面挺陳舊，在孟買擁擠、嘈雜的馬路上顛簸著，我坐在裡面身體一跳一跳的，又睏又餓中沒有欣賞沿街風景的心情。終於挨到住處，公寓樓坐落在孟買北部一個叫Malad West的地方，位於印度中產階層民宅區，小區有保安把守，內部綠化疏密有致、郁郁蔥蔥。

公寓房內各種家電一應俱全，從我臥室的窗戶望出去，是一個小公園，看不到公園的地面，被巨大的芭蕉葉遮住了，一棵老氣橫秋的樹長了許多氣根，像白髮蒼蒼的老人。

公寓房內讓我覺得特別的是，屋內沒有空調，每個房間都裝有一把吊扇，可能在終年悶熱的孟買，敞開窗子，打開電扇，讓習習涼風在室內循環比悶在空調房更舒適吧。

剛到印度沒兩天就趕上國慶節，還沒開始上班就三連休。11日，我第一次體驗坐火車去市區。大名鼎鼎的印度火車，很多人都看過其圖片，火車內外、上方黑壓壓堆滿了人，其實那是跨區域的慢車，在孟買市內跑的火車速度較快，車頂不能坐人。不過車廂裡面的確是塞滿了人，許多人的身體被擠出車廂，單臂掛在外側。

孟買市內的火車沒有車門和窗玻璃，在沒有冬天的孟買，門和窗玻璃是多餘的，沒有冷空氣的城市，飛馳在熱帶的疾風裡有一種很爽的感覺。

第一次坐孟買的火車，回程我也嘗試了一把「掛臂」，我右鞋的右側搭在車底板的最外沿，右手攀住門上方的突起部位，風在耳旁唰唰地吹，感覺自己在飛，幾個印度人穿著格子襯衣、踏著涼鞋若無其事地掛在我前後。我如果一鬆手，立馬一命嗚呼，印度小哥如此習以為常的動作，其實蘊含高風險，這種體驗，只在印度。

12日，第一天上班。

這家印度公司主要做專業領域的諮詢服務，服務對象主要是各類大學、學術機構和企業研發團隊等，在國際期刊上有論文發表需求的群體。公司位於高級辦公園區內，園內風景優美、規劃整齊，進出口有保安把守，進出園內的車子都要停下來經過檢查，每回保安大叔都會拿一些帶長柄的反光鏡照車底，以檢查有無炸彈。公司位於一棟藍色玻璃外牆的樓內，整個大樓用金屬框架支撐，室內陽光充足，樓下有一間印度舞教室，樓上有一間咖啡廳。

嶄新、明亮的電梯，能照出人影的地板，孟買的活力通過一道不經意的反射光傳達給了我。我隸屬於Marketing部門。人資部的Mahesh給我做了簡短的入職培訓後，就把我介紹給了市場部的同事們，直屬上司Vash問我對公司產品的熟悉程度，以及對該行業的了解程度。

印度公司並沒有多麼不同，之前我總結的一句話：「同一個世界，同一個酒吧。」現在我想在這句話後面再加一句：「同一個職場。」全世界的酒吧大同小異，同樣的，全世界的職場也似曾相識。有第一天就以業務之名過來跟我打招呼套近乎的，有凜若冰霜裝清高的，有低眉垂眼主動破不了冰的，有古道熱腸自然熟的。直屬上司上來先來一頓讓你佩服的操作，然後是HR部門萬年不變的「關心員工，無微不至」。

8月15日，印度國慶日，全部門只有我和一個德國員工在堅守。下班後步行回家，路面坑坑窪窪，路上真有牛出沒，以前聽聞的印度神牛在街上可以自由走動，行人和車輛都要給牠們讓路果然不假。

16日，公司外籍員工聚餐，順便當作是我的歡迎會。我們去了一家高檔商場裡的店，聚餐的人裡頭有7個日本人，其中一個坐我旁邊的日本女生笑點賊低，聽什麼都忍不住笑，這讓我感覺挺開心的。

人已在印度了，竟然一點興奮的感覺都沒有，連期許也談不上，欣喜之情就更別提了，心裡仍在惦記著廣州的小夥伴們，望著窗外每天必下一場的雨，和不舊不新的街景，想想，就這樣吧，至少這裡不冷不熱，還有一塊九起步的出租車和一份體面而有挑戰性的工作。

每一次的改變都有不捨和陣痛。既來之則安之吧。

（二）孟買的日常

8月22日清晨，夢見小時候和朋友去採鳳仙花種子的場景，一睜眼，孟買果金色的晨曦已灑進房間，起床、洗澡、喝牛奶，坐上公司的車前往公司。

公司給我們外籍員工配了接送專用車，一輛像模像樣的小轎車，以呈現一種重視我們的感覺，我們在公司的稱謂叫Expat，是以外籍翻譯的身分作為諮詢顧問，每每來段心理暗示時，就引以為傲，雖然它真的僅局限於心理暗示的作用。

印度同事們的英語一級棒，曾經耳聞的印度口音，在大部分同事身上不見蹤影，他們大都畢業於印度名校，除本專業外還修有MBA學位，英語讀寫聽說能力一流。英語之於印度社會是一項必要技能，拋開被英國殖民幾百年的歷史不說，光當今這些優秀的年輕人就可以證明印度人的英語很好。

印度擁有幾千家呼叫中心和幾十萬個座席，有大量的服務於美國和歐洲的外包呼叫中心，印度最大的三個城市也是呼叫中心的密集地，它們分別是新德里，孟買和班加羅爾。很多歐美網站上客服中心的人也許並不在歐美，而是在印度，跟你對話的並不是Michael，而是Rehaan。

忙碌了一整天，翻譯、Marketing、SEO、點擊付費……還有午餐時段在公司小廚房裡看印度同事吃飯時的樂趣。有用手抓飯吃的，有素食主義者，有極度喜愛甜食的，也有好奇地問我牛肉是什麼味道的。

下班後回到住處，照常去樓下的「五香飯店」買了Spicy Thai Chicken Fried Rice，雞肉、耗油、白胡椒、洋蔥、青檸檬、黃瓜、煎蛋，在東南亞辣味羅勒的調味下噴香噴香的，它成了我想不出晚餐吃啥時的必備選項之一。

然而，在廣州考完廚師證沒多久，還處於手癢期，怎麼能忍住不自己做飯呢？

第一次在孟買做晚餐花了2個小時，從洗米到洗完盤子。下午在商店買了3塊錢的米，足足有一大袋子，印度第一大城市的食料物價很低。以前在別的國家品嘗過印度菜，還滿令人驚喜的，有一次在Cromwell花8紐幣買了一個饢，植入心扉的咖哩美味每每回想起來幸福甜蜜。然而等到了印度之後才發現，路邊小餐廳的菜有點太「別出心裁」，香料濃到我懷疑自己吃的是飯拌香料還是香料拌飯，雖然我並不十分喜好肉類，但也忍不了頓頓都是veg的日子。

廚房水龍頭的出水口是一根透明的橡膠管，徑流量宛如兩根點滴管的流量。此時，日本室友回來，用日本人獨有的感嘆詞說電飯煲是他買的，花了27000盧比，要我用的時候小心一點，不要弄壞了。

我應答了一聲後繼續用那連人都戳不死、鈍到不行的匕首切著朝天椒，完了後放油、炒茄子。油是袋裝的，我很疑惑要用什麼容器來裝那麼大一袋油。炒菜用的鍋是平底鍋，若炒的時候不陰柔點，茄子會飛出去。涓涓細流的水管，電飯煲要輕拿輕放，切菜的匕首要以一定的角度才能進入茄子肉裡面，翻炒時要溫柔……日本同事用牙籤挑著淋有橙汁、切成段的香蕉，一塊一塊地吃著。

第二天晚上，辣椒、絲瓜炒茄子。我構想出來的一道菜，在我腦海裡翻轉了許久，才驚奇地發現其可口之處，口感如上等葡萄酒般稠滑，在視覺上又如拔絲香蕉那般，彷彿能看見甜甜的味道。絲瓜翻炒幾下就出絲，像拔絲，孟買的絲瓜不同於中國的絲瓜，直徑等同於一個大點的辣椒，孟買的辣椒也不同於中國的辣椒，不辣，味道像帶點辣味的西葫蘆，孟買的茄子更不同於中國的茄子，和小西紅柿一般大小，可以一口一個生吞。

此三種帶孟買特色的菜組合在一起，有點奇怪，也有點意思，吃的時候不知道正在嚼的是絲瓜還是辣椒，被切成指甲片大小的茄子像玫瑰花瓣。總之，視覺、味覺皆煥然一新。主食麵條是在超市買的袋裝方便麵，裡面沒有調料包，視覺上像被蹂躪了很久，裡面碎成小塊，外面塑料袋薄如紗。

在孟買比較難找到桶裝方便麵。每次去街邊小店買東西時，都能喚起我的童年記憶。店家站在櫃臺後，你需要跟他說你想要哪樣物品，他拿給你看，然後你再決定是否買下來。低得離奇的物價，土土的貨架陳列，親切又有趣。

孟買是一個很神奇的地方，街上某些地方髒如茅坑，但當你以45度仰望天空時，你又不得不感嘆其恢弘大氣的規模，印度第一大城市的摩天大樓比比皆是。走路的時候若視力不好，被乞丐絆倒的概率很高，街角的乞丐像野貓一般，不定時地從各個角落竄出來。

孟買幾乎沒有紅綠燈的概念，開車的不管前面有沒有異物，油門一踩能讓你魂飛魄散。我的兩個室友均被嚇到過，以為司機要恐怖襲擊自己。

巴西室友說話尖酸刻薄，仗著自己是白人，在皮膚黝黑的印度人面前有一種莫名的優越感。日本室友自帶一種詭異的氣質，如果說他在自己房裡看虐童黃片，我定不會懷疑。他喜歡瑜伽，來印度的首要目的是學習瑜伽，曾專門去印度一個瑜伽聖地閉關修煉過一個月。他有潔癖，切辣椒時，我掉在地上的一顆辣椒籽他都會撿起來，然後跟我說他幫我撿起了一顆辣椒籽。

經過這幾天朝九晚五的上班，重新回歸辦公室白領的工作，我痛下決心要進一步提升自己的英文水平，辦公室裡其貌不揚的印度同事個個開口驚艷，一副社會精英自信滿滿的模樣，彷彿腦子裡裝有幾萬的詞彙量，深不可測。

印度的平均工資較低，高學歷且優秀的年輕人們掙的也比紐西蘭的高中畢業生少，在孟買用心經營，積極向上的白領們每時每刻都要未雨綢繆。

孟買還是每天下一場雨，氣溫好到似8月的長白山，清清爽爽。我的生活節奏也在此改變，捨棄背包客時沒心沒肺的日子，即使每一根頭髮絲都在排斥這種辦公室的生活，但又有某種力量在指引著我，沈下心來。

在原始社會，人們打打獵，生生孩子，一輩子就過去了；在封建社會，女子無才便是德，踩著三寸金蓮在家煮煮飯，一輩子也就過去了。在不同的時期，不同的情境下找到適合自己的存在形態就可以了吧。

以前在旅館碰到好多奇葩，覺得人的思想原來可以天馬行空，如今在街上看到好多乞丐，覺得人的生活也可以無章可循。

軀體的代謝就幾十年，如何活出自在的一段旅程是重中之重。冒著風險，忍著寂寞，伴著樂趣去瀟灑地追逐一程吧。

（三）孟買初印象

來印度整整一個月了，看著護照上蓋有吉利數字「8月8日」的出境章，感嘆時光飛逝，一個月感覺像一天，每天上班，做飯，下班後偶爾去逛逛Malad West的商場HyperCity和街道，週末晚上去Colaba的夜店會會印度的上層人士，倒也張馳有度。

印度許多寶萊塢明星居住在Colaba和Bandra一帶，在那些地區的高檔酒吧裡碰到他們的概率很高，我曾經偶遇過兩次，還和一個十八線女演員交換了聯繫方式。和寶萊塢明星碰面似乎比在中國見藝人容易很多。

一天，我獨自去Colaba小遊了一番，還算收獲滿滿。拍照，吃飯，感受印度風情，和攤販討價還價。印度人口頭上漫天要價很正常，但規規矩矩地把天價打印在價格牌上的，裡面肯定有貓膩，這時就是考驗雙方情商和膽量的時候了。

一個披著紗麗抱著孩子的年輕媽媽向我討錢，我說口袋裡沒零錢，她說自己的孩子已經很久沒喝牛奶了，問我可以去買一桶牛奶送她嗎？我在半信半疑中跟著她去了附近的奶粉店，進去才發現店裡全是天價奶粉，才意識到自己可能墜其術中了，趕緊撒腿就跑。

去Colaba的途中經過貧民窟，貧民窟不僅僅是想像中東倒西歪的棚屋，還有一整棟一整棟掛滿彩色衣服的大樓，如同截面被閃電劈開，人們的生活像一場舞臺劇般向世人鋪開。火車穿過高樓大廈駛入更現代更文明更繁華的區域。在孟買亞洲最大的達哈維貧民窟，近2平方公里的地方可以擠下100多萬人，而一牆之隔就是印度首富無與倫比的世界第一豪宅，耗資10億美元，27層樓有600多名傭人。

達哈維地區的邊緣地帶位於垃圾堆上，居住在這裡的男人們三三兩兩地蹲在地上曬太陽，小狗們在建築垃圾和生活垃圾所形成的一座座「小山」間四處追逐，狹窄而繁忙的街道內傳出陣陣潮濕的臭氣。貧民窟內的房屋多數分為上下兩層，中間用粗糙的木板隔開。這裡的小巷錯綜復雜，往往一轉身就迷了路。

此處要談論富人的道德底線毫無意義，富人有使用自己合法賺來的錢的權利和自由，窮人也不會因為一兩次的施捨而擺脫窘困，在貧富差距極大的孟買，金錢能買到的好處顯而易見，沒有瓦拉納西的精神富有，沒有烏代普爾的清心寡欲和普什卡的世外桃源，貧窮就是貧窮，毫無遮掩。

印度友人帶我去了一次酒吧，入場費要200元人民幣，相對於當地的消費水平略偏高，那一帶是寶萊塢明星常光臨的地方，為了擋住一部分普通民眾入內而故意設的門票關卡，這樣一想，200塊算很便宜了。

回來的路上，我兜裡沒零錢，於是把三輪車出租車司機叫進自己房間，從錢包裡抽出一張1000塊的盧比遞給他，幾分鐘後他又找我要錢，我說剛才不是已經給過你了嗎？他說沒有，日本室友聞聲而出，走來問我們怎麼回事，出租車司機死不認帳，一口咬定我喝醉了，結果他成功訛走了我1000盧比。

孟買有一半以上的出租車是三輪車，叫Rickshaw。Colaba一帶的市中心跑的大部分是轎車型出租車，其他區以三輪型出租車居多，前面有一個司機座位，後面兩個輪子，輪子上是乘客坐的位置，由半封閉的棚子蓋住，方便快捷便宜，唯一的缺點是司機們個個如狼似虎，稍有不慎，口袋裡的錢就不翼而飛了。

不只Malad West街邊，在遊客如織的Colaba街上也住有無家可歸的人。高樓間的空地上，用木頭支起一塊篷布，或者在某個拐角處靠著兩堵牆，一家人坐在矮牆間，坐在泥地上，就算是一個家了。

在一個地方生活不同於去一個地方旅遊，以遊客的視角，印度就是泰姬陵、恒河、神祕習俗和美味咖哩，旅遊時以享受型的心態去接觸事物，而去到一個地方生活後，則往往會產生許多不同的情緒。

柴米油鹽的問題、風土人情的問題、人際關係的問題、還有諸如語言、行為、思維方式和傳統習俗及飲食習慣的問題，我認為揣摩當地人的心理基調尤為重要，他們究竟是偏淳樸、偏高尚、偏冷漠、偏清心寡慾、偏現實，還是偏驕橫？

如果一些印度人主動示好，可能是他們對你有所圖，圖你日後能助他一臂之力，或圖你晚上請他去坐個三輪車或吃個飯。當然這裡說的「一些印度人」，局限於同事們和在這一個月裡所接觸到的人。在我心理逐漸變化的過程中，我也時刻提醒自己，可能是我的思維還沒跟上這裡的節奏，又或許是單純選錯了評價對象，職場人的行為模式不能代表當地人的行為模式。

9月14日，確認了一個家人平安的消息之後，心中的一塊大石落了地，憋了一星期的惶恐終於雲消霧散。任何擔心最可怕之處不是結果，而是等待，等待即煎熬，等待中的想像更是一種精神摧殘。在最無助的時候，唯一解脫的方式是心存善意。

外面陰陰的，不冷不熱，像昆明，但比昆明要濕潤一些，很舒服。氣溫當然是好，但美中不足的是缺少一縷陽光和一片藍天。這裡的陰和北京的陰又不一樣，這裡雲層重，重到擋住了陽光，而北京是霧霾。這樣的天氣，偌大的落地窗外是孟買層層疊疊的摩天大樓，辦公室裡同事們在敲打著鍵盤。

對孟買還談不上喜歡，也談不上討厭，髒兮兮的街道，混亂無序的交通。我努力想著和這裡沾邊的褒義詞，可是，目前仍沒有。坐旁邊的德國同事已在此工作了3年，同屋的兩個室友也已在此工作了一年多。

早上來接人的車子放了幾次鴿子，終於向公司幾個部門的領導發了郵件說明此事。一個平常的上午，百感交集。

不過，總的來說是滿意的。大喜、大悲、焦慮、開心、憤慨、感恩都在須臾之間。怎樣才能做到自由切換各種情緒，是一門需要在孟買學會的技能。這一個月裡我認知到的是，力量的源泉是心存善意和感恩生活。

抵觸了一個月之後，又因一家事而心緒不寧的心境慢慢平緩之後，我終於慢慢喜歡上了孟買，這個空氣中瀰漫著酸腐和甜膩、自由和狂野的城市。我並不擔心未來的不確定，我喜歡這個不確定的世界帶來的驚喜。

隨處可見收賄的警察、肆意攬客的妓女、從香煙檳榔到毒品都賣的攤販，露宿街頭的家庭，光鮮亮麗的上層人士，以及人人臉上毫不吝惜的笑容。敞開心扉，真實的孟買，在這裡開啟新的人生旅程。

（四）Goa

2013年9月19日。

已經連續三年的中秋節沒在中國過了，各種穿著棕色油亮外衣、雕著迷宮般花紋的蛋黃豆沙、椰蓉、抹茶、果蔬、巧克力、咖啡口味的月餅就甭提了，連餡兒是杏仁、桃仁、橄欖仁、芝麻仁和瓜子仁的五仁月餅都見不著蹤影。

初高中那會兒，最期盼的節日是聖誕節，覺得浪漫，其次是春節，覺得溫馨。隨著年歲的增長，最喜歡的節日變成了中秋，銀盤高掛、玉兔東升、花好月圓，秋空明月懸，光彩露沾濕。

春節太濃烈，更要鬥智鬥勇應戰七大姑八大姨，很難用年輕一輩的價值觀去解釋我們以為的成功。而中秋則不一樣了，時至今日仍保有絲絲縷縷的情懷，這實在是難能可貴。

人需要節日，需要一些渠道和方式去發洩情緒、釋放掛念、舒展情懷。最近正逢印度教的盛大節日，每晚街上遊行人群的架勢像廣州火車站春運，人聲鼎沸，盛況空前，載歌載舞，摩肩接踵。只見他們擡著一個偌大的神，前面由一群跳傳統舞蹈的人開路，敲鑼打鼓，後面幾輛卡車跟著，鑼鼓聲在我聽起來，熱鬧是夠了，但悅耳還不夠，跟中國一些地區有人去世後做道場的聲音雷同。也許這是文化差異，觀看和欣賞在物理形態上類似，但其背後承載的文化認知和認同感往往相異。

中秋節，韓國同事因節日專門放假一天，我卻在上班。白天忍

8小時是有動力和理由的，我早已訂好前往Goa的車票，下班後立馬閃人，去長途大巴站，坐17個小時臥鋪大巴去Goa過中秋。

大巴車站其實就是街邊立了一個立柱，上面別著一塊生鏽的鐵皮，鐵皮上用印地語和英語寫著「車站」，後方是一個小賣部，低矮的屋頂似乎有點害羞，門前的人行道上黏著一層厚厚的黑色物體，硬中帶軟。我坐上大巴，睡在一層，空調開得很大，挨了一晚上的凍，因為不敢蓋被子，怕髒。

到Goa後，打了個三輪出租車去旅館。旅館坐落在青山綠水間，交通便捷，前後左右郁郁蔥蔥，花團錦簇，縷縷清香，吐花展瓣。旅館後院有一個大游泳池，泳池旁有一個小酒吧，音樂不間斷地播放著，一股度假風迎面而來。

晚上我在吧檯吃晚餐，旁邊坐了三個加拿大女生，多倫多護士，剛結束歐洲的旅行，借道印度回加拿大，算是環繞地球一圈。三個普通的加拿大女生，有著歐美人不羈與灑脫的通性，其貌不揚，自信爆棚。晚上，我說我有一個同事的朋友在這邊一個很有名的酒吧上班，我們可以去看看，她們交口稱讚，於是幾人打扮了一番後出發去酒吧。

同事的朋友領我們上樓，點酒，聊天，後來下樓紮進人堆裡撒歡兒，再後來，幾個澳大利亞男人把這三個女生帶走了。第二天早上，她們春光滿面回來的時候我才知道，昨晚她們仨跟那幾個澳大利亞人去了resort，五星級標準的酒店。

我問她們在酒店都做了些什麼，她們回答hang out。後來，同屋的英國小妹說她們仨被那幾個男的帶走後，在高速路上飆車被警察抓了還罰了款，後來一起回酒店睡覺了。其中一個男人還是澳大利亞一個電視臺小有名氣的主持人。我不鞭笞這種行為，男未婚女未嫁，私生活是個人權利。在酒吧喝醉了要是沒有人上來和你搭訕，或者你主動搭訕卻沒被人理睬的話，酒吧之行好像缺了點啥？

與此反差極大的是，存在一部分女生「被碰過身體就算委身對方了」，這跟用點名來留住學生上課的老師是一樣的。曾經認識一個福建女生，和一男的訂了婚，但對對方有諸多不滿，應該是不愛的，他們之間產生過不少矛盾，男的曾一度半年不理睬女的，可因為是門當戶對經熟人介紹且辦了訂婚宴，更重要的是他們已經發生了關係，所以女的一心想要主動示好對方。結果3個月前他們結婚了，在新婚之夜，他們能否有一個激情澎湃的洞房花燭夜，那就未知了。

在很多保守的地方，總有人覺得滾完床單，交換過體液就算是愛情了，就要一生一世了。加拿大女生可以和澳大利亞男人滾床單，只認為是一時半刻而已。單身時的自愛是愛自己，有對象時的自愛是對對方忠貞，很多人不能接受把性和愛分開，我認為性是愛情的必要非充分條件，因為我愛你，所以我才不會去和別人做。

從果阿回孟買坐了十二個小時的通宵巴士。幾個月後，又去了一趟果阿。

果阿邦是印度的一個邦。果阿的拉丁字母寫法「Goa」來自葡萄牙殖民者，果阿曾是葡萄牙殖民地。動植物資源豐富，以海灘聞名，每年吸引著幾十萬國內外遊客。旅遊業是果阿的主要產業，果阿有兩個主要旅遊旺季——夏季和冬季。在冬季，外國遊客被果阿宜人的氣候所吸引，而在夏季，印度各地的遊客湧到這裡度假。

來回23個小時的火車之旅乏味至極，長途跋涉的火車生出的無聊遠比安定心神的作用強，人滿為患的車廂，汙七八糟的廁所，啼哭的嬰孩兒，悶熱潮濕的空氣。幸運的是，火車沒關玻璃窗和門，沿途呼嘯的風能吹進來，曠野的田園風光也能一覽無餘，有躍然眼前的感覺。三三兩兩的印度人盤腿坐在門口，吃著一些在我眼裡只有小孩兒才愛的零食。

這回選擇下榻的旅館距Anjuna海灘10分鐘步行距離，之前有英國朋友在此住過，於是推薦給我，這間旅館名叫Prison Hostel。

第一晚，幾個澳大利亞女生和一個愛爾蘭男生，還有一個英國女生在陽臺喝酒、聊天。深夜一群人去了一個bar，老闆是一個20多歲的德國女生，第一眼讓我誤以為是某個熱愛果阿的歐洲義工。

我們點了飲料，躺在地上的席子上看露天電影，然後就鬼使神差地認識了一個剛大學畢業的班加羅爾人，和這間餐廳老闆是朋友，在果阿從事建築業工作，他帶我們去了果阿最酷炫的酒吧，離海岸大約20米的距離，燈光一打，音浪、酒精、沙灘，簡直人間天堂。末了，我和一個黎巴嫩人從海灘走回旅館，全身濕透，滿嘴胡話。他說我們剛才在海裡，水漫過了脖子，被人拉回岸邊，夜晚的海比較危險，漆黑的水下不知道有什麼呢。

兩天後，來了一對Manchester小情侶，家鄉是威震八方的曼聯俱樂部所在地。兩人均18歲，打扮時髦，風趣幽默，當晚為慶祝一個印度男生的婚前單身party，和兩個澳洲男生，一個加拿大女生，一個美國男生去了好幾間酒吧。

在移動的過程中，Manchester小男生因某些不明原因竟然流了一晚上鼻血，他不停地用T恤擦拭鼻血，景象很詭異，令人不忍直視。即使這樣，深夜還去海裡skin dive。歐洲小年輕的party永遠有跳舞、深夜暴走，然後碰上警察或被出租車司機坑。

加拿大女生醉得迷失了方向，獨自走向了伸手不見五指的地方，當時有些擔心她，因為印度的強姦案並不少，在這種天時地利人和的情況下，不發生強姦才奇怪，令人驚喜的是，加拿大女生第二天平安回來了，沒有被強姦。

週日晚上坐通宵火車回孟買，早上匆匆換上工作服去辦公室上班。上班時，除了幾天沒戴眼鏡有點不適應電腦屏幕之外，並無因體力不支而不適應或吃不消的感覺。年輕！禁得起折騰。

三輪出租車司機依舊貪心，想方設法繞遠路，費盡心機多收錢，轉個彎要多收100盧比，換算成人民幣其實也才10塊錢，但還是壓不住怒火。

在Goa的幾天又一次讓我覺得有趣的生活不需要電腦和網絡。如果生活在戰火紛飛的動蕩年代，圖個安定祥和就心滿意足，如果生活在水深火熱的奴隸社會，圖個人格平等就萬事皆休，如果生活在茹毛飲血的原始社會，圖個衣食無憂就萬事大吉。在不被網絡支配的時候，生活更真實。

這兩次百忙之中短暫的Goa之行讓我再一次感受到travel的魔力，同事覺得我這樣坐通宵的巴士、火車太累，我反而覺得挺有趣，畢竟去的是Goa，一生要去一次的地方。

第十六章　孟買

2013年

（一）聚餐

我住的公寓在Malad West，Inorbit商場是離我最近的大商場。2013年9月27日晚，Inorbit Mall，公司市場部同事在此聚餐，有些印度籍同事談吐略顯局促，有經理在，不能像跟酒肉朋友聚餐那樣閒扯漫談，和領導說話不能表現得太木訥，也不能讓自己顯得太輕浮，更不能讓對方感覺自己強勢，幽默中略表見解，自信中不失讚美，穩穩當當，字字斟酌。

慶幸的是，餐桌是長方形的，十幾號人依次坐下後，談話範圍僅限近處幾人，畢竟聽不清遠處的人在講什麼。我旁邊坐了那位德國同事，和一位臺灣同事。

德國同事年近50，離異，兒子已長大成家，她在印度工作3年多了，很喜歡印度，2010年準備環遊世界時，第一站來的印度，沒想到一來就被吸引住了，於是決定留在這邊，環遊世界的計劃趕不上對印度著迷的心理變化。我問她印度哪一點有如此大的魔力？她說也說不上來，就是一種感覺，冥冥之中自己的人生軌跡必然會和印度交會。

臺灣同事去過許多國家旅遊，拿著綠色的中華民國護照全世界暢通無阻。跟她聊天時，常常需要把中國大陸和臺灣的概念理清楚，不然會惹惱她。

一頓飯，吃吃停停，到10點多了還意猶未盡，有家室的都陸續離去，我們仨繼續把酒言歡。後來部門經理也加入我們，外表滿酷的一個人，聊到後面，大家都醉意頗濃，用詞漸隨意，效果倒更好，距離感慢慢消失。

這間餐廳屬於音樂餐廳類型，室內裝潢非常現代時尚，服務生各個儀表堂堂。佐餐音樂比一般餐廳更精心挑選，裝飾、擺件都與音樂相關，牆上貼有一些印度本土樂隊的海報，懸掛有寶萊塢明星到店合影的相框和樂器等，除提供種類豐富的印度美食外，還圍繞葡萄酒主題對餐廳進行裝飾，營造一種高級而神祕的氣氛。

由於宗教和文化的原因，很少有人會將印度和葡萄酒聯想在一起，然而這個國家的葡萄種植和葡萄酒釀造早已悄然走過了多個世紀。

印度地處北緯8度4分和37度6分之間，主要為熱帶季風氣候類型，葡萄的生長期十分短暫，且生長環境十分嚴峻。在如此嚴峻的自然條件下，印度的主要葡萄種植區大多坐落在山區，較高的海拔不僅能夠為葡萄種植提供相對涼爽的溫度，還能減少大風天氣對葡萄藤的損傷。這些葡萄園土壤肥沃且土壤類型豐富，既有排水性良好的砂質土壤，又有岩石風化而成的復雜土壤，為印度的葡萄酒增添了獨特的個性。

這家以印度本土葡萄酒為主題的音樂餐廳，給了我領略印度葡萄酒風采的機會。細膩芬芳中帶著青草般的植物氣息，口感平順、柔和。

10月19日，聚集了一幫同事來我住的地方煮火鍋吃，火鍋底料還是幾個月前從廣州帶過來的，在櫃子裡放到落塵了，終於逮到一個可以讓它物盡其用的機會，也不管外面的大太陽天氣，在四季如夏、流金鑠石的孟買吃起了火鍋。

邀請來的都是日本同事，同在的還有一位中國朋友，他是金立公司在印度的區域銷售經理，英語超棒，待人接物客客氣氣，他主導張羅了一桌的羊肉、牛肉、豬肉、火腿、肝心，白菜、菠菜、豌豆苗、萵筍、捲心菜、土豆、蓮藕、豆腐……

兩位室友並沒加入我們。

巴西室友喜歡「溜須拍馬」和「種族歧視」。在辦公室裡對經理阿諛逢迎，端茶送水，平時跟其他人說上兩句，八成會扯到他的「種族」邏輯。有一天，我在大廳吃麵，發出「嗖」的聲音，他嬉皮笑臉地說：「那個Naoki（日本人）吃麵時也發出好大聲音，你們亞洲人是不是都這樣？」

那時我天真地認為他只是在開玩笑。後來，此類問題不時出現，我也沒放心上，只是隱隱覺得哪裡不對勁，後來回過神才發覺，分明就是種族歧視。每個玩笑的背後都帶著幾分認真的意味，這種涉及種族的言論在美國是能招來一槍爆頭的。

晚上我們準備開餐時，巴西室友又發作了，以「玩笑」的口吻問日本同事：「日本女生是不是都喜歡白人啊？」「只有那些bitch才喜歡白人。」來自Hiroko響亮的一記回應，頓時讓他啞口。沈默了一會兒，他似乎心有不甘，強顏歡笑再一次發起攻擊，「在印度有好多中國奴隸，他們辛辛苦苦工作……」此時，我已失去了耐心，是可忍孰不可忍，「shut up！」吼完之後，心情痛快了不少。

我查閱了一下巴西人的資料。巴西人是南美巴西居民的總稱，主要生活在拉丁美洲，主要有印第安人、黑人和以歐洲人後裔為主的白人以及由此三者相互通婚後的各類混血種人。這個以自己的白皮膚為傲的巴西人搞不好祖上也有黑人或印第安人血統，不過他肯定不願承認的，不然自己那點可憐的優越感何處安放？他說自己的未婚妻在美國讀博士，今後準備去美國結婚。

中國朋友Alex在客廳的木沙發上過了幾夜，消息不脛而走。公司人資部的Mahesh找我談話，讓我不要帶朋友入住，說和公寓老闆簽約時承諾過不會有公司以外的人入住。這一定是兩位室友當中的某一位告的密吧？

晚上常常失眠，做噩夢，不知是與室友的磁場不合還是房子本身的問題，Mahesh讓我堆一些鹽在門口驅邪。鹽也堆了，依舊不見睡眠質量有所改善。在我的懇求之下，公司答應讓我搬去另一間臨街的公寓。

11月14日搬了家。陽光能照進大臥室，樓下理髮店的聲音歷歷可辨，對面住戶的窗戶燈火通明。果然，晚上很少做噩夢了。

（二）美食

一提起中華料理，外國人的第一反應是餃子、炒飯、麻婆豆腐、青椒肉絲。

比如日本的中華料理，其實是在中國菜的基礎上，為了迎合日本人的口味和習慣，做了改變的菜餚。通常都是拉麵、煎餃、天津飯這些菜式，中國也有拉麵和煎餃，但是一般我們會把麵條當主食吃，而日本人吃拉麵和煎餃的時候，會和米飯一起。

中國的美食文化除了在中國本土源遠流長，也被傳播到了世界各地。到了世界各地後的中餐卻因為「水土不服」，而被做了各種改動，就像美國人最愛的左宗棠雞，日本常見的天津飯，在中國本土反倒不流行或沒有。

同理，在印度以外的地方流行的印度料理，很多不是很正宗。印度以外的人對印度料理的認知也相當片面。

印度美食是全世界最復雜、花樣最多的菜系之一。印度宗教派系林立，禁忌較多，印度人不吃豬肉和牛肉，大部分肉類菜都靠雞肉支撐，也會有羔羊肉、山羊肉和魚肉，多數印度美食都為素食，印度是素食愛好者的天堂。印度美食在口味上尤喜咖哩，嗜好酸辣，重油重色。烹調方法以燒、煮、燴、炸、炒為常見。飲食時人們喜用手抓食，也有用刀、叉、勺食之。

在印度街頭常能看到印度人左手端盤子，右手抓咖哩飯吃的場景。街邊攤位林立，小吃種類豐富，且價格便宜。印度飛餅、饢、手抓飯等相信大家都比較熟悉，這裡介紹一種印度人日常吃的食物——Thali。

印度Thali是印度的主食，就好像中國南方的米飯，北方的麵食，對於頭一回品嘗正宗印度菜的朋友，如果想要通過吃一次飯就能大致了解印度特色的話，那非Thali莫屬了。在一個圓形的盤子中，每個小碟裡都裝著特色料理，米飯、酸奶、咖哩、水果、蔬菜、甜點等等，另外有時還附上饢。

除Thali外，還有一樣東西，必須要介紹——Masala。意為「香辛混合料」，即是俗稱的印度咖哩粉，由多種調味料磨成粉末混合而成，可以是單獨或配以其他調味料使用。它是辛辣的調味料，但不像辣椒那麼強烈。

印度菜大致可分為南北兩大菜系，北印度菜的口味以微辣為主，而南印度菜系，香料多用咖哩葉和芥末籽等。印度菜用的咖哩通常都是粉狀的，煮出來的咖哩不止紅色，還有黃有綠、有橙有緋，大中小辣兼而有之。印度咖哩可分重味和淡味兩種，紅咖哩、黃咖哩和瑪莎拉咖哩屬重味，綠咖哩、白咖哩屬淡味。

印度香料包括多種生長在印度次大陸的香料，種類繁多，不是專業人士的話，一時半會理不清。由於印度各地的氣候不同，香料的口感各異。香料有不同的使用方式，整塊的、切碎的、磨碎的、烘烤的、煎炸的、油炸的等等。香料以美味的形式與食物結合在一起，是印度菜中的一大特色。

除Masala外，還有一樣食物也不得不介紹——Paneer。

Paneer可以稱作印度奶酪，印度奶豆腐，產於印度，有著悠久的製作歷史，含有豐富的牛奶蛋白，滋潤和柔軟易碎的質地，可以用作任何甜點，也可用來與其他食材一起烹飪美食。

就個人而言的話，我最愛的當然是湘菜和川菜。在湘菜和川菜之後的美食就沒有排名了，燒烤、重慶火鍋、日韓料理、土耳其美食、法意餐，印度菜。不用多解釋，美食的誘惑有多大不言而喻，心情不同時，偏好也有所差異，生活情境不同時，偏好也會有所變動，比如曾和德國朋友住的時候，每天簡易pasta就著ketchup也愛不釋手，在Nelson時，餐餐吃魚，烤魚、煮魚、紅燒魚，也不覺得膩，在廣州時，天天吃麻辣燙，港式餐廳，覺得五味俱全，津津有味。

來印度後，本來抱著品嘗印度美食的期望，不料迅速夢碎盂買，街上餐館裡的印度菜味道怎麼和過往在中國、泰國嘗過的味道不同？

直到前幾天，印度本地同事叫我去他家附近一家頗受歡迎的餐廳一起吃晚餐，我才體會到本土印度菜是如何毫不留情地俘獲我的味蕾的。同事點的餐，20來分鐘後上餐了，首先是cheese naan，外觀和新疆饢差不多，口感稍軟，它的絕妙之處在於它中間夾的那一層厚厚的奶酪，一口咬下去的感覺只能用妙不可言來形容，沁入心脾的美味，已經超出了「好吃」能表達的範圍。

後面陸續上的賣相奇異的菜品也樣樣不遜，每一道菜似每一個新世界，暢遊在裡頭不能自拔。自那次以後，我對印度菜的印象徹底改觀起來，那些真正地道可口的印度菜是真正的人間精品。

今天本想去買豬肉和牛肉，沒料到那家butcher shop關門了，在Malad West想要買點豬肉和牛肉很困難，來了兩個月還沒嘗過印度的豬肉和牛肉是什麼味道，一般的餐廳不提供豬牛肉，超市也不出售，於是買了幾盒海鮮回來當葷菜，打算晚上下廚犒勞一下天天吃素的自己，我不是一個喜歡吃肉的人，但當每天都吃素的時候，對肉的饑渴感實在無法抑制。

在烹飪之前，我先去樓下買了一個noodle cheese frankie來充饑，這家小店的老闆已經認識我了，因為在他那兒買了N個noodle cheese frankie。小攤設在小店門前，和天津煎餅餜子攤差不多大小，做法也有異曲同工之處，用麵粉漿在鐵板上攤餅皮的樣子極其相似。

我常吃的這個frankie和天津的大餅雞蛋類似，工序差不多，食材有些差異。大餅雞蛋的主要食材是大餅、雞蛋、蔥蒜、鹹菜和一些藕夾、茄夾、海帶絲、蘿蔔絲等，而frankie裡面主要是pasta、咖哩、綠豆、土豆泥和cheese。切成絲的cheese在滾燙的餅皮中慢慢融化成黏稠狀的時候，感覺人生到達了高潮。

觀察了這麼久，終於發現了一樣在印度比在中國要貴的東西——藕。今天在超市看到的，一節竟要45塊人民幣，也許是印度人不太愛吃的緣故，也許有別的原因。

孟買的美味佳餚不勝枚舉，每天變著法子感受南亞次大陸上的味蕾快感。

（三）同事

2013年10月10日，武昌起義爆發102週年，早上又做了很多夢，拖著昏昏沈沈的身體去上班。

得知同部門的兩個同事辭職了，韓國同事和印度同事。下午下班前，所有人在公司小食堂裡圍著一個做工精美、香濃細滑的巧克力蛋糕舉行了一個送別儀式。首先部門經理寒暄了幾句，然後兩位當事人發表了一下辭職感言，眾人拍掌，在一片和悅的氛圍中把蛋糕瓜分掉了，清新的口感，迷人的色澤，馥郁的可可香，用勺子輕輕挖下一塊放入口中，不用嚼，含一會兒就化掉了，細細回味，濃濃的巧克力氣息回旋在口中，甜甜的，唇齒留香，心曠神怡。

印度的巧克力和巧克力蛋糕是一絕，口感香滑，蛋糕烘焙技術一流，小到街邊的不起眼小店，大到裝修精美的甜品屋，出售的巧克力蛋糕均美味到匪夷所思的程度。蛋糕裡面似乎永遠處於半融化狀態，棕色粉狀顆粒點綴在黏稠狀的巧克力上，讓人欲罷不能。

一種叫Moist Chocolate Cake的蛋糕，看名字便能略知一二。濕滑的巧克力蛋糕是甜點愛好者的高潮，它由可可和咖啡混合而成，烤至完美，可以盡情享受這種黏稠的巧克力蛋糕帶來的直擊靈魂深處的震撼，能讓人心無旁騖，沉醉其中，我覺得它滿足了我對蛋糕的所有幻想。有一次，一個印度同事問我，「你最喜歡孟買的什麼？」我脫口而出：「巧克力蛋糕。」

公司有舊人辭職、有新人進來，是稀鬆平常的事，好比每天有人出生、有人死亡一樣。對於不同部門的人離去，心裡幾乎不會有任何情緒波動，對於同部門的人離去，也愈發看淡了。和有潛在利益衝突的同事很難成為交心的朋友，既然不是朋友，那就可以在情感消耗上省一省。

對於這兩位同事，雖然平常交流也不少，但大都局限於業務上的討論，所以我對於他們的辭職沒有多大觸動。臨別之際，好歹同事一場，發自內心祝願他倆前途一片光明，這也算是一次小小的離別。很多人不喜歡離別，因為捨不得故人、故地，也不一定是因為故人有多高風亮節，故地是什麼風水寶地，大概是自己不願意走出心理舒適區吧。

我也不喜歡離別，卻一直在離別。一股無形的力量牽引著我奔向我該去的地方，去遇見該遇見的人，即使在過程中有太多不捨，也只能無可奈何花落去了。

有不捨，就有捨得。有些離別是我巴不得早早發生的，和有些人在同一屋簷下生活了許久，但始終無法深入溝通，大概是古人說的道不同不相為謀。跟他們即使朝夕相處，也無法成為朋友。當身邊有這樣的人出現時，我是盼星星、盼月亮，盼望他們早點消失，或者盼望自己早點離去。

對於情薄的人，無需刻意去學會如何面對離別，離別之於他們就像上大號，上完就算了事。對於感性的人，學會離別也是成長的必經之痛。旅行就是一種很好的練習方式，在旅途中會遇上相見恨晚的人，有些恨不得託付終身，歡愉後擺手再見時，無盡的離愁別緒。

我曾是一個畏懼離別的人，後來我慢慢懂得離別是常態，就像在火車上遇到聊得來的人，還沒聊過癮，對方就到站了。人與人之間不過就是一個緣字，緣起緣滅，人聚人散，該遇見的會來，該散去的莫強求。

巴西室友也是同部門的同事，在歐洲某國讀的研究生，有巴西和意大利兩本護照。烏拉圭和巴西某些地區的人擁有意大利或西班牙護照並不是什麼稀罕事。南美洲的白人許多是當年從西班牙、意大利過去的，在當地犯過諸多傷天害理的罪。歐洲殖民者來到美洲大陸後，對土著居民實施大規模的血腥屠殺，掠奪金銀等資源。這金髮碧眼的巴西同事，祖輩可能是從歐洲去南美造孽的人之一，他常常自詡的歐洲生活習慣，掛在嘴邊的「你們亞洲人」，還有偽裝在「開玩笑」下的尖酸刻薄，都令人厭憎。

日本室友是其它部門的同事，畢業於日本知名學府，在日本有過6年的工作經驗，在墨西哥待過2年，摯愛瑜伽，又排斥印度的方方面面，每天晚上當我們同在廚房為晚餐忙碌的時候，10句話裡有8句都是在抱怨印度的某些方面，比如隔三差五的節日狂歡吵得他失眠，比如公司領導不尊重他的勞動成果，比如印度不垃圾分類。他那種為了找尋存在的意義而掙扎的內心，其實我也能感同身受，不同的是他以龜毛的日本標準來要求印度，有點勉為其難了。

部門裡還有一個曾在英國住了逾12年的印度同事，品行不差，但他常在沒出過國門的印度人面前侃侃而談其在英國的「曾經滄海」之舉，有點令人起雞皮疙瘩。那些沒出過國的印度人對英國饒有興趣。

印度被英國殖民了幾百年，印度人不但沒絲毫仇恨情緒，反而充滿崇敬、嚮往之情。這印度同事也喜歡party，他宣稱自己是不婚主義者，公司裡有一個長得回眸一笑百媚生，六宮粉黛無顏色的女同事對他傾心，他不為所動。

在印度現實生活中，高種姓與低種姓之間是很難通婚的，種姓之間壁壘森嚴，哪怕是改朝換代，種姓等級也不易改變。印度同事拒絕美女的理由是，如果發展下去結了婚，將來常去酒吧作樂的日子就沒了，並不是因為美女屬於低種姓。

高種姓美女與低種姓美女的區別大致為：外貌特徵，低種姓黑瘦，面貌偏近東南亞和非洲長相，高種姓偏近白種人長相。低種姓大多是土著後裔，屬非雅利安人，高種姓多是雅利安人後裔。電影一般是高種姓的職業，所以在印度電影中看到的主演多是漂亮的高種姓美女，皮膚相對白皙，長得像白種人。

在古代，觀念和傳統將兩人捆綁在一起；在現代，契約和責任將兩人維繫在一起。婚與不婚都是個人自由，都應該得到尊重。形形色色的同事，在了解他們的同時，我看到了這個世界的多樣性。

尊重多樣性，尊重彼此。

（四）宗教信仰

11月了。

涼爽的11月開始了印度一年中最好的季節，從這時到整個冷季，印度大部分地區是莊稼成熟和收獲的季節，到處萬紫千紅，品種繁多的花卉競相開放，由於印度國土遼闊，各地氣候略有差異，孟買的11月陽光溫暖、微風和煦、生機盎然。

某個週末，我和同事去了一間寺廟——ISKCON寺，是印度孟買Juhu地區的一座寺廟。它離Juhu海灘只有一步之遙，是印度最美麗的克利須那神廟之一，每逢節日，成百上千的人和虔誠的信徒前來參觀這座寺廟。

在去之前沒聽聞過它，更不知其來龍去脈，同事推薦說環境雅致，遍布大理石雕刻，被郁郁蔥蔥的樹林擁簇。去後果然眾望所歸，金碧輝煌的裝飾，莊嚴肅敬的儀式，沁人肺腑的空氣和如假包換的大理石地板、大理石長廊、大理石門柱、大理石牆壁。

進入神廟需要脫鞋，門口堆滿了鞋子，工作人員用竹竿把鞋子撥成一堆，好騰出更多的地面讓大家落腳，進廟之後我們擠在人群中，隨人流慢慢往前挪動，神廟主體由白色大理石建成，雕刻細致精美，處處刻有美麗的紋飾，大殿正中供奉著神，四周是一系列櫥窗，展示與之相關的宗教故事，殿外還有印度教徒在演奏音樂。

信徒做儀式時，和西藏叩拜禮有異曲同工之處。我們的黃皮膚外表在人群中很醒目，神廟的一位工作人員帶我們參觀了周邊的房舍和場地，整體感覺乾淨整潔，莊重典雅。他給了我們聯繫方式並告知了下月慶典的時間，還向我們發出了邀請函。在回家的車上，滿腦子過的都是剛才神廟裡的畫面，一種暫時無法描述的強烈感受縈繞心頭。

孟買的中年人喜歡問兩個問題，「你多大年紀？」和「你爸媽是做什麼工作的？」一開始，我滿不喜歡回答這樣的問題，後來漸漸明白這樣的問題是禮節性地主動打開話匣子的徵兆，接下來就可以暢所欲言了，而暢所欲言後一般都會聊到宗教信仰。「你有宗教信仰嗎？」他們這樣問的原因，我大致推算出兩個，一是，印度人普遍都有信仰。二是，問完之後心裡有個譜，在接下來的談話中不會觸及某些宗教的諱忌話題。

往往，認識一個新朋友，在前20個信息量最大的話題裡會包含宗教信仰這個問題。我常常被問及「有無宗教信仰」。每每遇上此問題，我常說，我或許是佛教徒和道教徒的結合吧，潛意識裡受它們潛移默化的影響。從小耳濡目染，佛教文化和道教文化滲透進日常生活，南嶽衡山是有名的燒香拜佛聖地，而喪事都遵純粹的道教形式。

中國的學生都學過「唯物論」，認為「物質決定意識，即物質第一性，意識第二性」是真理。我想人在彌留之際腦子裡想的應該不會是馬克思所主張的那套唯物論，可能會想自己逝後是上天堂還是下地獄，天堂和地獄是否真實存在，靈魂存在嗎？有沒有轉世投胎一說？

最近我老感覺屋裡怪怪的，似乎有什麼不乾淨的東西，晚上做噩夢，早上起不來，白天頭昏腦脹，半夜產生幻覺，迷迷糊糊中感覺天花板上趴著穿著清朝官服的人形。

跟人資部的Mahesh反映了這事，他鄭重其事地把我叫去談話，說這種東西是存在的，因為我的personality比較attractive，有可能不小心把一些東西帶回家，末了還給了我幾個辟邪驅魔的小貼士：第一，保持房內乾淨；第二，在床頭擺一個菩薩；第三，在門口和窗臺上放一小盤海鹽；第四，在房內點蠟燭；第五，睡前洗乾淨臉、手和腳。

公司HR嚴肅地傳授辟邪方法，恐怕只存在於印度這樣的國家。慢慢地，在孟買住久了的我也開始相信起這些解釋不清的東西，總感覺有看不見的東西存在，在電梯裡，在牆角，在小巷裡，在舊房頂……馬路上一頭老態龍鐘的神牛的一個眼神，有時令我不寒而慄，牠分明在向我傳達信號：牠真的是神，或牠已修煉成精。

看不見，但仍相信是信仰；一定要看到才去相信，那是利益交換。信仰必須從相信開始，不管信仰的出發點是什麼，用一顆虔誠的心去相信一個偉大的力量存在，是人生的一筆財富，它能使弱者頑強如鋼鐵巨人，能使人迸發出生命最璀璨的光輝，擁有一個善良的靈魂和堅毅的性格。

進入11月，我愈發融入孟買這個有靈性的地方了。孟買匯聚了印度全國各地來打拼的人，小區裡隔三差五就張燈結綵，這個教派剛過完節，那個村落的人又要過節了。孟買最不缺的就是節日。最大的節日也終於在11月降臨了，那就是印度最盛大、在全球都赫赫有名的Diwali。

Diwali，是印度教、錫克教和耆那教「以光明驅走黑暗，以善良戰勝邪惡」的節日。這是世界上最廣泛慶祝的節日之一，在印度、斐濟，和尼泊爾它都是全國性的節日。多數印度家庭會在Diwali期間穿新衣，戴珠寶，拜訪親戚，與同事朋友互贈甜食、乾果、禮物等。

公司也在Diwali這天在辦公室裡舉行了盛大的慶祝活動，規定每個部門各出一個節目，每人贈送一個禮物給另一位隨機分配到的同事。男男女女都著上節日盛裝，一派喜氣洋洋的氣氛，個個喜上眉梢。Diwali的狂歡在所有人歡快的舞蹈中結束，印度人果然能歌善舞，讓我大開眼界。

朋友中有宗教信仰的不在少數，基督教、伊斯蘭教、佛教、道教、神道教等等。經過多年輾轉各地，接觸不同的人和物，我強烈地認為這個世界一定存在著某種神祕的力量。

（五）熱

2013年11月6日。

昨晚太熱了，熱得心煩意亂，熱得心神不定。日本室友大發慈悲，給我一個製冷風機，讓我房間降降溫。

我說客廳空間大，開吊扇後空氣比較流通，我就索性睡客廳沙發吧，他似乎不想我睡在客廳，特意拿出他的製冷風機，說讓我給臥室降溫。那一刻，我突然明白，幾個月前他向另外一位同事抱怨說自打我住進來後電費就猛增了，據他自己推測，我有可能悄悄地在自己臥室用一些高功率電器，我當時一聽就火冒三丈，自己心術不正，還把別人想得光怪陸離，大概就是形容他的這種行為。

昨晚他拿出製冷風機的那一刻，我徹底懂了他之前猜疑我的原因，原來他自己偷偷在臥室用製冷風機，就以為我也同樣在臥室用一些有的沒的的電器。記憶力太好未必是件好事，像這樣，他的一片好意，被我加以聯想後沖淡了。

仍然謝過他之後，我拿著他的製冷風機進了臥室，按開了「製冷」開關，過了很久，感覺室內溫度沒降，於是按開「冷風」，風直直地吹出來，把床單掀了起來，氣流是感覺到了，但涼快的感覺依然沒有。

我把吊扇開到5檔，吊扇的鋁板葉子飛快地旋轉著，均勻柔和的風從上面吹下來，製冷風機的風橫向吹過來，即便如此，還是熱，於是只能去客廳睡，蚊子太多，就點了一個蚊香，沒承想在客廳吊扇風的呼嘯下，蚊香很快就燒沒了，蚊子們依然不屈不撓，前赴後繼地來咬我。在「被蚊子叮」和「熱」之間，我選擇了後者。

凌晨3點被蚊子逼回到臥室，此時臥室的溫度降了一些，有點像溫室的感覺，忍忍也行，剛好在即將忍無可忍的爆發邊緣。大樓一天中所接收到的熱量捨不得還給大自然，儲存著，全部留給了住在這棟樓裡的人，它像一張天羅地網，水泄不通地把我圍住，不能喘氣，快要窒息的感覺。

剛來印度的時候，還是西南季風盛行的季尾時節，每天一場暴雨把熱都驅散了，晚上也時常飄雨。豈料入冬後，降雨少了，夜間更熱了。說熱，其實也不是特別熱，比起2月還濕熱的曼谷，孟買的熱要舒服一些，空氣沒那麼潮濕，只是沒裝空調的高層公寓在晚上讓人身心不快活而已。說不熱，也是假的，畢竟處於低緯度，明顯同高緯度地區同時不同季。

晚上的時候，街上比屋內舒服，街上像春天，屋內像夏天。以前跟人聊天時常說，我喜歡熱帶地區，有取之不盡的熱帶水果，有大把用來神遊的慢時光。穿、脫衣服方便，而且洗澡時不冷，對於怕冷的我再適合不過了。總體來說，熱帶地區是迷人的，陽光、沙灘、海浪、椰林、海鮮……無窮的魅力，應該沒有人會不喜歡。然而很少有人知道，熱帶地區的晚上，沒有空調的公寓中的臥室，是怎樣的情形。

關上窗，關上門之後，房間如同一個鐵獄銅籠，如果做一個實驗，把新鮮的土豆放到營養液裡，再將它放進我的臥室，不出兩天土豆就會發芽的。

晚上反復了許久不能入睡，數羊數到一千隻，仍睡不著，絕望中徹底放棄了，眼睜著等天亮吧，就這樣，不知不覺中竟然睡著了。

早上8點多，來接送的司機打電話來說車子在樓下候著了，我讓他先走，我的大腦還沒醒來，還沒從被昨晚的悶熱蒸壞的意識中抽離出來。在床上繼續昏睡了兩小時後，將近中午12點才起，洗漱完畢去上班，經理問我可好，我答不好，這樣的回答在英語裡是不地道的，但那是我的真實感受。

我的臥室在晚上如同人間煉獄，不僅熱而且不乾不淨的東西始終存在，我的精神狀態也每況愈下。情緒是需要發泄的，在適當的時候發泄到適當的人身上能產生預期效果，發泄的方法也有講究，不能魯莽，不能無理取鬧，要用禮貌的姿態把情緒說出來，這樣既能給某些人下馬威，又能給某些潛在欺負自己的人敲警鐘。

昨晚的悶熱是導火索。上班遲到了3小時，經理找我談話，我如實告知了原因。即便晚上熱，我仍然喜歡孟買，至少白天很舒服，晚上那剛剛能孵出小雞的溫度，算美中不足吧，如果有空調，一切問題都不存在。

樓下又過節了，敲鑼打鼓甚是熱鬧。早上去上班，門衛又攔著讓我掏出通行證來檢查，我心裡煩得很，每天見兩次面，幾個月了。雖然我不了解門衛的工作職責，但他們一定也不知道我昨晚受了多少苦。

在我每天下班回家的路上，經常能看到一個衣衫襤褸、蓬頭垢面的乞丐，黝黑的皮膚，和黑人相差無幾。印度南部人，膚色大都較黑，但五官清秀，從表相看，很多人誤認為他們是黑種人，然而劃分人種的標準除膚色、面部特徵、頭髮形狀外，還有許多其他因素，如骨骼等。所以南印度人不屬於非洲黑種人，是很黑的人種。

從辦公室到住處，步行只需15分鐘，要過3個十字路口，下班高峰車水馬龍，鳴笛聲，小販的吆喝聲此起彼伏，景象髒亂不堪。街兩旁的樹木高大蔥郁，摩天大樓新舊交替，有些像熱帶叢林裡荒廢的古堡，夕陽餘暉一掃，怡情悅目。

那乞丐用手掌撐著身體行走，臀部墊一個分不清是塑料盒還是紙盒之類的東西，每次滑動時會發出摩擦聲，身後也會揚起一小股塵埃。他灰白色的頭髮和路面上塵土的顏色一樣，鬍子拉碴的臉上辨不清嘴、鼻子、顴骨和眼眶的具體位置，只覺得黑漆漆一團糊在臉上。

我沒有仔細端詳過他的五官，每次眼神落到他身上時，旋即離開。有一天，他蜷縮在一棵大樹下，頭上蒙一個沾滿泥土的大衣，我想他一定是已經死了。隔天，又見到了他，如往常一般，雙手撐著在移動，沒有死。

他的手像烤焦的羊腿，他的腿像熄滅的木炭，身上披著如彩色髒拖把上雜色布條一般的衣物。每次我看到他的時候，他總是在挪動，我好奇他的體力從何而來，而他總是一巴掌一巴掌地究竟要去哪裡？

他的身體一天也沒離開過灰黑色的路面，被禁錮在這條綠蔭如蓋的街上，不遠處有一個大型垃圾堆，裡面應該能找到殘羹冷炙，而冬天也不冷的孟買也提供了一個絕佳的露天棲息環境。假設他的精神仍是正常的，那麼一定有一個支撐他繼續活下去的理由。望其保重。

孟買的「熱」為無家可歸的人提供了庇護的港灣。

第十七章　馬爾地夫

2013年

馬爾地夫我去過兩次，而且是在一個月之內。馬爾地夫是我心中永遠的痛，這輩子再也不想踏足的土地。

馬爾地夫離印度不遠，若從南部Kochi飛馬累，兩個半小時就可以到達，若從孟買直飛馬累，大約耗時2小時50分鐘。我第一次去馬爾地夫是在11月8日。

從公寓打車到孟買機場，坐上飛機前往馬累，旁邊坐了一對年輕情侶，男帥女靚，穿金戴銀，想必是富貴人家去馬爾地夫度假的。我在飛機上閉目養神了一會兒就聽廣播說快要降落了。

入境馬爾地夫，出機場只見無邊無際、水天一色，滿眼都是海水，感覺海水快要把機場淹沒了，坐上渡輪前往首都所在的島。馬累是世界上最小的首都之一，小到沒有自己的飛機場。

在前往馬累的渡輪上，我真正意義上理解了「清澈見底」這個成語的意思，原來可以用肉眼看清幾十米深處的海水，色彩斑斕的魚兒在不同的深度層潛遊著，一種神妙奇特的感覺襲來，感嘆人間果真有此般仙境。

一下渡輪，耳邊傳來熟悉的中文，中國人的身影映入眼簾，當地商販都會點簡易中文。不出意料，當我行走在馬累的街頭時，不少本地人用中文熱情地跟我說「你好」。

我拿著紙質地圖找尋預訂好的酒店，問了路旁一個警察，警察答不知。我繼續琢磨著地圖方位，此時，一個瘦削的老人朝我走來，神采奕奕、容光煥發，半禿的白髮板寸，額頭上有好幾道深深的皺紋，但兩隻小小的眼睛一點都不渾濁。

我湊上前去問他，「請問你知道怎麼去Luckyhiya Hotel嗎？」他笑眯眯地回答：「我知道，我可以帶你去。」老人會講一點中文，簡易的問候語都會，他說每天接觸中國遊客，日積月累，就掌握了一些日常用語。他熱心地把我帶到酒店，在路上交談時，不時地在英文中穿插中文詞彙，讓我有一種他鄉遇故知的錯覺。

到酒店後，老人問我是否已經安排了第二天的行程，我說沒有，他說如果沒有第二天的計劃的話，他可以推薦我一個美麗的海灘，費用是85美金。我不假思索地回答：「那很好！」

老人走後，我在馬累市區暴走了幾小時，欣賞了一番馬累的夜景，它如一個彩色的漁港，高度國際化，原始狂野中帶有現代都市氣質。回到酒店大廳後，前臺小哥和小妹在閒聊，原來他們都不是本地人，一個來自斯里蘭卡，一個是孟加拉國人，這邊工資比那兩國相對高一些，所以在此務工，還說如果我想在這兒上班的話，也可以申請，因為經常有中國客人入住，懂中文的話，很有優勢。

馬累最寬的一條路就是沿海路，兩輛車可以並排通行。島上的小巷子窄窄的，四通八達，常常給人柳暗花明又一村的感覺，巷子裡人聲鼎沸，餐館密布，遊人如織，彩色的房子在夜間昏黃的路燈映襯下顯得別致而美輪美奐。

第二天早上我還在睡夢中，前臺的人打電話叫醒我，說有一個導遊在大廳等我，原來昨天的老人已經來了，昨天說好的他帶我去海灘，果然沒食言。給他的報酬是85美金，包括今天的海灘遊，晚上在他家的晚餐以及睡他家沙發過夜。

他帶我到碼頭，送我上船，船在出發的前一刻，他下了船，用急切的語氣跟我說由於今天是馬爾地夫大選的最後投票日，他需要去投票，讓我自己一個人去海灘，回來後約在碼頭相見。我還沒回過神來，船已經開動了，望著船尾濺起的水花，我隱約覺得哪裡不對勁。

我越想越覺得蹊蹺，於是問了坐在我旁邊的本地人，這艘船去往的地方是「美麗海灘」嗎？他們告訴我正去的地方是一個居民島，海灘談不上「很美麗」，但也足夠漂亮。我又追問，海灘要不要付費才能進入？他們驚訝地瞅著我：「不需要，海灘是免費的。」我頓時感覺後背一陣發涼，剛才導遊收了我85美金，說是前往這個「美麗海灘」的門票。那倆本地人用同情的目光盯著我，說：「你被騙了。」

船靠岸後，遊覽的心情跌落到了谷底。即便如此，來都來了，且將就欣賞一番吧，只能這樣寬慰自己。於是拿著相機在居民島上拍了些照片，並在花了85美金、本該免費的「美麗海灘」上曬了會兒太陽浴。

馬爾地夫是穆斯林國家。穆斯林國家的獨特文化不僅體現在著裝上，也體現在日常肢體語言以及公共場合的行為規範上。馬爾地夫習慣了世界各地的遊客，所以相對比較寬鬆一些，但本地婦女依然穿黑色罩袍，連在游泳的時候都不脫掉。當我在「美麗海灘」上曬太陽時，只見在如瑤池般的大海中有一些湧動的黑色物體，定睛一看才發現是本地婦女在游泳。

馬累沒有大眾酒吧，商店不公開售酒，有類似啤酒的酒精飲料，但標籤不是酒。逛完居民島，我回到馬累，碼頭上不見老人的蹤影，於是我斷定自己被騙了。鬱鬱寡歡地閒逛在馬累街頭，很不甘心85美金就這樣白白沒了。

馬累是世界最小的首都之一，也是世界最擁擠的首都，它是馬爾地夫的經濟、政治及文化中心。街上沒有柏油路，放眼望去盡是用荷蘭磚鋪的路面，房子大多色彩斑斕，民宅的花園裡長滿了各種灌、草、木、花，還結有木瓜、椰子、芒果等。在離海濱大道50米遠的海上，有用珊瑚礁石砌成的防洪堤，防洪堤內東面、南面留有供游泳的海灣。馬累集市上有各種工藝美術商店，貝雕、珊瑚手鐲、珍珠項鏈和胸針等。馬累最美的地方就是海邊，潔白的珊瑚砂形成的沙灘，水中的珊瑚礁五顏六色，成群結隊的熱帶魚，成人小臂長的海參構成了一副人間仙境的畫面。

可在絕美的海邊，我當時的心情五味雜陳，一邊欣賞美景，一邊惦記著那老導遊。走著走著，一不小心竟然繞了馬累一圈。就在繞馬累一周的途中，碰巧撞見了昨晚Luckyhiya Hotel的前臺小哥，我借他的手機給老導遊撥了一個電話，竟然打通了。「你騙了我，那海灘分明就是免費的，而且沒你說的那麼漂亮！」「哦？是嗎？你覺得不漂亮，但我覺得很漂亮，我沒有騙你。」電話那頭傳來一個鎮定自若的聲音。「不管漂不漂亮，有一件事可以確定，海灘是免費的，請把85美金退給我！」我大聲地朝手機喊。

「不能退了！」他在那頭咳嗽了兩聲。我那會兒一定是中邪了，居然對他說：「既然不能退了，那之前說好的今晚我免費睡你家沙發的事怎麼辦？」他發出為難的聲音，「我家小，沙發上睡不開，我可以介紹一個朋友給你，你今晚可以睡他家沙發。」我竟然答應了！

在沿海公路旁的座椅上，我等來了老導遊口中的朋友，是一個馬爾地夫本地小夥，眉清目秀，昂首挺胸。他領我到他家，我把被老導遊騙的事情跟他一五一十地講了，他說自己跟那個老導遊不是很熟，不太了解他的為人，最後提醒我出門在外防人之心不可無。

小夥家在馬累有一棟大樓，樓下門面和樓上公寓出租，留其中一套公寓自住，老婆在政府部門上班，自己每天遊手好閒打發時間，因為每月有固定的房租收入，所以他可以酒肉不盡、吃喝不愁。

晚上，他召來一幫朋友開Party，在興頭上，他們開始吸食起海洛因，勸誘了我好幾輪，均被我拒絕了。夜深後，我說肚子有點餓，小夥老婆說幫我去煮馬累人常喝的粥，期待中，不一會兒，他老婆端來一碗粥，黃澄澄的米粒晶瑩剔透，散發著清香。我津津有味地吃完後，不一會兒覺得頭昏昏沈沈的，於是就入睡了。那天晚上睡得特別香，沒有做夢，感覺自己一直飄浮在雲上。

第二天早上從他家客廳的沙發上醒來，我發現放在一旁的背包拉鏈開著，裡面的錢包、手機、相機全都不翼而飛了，我急忙去敲他夫妻倆的房門，小夥睡眼惺忪地問焦急萬分的我發生什麼事了，我說：「我被盜了，你知道是怎麼回事嗎？」他打了個哈欠，吞了口口水說：「清早，昨天的導遊來過，說要帶你去機場，我也沒多想，就給他開了門，他後來何時走的，我也不清楚。」

「我怎麼可能要他帶我去機場，機場就在對面那島上啊！一定是他偷走了我的東西。」於是，小夥帶著我火急火燎地去馬累警察局報案。警察給我們做了筆錄，詳細地詢問了整起事件的經過。由於我回印度的航班在中午12點半，從發覺被偷到飛機起飛之間只有4個半小時，在極度慌亂之下，我在警察局坐立不安。

胖黑的馬累警察，微微歪著腦袋，看著我的眼睛說：「你相信坐在你旁邊的這位嗎？」我頓時啞口，腦子裡一團亂麻，陷入無法思考的狀態。如果趕不上飛機，那我有可能在馬爾地夫淪為難民，因為我身上已身無分文，而且沒有手機，沒有銀行卡。

我絕望地看向坐我旁邊的馬累小夥，用微微發抖的聲音問他：「我可以相信你嗎？」他用略生氣的語調不容置疑地回我：「你當然應該相信我，是我帶你來警察局的。」於是，我對坐我對面的馬累警察說：「我應該要相信他……」

警察給了我他的私人電話號碼，說等我回印度後可以聯繫他關於案情的偵破進度，我和馬累小夥健步如飛地走出警察局，坐上出租車去到老導遊家中，老導遊的老婆說他不在，已經被趕出家門幾個月了……無奈之下，我只能再次坐上出租車直奔碼頭。此時已近11點了。

和馬累小夥互加了Facebook，道別後，我坐上渡輪，前往機場。問SpiceJet的工作人員能否改簽，答不可以，於是我坐上了回孟買的飛機。實際上，這次在馬爾地夫只待了短短的3天，卻發生了一生都不能忘記的事情。在回來的飛機上，我感覺心被掏空了，臨窗而坐的我沒有多瞥一眼窗外的風景，不管那淺青色海水有多美，我都覺得索然無味了。

回到孟買後，終日悶悶不樂，於是索性訂了半個月後再去馬累的機票，準備把丟掉的照片重新拍回來。再次入境馬累時，機場安檢人員懷疑我是販賣毒品的，被盤問了許久。畢竟在這個世界上很難有第二個人會在半個月之內兩度入境馬爾地夫，而且第二次是一日遊。

第二次從馬爾地夫回孟買時在斯里蘭卡首都科隆坡轉機。飛機上的早餐是咖哩雞肉飯和熱騰騰的斯里蘭卡紅茶，地平線上的陽光透過霧濛濛的窗戶灑進來，三天兩夜未眠的我已精疲力盡。在科隆坡機場候機時，去往孟買的航班晚點，我急得如熱鍋上的螞蟻，因為當天還得趕回去上班。

印度航空的服務讓人舒舒服服，沐浴著清晨的陽光，拖著疲憊的身軀從斯里蘭卡飛回了孟買，打了個車從機場直接去了辦公室。幾夜未眠的我上班時打瞌睡，一旁的經理問我昨晚是不是去酒吧了，我說沒有。其實我沒告訴他的是，昨晚我在馬爾地夫，今天早上我在斯里蘭卡。

電腦裡裝了Skype，可以隨意撥打電話。那段時間，每天早上，我都撥打馬爾地夫首都警察局的電話，問詢案件進展情況，結果一次次讓我失望，撥到後來，警察局的人都能辨識出我的聲音了。我後來加了那馬累警察的個人Facebook，案情不了了之。荒怪的事情發生了，那警察竟然給我發一些不堪入目的圖片和一些挑逗性的消息，更狗血的是，其中包含一些他的裸照。

椰林樹影，水清沙幼，原來你是這樣的馬爾地夫。

第十八章　孟買

2013－2014年

（一）團建

12月14日，早晨6點半，司機打來的電話響了好幾回，我連忙洗漱完畢，皮帶都沒繫好就倉促下了樓。今天要去team building，在公司上過班的人應該對它不陌生。

由於公寓離公司不遠，有時索性步行上班，雖一路滿目瘡痍，塵土飛揚，乞丐，流浪狗，捆在自行車後座上的酸奶桶相互碰撞的聲音，和隔夜垃圾散發出來的臭味，讓早上顯得過於重口味，然因距離不遠，忍忍就過去了。

最近幾天又心血來潮，坐公司車或打車去上班，因為穿印度民族服飾的緣故，怕弄髒了心愛的新衣裳。前一天晚上不熬夜，第二天早上便精神抖擻，心情也明媚，若晚上沒睡好，那麼早上在睡意朦朧中被後方駛來的廉價汽車的鳴笛聲驚嚇的滋味也真不好受。

今天去孟買郊外的Resort搞團建，兩天一夜。期待中的第一次印度度假村之行，想必是一個親近大自然的絕好機會，受過良好訓練的服務生一定會提供一系列貼身服務吧？不知道孟買的度假村裡現代化的休閒和運動設施是什麼樣子？肯定能徹底放鬆身心吧？名義上是團建，其實大家心裡想像的都是悠閒的度假村風光。

司機把我放到公司樓下，等大巴，過了1個多小時幾輛巨型大巴才晃晃悠悠現身，同事們魚貫上車朝孟買北邊的度假村駛去。印度同事熱情高漲，在車上載歌載舞，幾人在狹窄的過道上跳起舞來，神形兼備，彷彿是一個真正的舞臺，抖肩、甩胯、扭臀，男男女女的動作都很到位，眼神和笑容在車廂裡飛舞，氣氛嗨爆了。

聽了一路的歌，看了一路的舞，也吃了一路的零食。印度同事都愛甜食，他們叫Sweets，過年過節，生日祝賀，見面道別等場合都能看到Sweets的身影。孟買的Sweets甜蜜爽口、甜香四溢，咬一口就像掉進了蜜罐子裡。

大巴駛出孟買3個多小時後到了度假村，停在一棟乳白色建築前，建築外牆上爬了幾叢茂密的爬山虎，大門入口處有點斑駁痕跡。人資部的Sanita給大家分配好房間，大家放好行李後聚集在院內，準備開始團建活動。

可以自由挑選自己感興趣的項目，有高空滑索、高空鞦韆、攀岩、滑草等，當然也少不了經典的「多人綁腳走路」，為了增強員工們的團體意識和協作精神，共同協作完成綁腳走路，能讓大家在過程中學會一起研究、思考，共同為一個目標努力奮鬥。孟買的「綁腳走路」跟國內的在形式上有差異，國內一般是多人並排綁，孟買的是幾人前後綁，四個人的腳按前後順序綁在滑板上，用腳來帶動滑板移動。

與其說是團建，不如說是公司組織的一次集體旅遊和狂歡。愛安靜的可以在度假村裡閒庭信步，賞花觀景，看花瓣舒展，觀花蕊翹起，蝴蝶翩翩起舞。愛熱鬧的可以在度假村裡盡情狂歡，露天游泳池，Party舞池，暢快地抒發情緒。

部門經理和一幫印度同事徹夜把酒高歌，我在夜間的游泳池裡和印度同事們打水球。一項結合游泳、手球和排球的運動，比賽目的類似於足球，以射入對方球門次數多的一方為勝，在比賽時以游泳的方式運動，除守門員外兩手同時握球是一種犯規行為。第一次玩水球，很興奮。

第二天，公司組織爬山。山澗的瀑布從絕壁流下來，彷彿青龍吐涎，一朵朵水花飛濺在岩石上，然後流入潭中，銀白色的水柱在暖冬的陽光下熠熠生輝。我和幾個同事脫掉衣褲進入瀑布的水幕裡，潔淨而碧澈的水花擊打全身，痛快淋漓。孟買的冬天真舒服啊！

吃喝玩樂了兩天，一公司的人帶著滿滿的「心滿意足」回了孟買。難忘的一次團建之旅，了解了印度公司的團建內容，欣賞了孟買郊外的美景，也深入探尋了一番印度農村的模樣，原始、自然、淳樸。

大巴停在公司樓下。我打了一輛三輪出租車回家。三輪出租車司機個個不是省油的燈，他們「聽得懂英文」或「聽不懂英文」都是隨心情而定，說白了就是，他們裝傻與否完全是根據他們能否成功地從你身上多收費來決定的。

在公司接觸到的一部分印度同事都比較勢利眼，待人態度是以對方財勢的多寡或地位的高低而決定親疏高下的關係。如果他們覺得從你身上得不到好處或者認為你對他們來說沒有潛在的利用價值，他們極有可能無視你。他們的「等價交換」意識很強烈。印度是一個幾乎全民信教的國家，有信仰的民族理應溫文爾雅，但他們給我的整體印象是很現實，更注重物質層面的東西。

在人口眾多，經濟發展水平不高，資源分配不均的地方會產生你爭我搶的局面，這是人性使然，宗教信仰也起不了太大的作用。歷史上有「三個世界劃分論」一說，不無道理。如果把當今世界的人按照超越社會制度和意識形態的心理需求層次進行劃分，仍然可以分為三類。

生活的表象往往美好，本質是狗血。很多情境下所認為的心滿意足其實也是某種認知上的自欺欺人。20多歲的男人，顏值高比有錢重要，而上了年紀的男人有錢很重要。快樂可以來源於家庭主婦的小確幸，可以來源於虛榮，來源於酒精和性愛，或者來源於認知。孟買不缺帥哥靚妹，不缺富人，不缺體面的上層階級，更不缺虛榮、酒精和性愛。唯獨缺乏一點表象的美好。

優雅的度假村，美麗的郊外風光，時冷時熱的同事，老實認真的服務生，狡猾的三輪出租車司機。印度社會，一個不靠譜的差異，扯出一個不靠譜的問題，而在不靠譜中嵌著靠譜的骨架，以貌似不靠譜的邏輯演繹出靠譜的結果。

神奇的印度，聰明的印度，捉摸不透的印度。

（二）公寓

2014年了，農曆甲午年。年初的時候，我不知道2014年會發生那麼多事情，不太平的一年。

過去一年，幾乎過了整整一年的夏天，從南半球的夏天到北半球的夏天再到常年夏季的南亞次大陸，還去了幾個熱帶海島，難免對白雪皚皚的冬天心生懷念起來。

京津一帶的冬天最大的特點就是風，風凜冽得嚇人，夜間獨自走在空曠的地方會有點害怕，用狂風呼嘯，飛沙走石，鬼哭狼嗥來形容一點不為過，華北地區建築物之間的空間間隔大，很多時候沒有可以閃避的地方，只能縮著脖子忍著寒風快步流星地逃回房裡。

路邊的草坪開始顯出枯黃和衰敗，樹葉也紛紛落下，使人的心境變得蕭索，這樣的季節蜷縮在溫暖的沙發上，或擇一處咖啡廳，捧一本小說，彷彿來到一個幽雅恬靜的世界。手龜足趼，口燥唇乾是不被允許的，那會破壞冬天的浪漫，最好有冬陽，滿目的灰色也煞風景。

江浙一帶的冬天俊俏多了，滿眼的青山綠水，在薄霧氤氳的柔情水鄉，絲綢一般的小河道，俯身向那青磚碧瓦降下柔柔的吻，這裡的冬天會不時飄雨，細雨柔軟無力地被小風牽扯著，這是屬於江南的閒情逸致。

Faroe群島漫山的綠草坡和彩色房子，安詳地躺在靜謐的山谷裡，湛藍的天空下，色彩斑斕，令人賞心悅目。家庭主婦們聚在暖熱的壁爐旁喝咖啡，拉家常，年輕人在彩色木房子裡喝啤酒，談天論地。在那樣的景致下，即便是一個人，點一盞燈，讀一本慰藉心靈的書，也能讓時光美妙起來。任屋外大雪紛飛，任世間時空流轉。

孟買沒有冬天，當地許多人沒見過雪，富人們會在冬天飛去莫斯科賞雪景。

我的新家在一處臨街公寓裡，名叫Blue Elegance。公寓不新，但裝修不差，電梯很有特色，有兩層門，舊舊的感覺，低調優雅中透著淡淡的高貴，有點像電影《Léon》裡的那幢公寓，我很喜歡這樣的地方，留給我許多想像的空間。

有許多人住過的公寓，必定有許多故事，這些電梯，陽臺和過道散發著光陰的氣息。我剛搬進來沒兩天，同住的日本同事Takeshi就要離職了，理由是薪水太低。我和他一人買了一瓶Kingfisher，在公寓裡慶祝起來。

他說辭職後要去旅遊，正糾結下一站去哪裡，聊著聊著，我們聊到了像我們這些沒有信仰的人在遇到困境時該如何化解痛苦，我說我正在走向信仰的路上，內心處於強烈的掙扎狀態。在屋裡幫Takeshi辦離職手續的Mahesh說，在印度，人們一旦遇到困難，第一想到的是神，他問我，當我遇到困難時，我的第一反應是什麼？「解決問題的方法吧？」

Mahesh說他不能想像，那需要多強的定力和多高的逆商才能達成。我說所以我會陷入痛苦、自責甚至抓狂。Takeshi走後，我拾了個便宜，一人獨占整套公寓，有屬於自己的廚房、客廳、洗手間和臥室。

公寓雖臨街，但街不是主幹道，早晚通行的車輛多些，其餘時間僅偶有三輪出租車穿行。樓下有一個理髮店，一個乾洗店，一個小賣部，一個房屋仲介和一個煙酒店，在5分鐘步行範圍內可以解決基本的生活需求。

公寓對面也是公寓，一樣高的樓層，新舊程度不分伯仲。我住3樓，從客廳望過去，視野裡幾乎每家都會在陽臺上種些花花草草，牆上留有半月前印度新年時裝飾用的霓虹小彩燈。晚上睡覺時，若不拉上窗簾，對面彩燈的光會射進來，朦朦朧朧，像遠飛的螢火蟲，忽閃忽閃地，感覺整間臥室籠罩在夢幻中。

白天的時候，陽臺上的野鴿和她小心翼翼呵護的剛孵化出來的鴿子寶寶，給公寓增添了幾分生機。黃昏時分，夕陽西照，餘暉落在野鴿和牠的小寶貝身上，好一派其樂融融、天倫之樂的光景。我凝視著牠們，感覺自己也要融化在蜜糖裡了。

隔了幾天。猛然發現，窗臺上的baby pigeon不知何故暴斃了，屍體倒掛在竹框邊上，已經迅速風乾了，像一頁毛糙的紙，好像牠從未來到過這個世界。這隻baby pigeon其實有一個同胞兄弟，一個和牠相隔不久產下的鴿子蛋，但那個蛋沒有孵化成功。

在這隻baby pigeon破殼而出一兩週後，鴿子母親仍誓不罷休地用體溫孵著另一個蛋，把這隻baby pigeon也一同壓在身體下面，這樣持續了一週，結果baby pigeon死了。我猜是因為母鴿子在牠身上坐了幾週，把牠坐死了，而另一個蛋至今也沒孵出來。

當我在思考該如何處理小鴿子的屍體時，母鴿子又在窩裡下了一個蛋，這一幕被我從頭至尾目睹了。一個吹彈可破的白色晶狀物體從母鴿子體內艱難地脫落出來，隨後一些蛋清狀的液體從母鴿子體內一陣一陣流出來，滴在晶瑩的鴿子蛋上。

我見證了一個新生命的誕生。也許是因為疼痛的緣故，母鴿子楞楞地立在窩裡足足有10分鐘之久，緩過神後，才慢慢坐下。從此，陽臺上又多了一個小生命。母鴿子又片刻不停地用體溫孕育著新生命，我也期待著新的小鴿子的降臨。

我的公寓有3個陽臺，一個騰給了鴿子一家，一個種了一盆叫不上名兒的植物，一個空著。我的臥室緊靠著空著的那個陽臺，一直尋思著在這偌大的空間裡布置點什麼，卻一時拿不定主意，我想要是有朋友來，那地兒必定是一個秉燭夜談，把酒言歡的絕佳之處，因為從那可以俯瞰整條街，雖不是鬧市，但由於當地人喜歡張燈結綵，一到週末晚上，也是流光溢彩、色彩繽紛。

我喜歡公寓生活，正如張愛玲在〈公寓生活記趣〉中所寫：公寓是最合理想的逃世之處。厭倦了大都會的人們往往記掛著和平幽靜的鄉村，心心念念盼望著有一天能夠告老歸田，養蜂種菜，享點清福。殊不知在鄉下多買半斤臘肉便要引起許多閒言閒語，而在公寓房子的最上層你就是站在窗前換衣服也不妨事。

每天在屬於自己的公寓裡自由自在，一門之隔，便能過上隱士的生活。每天清晨，陽光都會準時透過大玻璃窗灑進我的臥室，親吻枕頭和被單，在我的記憶裡彷彿沒有哪一天是沒有陽光的。上天是多麼地眷顧孟買啊！每天早上的一縷陽光和一片藍天讓心情變得美美的。

孟買是一個幾乎沒有四季溫差的城市，一件短衫可以從元旦穿到聖誕，沒有四季更替，時間似乎過得更快。

孟買很大，大到坐城內火車，從北部到南部要將近2個小時。孟買靠海，北部鮮有著名的海灘，南部有幾片比較有人氣的海灘，一到週末或節假日，人頭攢動，冬日陽光不再那麼灼人、刺眼，陽光灑在身上，如慰藉萬物的溫床，在百忙之中和朋友去海灘喝喝酒，曬曬太陽，是冬日裡的一大享受。

老舍先生曾在〈濟南的冬天〉裡描述的「山上的矮松」，「山尖的白雪」和「澄清的河水」，孟買都沒有，在一個冬天不像冬天的城市，它有著別樣的美感。

前些天的跨年夜，我結識了一位朋友，長得十分悅人，即便在很多觀點上和我有分歧，但還是讓我心曠神怡，只因其外表令人如沐春風。我想我喜歡的是一種狀態，不僅僅是因為樣貌本身，更是在溫郁的孟買的日常瑣事裡，讓七情六慾自由綻放的勇氣。

很多年輕人到了談婚論嫁的年紀，標準又是什麼？估計大多數還是不能免俗，無非是家庭背景、工作、收入、性格、外貌等。有人拿婚姻當跳板，有人為婚姻妥協，有人認為婚姻是相互依靠，有人在婚姻中成了對方的長期賣淫對象。

戀愛對象和結婚對象時常不能等同，婚姻承載了太多的東西，若能找到你既想吻遍對方每一寸肌膚、又志同道合，還能在靈魂上願意相依相偎的人，那就結婚吧。若不能，就只能妥協了。畢竟大多數凡夫俗子，婚後可以將婚姻過成親情關係，也能長長久久、白頭偕老、不離不棄。

如果一個人從你身上找不到一丁點閃光點，就不要自欺欺人了。若能遇上欣賞自己，接納自己，支持自己，還能成全自己的人，無論是友人還是愛人，都應該加倍珍惜。生活每一秒都是新的，都有可能有貴人出現。獵奇是人的天性，如何在好奇心和新鮮感消磨殆盡之時，仍能守住彼此，是每個人需要琢磨和修煉的。和人相處，要留一份神祕感，守住自己的附加值，這不是城府，而是針對動物性採取的補救措施。

「街道上的喧聲，六樓上聽得分外清楚，彷彿就在耳根底下，正如一個人年紀越高，距離童年漸漸遠了，小時的瑣屑的回憶反而漸瀕親切明晰起來。」

我不知道自己是戀上了這套公寓，還是戀上了這座城，抑或戀上了某個人。

（三）貓

昨晚夜間，朋友從Bandra打車送來一隻貓。朋友名叫Lu，珠海人，在孟買教中文，學生是鑽石商人、銀行家等體面人物，學費高，Lu的工資也不低。但Lu來孟買教中文鐵定不是為了錢，家裡日子寬綽，來孟買純屬體驗。

Lu在月底前要離開印度，現在急於處理掉一些東西，包括這隻貓。據Lu介紹，這隻貓是她以前一個德國朋友過繼給她的，也是因為那朋友離開印度的緣故。這樣轉手了幾次，如今貓咪落到了我的手裡。

打心底，我不是特別愛貓。傲嬌、神祕、高冷，即使費盡心思想要博得牠的歡心，也常常徒勞一場。你寵牠，牠蹬鼻子上臉，你兇牠，牠怒目橫張和你奉陪到底。你養牠，牠從不低聲下氣、委曲求全，永遠保持從容，不喧，舉止嫻雅，風度翩翩。

養狗像養孩子，養貓像養情人。想要和貓走得久遠，就必須拿捏好分寸，掌握好尺度，和貓之間的關係最好超越簡單的寵物與主人的關係。牠跟你在一起不為未來，不為責任，唯一的目的就是養尊處優。一種超越現實生活的陪伴，一種虛幻的交往，帶給各自心理的滿足。

貓和主人都最好要有各自的生活空間，不能過度占據彼此的時間，這樣才能保持雙方的新鮮感，同時，也不要有太多牽扯、羈絆，時時刻刻保持獨立的觀念。貓和主人之間最大的默契就是精神相互獨立。

從前，我朋友家有隻貓，名叫Bobo，牠吃3美金一盒的貓罐頭，對隔夜貓糧挑三揀四，牠精明的小腦袋知道有人會定時餵牠。每天，Bobo除了挑食就是在院子裡追蝴蝶，或者賤在沙發上打盹。後來，朋友去澳洲生活，把牠過繼給了一戶鄰居家，再後來，聽說牠跑了，過起了四海為家的生活。

這次這隻貓是本人真正意義上的第一隻寵物。許多年前，家中養過狗，那時太小，還沒有寵物的概念。在狗肉還被當成一道菜的年代和地區，家畜的意味比寵物來得深刻。

這隻貓從頭頸到後腿呈純白色，兩隻耳朵像不小心打翻了顏料盒，被染成了淺棕色，腰部有一塊煤球大小的黑斑，尾巴顏色從淺褐色過渡到深褐色，至尾尖顏色最深。這樣的顏色搭配剛剛好，不是通體白，不是通體黑，也不是通體雜色，像一副有設計感的畫，在圖標上、在色塊裡，哪裡需要有高光，哪裡需要修飾一下，哪個圓角需要處理，細節豐富細膩，給人一種強烈的精致感。

她的出身佐證了我的直覺。Lu之前的貓主人跟我說，牠出生以來就在她家嬌生慣養，吃最貴的罐頭，打最全的疫苗，並且做過絕育手術。

昨晚是牠在我家的第一夜，有點怯生，獨自躲在另一個臥室裡，在毯子上窩了一夜。今晚我給牠買了貓糧，餵了水，備好貓砂盆。經過一天的環境熟悉，牠的膽子慢慢大了起來，時而跳到書桌上，時而蜷縮在沙發上，時而又躥到陽臺上，嚇得陽臺上的小鴿子吱吱叫。

牠很淘氣，把我擺放在圓桌上的小玩意兒弄掉了一地兒，我瞪了牠一眼，牠回瞄了我一眼。玩累了，牠就在凳子上癱成一團，軟綿綿，蓬鬆鬆，像極了棉花糖，牠那因呼吸而一時隆起、一時凹陷的腹部，是唯一證明牠是一隻貓的證據。

一頓美食，一根繩子就能搞定一隻狗，而貓則不然，一頓美食，一個舒適的窩只是牠願意跟你的前提條件，至於能否俘獲牠的芳心，就看主人的本事了。

我出神時常常盯著這隻貓的眼睛，牠也凝視著我，從牠眼裡我看到了深邃、純粹、魅惑，和清高。牠像一個嬌貴的公主，有著我理解不了的靈性層面的優雅。我給牠起名為「Lucky」，不過問牠的習性，不介意牠的養尊處優。

聽說過一種叫Seasonal Affective Disorder的病症，是以與特定季節（特別是冬季）有關的抑鬱為特徵的一種心境障礙，是以每年同一時間反復出現抑鬱發作為特徵的一組疾患，這種抑鬱症與白天的長短，或環境光亮程度有關。

在孟買不用擔心患上此病，因為四季晝夜長短相差不大，四季如夏。還有Lucky的陪伴，這個冬天應該更加充滿濃情蜜意。然，天有不測風雲。

公寓由公司管，人資部的Mahesh跟我說，跟公寓主人簽約時，承諾過不會有寵物入住。他建議我盡快處理掉Lucky。在公司一步步緊逼之下，我從開始的敢怒而不敢言，終於演變到跟他們吹鬍子瞪眼。

一天晚上，Mahesh突然來我公寓。幾天後，有一位來自土耳其的新同事要入住這裡，Mahesh來視察另一間臥室的情況。Mahesh來的時候，我正在洗衣服，舊洗衣機的進水管常常因水流太大而自動脫落。無巧不成書，Mahesh進屋的那一刻，水管又一次表演了一番在空中舞動曼妙身姿的樣子，隨即水流了一地，他見狀，一絲不快的神情閃過眉眼間，用質問的語氣問我：「土耳其同事過幾天就要來了，你是有意把公寓弄亂，好阻止土耳其同事入住嗎？而且你的貓還沒處理掉……」

聞此言，我怒不可遏，因為我並沒有那樣的想法，Lucky又成了躺槍者。我倆怒目相向，眼看一場紛爭迫在眉睫。在一旁的小同事打圓場，緩和了緊張的氣氛，說：「要不我幫你處理掉貓吧？如果你不知道怎麼處理的話。」

1月30日，凌晨2點50分起床，打車到火車站，坐到Dadar再轉車去Goa。在Goa期間，Mahesh又一次打我電話，用嚴肅中夾雜著命令的語氣說：「土耳其同事後天就要來了，貓處理掉了嗎？」「我現在在Goa，怎麼處理貓？」「人資部有公寓的鑰匙，我們幫你處理。」「好吧！」嘟的一聲，兩頭的電話同時掛了。

等我從Goa回到孟買時，發現Lucky已經不在了，只剩下一個貓窩和一袋貓糧擺放在桌子下面。我問Mahesh貓去哪兒了，他說人資部的員工把貓放到Malad West的一個菜市場了，那裡每天都有很多魚，貓應該餓不著。

後來我沒有去菜市場找過牠，也沒問過人資部的人具體是哪個菜市場。我對牠心懷歉意，問心有愧，不見也罷。德國朋友和Lu一直在掛念牠，不知牠現今在何方？是否依然保持著牠的傲嬌？即便淪為流浪貓，我覺得牠也會優雅老去。

天長路遠魂飛苦。為你祈禱，永遠的貓公主。

（四）佛

近來，自感晦氣纏身，楣運不斷，身心疲憊，易怒焦慮。於是昨天在網上搜了一間佛教寺廟，和朋友坐公車前往。耗時一個半小時多點，在大孟買都市圈的北側，雖遠離繁華的南部地區，但並不偏僻，交通便捷，醫院、學校、健身房、小商鋪一應俱全。

下公車後，打了一輛三輪出租車來到寺廟前。藍天白雲，兩米寬的街面鋪著板石，石英、絹雲母和綠泥石礦物讓板石顯得黑度高，平整度好。低矮的民房，錯落有致，延綿至不遠處的山腰，山腰上也蓋了密密麻麻的屋舍，不同於孟買市內的高樓聳立，這裡的民宅一片連著一片，像一個大村莊。

來之前只打算做做簡單的參拜，祛除祛除晦氣。蜿蜒的小巷，縱橫交錯，像一條條沒有盡頭的長繩，纏繞在高高低低的屋舍間。沿著板石路面走，靠著Google地圖，到達村中的一個小廣場，寺廟正門對著廣場。第一印象並沒驚艷到我們，沒有金殿玉宇、雕梁畫棟，裡頭也沒有香煙繚繞、香火旺盛。斑駁的牆體，一把碩大的鏽跡斑斑的鐵鎖掛在門上，大門緊閉。

猶豫了一會兒，朋友提議打道回府，我說：「既然都來了，就停留片刻吧。」廣場四周的小商販們在悠閒地曬著太陽，左邊一間家禽店，門前立著幾個虎背熊腰的大漢，嘴裡噴吐煙圈，不時瞄上我們幾眼，右面的蔬菜攤前停著一輛摩托車，幾個打扮入時的少年簇在一塊兒談笑風生，像村裡的一道風景。

寺廟門前有一塊大操坪，小孩在嬉戲打鬧，不遠處有一個辣椒灰小作坊，機器發出有節奏的聲音，鐵杵一上一下地用力，讓辣椒互相充分擠壓，如此反復，直至完全搗成碎末。幾個穿印度傳統服飾的老婦人在矮板凳上拉家常，一隻大黃狗睡意正濃。

和鬧市只有一街之隔，卻透出一股雞犬桑麻之感。我們才停留了一會兒，一群少年便圍了過來，其中一個年長些的主動和我們搭話，問我們從哪兒來的，來做什麼。我們回答說今早從Malad West過來的，特意來此拜佛，沒想到寺廟關門了。

少年們叫來了村裡的幾位長輩，幫忙打開了寺廟的鎖，並招呼我們坐下，沏上茶水，開始給我們介紹起這座寺廟的歷史。據說一百餘年前，一個德高望重的高僧解救了他們那個階級的人民，並在當地建起了這座廟。

這座寺廟，除了當地人逢週四晚上8點，週六下午6點來此參拜之外，平時都是大門緊閉。我們是下午4點到的，離6點的參拜還差2小時，由於得趕在天黑之前回去，就推掉了當地人的盛情邀請，關於晚上和他們一起參拜的邀請。後來，也許是怕我們遺憾，寺廟管理人員特意找來老老少少十幾號人提前帶我和友人進去參拜了一番，我們親自為佛祖點上蠟燭，掛上花束，鋪上地毯。

他們遞給我們一本泛黃的書，是關於那位高僧的生平事跡和宗教內容的敘述。寺廟大堂的正前方擺放的是佛祖，金光閃閃，兩側則放著此位高僧的雕像，用一種黑褐色材質雕刻而成，油光鋥亮。

輕微低頭，低頭時拉開頸椎各關節間隙，頭面貼地，徹底放下傲慢的煩惱和自私我執的妄念，契合佛道。頭、心臟和足底幾乎拉平，拉開脊椎關節，跪地時使下半身與心臟接近，脊椎向背部拱起。在寺廟簡單參拜完之後，少年們領著我們去他們各自的家裡轉了一圈，10分鐘的步行範圍內，我看到了超市，菜市場，公交車站，冷飲店，餐廳……原來這裡有如假包換的城市生活，卻和不遠處的山巒顯得如此渾然一體。

少年們盛情邀請我們去他們其中一戶人家中就餐，我們婉拒了，承諾下週日會再來參拜。今天的寺廟之行，我找到了溫暖和能量，來自佛祖，也來自當地人民。次週日，我們又一次如約而至。這次碰巧趕上Holi節，寺廟附近的居民都在忙Holi節慶祝的事。

印度盛大的Holi節，每年三四月間舉行，舉國歡騰，無論男女老幼，手中大都拿個紙袋或塑料口袋，裡面裝有五顏六色的粉末，人們見了面先賀喜，然後擁抱，接著相互往對方臉上、頭上、身上撒各種顏色的粉末，最後一起跳起歡樂的舞蹈。節日期間，無種姓之分，男女之別，就連平日有些敵意的人也能互相祝賀，擁抱。

由於今天是個特別的日子，寺廟取消了下午的參拜儀式，取而代之的，是有一位高僧專門從Thane過來跟我們會面。他一身藏傳佛教的裝束打扮，從摩托車上下來，手拿頭盔，身著紅色僧服，裹於上身，袒露右肩，下穿僧裙，一股佛氣撲面而來。

他進門，身旁的少年趕緊湊到我耳邊說，要給大師作揖，並用馬拉地語問好。馬拉地語有悠久的歷史，其文法和語法主要基於梵語。我即興模仿了少年們的發音，然後小步走上前，朝背著陽光進來的高僧湊了過去。

高僧長著一副東亞面孔，鼻梁上架著金邊眼鏡，赤腳，不疾不徐，踩著臺階徑直走向寺廟中央的椅子，坐下來後開始跟我們攀談起來。「從哪兒來的？」「信佛多久了？」「哪一派佛教？」「從何知曉這間寺廟？」我們一一作答。

高僧說自己來自西藏，已經在孟買生活了25年，現在在Thane

經營一間自己成立的社區學校，也掌管這座寺廟的事務。當「西藏」一詞從他口中說出來時，我開始有坐立不安的感覺。莫非他正是流亡印度的藏人之一？

今天跟我一起來的有兩位朋友，其中一位是聽了我們的上週之行後想來一探究竟的日本人。他說他來自日本，我沒開口，心想，幹脆就讓高僧以為我也是日本人好了。沒想到，朋友忽然指著我說：「這位朋友來自中國。」於是，不出所料，高僧把注意力集中到了我身上：「你來自中國？」「你以前在中國做什麼工作的？」「在孟買做什麼呢？」每一個問題，我都回答得不尷不尬。

此時，兩位平時主持儀式的婦女進來了，給高僧作過揖之後，幫他倒上水，口裡念叨了一會兒，便俯身跪下，我們三人也盤腿坐下，等待高僧的下一步指示。高僧在我們面前筆挺地站著，我低著頭，盤腿坐著，極力強迫自己讓意識專注，但仍有些雜念飄過腦中。

拜佛不是向外追求，而是自心開發，故俯首返觀。我們的佛性，本具一切光明、智慧和福報，但被貪、嗔、癡、慢、疑等烏雲蒙蔽。開發謙恭的美德，才能撥開烏雲，現自身佛性光明，處處吉祥。

今天趕上Holi節，少年們再次盛情邀請我們去他們家做客，我們仨去了其中一個叫Chaitanya的少年家中，在他家低矮昏暗的屋裡吃了一頓傳統的、原汁原味的印度節日美餐。很有意義的一天，徹徹底底地體驗了一回當地人的生活，彷彿觸摸到了某種文化信息，也是一次情感和文化的交流，我們帶回來一段可以反復品味的寶貴回憶，相信在少年們心中也種下了一顆種子。

過了幾個月，我們去了郊外的一個國家公園，是少年Chaitanya推薦的——Sanjay Gandhi National Park。它是世界上最大的位於市界以內的國家公園，位於孟買郊區的北部邊緣。

公園內有大量古代雕刻在懸崖上的Kanheri石窟，這些石窟從巨大的玄武岩中被雕鑿而出，分布於山谷間，沿蜿蜒錯落的石梯可逐一參觀。大部分洞窟主要是佛教徒用作居住、學習或冥想、修行的地方。國家公園內有許多珍貴的野生植物和動物，還有瀑布和湖泊，也是領略自然風光的好去處。遊人可以乘坐園內小火車或巴士遊覽參觀。

又過了一陣平凡的日子，由於有新的人生規劃，我選擇依依不捨地離開孟買，離開印度。一年的印度生活，讓我看到了某部分真實的自己，也看到了某部分真實的印度。悲歡離合，無非是生命厚重的旋律；冷暖寒涼，無非是上天恩賜的財富。

印度一年，生命中無法忘懷之輕！再見，孟買。再見，印度。

第十九章　回中國

2014年

（一）去山西

從孟買回國後，我去了山西見Jamie。他在平陸縣一所高中教英語，賺得比在紐西蘭拿失業金多2000塊人民幣一個月，多少人削尖腦袋想移民紐西蘭，他卻很想離開，風景永遠在他鄉。

他的想法比較奇想天開，一時想去巴基斯坦開卡車，一時又想去英國開出租車，我一直以為他有點心理疾病，放著在澳新的錦繡前程不要，非把光陰耗在別的地方。不過，也許在某些人眼裡，我和Jamie沒差。

經過多年的教育，在我的思想裡是不允許存有與社會嚴重脫節的東西的，上小學時、初中時、高中時，老師們說要好好讀書，今後考上好大學，大學一畢業，沒享幾年單身的自由，家裡人就準備開始張羅婚姻大事了。帶著枷鎖的青春當然也不全一無是處，至少它給了我一個像樣的大學文憑，也賦予了我某些自我學習的能力，才能不斷適應今後千變萬化的工作環境，但仍在心底會有抗議。Jamie的「無厘頭」是不是也是某種意義上無聲的抗爭？我眼裡的紐西蘭是天堂，但也有不喜歡天堂的人存在。

凌晨三點，三門峽市區，肯德基。腦袋暈得厲害，一塊怎麼啃也啃不動的骨頭被我重重地吐在印著新品上市促銷廣告的托紙上，接著埋頭喝粥，Jamie坐在對面，趴在桌上一言不發。忽然，鄰座的Olivia猛地抓起我剛吐出來的骨頭塞進嘴裡，精神飽滿地說：「我教你怎麼啃骨頭。」

她展示了「啃骨頭」功夫，只見她的口輪匝肌、口角提肌、笑肌、咬肌、降下唇肌靈活地扭動著，不一會兒工夫，一個棗核大小的骨頭從她口中跳了出來，白生生的白骨在托紙上似乎能反射頭頂的光，上面不見一絲肉，也沒附著半點軟骨，果然是高手。

Olivia來自烏干達，在三門峽教英文。烏干達的官方語言是英語和斯瓦西里語，首都坎帕拉大多數年輕人的日常用語是英語，所以光從口音和膚色判別的話，三門峽的家長們以為她是美國黑人。

Olivia光明正大地在三門峽賺取比當地平均工資高幾倍的薪水，且不費太大勁兒。Olivia的收入雖高，但她的行為卻總在透露她之前的生活有多窘迫。Olivia很開朗，有目標，夠膽識，一個人從烏干達來萬里之外的中國打拼，在教書的同時做些外貿生意，把廣州的電器、衣服等轉手賣到烏干達。Olivia是Jamie的朋友，Jamie和我在紐西蘭相識，經過半天一晚的相處，現在Olivia也算是我的朋友了。

Jamie來中國主要以體驗生活為主，而Olivia就是奔著錢來的，她說等攢夠了錢就去買個美國護照，入境美國後找個非洲裔美國黑人結婚生子，然後拿美國合法身分，在美國紮根是她的終極目標。

三門峽旁邊就是平陸。平陸縣位於山西省南端，地處秦晉豫黃河金三角地帶。平陸很老，不大，交通便捷，40分鐘大巴可達運城市區，20分鐘的士可到三門峽市區，位於三省交界處，可以坐公交去鄰省理髮、買菜。

週末，Jamie帶我去了傅相祠。孔子在中國被尊奉為聖人，其實比孔子大約早800年的商朝宰相傅說才是我國歷史上第一位被尊奉的聖人。為紀念聖人傅說，在平陸縣城東北的傅岩山上建了這座傅相祠。祠內有主殿、配殿、碑臺、戲樓、磚塔等建築，亭臺樓閣、斗拱飛簷。

到了平陸，不得不看的還有一景，那就是窯洞。窯洞是黃土高原的產物，它沈積了古老的黃土地文化。平陸縣城不大，出租車開十多分鐘就可以看見窯洞。我第一次見窯洞的心情是很激動的，想像裡頭應該冬暖夏涼吧？

我和Jamie從傅相祠下來後，去了山腳一戶窯洞人家。院子裡拴了兩條大黑狗，見我們進來，狂吠暴跳，主人把我們迎進門，門旁帶窗，進門窗邊就是土炕，炕下有燒火孔，並與屋內竈臺相連，在竈臺內燒火做飯，冬天時炕上會很暖和。

我在平陸待了約一週，吃吃喝喝，閒逛閒聊，領略了一把西北小城的風采。有一天，我跟著Jamie去了他教書的教室，給他做了一節課的助教。高二的學生們見我來，都異常興奮，問了我許多課外的問題，小小的腦袋瓜子對八卦很好奇。在這些天真無邪、涉世未深的學生們身上，我又一次看到了人性的美好面。

窗外和風細雨，教室裡書聲琅琅，內心心平如鏡。

（二）去深圳

從平陸回來後，在家休息了幾天，準備去上海。

2010年世博會那會兒，和朋友在外灘長椅上通宵暢聊的疲憊還依稀記得，後來出差時也到過上海，住錦江之星，逛宜家，冒著嚴寒深夜去城隍廟，吃聞名遐邇的灌湯包，在身後當年中國第一高樓的幽幽藍光中，一夥人拍照留念。

又到上海，心境早已判若兩人。獨自走在浦東的街上，心中千頭萬緒，並不是因為奔波求職而氣惱羞臊，前一陣被人敲詐勒索的事，面對自己的膽小和笨拙，責備自己遇事依舊不夠沈穩。

年輕時遇到一點事就感覺天要塌下來了，其實它們終將化為多年後的談資，風輕雲淡地當故事講出來。我希望多年後自己可以是一個豐富的人。要在自己有限的資源裡，兼顧理想、家庭，和傳統，是一件很難的事，而機會更是可遇不可求之物，抓住了就好似鯉魚躍龍門，而錯過了就錯過了。

這次來上海，我住在吳涇，老哥的單位總部所在地，遠離繁華市區，倒也有幾分獨特的氣質。吳涇街道東臨黃浦江，境內有一條自西向東入浦的吳沖涇，北岸有吳沖涇廟，吳涇由此而來。吳涇鎮具有獨特的地理位置和發展優勢，有黃浦江第一灣的良好地理環境，有上海交大等高校的智力資源，東、南兩側沿黃浦江為界，分別與浦江鎮和奉賢區相望。

住在吳涇，出行必然躲不開公交車。第一次坐958，在漕溪北路裕德路站下的車，返回時照常理去了馬路對面等回程車，豈料，等了半個多小時才發現這958是單行，在各方求助下，步行了一兩公里才找到可以坐回來的車站。

第二次坐958，本打算在上海植物園下車，不曾想，公交站牌上赫然印著的站名，在公交車內卻被替換成了另外一個名字「龍吳路百色路」，並且「百」的發音是「bó」，於是在眼睜睜地看著公交車形跡可疑地越駛越遠之後，才隱約察覺：「坐過站了吧？」果然坐過了。後來打公交公司電話，建議他們修改一下站牌上的名字，不然很多初來乍到的人會一頭霧水。

地鐵三號線和四號線有一段是共線的，三號線和四號線共享一條軌道，根據行駛在上面的車子顏色來區分，三號線是黃色，四號線是紫色。第一次在龍漕路地鐵站兜了許久，才摸清其中奧妙。

一號線徐家匯站有20來個出口，12號口直接連結港匯商場，這大概是我遇到過地形最復雜的商場之一，港匯商務樓更如同迷宮一般。今天恰好趕上Burberry開張在即，在大廳搞促銷，一帥哥叫住我，我婉拒，找路線幾近崩潰的我哪還有心情。轉身上二樓，環顧四周，盡是些奢侈品門店，於是匆匆上三樓，才找到商務樓入口，進電梯，5秒鐘，上到第41層，這裡有一家職業介紹所。

市區的網吧越來越少，因為電腦和移動端以及WiFi的普及，網吧的生存空間被擠壓了。現在一般多存於學校附近，郊區，或者外來工聚集處。網吧有一個共同的特徵，烏煙瘴氣，人歡馬叫，蓋了一層汗液和皮屑混合物的鍵盤。抽著煙，聚精會神玩遊戲的小年輕，偶爾肆無忌憚地叫喊兩聲，絲毫不顧忌自己殺豬般的嚎叫是否會令旁人側目。

本想在上海找工作的我，在吳涇的這個網吧裡投了一份簡歷。對方打電話來叫我去面試，並告知地點在深圳。我頓時覺得特雷人，不是明明投的上海的崗位嗎？對方說，他們在上海也有分公司，但暫時不缺人，深圳那邊缺人，是一個很好的機會，我的條件和意向與他們的求人方向吻合，請我過去看一下。

我竟然買了機票飛去了深圳面試。到了深圳，心境跟這裡的天氣一樣炎熱、躁動，像在桑拿房裡透不過氣來，想要破門而出，但又告訴自己再多堅持一會兒，負面情緒隨之水漲船高。在這裡，有滿世界物美價廉的荔枝可以大飽口福，在深圳的兩週，最過癮的莫過於此了。

在深圳期間，也聽聞一噩耗。一位年僅20多歲的親戚客死他鄉。傷心之餘，不甚唏噓。他小時候常常跟他父母去南嶽燒香拜佛，每年都要去一次，一直堅持到16歲。他在廣東一建築工地上打工，親戚託他帶一筆現金回家，他揣著幾千塊現金去了一家賓館聚眾吸毒，用量過度，暴斃了。其父母並沒去廣東料理後事，而是託親戚去草草處理掉了屍體。聽說他生前最後幾年性情大變，和家裡鬧不和，父母對他死了心，自己也有自暴自棄的傾向，進而最終走到此般田地。

死，是生命的一部分，或早或晚。死法雖不盡相同，結局都殊途同歸。吸毒致死，乍一聽，頗有幾分咎由自取的意味，我卻並不這麼認為。雖然我當然反對吸毒，但對於吸毒暴斃之人，我也持同情心理，前提是他沒有殺人放火，沒有偷搶拐騙，沒有危害他人。

自作孽，固然不可活。但如何走上吸毒這條路，背後一定有某些原因，可能是無知，不曉得沾染上某類毒品之後是會上癮的，也有可能知道其危害性但仍奮不顧身，此類人有的是內心極度空虛，有的是為了尋求刺激，有的是自甘沈淪。

每個人都要為自己的選擇負責，既然做了這樣那樣的選擇，就該勇於承擔起它們所帶來的一切結果或後果。珍愛生命，遠離毒品，無論是真的毒品還是精神毒品。

既然來了深圳，那先過足吃荔枝的癮再說。

（三）去上海

凌晨1點飛到深圳，從機場打了個車到賓館，入睡時已3點多了。睡了4個來小時，早上7點起床，帶U盤去樓下找打字複印店打印簡歷。在毫無遮蔽的炎炎烈日下，我疾步前行，找去面試地點。

面試約在一間大型商場的樓上，實際是在一個酒店套房裡。公司總部在北京，在上海和深圳設有分公司，主營業務為酒店用品的銷售，包括餐廳用品、大堂用品、客房用品等，星級酒店的行李車、宴會廳的桌椅器具及餐具等都在經營範圍內。

通常酒店做採購，逛酒店用品城或者去酒店用品展會是很常見的，但效果也不見得太好，酒店用品商戶的商鋪租金和各種運營成本偏高，導致酒店採購的產品性價比不高，所以，選擇一家固定的合適廠商是非常有必要的。

很多酒店都有自己合作的供應商。這家公司在華北和華東一帶有許多固定的酒店方合作夥伴，剛剛進入華南市場，正處於努力拓展業務時期。一上樓，踩著軟綿的地毯進入客房內的辦公室，主管叫我進裡屋，開始面試。

主管二十多歲，富二代，老爹是這家公司的老總，他負責新開拓的華南區，一個人在深圳逍遙自在，天高皇帝遠，不受約束。他曾在奧克蘭留過兩年學，但不是很喜歡那邊的氛圍，更喜歡深圳這樣的地方，煙火氣十足。

他當場要了我，我說需要等一週後才能入職，他答應了。語氣從容、氣質大方、面孔帥氣。這一週內，我坐高鐵沿東南海岸線遊覽了一圈，順帶去參觀了一下永定土樓。永定土樓是世界上獨一無二的山區民居建築，它具有防震、防火、防禦等多種功能，通風和採光良好，而且冬暖夏涼。

這趟東南沿海之旅，住了各種黑旅館，搭了各路黑摩的，也是其樂無窮的。風塵僕僕回到深圳，調整好狀態，準備開始上班。帶我的是一個馬來西亞男人，他娶了中國老婆，現在在深圳以黑工的性質做著這份工作。第一天，他給我大致講解了一下PVC板的性能、產品特點和分類。第二天，會計小妹帶我去打印裝訂資料，在地下通道裡走了半個多小時。第三天，我跟著馬來西亞男人去出差，坐船從深圳到了珠海。

這時才曉得這份工作的性質，幾乎每天都處於出差狀態，去不同的地方尋找酒店買家，把產品介紹給對方，工作業績提升取決於銷售額。長期在外頭跑客戶，好像不適合自己，於是幹了一週，我辭職了。

特意坐飛機過來面試，一週就辭了，挺冒失的。辭職後，我在深圳閒賦了一週。夏天是吃水果的季節，在亞熱帶向熱帶過渡型海洋性氣候的深圳，水果種類不可勝舉，西瓜、荔枝、水蜜桃、山竹、榴蓮、菠蘿、火龍果……閒在深圳的這一週，就專心致志地領略了一番水果的魅力。

一天早上，我在街邊偶遇一小販，與周邊其他小販不同的是，她的三輪車上多了一樣不尋常的水果，叫黃皮。小販跟我介紹，黃皮可生吃，也可以鹽漬或糖漬成涼果食用，乃消食、消暑之佳品。聽罷，我買了一斤，準備帶回住處好好享用一下這從未嘗過的味道。

黃皮是中國南方果品之一，含豐富的維生素C、糖、有機酸及果膠，呈鵝黃色，橢圓，翠綠色果核，肉質呈透明膠質狀，比龍眼肉鬆軟，如凍後凝固的魚肉湯，味同青橘，甜中帶酸，剛入口時甜味偏重，吃到後面，酸勁更足。

在一串黃皮果中有一顆特大的，圓圓胖胖，彷彿一捏就會爆裂，心想，這顆一定肉厚汁多吧，於是迫不及待地把它從桿兒上摘了下來，剛把大拇指指甲按進皮裡，往下一拉，誰料，手一抖，它滑落到了地上，看著皮開肉綻的它，不禁扼腕嘆息。

晚飯後，華燈初上。一服裝店降價促銷的音響聲振聾發聵，喊話內容大致為「最後黃金六小時大甩賣，流淚虧本賣光光」，最雷人的一句莫過於「老母雞摔死賣」。

在步行街入口處，迎面走來一中年婦女，著黑色連衣裙，小捲的栗色頭髮，臉上的妝容在汗漬的暈染下，像一副淋了雨的水墨畫。她徐徐朝我靠攏，冷不丁來了一句：「小夥子，要手機嗎？蘋果的，剛偷的。」我一楞，揮手婉拒，大步離去。逛累了，我在路旁的長椅上坐下，各種「婀娜多姿」，「環肥燕瘦」掠過眼前，也不乏各類「肥頭大耳」，「大腹便便」。路人嘛，當然良莠不齊，好看的不好看的混雜在一起，不足為奇。更何況是在多元的深圳，包容萬物，海納百川。

在深圳慵懶了一週，過足了荔枝的癮，也感受了深圳的人間煙火氣，帶著一絲不捨，我坐上火車回了上海。

又見吳淞。

寫字樓裡的人們，對天氣的變化大概是不以為然的，無論是風和日麗還是淒風冷雨，電梯照開，外賣照點，管它下雹子還是爆發太陽耀斑。在城市裡感受不到多少大自然，也沒有多少去感受大自然的心情。而在郊區，多多少少能感受到一點兒自然界的變化，起風了，下雨了，放晴了，花兒開了，都能察覺。

今天的吳涇，彩雲滿天，如棉如絮。可能PM2.5值也滿高的，但至少在肉眼看不見的範圍內。熱電廠的幾個巨型煙筒冒出滾滾白煙，像飄遊的雲海，在藍色背景下，跟天上真的白雲混在一起，有幾分異樣的美感。

近期算是我人生中荒唐和無序的一段時間，感覺自己窮極無聊，無所事事。好在，無論在什麼時候、什麼地方，我都懷著體驗和獵奇的心理，把每一次的 「輾轉」當成「旅行」來享受。

第二十章　浦西

2014－2015年

（一）租房

20斤的背包能靈異地飄在身後，站個10站，妥妥的，絲毫不累。這是下班高峰的上海地鐵，摩肩接踵的人群像黑壓壓的蟻群從鐵盒子裡湧出來又流進去。在每一個換乘站，幾乎都會換一撥人，我坐了9站，眼前換了4撥人。

埋頭玩手機，翻翻朋友圈，玩玩遊戲，看看劇，比直楞楞杵在那兒要自在一些。眨眼間，一位穿咖啡色連衣裙，披蕾絲披肩，拎寶藍色包包的美女坐到了我旁邊，兩耳塞著耳塞，雙手捧著套有海洋藍矽膠手機殼的蘋果手機，低垂著頸項，盯著屏幕，像一隻優雅的天鵝。

頓時我有一種被驚艷到的感覺，雙手不知道該放哪兒，不知道從什麼時候開始，手心冒汗，心跳加速。即使上海有幾千萬人，但這樣國色天香的女子也是不多見的，在嘈雜的環境中，還能保持端莊、文靜，散發出一種淡雅、秀麗的氣質。

她優雅地垂著頭，青絲如絹柔，十指玉纖纖，嫻熟地滑動著手機。她點開了一個視頻，好像是韓劇，這樣一位賞心悅目的女子在地鐵裡看劇，似乎並沒覺得有不妥，這也許是大腦與生俱來的偏見。

擠地鐵，換公交，穿梭在上海的街上、地下。投了一陣子簡歷，找好了一份工作。是一家集LED、DID、DLP大屏幕顯示設備、大屏幕圖像處理設備、大屏幕信號處理設備及大屏幕軟件開發為一體的綜合性高新技術企業，我在裡頭做國際貿易，因為它和印度有業務往來，我對孟買爛熟於心，常常需要接觸印度人和使用英語，所以招我進去也在意料之中。

去這家公司面試的途中，我向幾個人問了路。一出地鐵口，暈頭轉向亂入了一園區，詢問看門的男子，公交車站在哪裡？他正專心地盯著桌子下面一小屏幕看，不曉得是在玩遊戲還是在看片，他沒用正眼瞧我，歪了下嘴：「不曉得、不曉得、不曉得。」離開園區，我來到一家水果店門前，又問了一個紮馬尾辮的中年婦女，她極不耐煩地給我指了一個大致的方向，我準備再次跟她確認時，她已經急不可耐地走遠了。

終於坐上了公交車，下車後逮到一路過的小哥，我問他怎麼走去那邊，小哥像是外來務工人員，他用右手食指在空中劃了一個圈，然後用北方口音說道：「向前走兩個路口，然後左拐，在這一塊你能看到那個產業園的名字。」終於找到了，一排典型的工業園廠房映襯在灰白色的天空下，天空像是被髒抹布浸過的水，暗黑的雲停在空中如凝固了一般，有雨的徵兆。

第一輪面試我的是人資部一位叫「知音」的女士，她的名字和那本雜誌的名字一樣，以至於我對她印象深刻，她冷淡地問完我一些基本情況後，叫來第二輪面試的部門經理，是一位有點嬰兒肥，戴眼鏡的女士，看外貌，年紀應在30以下，確認過我在印度工作過一年，又考了我的英語水平之後，她當即決定要了我。

陰雨纏綿，如紗如霧裝飾了夏天的午後，我走出三層的辦公樓，喧鬧誇張的蟬鳴響徹產業園內，寧靜的夏天開始躁動起來。

每天花3小時上下班，在吳溼住了幾週後，終於決定去租房。我沿著聯通了松江新城、徐家匯副中心、陸家嘴金融貿易區、世紀大道樞紐、金橋出口加工區等多個重要區域和客流集散點的9號線找房子。憑感覺在「合川路站」出了地鐵，過了一個寬闊的十字路口。正值黃昏時分，日暮的寧靜如一束星光讓人心靈寂寞而平和，我看見一條地勢稍有起伏的街，兩旁韓國料理店林立，給眼前的這一幕晚景增添了幾分異國風情和時尚氣息。

房東是本地老太，頭髮細捲，如彈簧絲，臉上沒有明顯的化妝痕跡，圓溜溜的小眼睛一眨一眨的，透出一股伶俐，一定是菜市場小販們最怕的客人類型。在仲介的前呼後擁之下，她走進仲介公司的大廳，簡短兩句闡明雙方意向。老太一番鏗鏘有力的措辭，將她是本地人的姿態迫不及待地擺出來，立場堅定，在費用問題上毫不讓步。

談論間隙，老太問仲介：「這房子論市價賣的話，現值多少錢？」仲介掐指一算，把一普通工薪階層十年也湊不齊的數目告訴了她，老太會心一笑，說：「當年我買這房子時，可便宜著咧。」

我要租的這個房子在一個叫「九歌上郡」的住宅小區，位於龍茗路與宜山路交叉口，北面和東面是蒲匯塘，小區兩面環水，處於靜安新城成熟社區內，由22幢11-12層的小高層組成。老太出租的這套房子是酒店式公寓，買了專門用來出租，住一大家子肯定是不行的，但住一兩個人的話，安安合適。

由於後續要在上海辦理出國簽證的事宜，該國駐滬領事館管轄的省分範圍不包括湖南，所以我需要有一張上海的居住證才能辦理該國的簽證，聽起來哪裡怪怪的，但也只能照辦了。而辦理居住證著實費了好大一番功夫。

辦居住證，需要先在七寶備案，用房東的身分證複印件和房產證複印件，還需要房東親自出面，若房東不便，可以寫一封委託書委託我去辦理。我給老太打了3個電話，每一次都被她以不同的理由拒絕了，無奈之下，社區服務中心的工作人員給了我一個小貼士——「造假的委託書」，於是我背著房東，自己給自己寫了封委託書，這樣輾轉了幾次才終於辦下來臨時居住證。後來才曉得，上海的臨時居住證是可以在網上買到的。

合川路附近有許多富含小資情調的咖啡廳、餐廳跟酒吧，韓國料理和韓國超市遍地，韓國人的身影也隨處可見。合川路離古北也不遠，作為一個以居住為主，同時提供外事外貿活動的綜合涉外區，在這裡生活著眾多來滬工作、居留的外籍人士及港、澳、臺同胞，也包括許多明星和名人。

搬到合川路之後，那份國際貿易的工作也跟著辭了，工作內容有一部分在自己不太喜歡的領域內，通勤時間太長，工資也沒足夠的吸引力，於是它也成為了歷史。由於合川路附近的氛圍很符合當時的心境，我決定在合川路方圓半小時的通勤範圍內找工作，經過一番海投，找到了一份心理諮詢培訓公司的文案工作。

公司以心理學教育培訓、心理諮詢中心、圖書出版、圖書設計裝幀製作、新媒體營銷推廣為主營業務，旨在用心育人，超越自我障礙困境，進而達到個人成長提升，實現人生的宏大願景。

公司名字很唬人，我也被唬住了，爽快地簽了合同。記得大四參加校招時，我得到的第一個offer是來自於一家在上海的物流公司，由於當時想留在天津工作，於是拒絕了它。沒想到4年後，陰差陽錯還是來了上海。冥冥之中，上海都想要與我的人生軌跡產生交會。

人生際遇百轉千回，每一段都是一處風景。遇到再好的風景，也別太留戀；遇到再差的風景，也別太鬱悶。

（二）心理諮詢培訓

一到上海，作為副業，我就找好了一份在「新世界」教成人英語的工作，晚上和週末授課。

「新世界」總部位於上海新世界城內，它是一座集購物、娛樂、賓館、餐飲、休閒於一體的大型綜合商廈，裡面有諸如大陸首家英國杜莎夫人蠟像館、上海第一家室內真冰溜冰場、旋轉餐廳、豪華電影院以及各類名牌專賣店等。

面試時，一位姿色平庸、素面朝天的女子問完我基本情況後讓我試講，我臨時準備了10分鐘，在狹窄的會議室裡，當著她的面講了15分鐘的課。她給我提了幾點關於形體和眼神方面的建議之後決定錄用我，並立即給我分了班，每週三、五晚上在位於莘莊的凱德龍之夢閔行廣場帶一個成人新概念初級班。雷人的是，教材需要我自掏腰包購買。教英語對於我來說不是陌生的事，也是愛好，在上海期間，晚上或週末教英語是雷打不動的安排。

第一次去莘莊校區上課時，我特意弄了下髮型，畢竟不知道學生們能否接納我。還好一切都順利，一個班幾個月下來，不僅和部分學生成為了朋友，也進一步提升了自己的教學水平。副業幹得風生水起，主業的新工作也開始了。

心理諮詢培訓公司位於富有老上海味的地段，窄窄的街巷，茂盛的梧桐，小商鋪的招牌規規矩矩，四方四正，乍一看，有民國的味道。任意一個街角、任何一棟樓出來一個婀娜旗袍著身、曼妙多姿、笑顏如花綻的上海女子，應該都是不足為奇的。公司樓下有一家全家便利店，在我理解的「上海味」如此之重，如此雅致的環境裡，連進門音樂都變得悅耳動聽起來。街邊遍布小飯館，溫和濕潤的體感，溫暖的陽光把天地間一切空虛盈滿，我極其中意這樣的城市街景。

本來我去這家公司應聘的崗位是SEO運營，豈料給我面試的89年出生的福建女生問我是否願意去做文案，計劃沒有變化快，面對這突如其來的問題，我給出的答案是順從，我肯定地回答她：「可以的，我也喜歡跟文字打交道。」

福建女生，身材修長，臉也長，鼻梁上架著一副學生妹樣式的眼鏡，談吐得體，口才了得，一年制英國金融碩士海歸。

開始正式上班後，我每天的工作內容主要是寫軟文，或行業內乾貨，或發布公司產品的廣告文，從選材、碼字、取標題到排版都要經過福建女生的同意，她作為我的上司，把關。涉及轉發其它公眾號的文章時，我找出來後被她斃掉的文章不在少數，長此以往，矛盾漸生。關於文章內容如何，一方面跟對本行業的了解程度有關，一方面跟對市場的敏銳度、能否吸引住讀者的眼球有關，另一方面也有很濃的主觀色彩，你認為不行的文章，可能我認為它行。

福建女生在英國留過學，身上帶有一種莫名的優越感，自稱為媒體人，當然，在才華上，我並不否認她，她確實是有兩把刷子的人，講起來一套一套的，在圈子裡人脈也不窄。我對她印象變差其實只在一瞬間。有一天，一位男士來我們公司面試，另一個部門的主管面完他之後，回來跟大家討論，說剛才那位男士問公司有沒有包住宿。福建女生鼻腔裡「哼哧」了一聲，用輕視的語氣說：「想要包住宿的話，去找洗剪吹啊，來我們公司面試幹嘛。」言詞間透露諷刺和蔑視。我心想，她大概會職業歧視吧？

這個公司大約有三十幾號人。老闆是富二代或官二代，不得而知，反正年輕、貌美、多金。曾經在臺企工作過幾年，年紀輕輕就自己創業開公司，雖然給人一種神祕女富豪的感覺，但平易近人，與員工打成一片，不時會請大夥兒去搓一頓，韓國料理、火鍋、豪飲、KTV。老闆也是北京一家出版社的CEO，常常去北京出差。穿著得體，摩登靚麗，雖沒有披金掛銀，但舉手投足間透露著一股雍容華貴、淡定從容的氣質。若是有人去機場拍她，一定不會輸給任何一位明星。

她有一個真名和一個筆名，出過書還做過企業演講，口才極好，似乎她的腦子裡裝著的全是理性，情緒永遠是能被控制的，她是一位極其優秀的富二代或官二代，有許多企業家人脈，也有一些演藝界朋友，比如馬東、李玉剛、《愛情公寓》的演員等。她結婚很早，大概一畢業就結婚生子了，我們從沒見過她丈夫，也從沒見她在朋友圈分享過丈夫的照片，興許是某位富豪，低調行事的緣故吧。

公司裡有一個湖北宜昌女，長得高大健碩，是在古代很受婆婆們喜歡的類型，因為光從外表判斷，她應該是很能生孩子的那種女人。她也能說會道，出口成章。她外婆是上海人，她常常以自己是半個上海人自居，想在以排外著稱的魔都，在心理上替自己找一個滿足她那種自尊的理由，畢竟作為一個巧舌如簧的女子，一旦被上海人視為外地鄉巴佬也是很受打擊的。時不時強調一下，心理暗示一下，「外婆是上海人」可以使她腰桿子更直。

一個在韓國留過7年學的上海男生氣質儒雅，彬彬有禮，後來他去當了警察。另一個剛畢業的山東小男生，謙虛謹慎，談吐大方，父母在上海打拼，他畢業後進了這家公司。說他是小男生，是從年齡的角度，其實他是「大男生」，因為塊頭特別大。

銷售部的頭兒不一定是女強人，但一定是強女人。趙薇是她老鄉，她一個人在上海打拼，曾經去日本做過研修生，能吃苦，有闖勁，不服輸，敢拼敢做，也勇於表達自己。給人的感覺是，永遠有一股正氣從她身體裡散發出來，雖然不能說讓人如沐春風，但在某種程度上能給人力量。她希望能帶出一支叫自己名字的團隊，在業界一旦有人提起她的名字，就能聯想到她的業務能力。

她手下有好幾個兵，其中一個江西女生給我印象最深，她來自上饒。如果從上海坐臥鋪火車往西去往長沙或昆明之類的地方，晚上一般會在上饒停靠十幾分鐘，那時站臺上會有賣上饒雞腿的小販。可以腦補一下，深夜在臥鋪車廂吃香噴噴、熱騰騰的配方獨特的雞腿是怎樣一種賽神仙的體驗。

上饒女生最突出的地方是她的普通話，標準到令人懷疑她是不是中國傳媒大學播音主持專業畢業的，反正在我的耳朵裡，她的普通話不遜色於那些主播們的普通話。記得有一次，公司內部一個專業活動的研討會結束後，所有人輪流發言，排她之後的是我，聽她用極其標準的普通話發完言，我竟然有一種自慚形穢的感覺。上饒女生後來嫁了人，在杭州安了家，過起了安居樂業的生活。如果讓我給她推薦副業的話，我會跟她說：「你可以去教外國人中文，如此標準的普通話，不拿來做點什麼，有點可惜了。」

人資部的主管開除了一個女生，過了很久，被開除的女生又回來了，取而代之的是，人資部的主管不見了蹤影。前臺小妹們貌似與世無爭，但也個個不是吃素的，其中有一個剛畢業的女孩子，租了套月租金3000多的房子，大手大腳，北海道白色戀人餅乾隨意分發給大夥兒，每個月的支出少說也有五六千，而她的工資鐵定沒有那麼多。

財務部有個上海女生，跟了老闆許多年，深得老闆信任與厚愛。在年會上，她負責抽獎，給中獎的員工發放獎品，念了很久的名字都沒輪到我，在大家都很醉的情況下，我衝上臺去開玩笑似的，但又略帶生氣的感覺，向她質問了一句：「為什麼還沒有我？」從此，她便記了仇。從平日在公司過道上碰到時冷若冰霜的臉色，到愛理不理的腔調，處處在表達源自那晚的她對我的不滿。

後來，由於大家遲到現象頻發，公司出臺了一個防範政策，定為「遲到一次，罰200元」。我遲到了7次，其中有好幾次是遲到一分鐘。於是我被罰了1400元人民幣，一切解釋權都屬於財務部那女子。第一個月大家都仍遲到時，她說還在測試階段，不用罰錢，第二個月，遲到的人少了，而我不幸成為那幾個依然遲到的人之一，於是她逮住機會狠狠地罰了我1400元。固然，遲到總歸是不對的，我沒有強詞奪理的餘地，但當時確實也有憤憤不平的心情。

圖書部有兩位女生，也跟了老闆很久，對她們不是很了解，只記得一個秀色可餐，叫文子，一個安靜淡然，叫胡子。她們像太上老君的一對童子，勤勤懇懇，無毒無害。

公司的業務內容對我滿有吸引力的，主要是關於心理學方面的知識。幾乎每隔一天有心理學講師來公司授課，報名來的學員在聽課的同時，作為員工的我們也可以進去聽。那段時期，我學了不少心理學知識，也在自我心理狀態上精進了一些。在眾多理論中，有一個叫「房樹人繪畫心理分析」的理論，印象最深刻。

在臨床心理學中，給被試者鉛筆、橡皮以及幾張白紙，要求他們在白紙上描繪一些圖畫，然後根據一定的標準，對這些圖畫進行分析、評定、解釋，以此來了解被測驗者的心理現象、功能，判定心理活動的正常或異常等問題，為臨床心理上的診斷和治療服務。「房樹人測驗」是屬於心理投射法測驗，被測驗者在開始測驗時，對所描繪的房屋、樹木、人物等並不知道具有何種意義。

在這個公司就職期間，我聽了許多關於心理諮詢實操的課程，也參與過一些實景操練的測驗，對臨床心理學算有一個皮毛的認知。那段日子平靜又收獲滿滿，老闆的睿智和優雅，心理學領域的神祕和趣味，培訓行業的親切和充實，都讓我回想起來沒有後悔的感覺，雖然在離職時和財務部的女子還有直屬上司有過不歡之處，但這並不能否認那一段工作經歷的價值。

經歷過的每一段都會留下印記，無論長與短，無論承認與否，它都是我們生命時光中的一部分。深夜常常去樓下的小店吃牛肉粉，連調料瓶的位置都清晰地記得，在多雨的上海，我感受到平和、雅致和規矩。

一晃，便到了2014年年底。

（三）跨年夜

像被河水沖刷的船，倉促地又到了年底。晚上若不開空調，早起時寒意逼人，等到中午，太陽出來，才有一絲暖意。在河道密布、縱橫交錯的上海，每走過有橋的地方，總能嗅到濃烈的河水味道，夾雜著藻類和腐泥的氣息，說不上喜歡，但也不討厭。

12月31日晚，和同事們玩支付寶猜謎搶紅包遊戲，妙趣橫生。街上冷冷清清，大眾紛紛湧進了酒吧或者去了有跨年活動的地方，準備迎接2015年的到來。微信上「新年快樂」的問候消息源源不斷地傳來，好話多說總是好事，語言也是一種能量，能召喚來好運。

下午在MEAT FACTORY吃了一頓大餐之後，沿合川路附近的河道散步到暮色朦朧。黃昏時分，天空一片深紅色的雲靄，映照在水面上，把河面映成了薔薇色，2014年最後一縷昏暗的日光正在給黑暗讓位。不知不覺中，月兒嬌羞地露出了頭，高掛空中，大片大片的黑肆意蔓延天空。

折回龍茗路和宜山路交會的路口，在那兒的一家牛肉麵館吃了碗90多塊錢的牛肉麵，菜單上顯示牛肉麵的價格是25元，結帳時兩碗麵一共付了180多元，有種被宰的感覺。於是問店家為何這麼貴，店家說：「因為你讓每碗多加了兩份牛肉，牛肉的價格不低，這點你應該是清楚的。」我有點生氣，回答說：「我真不知道牛肉會這麼貴，你們也沒事先告知我每份牛肉的價格。」

牛肉麵館的一頓小情緒似乎有點影響到當晚的心情，加之凜冽的寒風呼呼地刮著，寒氣逼人，有種陰森的感覺，於是便打消了去外灘倒數跨年的念頭，返回家中看起了芒果臺的跨年演唱會。

「我們在上海路上走，時常會遇見兩種橫衝直撞，對於對面或前面的行人，決不稍讓的人物。一種是不用兩手，卻只將直直的長腳，如入無人之境似的踏過來，倘不讓開，他就會踏在你的肚子或肩膀上，這是洋大人，都是高等的，沒有華人那樣上下的區別。一種就是彎上他兩條臂膊，手掌向外，像蠍子的兩個鉗一樣，一路推過去，不管被推的人是跌在泥塘或火坑裡，這就是我們的同胞。然而上等的，他坐電車，要坐二等所改的三等車，他看報，要看專登黑幕的小報，他坐著看得咽唾沫，但一走動，又是推。

上車，進門，買票，寄信，他推；出門，下車，避禍，逃難，他又推。推得女人孩子都踉踉蹌蹌，跌倒了，他就從活人上踏過，跌死了，他就從死屍上踏過，走出外面，用舌頭舔舔自己的厚嘴唇，什麼也不覺得。舊曆端午，在一家戲場裡，因為一句失火的謠言，就又是推，把十多個力量未足的少年踏死了。死屍擺在空地上，據說去看的又有萬餘人，人山人海，又是推。」

2015年新年曙光如期而至，空氣中瀰漫著美好、希望和憧憬的味道。翻看手機，見到幾條親朋傳來的微信消息，「你沒事吧？」「你在上海吧？」「你沒去外灘跨年吧？」「昨晚外灘出事了。」從一堆透著慌張情緒的消息中，我瞬間意識到似乎發生了什麼。

打開網易新聞客戶端，果不其然，昨晚的外灘出事了。外灘又重演了魯迅筆下推人、踏人的一幕，若他在世，恐怕會說：「看吧，我早說過了。」

十里洋場，似乎總在多事之秋，又上演了似曾相識的一幕。昨天，上海大大小小的媒體和商家早早為跨年做好了預熱，各種跨年攻略鋪天蓋地，叫人眼花撩亂，感嘆大上海的活動種類之豐富，比起當年租界內的醉生夢死有過之而無不及。如今，浦東高樓拔地而起，一個個高聳入雲的巨人隔著黃浦江與萬國建築群交相呼應，增添了不少古今輝映的情調。

陸家嘴的高樓一起，自然而然，外灘便更加成為上海跨年的首選地了，有美輪美奐的遊輪，有對岸震撼心神的LED巨幕，有十里洋場各路高級會館的錦上添花，跨年夜的外灘猶如一個露天大party現場：外國人、中國人、藍眼睛、黃皮膚，喜逐顏開。露天吧檯上賣萌炫富的年輕女郎，對岸中國第一高樓裡如火如荼的雞尾酒會，親水平臺上水泄不通的人群，所有人都歡呼雀躍，一派喜氣洋洋。

時過境遷，曾經英國駐華總督的銅像早已被換成了陳毅的雕像，那地兒還被賦予了一個乍聽之下便覺正氣凜然的名字——陳毅廣場，這恐怕是魯迅所不曾料到的。而就在跨年夜，這裡發生了踩踏事件，幾十個年輕的生命在此隕滅。

12月31日23時30分，警方從監控探頭中發現陳毅廣場上下江堤的一個通道上，發生人員滯留的情況。23時23分至33分，上下人流不斷對沖後在階梯中間形成僵持，繼而形成浪湧。23時35分，僵持人流向下的壓力陡增，造成階梯底部有人失衡跌倒，繼而引發多人摔倒、疊壓，致使擁擠踩踏事件發生。23點40分，眼見下面的人處於危險，站在牆頭的幾個年輕人開始號召大家一起呼喊，「後退！後退！」23點55分，所有倒地沒有受傷的人都站了起來。現場的哭喊與尖叫聲和呼叫救護車的聲音混成一團，趕來的醫務人員和附近的熱心市民對倒地的人進行呼喊和心肺復甦，試圖進行搶救，然而一些人已經死亡。

零點如期而至，一邊是撕心裂肺的絕望哭喊，一邊是迎接新年的歡樂倒數「10、9、8、7……」。歡笑聲、吶喊聲和哭聲，興奮、狂歡和悲痛，七彩奪目的花火映襯著陸家嘴高樓光影變幻的燈光秀，人群的歡呼達到了高潮。

因為跨年夜的踩踏事件，原定於2015年1月1日晚上開亮的上海中心新年燈光秀被取消了。外灘，似乎又跟人們開了一個玩笑，在2014年的最後30分鐘裡。

（四）年初隨感

家裡買了一個「小太陽」，用來取暖。

上海的冬季，在室外，冬日陽光不再那麼灼人，變得溫和起來，接受萬物的朝拜。坐過過山車的人應該知道自上而下時，心飄起來，下半身湧起癢癢的感覺，有一種異樣的舒服感。浦西冬日的太陽也能讓人體驗到這樣的快感。

室外比室內要暖和，如果屋子沒有大落地窗，陽光只能透過小窗戶射進來，就剩不得多少溫度了。潮濕陰冷的天氣使人的體感溫度大幅低於屋內的空氣溫度，人體感知的寒冷程度和認知上的溫度高低有較大落差。我在天津待過五年，熟悉北方的冷是怎樣一種感覺。北方的乾冷是一種物理攻擊，多穿衣服就可防禦，而南方的濕冷是一種魔法攻擊，穿再多衣服也無濟於事。

南方吹濕風，雖然溫度不是很低，但卻具有很強的滲透性。上海雖三面環海，但其氣候的海洋性特徵不強，依舊陰冷，不過相比相對靠內陸的長江中下游流域，多少靠海的上海，冬天的陰冷程度還在可被接受的範圍內。

「小太陽」放在房間中央，橘色的光一亮，瞬間在心理上就覺得暖和了，雖然不下雪，冬夜空氣裡都是凜冽的味道，但在新世界的授課一次也沒有落下。一堂大課，有幾個認真的學生，幾個積極配合的學生，上起來就覺得勁頭十足，倦怠感可以消退一些。20:30下課，公交車搖搖晃晃，七拐八繞，穿過幾個黑旮旯，經過幾條燈火通明的街，在一個大超市前停下。

下了公交車，烤魷魚味襲來，成雙成對的小情侶肆無忌憚地秀著恩愛，蘭州拉麵館裡中年男人在大口喝羊肉湯，玻璃門上霧氣繚繞，房屋仲介公司門前吆喝了一天的年輕小夥們仍在生龍活虎地拉單，好一派現世安穩、歲月靜好。

一塊帶有幾個8，夾雜幾個6的車牌映入眼簾，通體黑色的轎車猶如一隻剛進食完的河馬，佇立在理髮店門口，在從店裡流出的音樂聲中顯得時尚又貴氣。鮮花店、格子屋、麵包房、果脯乾貨鋪，居民樓，公交車站臺，賣唱的青年，拐角，公園，深冬的夜，生活味十足的桂林路。

突然，我看見男男女女幾人圍成圈站在一起，每人手裡握一根瘦長的甘蔗，赤身裸體的甘蔗像白化病人，地面上甘蔗渣白晃晃地搭在一塊兒，從遠處看像一堆舊棉花，也像小城市裡公廁的洗手槽中被鏽跡染黃了的下水口，我的心彷彿被螺絲刀戳了一個不深的洞。男男女女圍在一起，白花花的甘蔗渣從口中源源不斷地出來，好像在嘔吐一般。

我努力把脖子縮進衣領裡，緊了緊袖口，心想，在上海，這樣的行為應當是不妥的，至少在我眼中，上海是一個乾淨又文明的地方。

人最大的消耗，不是來自智力或體力的透支，也不是來自跟大自然或同類的爭鬥，而是自己對自己的戰爭，在這場戰爭中，「敵我雙方」的戰士、槍枝、彈藥甚至戰術，都是這個人自己提供的，所以沒有任何人可以無限期地支撐下去。我一直在消耗，透支了太多的精力。

有一位日本長崎的朋友在上海工作，她母親得過癌症，她的一些同齡朋友也患上癌症，她也有癌症。每每跟她聚會時，她的樂觀總能打動我，不怨天尤人，接受每一個事實和每一個時期的自己也是一種從自我消耗中走出來的方法。

冬日的早晨，陽光輕柔，空氣清涼。還在眷戀軟綿的被窩，亮堂堂的光已把臥室映成了鵝黃色，我摸到了床頭的手機，關掉鬧鈴，繼續睡。等再睜眼時，發現室內已變成了檸檬黃，窗簾布料穿針走線的紋理和邊緣的流蘇鬚鬚能清晰辨別。賴了會兒床，迷迷糊糊躺了會兒，又恍恍惚惚坐了會兒，終於起床了。

極好的天氣，適合出去走走，適合去尋覓美食。在上海可以品嘗到包括中國八大菜系在內的世界各地的菜餚，上海是美食愛好者的天堂。品美食其實也是一種開闊視野和提升認知的途徑。從合川路站進站，坐上地鐵9號線，去往徐家匯。

不久，地鐵車廂裡傳來〈隱形的翅膀〉的歌聲，一個瘦小的女孩子牽著一位耷拉著腦袋，弓著背，艱難地挪著步伐的老者。張韶涵獨一無二的音色令女孩的假唱暴露無遺，在乘客們的眼皮底下，女孩面不改色心不跳地假唱著。

老者手裡捧一個寬口徑大碗，以便貼牆而站的乘客能遠遠地擲進硬幣。老者稀疏的白髮，在黃油紙般的腦袋上散落一圈，中間鋥亮，像剛下過雪的沼澤地，零零星星的白雪規則地環繞一圈。橄欖色的大衣像軍裝，皺皺巴巴，下半身灰色的確良褲管蓋住了鞋面。

小女孩紮著馬尾，拿一個碩大的黑色話筒，淡黃的臉色，愣愣的眼神，絲毫沒有怯場的神情。他們從另一節車廂緩緩地移動過來，小女孩在前頭一邊假唱一邊領路，老者跟在後頭，示意乘客往碗裡投幣。

在距我僅有幾步之遙時，車廂晃了一下，小女孩和老者跟著搖晃了一下身體。歌聲越來越大，我摸了摸口袋裡的硬幣，用拇指和食指還有中指捏住了兩個硬幣，等待他們靠近。突然，到站了，門自動打開，我大步流星走出車廂，一回頭，小女孩恰好走到我剛才站的地方。

我本來特想給，不巧到站了。

出地鐵口，街邊有一處賣哈密瓜和葡萄的地攤，攤主是新疆人，深眼窩，高鼻梁。一新疆小孩在時而吆喝，時而坐在發黃的白色塑料靠椅上玩手機，時而整理被客人挑選時撥亂的水果。小孩可能輟學了，以前在廣州時，我和一個賣燒烤的新疆小孩聊過，他說他們那邊的人都早早輟學出來賣燒烤，賣哈密瓜。

上海四季分明，秋是秋，冬是冬，毫不含糊。這是一座現代文明的城，也是一座飽含百態人生的城，陸家嘴的金融精英們在露天吧檯喝下午茶時，徐家匯的地鐵裡乞討的小姑娘在假唱，地鐵口輟學的新疆小孩在賣力吆喝。

情境是比安全感還重要的一個東西，它限制了一個人快樂的因素。

週末有兩個白天，沒有授課時，我往往會睡掉一個，一個晚上用來泡吧，一個晚上用來學習。一天用來尋覓美食。涼颼颼的風刮著，空氣雖有點兒涼，但滿眼的青枝綠葉，蒼翠欲滴，彷彿置身於水彩畫中，摩登現代，清爽宜人，我喜歡這樣的上海。

出門尋覓美食，地鐵前後坐幾站或十幾站，就能享用世界各地的美食了，這是上海的迷人之處。下午去拜訪了一家雲南餐廳，還未入席，便被著裝整齊的服務員叫住說：「這個時間段不營業，等5點後再來。」於是我們去了一家新疆餐廳，點了大份的烤羊腿，大盤雞，大快朵頤，酣暢淋漓。

在上海期間，品嘗了不少世界各地的美食。

2015年年初，煩惱著、自由著、迷茫著、努力著。天兒一天比一天暖和起來，在上海的第一個冬天就這麼結束了，沒有真正見過一場雪，臘八當晚欲罷還休的幾片雪花，就算是這個冬季的驚鴻一瞥。春天一來，心理諮詢培訓公司的工作就辭了，新找的工作在浦東。

第二十一章　浦東

2015－2016年

（一）入職

上海的白領應該沒有坐吃等死混日子的。上班，在社會中找一個位子，付出時間和勞動，換取生活資料和經驗。工作如果不如意，有的人就會重新去尋找當下自己認為滿意的工作，有的人則會努力或勉強去適應，讓自己在潛意識裡形成一種貌似喜歡而實際並不喜歡它的慣性，最終大多數人都會找到平衡點。

3月3日，面試新公司。人資部的人問了我基本信息和一些眾所周知的面試問題之後，把我領進一間階梯教室，開了前排的日光燈，遞給我一張試卷，說這是第二輪，筆試，40分鐘後來收卷子。多年沒碰過題的我，溫和的白色燈光打在頭頂竟然感到灼熱，進而有一種微微的眩暈感。

我極力去喚醒沈睡了好幾年的記憶，靠意念去找回過去考場裡的自己，情緒稍微穩了些，但眼前這份題是對照上海高考出的，我哪見過這些題型，只能邊做邊判斷了，還好臨場應變能力不是太差，無論如何都把空填滿了。

試卷被收走後，我在空蕩蕩的教室裡幹等了十五分鐘，像演出結束後曲終人散的舞臺，燈光打在身上有一種莫名的寂寥感，又有一種未知的焦慮感。敲門聲響了三下，一個樣貌清秀的女子推門而進，雙手托著棗紅色筆記本電腦，蓋著乳白色保護膜的鍵盤上躺著我剛才做過的試卷。

她先開口說自己是總部培訓部的老師，試卷已閱完，我通過了筆試，但語法部分錯了不少。接下來20分鐘，她給我逐一解釋了每個空該填哪個詞，野了好幾年的我沒能迅速回歸到做題的思路上來，當下跟她argue了幾處。

接下來是口試環節。她用右手把垂到腮部的一縷頭髮扶到耳朵後面，示意讓我去講臺上講一堂課，她沒喊停我就一直講，必須全英文講授。這對於已經在新世界上了半年多大課的我是小菜一碟，我不慌不忙地講了一段閱讀分析，她眼珠子一動不動地打量著我，時而點頭，時而在筆記本上敲打幾下，時而眼睛裡發出疑惑的光。

大約20分鐘後她喊了停，大體上肯定了我，但迫不及待地想要糾正我的一個發音。她說ancient這個詞，口腔偏扁平，前元音/e/的特徵要突出來。我猶豫了一下，說：「我的記憶裡好像是雙元音/ei/？不是先發/e/音，然後滑向/i/音嗎？」

最後，她總結到我的口語不錯，語法還需加強，說完她走出了教室，傾瀉如墨的齊肩中長髮幹練地甩在她腦後。我在心裡默念，需要加強的是對這種語法題型的熟練度，並不是我的語法本身。

3月16日，早起，去宜山路光啟樓報到，填表，簽合同，花了一上午。午餐時間在街邊的一家人氣麵館吃了一碗獅子頭蓋麵，麵條勁道、軟硬得當、爽滑彈牙，獅子頭的鮮味溶於麵湯中，湯頭鮮美，口感醇厚。肥瘦相間的肉加上蔥、薑、雞蛋等配料斬成肉泥，揉成拳頭大小的肉丸。我鼓動腮頰，痛痛快快地飽食了一頓。

吃飽喝足後，下午去參加培訓。培訓授課技巧和各題型解題技巧。我背著雙肩包找到教室門口，只見裡頭有三四個人在交頭接耳，我入座後，等了十幾分鐘，同樣來培訓的人陸續進來，總共6人。

大家口語都很棒，個個開口驚艷。有西安外國語大學畢業的，有西安翻譯學院畢業的，有上海交大畢業的，有教過好幾年雅思托福的，有去過美國的。聽完各自的背景介紹之後，我心頭湧起一陣自愧不如的小情緒，但隨即又被自己的理性壓了下去，怎麼著我也在印度工作過一年，怕啥。

給我們培訓的是一位有幾十年高中英語教學經驗的退休老教師，優雅、幽默、慈祥，她說她的名字用上海話讀出來跟「皇帝」的發音相近，有幾分霸氣側漏的意思。先做題，再講解。語法、閱讀、完型，每做完一題，立即公布答案，這種時刻其實滿尷尬的，如果跟不上大夥兒的節奏，或者錯得太離譜，怪難堪的。

認認真真地接受了一下午的培訓。

第二天下午依舊培訓，做題、互評，7個人之間相互評授課技巧。其中有一個胖鼓鼓的安徽男生，長相與尹相傑有幾分相似，雖然豐乳肥臀，但跳起民族舞或廣場舞來，舞姿輕盈，舞態生風。

RGB色彩模式是工業界的一種顏色標準，通過對紅(R)、綠(G)、藍(B)三個顏色通道的變化以及它們相互之間的疊加來得到各式各樣的顏色。一個酷愛「屎黃色」的上海女生，一定對某種特定的RGB值情有獨鐘，她操一口英式英語，班主任氣質，配上她有趣的靈魂以及幾近完美的原生家庭，令她整個人散發一種理性、大度、活潑、樂觀的正能量。

一個老家貴州的男生，邊教書邊考研，一口性感的口音瞬間讓人如沐春風。一個辭去西安穩定工作來上海打拼的女生，長相人畜無害，說話柔聲細氣。另外兩個是交大畢業生，該公司的前身是交大校內的一個勤工儉學點，所以之於他倆，該公司有一種家的感覺。

7個人，在接下來的幾天培訓裡，反復加強閱讀、寫作、語法，熟練題型，磨授課技巧。有一種回歸校園的感覺。

3月21日，我去人廣校區聽一個頗受歡迎的女老師的課。女老師是上海人，畢業於上海外國語大學，拉直的頭髮，黑亮順服地搭在肩頭，清澈的眼眸，彎彎的柳眉，白皙的皮膚，化了點淡妝，落落大方，氣場強大，自信滿滿，上課幽默且隨性，是一位有口皆碑的好老師，幾節課聽下來，我也認同了她的厲害，可惜風格不適合我，我在心底隱約覺得這不是我的路子。在懷疑自己能不能行的糾結中，迎來了培訓期的結束——師訓匯報。

3月24日，師訓匯報。我倒數第三個上臺，在眾目睽睽之下講了一個語法點。師訓匯報作為培訓終結的一個儀式，同時也是各大校區各學科的負責人來挑人的最佳時機。我選擇去剛成立的南方校區，不承想南方校區要走了兩位交大畢業生。

我在辦公室和總部的人僵持了30分鐘，表示無論如何都想去南方校區，退而求其次的話，徐匯、人廣校區也行，因為都離我目前住的地方不遠。後來，他們見我這麼犟，於是把金橋校區的英語組組長請了進來，她狠狠地當面誇了我一頓，成功地說服了我去金橋校區。

他們給我在地圖上指了一下金橋的位置，果然很遠。3月25日，第一天上班。做題、試講，下面坐了三位老師，輪流點評我的授課技巧。

3月26日，仍然做題，試講，被老師們輪番點評。英語組組長問我「燦爛在六月」的題都做完了嗎？「燦爛在六月」是公司給每個正式上崗前的老師安排的任務——上海近10年的高考真題。我回答說已經做完了，其實是已經抄完了，後面有答案，忍不住一口氣全抄完了。

3月27日，試講、被點評，再試講、再被點評，接著試講、接著被點評……講到最後，我心中燃起怒火，心想好歹我也在新世界教了那麼久的大課了，在她們的一番點評之下覺得自己哪兒都不行。有時聽別人的建議要自己掌握分寸，他人建議的實操部分應該借鑒，至於情感部分，可以屏蔽。

3月28日，第一天正式給高中生上課，是兩個高二學生。

公司規模一大，就特別能唬人，即便它的管理有多麼混亂，你總覺得它是厲害的，沒有根據的「覺得」。3月12日花了100元做了入職體檢，說先自己墊付，入職後能報銷。這報銷一等就等到了7月底，7月31日才收到這100元的體檢費。這一點似乎是在釋放這個公司某些可怕之處或者某些不靠譜之處的信號，隱藏在光鮮外衣下的某種令人生畏。

金橋校區強烈地要我，大概有兩個原因：一是它們有一位高英組的老師懷孕了，她帶的學生急需一個人來接手。二是，校區想招一個男英語老師。

人以群體性的方式獲得生存條件，而人類群體性的生存方式必須以共同的行為規範為前提，相同或相近的思維模式是共同行為規範的核心，因而，人類是通過思維模式的差異性區別開來的。剛來金橋校區，我就感受到和某些老師的同頻，也察覺到和某些員工的不兼容，我覺得自己既屬於這裡，又不屬於這裡。

在金橋校區的教室可以對金橋國際商業廣場的全貌一覽無餘。黃昏時分，天空像一塊洗淨了的藍黑色粗布，粗布下華燈初上，流光溢彩。

（二）學生們

校區每個老師有一間屬於自己的小玻璃房，玻璃透明，一眼能望穿好幾個小房間，這樣設計的好處是即使在有限的空間裡盡最大可能隔出來幾十間格子屋也不太會讓整個空間顯得局促和逼仄，這樣設計的不足之處是很難擁有個人隱私，雖然在距離地面一米多高的地方貼有毛玻璃效果的貼紙，多少能遮擋一下老師和學生的臉，但下半身仍暴露無遺。

平日裡，可以在自己的小玻璃屋裡待上一天，不會有其他人來騷擾自己，但在週末，自己空擋的時候，就可能有別的老師的課被安排到了自己的玻璃屋裡，此時往往需要給這位老師騰出房間。

這種絞盡腦汁、資源利用最大化的做法為我所不齒，因為常常，我需要整理桌面，托著電腦去找一個無人的教室待著，繁忙時期所有玻璃房全滿，此時只能端著電腦去茶水間。雖然不至於用「慘無人道」來形容這種做法，但內心多少是不爽的，尤其下午四五點鐘的時候，一天的體力消耗了一大半，心煩意亂中像無頭蒼蠅一樣去找地兒。

學制分為春季班、秋季班、寒假班和暑假班，以及全日制班。

全日制班的學生極少，我在該公司待了近一年半，自己只碰到過一回，也見別的老師只帶過一回，全日制學生一般屬於特殊情況，要麼是出國前來補幾個月，要麼是高考前來專心衝刺一下。

剛到金橋校區，除了接手懷孕女老師的學生，我還被分配了一項重要的工作——帶兩個3個月後即將高考的全日制學生。兩個孩子家境富裕，已基本不去學校，花費巨資，全天泡在這裡，雖然沒打聽過具體數目，但我猜他倆每人至少花了六位數以上。兩人是情侶關係，背著雙方家長在這裡補課的同時約會，家長們以為孩子們懂事了，主動提出來要去外面安靜的地方補習，哪曉得孩子們的真正目的是約會。

寒假班和暑假班最考驗老師們的體力。連續上課時間最長的一次記錄是2016年1月21日至2016年2月5日，連續上了16天，每天平均8小時，高一高二高三無序交替，連晚上做夢都在講題。給學生練聽力的同時，我當然也在跟著聽，如此高強度的「集訓」，不知道學生們具體進步了多少，反正我自己是真的有精進。

春季班和秋季班也不輕鬆。高一高二高三的課程穿插，難易程度不同，每堂課學生們的基礎也不同，我需要不斷調節思路和上課節奏，有時覺得剛才那節課才講過的語法點，怎麼這節課的學生不明白？原來是另一個年級了。有時一下來三個學霸型學生，有時一下來兩個油嘴滑舌的學生。

學生們基礎不同，性格不同，對待老師的態度也不同，怎麼巧妙地處理好與新學生之間一段又一段或融洽無間、或迅速破冰、或滿腹狐疑、或齟齬不入的關係，是培訓機構的老師們最需要掌握的技能，也是最能反映一個老師綜合實力的地方。

5月15日，臨時排過來兩個高三男生。第五檔課，晚上9點多了，在講一個閱讀題時，其中一個男生盯住一個選項不放，打破砂鍋問到底：「為什麼答案不能是B？」從早上8點連續上到晚上9點多，已經昏頭搭腦的我一時語塞，思考了3分鐘，才給出答案。

這空氣凝固的三分鐘，我內心感到強烈的尷尬，後來想想，其實也很正常，老師也不是神，多看幾眼文章，推敲一下也在被允許的範圍內，當時經驗尚淺，以為作為老師就應該無所不知、應答如流。半年後，這樣的事情就基本沒有發生過了。

5月27日，臨近高考，上午來了一個模擬考試考了120多分的女生，她質疑我的講課，每回望向我的眼睛時，瞳孔裡充滿了懷疑的光，缺乏信任的一小時多麼漫長且煎熬，於她於我。這樣的情況半年後也不復存在了。

大部分學生都是普通的，一起度過的上課時光也是平常的，難搞的學生雖然不在少數，但基本都能在兩三節課的時間內搞定。數不清有多少次碰到十六七歲的小孩帶著一臉叛逆進教室的，我耐著性子時而保持沈默，時而緩解尷尬，時而八卦他們的趣事，時而講給他們成人世界的陰暗，慢慢讓他們放下心理戒備，加上本來就過硬的業務水平，結果在教室裡笑得前俯後仰的小屁孩兒不計其數。

每個班一般由三個學生組成，一旦裡頭有一個調皮的，整個班的氣氛就高漲了，帶過的好幾個班都特有趣，上課時笑到隔壁班的學生過來抗議，也有臨下課前學生說「美好的時光總是太短暫」。這些都是平常上班時間的樂趣，也是做老師的精神慰藉。

學生形形色色。有浦東外國語中學的學霸，用《哈利波特》原著來訓練閱讀理解；有中學生英語演講比賽全國季軍；有一篇完形填空可以成功地避開所有正確選項，從頭錯到尾的；有背單詞背了半個學期記住後面忘了前面的；有仗著自己基礎好擺出一副傲嬌小姿態的；也有溫文爾雅，聽話乖巧的；還有小小年紀就濃妝艷抹的。

我帶出來的學生中，有高考英語130分的；有後來出國留學的；有考進復旦的；也有高考成績不太理想的，無論如何，能在他們最青春美好的歲月裡、最值得紀念的一段時光裡陪伴他們一程，是我的榮幸，也是我們的緣分。

剛開始的時候，學生們上課前會在一張表格上簽名以表簽到，後來校區增設了一臺「課票機」，學生們上課前會打卡刷出一張課票，簽上自己的名字後交給老師，上完課之後，老師再去掃碼這張課票，這樣就算正式完成了一節課，學生們正式消費掉了一節課的費用。

在學生培訓機構做老師是一件很難但又有趣的事。若專業水平不足以讓學生信服，再如何巧舌如簧也只有被下課的下場，即便專業過硬，能抵擋得住學生們的問題攻勢，沒有授課技巧，仍是不夠，一天8小時甚至10小時的高強度授課，不能一直打雞血。

成人教育，能讓學生本人滿意就萬事皆休了，而學生教輔，則不僅要面對青春期的學生們，還要應對來自家長們的窮追猛打。培訓機構，在家長眼裡是公司，在學生眼裡是學校。培訓機構的老師，在家長和學生眼裡是老師，在公司眼裡是員工。所以，到底是園丁還是員工，有時自己也疑惑，一方面幹著傳道授業解惑的事業，另一方面又淪為公司牟利的工具。老師本人也在這多重角色裡切換著自己的人格，一方面在公司錙銖必較，而另一方面又對學生傾囊相授。

在這裡補課的學生大都家境優越，但並不任性，他們懂事、聽話，尊重老師。他們不懂生存壓力，不諳世間紛繁，每天只要想著學習，考試，吃零食，玩遊戲，談戀愛就可以了。和他們待一起，我的生活也變得單純、快樂起來。

有時早晨睏得不行，大腦醒了一半，另一半還在賴床，語言功能恢復了一半，想說出一個詞要費老勁，需要氣息和聲帶的配合。在這半睡半醒間，我彷彿感受到了自己將來壽終正寢時的感覺，但一來到校區見到朝氣蓬勃的學生們，瞬間就覺得自己變成了生龍活虎的少年。

金橋校區在第15樓，巨大的玻璃窗外是一覽無餘的浦東一隅，塔型為倒Y形的楊浦大橋猶如一道橫跨黃浦江的彩虹，主塔似一把利劍直刺蒼穹，塔面兩側的鋼索以扇形鋪展而開，如巨型琴弦，彈奏巨龍騰飛的奏鳴曲。

和煦的陽光從玻璃窗透過來，射進屋裡，心境一下子就變得豁然開朗了。不過這兒畢竟是公司，是公司就有是非。

（三）吐槽

可愛的學生們每節課的學費不菲，家長們不惜重金，公司賺得盆滿缽滿，戰鬥在第一線的老師們卻沒能享受到一丁點兒公司發展的紅利。起初，衝著每多上一節課就多賺一份課時費，我幹勁十足，早八到晚九，甘心樂意，後來，隨著體力的慢慢透支，慢慢心力交瘁，寒假班連續16天的課上下來，隱約察覺到似乎哪裡不對勁。

我在網上搜了一下《中華人民共和國勞動法》，關於工作時間和休息休假的記載。對照校區的做法和法律條文的規定，可以判斷校區在某種程度上違法了，然而在明目張膽的違法下，對每天噴著吐沫星子靠體力支撐下來的老師們沒有表示歉意，也沒有表達謝意。在它眼裡，老師只不過是盈利環節的一個工具。罷了，畢竟學生們可愛，連續工作16天也忍了，繼續演好一個情緒穩定的成年人。

2015年10月13日，我第一次去日本。拜訪了京都、奈良、廣島和高松，發現在日本的居酒屋裡，兼職服務員的時薪有1000日幣，和我在浦東做英語教師的時薪差不多。這讓我有點憤憤不平，好歹我也是經過那麼多年的學習和積累，經過重重篩選，在學生們重要的人生節點助他們一臂之力的所謂「園丁」，竟然跟兼職服務員同級別的薪水。這當然不是職業歧視，只是作為一個正常人類擁有的正常情緒。

學生們交那麼昂貴的學費，授課的老師只能得一個零頭，面對赤裸裸的壓榨，我提醒自己：忍一時風平浪靜！

校區門廳和茶水間都備有飲水機。有一天，一個班主任跟我說，那些桶裝水4塊錢一桶，是最便宜的那種。明明有12塊錢一桶的水可以購買，校區偏偏選擇了便宜的給正在長身體的學生們喝。後來，一個正義凜然的英語組老師去校長辦公室核實情況，豐滿的女校長從容不迫地說：「你弄錯了，不是四塊錢一桶，是六塊錢一桶。」

前臺設有一個打卡器。每次打卡，不按上三五下是不行的，眼看要遲到了或者有急事下班時更心急火燎，心中只有一個字，恨！如果壓著整點把指腹按上去，八成是會遲到的，因為按一次打上卡的概率很低，畢竟打卡器是壞的。

有好幾次，我朝前臺的人說：「可以換個新的打卡器嗎？在淘寶上買一個花不了多少錢。」小半年過去了，依然沒換，員工們還是默默地按三四次打完卡上班，按三四次打完卡下班。多的時候，按五次、八次也不罕見，實在打不上，往手指上哈點氣，再試幾下……貌似人人都很大度，看似人人都很優雅，實際上我看到的卻是一群聾子和啞巴。後來，按五六下也打不上卡時，怒不可遏的我默念：忍一時風平浪靜！

前廳擺有一個掃碼器。學生上完課之後，老師拿著課票去掃碼，像模像樣的掃碼器其實是金玉其外敗絮其中的貨色。常常掃到一半，它卡住了，要重啟，重啟需要十來分鐘。有時怎麼掃也掃不上，眼看下一節課就要開始了，掃碼器前還有一群老師堵在那兒排長隊。我彷彿看到了一群傻子。畢竟大家都是名牌大學畢業的，知書達禮，我不能輕易生氣，於是提醒自己：忍一時風平浪靜！

校區會在聖誕、元旦、三八等節日時，或者寒假班、暑假班結束時，給老師們發發免費水果，算作一種福利，一般情況下發的水果都是當季較便宜的那種，比如夏天的西瓜，冬天的橘子等。有一回，我們高英組在小教室裡搞教研，發水果的大嬸半推開玻璃門，眼珠子滴溜溜地轉了兩圈，從身後掏出一個裹著白網格的蘋果，遞給坐在最裡邊的王組長，大嬸鎮靜地掃視了我們其他幾人一眼，拉上門離去，隨即我有一種汗流浹背的感覺，越看那個蘋果越覺得它像王后給白雪公主的那個蘋果，帶有怕是會帶來楣運的不祥兆頭。

用腳趾頭想想也知道，這種「發水果」的效果會適得其反。教研完畢後，我趕緊百度了一下蘋果的市場價格，可能是太貴了，才只給組長們吧？查完價格，我再一次叮囑自己：忍一時風平浪靜！

打印用的紙需找前臺的人要。打印在老師工作中的重要性不言而喻，學生們做的題全是老師自己準備並打印的，打印用的A4紙通常需要向前臺的員工索要，那兒的幾人永遠擺出一副頤指氣使的神態，渾身散發一種暴戾恣睢的氣質，每每看到他們中的某些人，我就反問自己一句：到底有沒有欠對方錢？

每回我找他們要紙時，他們都只給我一點點，不需經過大腦皮層的判斷，只需用手指的觸覺就能感覺出來的「少」。我說不夠，他們說先用著，不夠了再來拿，於是往往打印一回，我需要往返前臺好幾次。

浦東的氣候跟浦西一樣十分宜人，不冷不熱，溫和得好似一團棉花糖。下雨多的時候，更顯浪漫，也讓內心更平心靜氣。

有一個雨天，我拿著大花傘疾步路過前臺。聽到有銷售人員在交頭接耳：「那些老師都是秀才，搞不出大事的……」我頓時心如芒刺。首先，秀才這個詞容易讓我聯想到「窮秀才」，其次，「搞事情」讓我聯想到敢發聲的老師們的聲音終究會被淹沒，即使明裡暗裡地欺負老師們，他們眼裡老師們「螳臂擋車」式的反抗也激不起什麼水花。

（四）同仁們

日月如梭，流光易逝。無論在浦西還是浦東，歲月靜好，閒適恬淡。2015年7月26日，我從合川路的酒店式公寓搬到博山東路的一處居民小區，從浦西搬到浦東，離金橋校區更近了，走路只需20分鐘，也離煙火氣更近了。

這是一棟典型的浦東居民樓，司空見慣，平淡無奇的那一類。相比浦西現代感中夾雜著上海味的住宅氛圍，這裡明顯更接地氣，能讓人感受到平凡生活裡柴米油鹽的煙火氣，彷彿能看到小區人家竈臺升起的煙火，或者茶人杯中氤氳而起的霧氣，有濃郁的踏實感與真切感。

在浦西花幾百上千覺得是稀鬆平常的事，畢竟這裡是大上海，然而來了浦東之後，覺得幾百塊也不是小數目，下意識地勤儉節約起來。來了浦東，生活方式有了小的調整，工作地點也變了。在新世界的兼職校區從莘莊換到了八佰伴，上完白天的課，馬不停蹄趕去八佰伴上晚上的成人課。興許是浦東的節奏太安閒舒適，閒不下來的我又找了一份在線教輔的活兒，把僅有的一點空閒時間也填滿了。

新家在一樓，有一個小庭院，庭院上空有一架縱縱橫橫的葡萄藤，七月裡濛濛細雨，泥土剛剛濕潤，昏睡的葡萄藤蘇醒了，先是睜開一粒粒紫紅色看似惺忪的葉芽，很快葉子便毛茸茸地伸展開。

10月26日，在家，閒來無事不從容，睡覺東窗日已紅。突然，靜謐的時光被微信消息的提示音打破，一看，原來是王組長發來的微信：「快提交週報」。於是我收起閒情逸致，打開電腦急匆匆地做了起來。雖然我認為週報並沒什麼作用，但它終究是被規定的工作的一部分。

10月30日，組內教研，我講了一篇上海高考題型「十一選十」，老師們輪流點評，有些我表示贊同，有些我反駁。11月1日晚上，家人打來電話，說鄰鎮一小夥在深圳開網上黑賭場，賺了幾千萬人民幣，被許多街坊鄰居艷羨，非但沒有醜聲遠播、臭不可當，反而被人在心裡當成功成名就的「成功人士」。我感嘆，這是何等扭曲！

11月17日，公司團建，浙江平湖。生平第一次舞龍，從製作龍身到學舞龍動作，最後到表演，均在一天之內完成，雖然巨累，節奏緊湊，但很享受。舞龍是門學問，想一天之內學會是癡人說夢，光動作種類就五花八門。我舞的是龍尾，只學會一個動作即可——8字舞龍動作，畢竟是娛樂性質。在專業老師的指導下，我練習了原地8字舞龍，行進8字舞龍等，下午，一隊人在龍珠的引導下，手持龍具，隨鼓樂伴奏，完成了龍的穿、騰、躍、翻等動作，展示了龍的精、氣、神。

11月24日，組內團建，八佰伴真人密室逃脫。一群「鄉巴佬」在酷炫的關卡面前不知所措，一直呼叫店家，從頭至尾沒靠自己的研究過過一關，盡管如此之菜，仍樂在其中。原來大家都不會玩密室逃脫，不僅自己。12月10日，家長會。和家長們談了很久，家長們的口氣出奇的一致，像事先串通好的：「我家孩子智力挺好的，就是不努力……」

12月22日，參加《金星秀》節目錄製，見到了金星、鄧超、任志強和孟非本人。金星幽默風趣、談吐鋒利；鄧超一表人才，談吐不俗；任志強言淺意深，談吐大方；孟非思維敏捷，談吐不凡。由於涉及敏感話題，任志強的部分最終沒能播出。節目錄製現場條件惡劣，工作人員態度冷漠，錄製了十幾個小時，僅發了一條麵包和兩瓶水。

12月28日，在家，雲淡風輕近午天。王組長又打來電話，這次是催教案，說教研院急著抽查老師們的教案。我尋思著，教研院沒有「研」出多少教學成果，也沒交出幾套像樣的教案，抽查老師們的教案，莫非準備把各老師的教案湊一塊兒，集思廣益後編幾份教案？走大張偉「音樂裁縫」式的原創路線？

2016年1月1日，授課。1月14日，在家，怡然自得。又聽到了王組長的來電提醒，「你來校區參加一下教研吧，組內其他老師都在，你住得近，能順便過來一趟嗎……」

吳組長升級當了校區教導主任之後，北二外畢業的小王就成了我們的新組長。俗話說，新官上任三把火，以前沒拿正眼瞧過我的她開始主動和我搭訕，畢竟作為組長，表面上不能對下屬愛答不理。這第一把火就是「熱情之火」。

組內有一位老家貴陽的女老師，北師大高材生。客觀講，她的業務能力應該是我們所有人裡最強的，每月的教師考試結果能說明一切。她剛直不阿，浩氣凜然，不畏權勢，不逢迎、不偏私，行事力求公平、公正，仗義執言，打抱不平。是一位優秀且三觀極正的女子，在魚龍混雜的地方，她猶如一枝粉白色的荷花，中通外直，不蔓不枝，香遠益清，出汙泥而不染，濯清漣而不妖。

貴陽女老師因家事需要回一趟貴陽，請假時被王組長刁難了一下，王組長給貴陽女老師回郵件時，偷偷BCC了組內其他幾位老師，估計是想給大家傳遞一個信號：你們以後不要這樣請假，你們要知道我是組長，有權力不批你們的假，給我放尊重點。這是第二把火：「宣示權力之火」。

教案抽查逐漸多了起來，教研活動逐漸頻繁起來。教研時，每位老師講一道題，然後互評，我個人認為這是沒有太大效果的，我曾建議過大家講同一道題，圍繞同一道題大家各抒己見，從不同的切入點去分析這道題。結果並未被採納。

每次教研活動需要一人來主持。有一回，王組長稱自己喉嚨痛，讓貴陽女老師主持，一星期後，她說喉嚨還沒康復，那次的教研讓我來主持，這些都合情合理。然而，一個月後，又是教研活動，她仍叫他人主持。

貴陽女老師用眼鏡後頭銳利有神的眼睛盯著披著墨綠色流蘇披肩的王組長，王組長胸前掛有一塊形似玉玨的蔥綠色玉石，面不改色地立在黑板前，未幾，貴陽女老師翹起二郎腿，當眾，剛毅果決地朝她說：「都一個多月了，你喉嚨還沒好？」我當時沒忍住，笑出了聲。明明很尖銳的話題、很凝重的空氣，但就是忍不住想笑。這是第三把火，顯示自己一鼓作氣欲帶好團隊的「士氣之火」。

王組長的初衷是好的，可惜三把火沒燒好，反倒引火上了身。

懷孕女老師休完產假回來了，感到組內有點不對勁，把我叫到辦公室，饒有興致地問：「最近組裡發生了什麼？」我簡述了一下，她沈默了一會兒，往上推了推眼鏡，左眼一眨，嘴角一瞥，說：「既然大家都不喜歡她，可以讓她走吧？」我愣了一下，吞吞吐吐地回答，「不好吧？」

組內有一個93年出生的合肥女生，剛從安徽大學英語專業畢業，初生之犢，單純中帶有幾分窺探社會的好奇心，懷孕女老師給她出主意去香港留學，幾年後，93年女生果真去了香港求學，想必在專業水平上一定大有進步，但有沒有在香港受到一點點民主思想的洗禮與啟發，就不得而知了。

組內還有一個90年出生的南京姑娘，男朋友在南京，獨自一人漂在上海，她居然和王組長走得近，她是唯一一個對王組長的某些行為在某種程度上公開表達讚許的人，在某些層面上她保持了理性，而在某種意義上，我不太贊成她的一部分價值取向。

組內最晚來的一位湖南女教師，被學生投訴過無數回，以至於到後來有頑皮的學生問我：「那個老師還在？還沒辭職？」校區把她晾在一旁，讓她琢磨琢磨講課方法，提升提升專業水平。如此眾目共睹，她問我們：「我是不是被校區雪藏了？」我又沒忍住，又笑了。每月的教師考試，貴陽女老師可以考一百三四十分，她考六七十分，「雪藏」這點是為數不多的我對校區的做法表示贊同的地方之一。

2016年4月27日，公司組織32公里徒步，在松江青青旅遊世界。我和湖南女教師「並肩作戰」，步履如飛地走了好幾個小時，途中，我倆邊走邊聊了起來。我說：「你知道金星嗎？」她說：「jing xin（四聲、一聲），當然知道啊。」我又說：「金星在中國沒有買房子的，她說不想在中國買房子，她現在租住在外灘一個五星級酒店的總統套房裡。」她驚訝了一下：「jing xin那麼有錢啊？」我哼了一聲：「開玩笑，金星當然有錢啊。」她略表懷疑地說：「真沒看出來呢。」

我倆又沉默了很久，盯著前方的路，吸著灰濛濛的霧霾，大約20分鐘後。她打破沈寂，心有不甘地說：「既然jing xin那麼有錢，為什麼還要在我們公司上班呢？」我不明就裡，驚到下巴快要掉下來了，趕忙說：「啥？你說什麼？」「你不是說jing xin租住在五星級酒店的總統套房裡嗎？為什麼還需要在我們公司上班？」我噗嗤一聲笑了出來，原來我說的是金星，而她以為我在說咱們公司的jing xin。兩個人在兩條平行線上，牛頭不對馬嘴，竟然尬聊了30多分鐘。

當時我真的笑到了猝死的邊緣。

組內老師各具特色，而校區的班主任、銷售和前臺甚至清潔人員也都個性鮮明，如果放到一部電視劇裡，分分鐘上演勾心鬥角，你死我活的劇情。

一個留學生頭的女銷售，談吐頗好，邏輯清晰，思維縝密，一般人都能被她說服，都能被她輕易攻破防線，我覺得她可以嘗試去做人質談判員，興許能救下不少人。聽說她每月收入頗豐，也難怪。

一個打扮時髦的班主任，化妝技術一流，能化腐朽為神奇，獨特的衣品每天能讓人眼前一亮，她走在校區裡，像一隻翩翩起舞的花蝴蝶，時尚靚麗、美麗養眼，讓人賞心悅目。

（五）中國再見

2016年2月27日，晚上19點。喧囂了一天的校區開始安靜下來，靠裡邊的半拉教室已空空如也，燈都熄了，剩幾個還沒回家的老師的教室還亮著，像航線上的燈塔，像夜色中的螢火蟲。我依然在給倆高三學生上課，玻璃房裡，兩個乖巧聽話的學生在專心致志地做著題。

突然，褲兜裡的手機震動起來，原來是家裡打來的電話，於是走出玻璃房，拐向左手邊一處S型過道，闃其無人，開始講起電話來。班主任辦公室裡幾位家長的聲音清晰可辨，前臺人員和銷售的聊天聲也飄了過來，鴉雀無聲的校區，一丁點兒動靜都能察覺到。

三分鐘後，從我身後的玻璃教室裡傳來一聲巨響，像是有人從椅子上摔了下去，砸在玻璃牆面上，我心一驚，感覺像停車之後，開門時忘記看後視鏡，被呼嘯而來的車輛驚嚇了一跳。還沒回過神來，突如其來的一記拍掌聲重重地落在玻璃牆面上，我以為是淘氣的學生們在教室玩鬧，停頓了一下，繼續講電話。此時，心中隱隱感到一陣不安，因為在剛剛的拍掌聲中分明帶有一股怨憤之氣。

過了兩分鐘，身後的玻璃牆面上又傳來好幾聲轟隆隆的拍擊聲，劈哩啪啦，像是在對玻璃牆面發泄不滿。莫名其妙中我有點不知所措又有點好奇，好奇教室裡頭究竟正在發生什麼？拍擊聲像黑道的槍聲，破壞氛圍，影響心情，令人惶恐不安。

由於玻璃牆面上貼了一層毛玻璃效果的貼紙，我踮起腳尖，視線越過貼紙，朝教室裡掃視了一下。只見裡頭一個乾癟的女生倚靠在橘色的靠椅上，幾撮濕漉漉的劉海斜斜地搭在泛著油光的額頭上，兩頰似有斑，紅框眼鏡的鏡片髒兮兮、霧濛濛的。不瞅則已，這一瞅居然瞅出事情來了。

她微微低著頭，用我生平見過最恐怖的眼神死死地盯著我，她像一個惡魔的使者，那雙眼睛像兩扇通往地獄的門，令人毛骨悚然，不寒而慄，我像看到了喪屍，又像親眼看到有人臥軌自殺。原來，人的眼神可以如此有力，可以如此有殺傷力，我從她的目光裡看到了極度惡毒，我感受到了心底的極度恐懼，她像極了一個在拷問的女特務，又像極了一條饑腸轆轆的眼鏡蛇。

在極度恐懼之後，隨即怒不可遏，只感覺幾股熱血衝向大腦。我拉開了她教室的門，單刀直入地問她：「為何那麼使勁拍打牆壁？為何用這種眼神盯我？」她二話沒說，張嘴就來：「你眼睛瞎了嗎？沒看到我在上課？」原來她在上課，認為我打擾了她，於是用拍牆壁和兇狠的眼神來表達不滿。

我站著，她坐著，於是我居高臨下朝她面部吼了一句，它發出來的氣流吹開了她油亮額頭上的那幾縷頭髮。她瞬間失去了理智，像一頭發了瘋的母牛，又像一條被人捏住尾巴的鱷魚，咆哮著，開始顫抖，開始歇斯底里，像一隻快要溺亡的海鳥。她拔高音調，喊著：「你是男人嗎？對女人吼？」原來她還會玩這套以弱勢群體自居的詭辯邏輯。

終於，在前臺嬉戲的銷售人員聞聲而來，把我倆拉開了。我走回教室，調整了一下情緒，繼續上課。下課後，豐腴的女校長把我叫進她辦公室，用跟她氣質不符的甜聲細語問我：「在剛才的事件中，你覺得自己做錯的地方在哪裡？有做對的地方嗎？」我不慌不忙地回她：「我不應該在她教室外打電話，這是我的錯。對於目中無人的人，剛才的事情不正好是一個教訓嗎？日後在他人面前，她會收斂一下吧？」

眼看就要高考了，本想早點辭職走人，但又不忍心離開這群可愛的學生們，更不想讓他們承受在高考前被校區換個濫竽充數的老師的風險，於是便堅持到了6月底。在金橋的這段日子裡，我跑了四趟浦東日本簽證辦理處，兩趟外國人簽證中心，三四趟宜山路總部，回到湖南，又去到七寶，到婁底，又到天津。一次又一次辦理各種證件，一次又一次因繁瑣的程序而心煩意亂，一次又一次忍了過來。辭職前，我和安徽小教師、貴陽女老師去唱了K，去了一趟Perry's，遊玩了剛開業的上海迪士尼，圓滿收官大上海。

有一件事是真的，有一天我們都會走向死亡；有一件事是假的，人的一輩子只能活一次。每個人從零開始到成為某個領域的專家，也許只需7年的時間，如果活到88歲，在18歲之後，我們有10次機會成為某個領域的專家，不管是稚氣未脫，抑或白髮蒼蒼，都有機會讓自己活得不一樣。拿一次生命去旅行，拿一次生命去過平淡的日子，拿一次生命去全力以赴。

上海兩年，浦西浦東，不長不短，豐盈了我的生命。

日本，雖然不是我心馳神往的地方，但冥冥之中，它註定是會與我相伴一生的地方。君問歸期未有期，後會無期，大中國。

第二十二章　高松

2016-2018 年

（一）車禍

2016年6月28日，上海直飛高松，僅用了一頓午餐的時間。

晴空萬里，從飛機上看下去，星羅棋布的小島嶼，郁郁蔥蔥的小山丘，如甜品屋裡的抹茶蛋糕，點綴在碧藍的海面上，不時有幾縷反射來的光，令人睜不開眼睛。飛機如非洲草原上狂奔的角馬，一落地，能感覺到其減速時與地面摩擦的阻力。

一出機場，我猛吸了一口空氣，沒有昆明女生在2017年馬里蘭大學畢業演講時所描述的連空氣都是甜的那種感覺，但多少比上海的空氣要清新一些。腦海裡還回蕩著前些日子母親對我來日本的擔憂之聲，父親和兄嫂對我毅然決然地出國定居的尊重，在這一刻，均米已成炊。

Miki的父母，也就是我的嶽父母，早早在機場外候著，行李裝上後備箱，驅車前往家中，進門剛落腳，Miki的母親便端上日式味噌湯和壽司米飯，以及一些糕點，寒暄了幾句，拿上材料馬不停蹄前往市政府辦理在留卡。

前晚在浦東的酒店裡睡得香，盡管扛著大包小包的行李耗費了一些氣力，但也不算太疲憊。坐在副駕駛的我提出想稍作休息，於是把靠背放平，綁著安全帶躺了下去。過了約十幾分鐘，只感覺迷迷糊糊中，「砰」的一聲，我的小腿撞到了前方，緊接著聞到一股異味，然後看見白煙升起，以及Miki驚慌的神情。我趕忙問：「發生了什麼？」Miki答：「不小心追尾了。」

眼看白煙愈來愈濃，我提議趕緊下車，萬一汽車著火甚至爆炸。於是我打開車門，站在馬路中央，後方駛來一輛輛擦身而過的車子，頭頂飄著灰色的雲朵，這場景似乎是一場夢。

Miki慌忙問該如何是好？我回：「先給家裡打個電話，然後聯繫保險公司，再通知警察。」Miki說沒帶手機，於是我倆把車子留在馬路中央，徑直走向路旁的一家小型公司，向裡頭的工作人員借了部手機。

一塵如洗的路面，灰黑色的地板石，從石頭縫裡冒出來的野菊花被風吹得左搖右擺，我呆呆地站立著，等待著，此時天空飄起小雨，細細密密，沾衣欲濕的感覺。終於，Miki的父親趕來，聯繫常年合作的豐田售後服務人員把車拖走。警察來錄筆供，核實事故細節。

此時，被追尾的車主，一個70多歲的老頭止不住地朝保險公司的員工說他有多震驚，他的脖子受傷了，不去醫院肯定不行。後來通過保險公司得知，他是一位退休工人，正前往女兒家中，他糾纏著保險公司理賠達八九個月之久，索要到了不菲的賠償金以及免費醫療服務。

車被拖到豐田的代售點，修理小哥檢查了一番，得出一個結論：車子已報廢。在震驚之餘，我發言：「不至於吧？就稍微碰了一下而已，保險杠都沒彎，雖說起了白煙，但在我這個門外漢看來，修修補補後應該能繼續使用吧？」小哥果斷回答：「這種情況在日本是禁止繼續上路的。」於是作罷，只能放棄了這輛屁股還沒坐熱便報廢的車子。於是我們來到豐田的售車中心，三小時後，合意選定了一輛棕色的車，時尚又不失穩重的感覺。

在日本的第一天就在一次追尾事件中結束了。安慰自己好事多磨。第二天，坐電車前往市政府辦妥註冊的事情。往後幾天便一直待在家裡，大門不出二門不邁。

我的日語水平幾乎為0，雖說來之前在上海臨時抱佛腳，學過幾個月的初級語法，但到現在為止還背不全五十音圖。高松屬於日本的三線城市，公共交通不發達，人人開車，我沒有日本駕照，所以不能開車。

考駕照是一件很不簡單的事情，筆試有幾十上百道題，允許錯的題數在個位數，對於一個日語水平幾乎為0的人，更是強人所難，除此之外，考駕照所需的費用也極高，近兩萬元人民幣，於是思前想後，考駕照的事從長計議。不能開車，找工作的範圍就只能限於周邊地區了。

在開始找工作的同時，火力全開學日語，這塊硬骨頭遲早都是要啃的，拖下去百害而無一利，於是報了一個市政府設立的專門針對外國人的日語培訓班，一週一次，每次4小時，費用極低。

第一天上課，我精心打扮了一番，還準備了一段自我介紹。教室裡冷氣開得重，四個同學圍坐在一位五十多歲的女老師周邊，我一進門，他們熱情地回頭朝我打招呼，老師問我：「哪國人？什麼時候來的日本？」

四位學生分別是來自南蘇丹的女留學生，來自印尼的家庭主婦，和來自中國東北的美大姐以及美國女大學生。

老師說：「既然你也是中國人，那麼你和美大姐同學坐一塊兒吧，她在這裡學了幾個學期，有一定的基礎，不懂之處可以問她。」實際上這個班也開課兩週了，我算是插班生，剛一坐到美大姐身邊，她便用帶有濃重東北口音的普通話和我聊了起來。

美大姐冷不防來了一句：「我嫁日本人來的日本，不過我是假結婚來著，他比我大20多歲呢。」我後脊一涼，美大姐果然豪爽，見面不到三分鐘，便把隱私和盤托出。美大姐來日本已有8年，已拿到日本身分，雖然剛開始是假結婚，但後來慢慢當真了，就成了真夫妻，男人待她不錯，在迎娶大姐之前，沒有過婚史，無兒無女，大姐把和前夫生的兒子接來了日本。

日本近年來日漸深陷少子高齡化泥潭，年輕人不願談戀愛，更不願結婚，女性不願意放棄工作去過傳統的相夫教子生活，男性嫌戀愛關係麻煩，草食系男子越來越多。

美大姐說她現在和兒子租住在市中心的公寓裡，前幾個月從丈夫的家裡搬了出來，原因是婆婆不喜歡她這個從中國來的兒子。據美大姐自己分析，婆婆認為自己的兒子無兒無女，在法律上，日後所有的遺產均歸美大姐的兒子，這點是婆婆不能接受，也不願意接受的。

上課時，老師鼓勵大家開口說，不要害羞，大姐絲毫不害羞，老師的問題大姐搶著回答，以至於老師甚至不得不禮貌地打斷她。

在高松住了半年之後發現，旅日的東北人數量龐大，有通過留學過來、畢業後留在這邊工作的，也有託親戚朋友的關係過來開飯店的，有在牡蠣廠、便當廠打工的研修生，有通過結婚移民過來的，也有曾經的日本遺孤後代。

日語教室的桌子擺成一個半圓形，坐在我右手邊的是女留學生Aisha，她來自目前還處於戰亂中的南蘇丹，父親是當地部落的酋長，在當地屬於家境富裕的群體。Aisha在香川大學學習與農業相關的專業，目的是學成歸國後幫助當地發展農業，目標清晰，動機高尚。她是黑人也是穆斯林，整天裹著頭巾。第一天放學後，在等電梯時，她說我長得不像中國人，我說你是我認識的第二個漂亮的南蘇丹女生。三個月之後，Aisha回了南蘇丹。

日語老師的這份教書工作是兼職，平日她是一所公立中學的國文老師，所以這裡的教學質量有保障，一些金髮碧眼的老外在此學過幾個學期之後，也能通過日語等級考試。

對於一個英語老師來說，學習日語算一件較簡單的事，詞彙、語法、閱讀、寫作、聽力、口語，照著公式往裡套。於是，我開足馬力，開始用比普通人快三倍的速度狂學日語。

（二）找工作

在這個日語班學了兩堂課之後，我發現自己的自學速度在課程進度之上，開始有點收不住心了，於是申請換去內容更深的班級，和機構負責人商量之後，順利地換到了隔壁班。

空調同樣很冷，教室如同一個巨大的冰窖，外牆是透明的玻璃磚，玻璃磚外是機構種的苦瓜，繁茂的苦瓜藤爬滿了整面牆，綠油油的葉子把烈日掰成斑駁的光影，一個個五短三粗的白色苦瓜，如同一塊塊懸掛著的崑崙玉，外皮發著奶白的光，同學們貌似都沒見過白色的苦瓜，爭相拍照。

這個班的日語老師是一位40多歲的單身女性，乍一看以為30出頭的樣子，幹練的短髮配粉色邊框眼鏡，步伐輕盈。她讓我先做自我介紹，然後同學們依次向我介紹他們自己，一番介紹下來，我了解到裡邊有一個中國人，是中國公司外派來日本的工程師，有一個嫁給高松農民的泰國人，家裡坐擁一個巨型農場，算是比較富足的家庭，一個菲律賓人，同樣通過結婚移民來的高松，目前在一家便當廠做工，還有一個印尼男生，在高松的一所大學裡學農業。

聽他們介紹時的口語表達，我心裡暗暗琢磨，這群人的日語水平可能在我之上，不過看樣貌，各個都很慈善友愛的樣子，氛圍十分輕鬆，也就沒什麼好顧慮的，放開了大膽說。日語學習波瀾不驚，老師帶進度，課上講解語法和句型，設有口語環節，課後的練習達到檢查和鞏固的目的。

課間休息時偶有驚喜，有時泰國女生會拿出她家種的西紅柿或柑橘分給大家，都是一小包一小包精心包好的。泰國女生嫁的是一個農場主，結婚三年，她的生活狀態是，農閒時去便利店或工廠打零工，農忙時，辭職回家幫忙收割。

日語學堂的人形形色色，我前前後後在這學了一個多月。曾有人跟我說，學日語的話，到日本生活一陣子就可以無師自通了，不需要像日語專業的學生那樣系統地去學，我想隔空回答他：「不太對。」日語裡有敬語，稍不留神就有可能冒犯對方，這還是在忽略你的語法錯誤和發音錯誤以及容忍你的外國口音的前提下。如果碰上一些有強迫症的老者，恐怕你的一個動詞時態錯誤，他都會因此而認為你的日語水平不夠，進而認為你的業務水平也一般。每門語言都如此，拋開方言不說，在標準語裡，人們使用詞彙的習慣的地域性往往也很強。要命的是，日語的擬聲詞和擬態詞繁多，並且被日本人偏好，同樣的意思他們會優先選擇擬聲、擬態詞來表達，而不是相應的形容詞或副詞。

把學習日語變成生活中的一個習慣，每一次沮喪，或對自己恨鐵不成鋼時，我都會下意識地默默唷幾下日文，心想著多記一個單詞多掌握一個語法點，就是多一點進步。2017年7月我通過了日本語能力測試N3，12月通過了N2，2018年12月又成功通過了N1。

自學通過日本語能力測試，在提升日語水平的同時也增加了自信。N1是國內日語專業本科生的硬性指標，對於國內的日語牛人來說，它並不是值得一提的事兒，但事實是，很多高中畢業後來日本讀語言學校，然後接著在日本讀三流大學的留學生們，竟然都沒考N1。

7月的一個週日，早晨的風微涼如薄荷，從四面八方吹來，潛伏了一宿的大大小小的露珠開始逃逸、蒸發。陽光在水滴的折射下呈現出七彩斑斕的光澤，恍如旖旎華美的錦緞。我乘車去大阪一家外國人工作信息中心註冊，順便打探關西一帶是否有合適的職位。

一進門，一位和顏悅色的日本女性招呼我填預約時間表，左邊一欄是預約語種，我停頓了一會兒，在「中文」一欄勾了一筆，心想懂中文的工作人員對於我目前的處境可能會有共鳴的地方。豈料，幾小時後期待化為烏有。

我等在填表處，一個面部肌肉鬆弛，紮著馬尾，瀏海根部泛白的中年女性朝我走了過來，手裡捏著一張A4紙大小的表格，大概10幾步的距離，她走了足足有一分鐘之久。她是中國人，走近後，站著問我：「你是中國人？你拿的是什麼簽證？」我一一回答。

接下來，便開始了我倆的對話。

女：「我們這邊跟你自己在網上搜，沒有區別的。」

我：「這邊有針對外國人的工作信息之類的東西嗎？」

女：「沒有，你還填表嗎？」

我：「既然都來了，填一下吧。」

女：「你會說日語嗎？」

我：「基本不會吧，但我英語還行，想找跟英語相關的工作。」

女：「你學了幾年英語？」

我：「十幾年吧，並且在紐西蘭待過一年多，英文會話沒問題。」

女：「一年多就沒問題了？」

我：「在印度也工作過一年，應該沒問題。」

女：「兩年多就能學好英文嗎？我們在這邊學那麼久都還不能會話。」

我沒有接她話。她替我填好表後，我湊過去一看。

我：「請問這行字是什麼意思？」

女：「是『工廠工作』的意思。」

我：「不好意思，我來這兒不想找工廠工作，可以寫點別的嗎？」

女：「這無所謂的，無論寫什麼，都以網上搜到的為準。」

我：「既然無所謂，那就寫我的意向工種吧。」

女：「你的目標工資是多少？」

我：「當地的平均工資吧。」

她歪著頭，動了動筆桿子，替我寫好了目標工資——月薪15萬日元。

女：「你的第一份工作是什麼？」

我：「內部審計。」

女：「內部審計是什麼？」

我：「對財務系統等企業經濟活動的監控和審查。」

女：「你自己寫吧……」

女：「接下來的工作是什麼？」

我：「我自己寫吧……」

從她手中接過表格一看，工作經歷一欄的順序寫反了，字體歪歪斜斜。看到目標月薪「15萬日元」幾個字，我火冒三丈，又強行壓住怒火，重新填好表後，去問諮詢處，得到的結果是，這裡和高松的職業介紹所並無本質區別，並沒有我心中預想的那些針對某一特定人群的信息匯總或職業推薦等服務。一整天的舟車勞累算是白搭了，就當是大阪一日遊了。

從大阪回來後，白天去日語學堂，晚上瘋狂地刷各種招聘網站，試著投了一個在京都的英文市場營銷崗。幾天後，收到京都公司興致盎然的回信，字裡行間透出一種信號，由於京都中國遊客眾多，業務需求擴大，需要擴充會說中文的員工規模，同時歐美客人也漸增，對會中日英三國語種的人大大歡迎。

於是雙方通過郵件敲定好視頻面試時間，通話後得知此公司乃創立不久的小公司，目前正社員僅兩名，老闆親力親為，每天同一群在京都的留學生兼職員工並肩作戰，公司的主營業務是向海外遊客兜售移動WIFI設備。

我問道：「如果我被錄用，是以什麼樣的形式？」他介紹：「首先是兼職員工，通過三個月的試用期，業務能力和工作表現得到公司認可後可轉為契約員工。」至於正社員的話，他沒有明確否定也沒有明確肯定。後來才知道，在日本找工作，這種含糊其辭的一定要果斷拒絕。

悶熱的7月，夜裡，田間蛙聲鼎沸，彷彿在開一場熱鬧的party，窗玻璃上壁虎成群結隊，乍一看瘆得慌，不過在日本文化裡，壁虎象徵吉祥，家裡有幾隻壁虎是大吉大利的事情，如果夏天的夜晚，窗玻璃上不見了壁虎的蹤影，有些老人怕是要急了。

7月21號晚上，搜到一條信息——高松國際機場在招聘正社員，瀏覽完招聘要求，隱約覺得可以一試。信息中寫到，想應聘正社員的人需要先到一個叫Hello Work的機構登記註冊，拿到介紹信之後方能申請。Hello Work其實就是「公共職業介紹所」，是依照日本法律在人口集中地區建立的免費介紹工作的政府機關，屬於公益機構。

Hello Work提供的工作大部分是一些待遇不太好或不太體面的工作，正規的大學畢業生或白領跳槽基本不會來這兒，一般針對家庭主婦、藍領、剛失業者等，或者幫助啃老族邁向社會，給有社交恐懼的人壯膽，向剛來日本的外國人、留學生提供一些打工信息。

Hello Work分為大堂和諮詢處兩部分。

進門先到諮詢處登記個人信息、出生年月、國籍，如果是外國人的話，會被查看簽證類型。諮詢完畢後，每個人領一個號碼牌，拿著牌子去大堂，大堂裡擺有幾十臺電腦供人挑選自己中意的職位，篩選的方法跟國內招聘網站雷同，也是勾勾選選然後點擊查看。

找到有意向的職位後可以立即打印出來，每臺電腦旁都備有免費打印機，打印好後拿著載有工作職位描述的紙返回諮詢處。根據崗位要求，福利待遇及個人意向，諮詢處的人會給出相應的建議，待自己決定好之後，委託諮詢處的人給公司打電話，確認職位空缺，和向公司簡要介紹應聘者，公司初步認可後便可當即在電話裡確定面試時間。接著，諮詢處會開Hello Work介紹信，面試時帶上簡歷，工作履歷表和介紹信。每個公司的要求不同，有些公司要求先把這三樣東西郵寄給它們，以便甄選。

基本上來說，Hello Work不是一個找好工作的地方，但也有例外，只要眼力夠好，或者運氣夠好。

（三）機場

我去的這家Hello Work位於飯山腳下，因為山形像一碗盛得滿滿的米飯，故得名飯山，寓意五穀豐登。自動門唰唰地開合著，空調開得大，冷氣把放置在門口的幾個垃圾箱吹得冰涼。

我直奔大堂，打印好昨晚挑中的招聘啟事，去到諮詢處，排隊等了十幾分鐘，一位西裝革履的老年男性工作者接待了我。他一口語速飛快且帶有老年男性特徵的含糊口音，我自然是牛聽彈琴，不知所云，心裡琢磨著，前些日子學的詞彙、句型怎麼一個也套用不上？

一般來說，當口語和聽力水平還沒那麼高時，跟母語者交流比跟第二外語者交流困難，一是因為人在講母語時較隨意，句子結構處理較靈活；二是因為人在講母語時不會太在意自己的發音，有些人不僅有地方口音，還有發音懶惰、發音不飽滿和隨意省略等情況；三是如果碰到上年紀的男性，在口腔裡半吐半露，含糊其辭，就更費勁了。

這老年男性開頭的幾句我聽懂了，後面就雲裡霧裡了。Miki在一旁用英文給我翻譯，那老年男性索性直接跟Miki聊起來，五分鐘後，Miki拉著我的手離開座椅，朝門外走去。一到屋外，我不解地問：「發生什麼了？」Miki說：「剛才那人說他從來沒有遇到過不會講日文的中國人，不會講日文的話不能工作，但是我跟他解釋說你的日文讀寫還行，漢字都能懂且會寫，將來在工作中有聽不懂的地方，可以讓同事寫下來，以書面的形式溝通，然後他說哪個公司會存在這樣的笨蛋溝通方式？」

Miki認為他的話侮辱了我，於是剛才拉著我的手奪門而出。我說：「既然這樣的話，就先找他們的負責人投訴一下再說。」於是，又從驕陽似火的戶外走進冰窖般的室內，直奔前臺，把剛才的事情一五一十地陳述了一遍，十分鐘後，從樓上下來一位中年女性，她帶我們上了二樓。

二樓是專門提供技能培訓的服務處，她讓我們把事情原委再講一遍，我們氣憤地說完，處理完情緒，中年女人爽快地撥通了機場電話，電話那頭是機場人事部負責人，他聽了我的信息後，讓我先把簡歷、工作履歷表和介紹信寄過去。從Hello Work回來後迅速寄出了這三樣東西。三天後，收到面試邀請，定於7月28日在機場面試。

面試當天，我精心打扮了一番，驅車前往高松機場。氣派的機場大廳，十幾部電梯開動著，一派生機勃勃、滿目繁華的景象，順著路標找到位於走道盡頭的機場辦公室，入口一旁擺有隔壁咖啡廳的霓虹燈牌、冰淇淋燈箱和兩塊價目表看板。

我表明來意後，工作人員熱情地招呼我入座，繼而端上冰紅茶飲品，一大清早，還沒完全醒透，看著杯子裡乒乓球大小的冰塊，絲毫沒有喝的慾望，加上面試的緣故，還是決定不喝了，萬一喝相太醜，或者喝到一半面試官出來了怎麼辦？於是就任它懸浮在冰紅茶中，慢慢化在裡頭。

一位長相年輕的男性從屏風後走出來，畢恭畢敬地鞠躬，自我介紹他是今天的面試官太平。他先讓我填了工作履歷表和目標薪資，然後開始詢問我基本信息。

「來日本多久了？」

「一個月。」

「你在中國讀的大學是公立的還是私立的？」

「公立的。」

「工作時間段可以從幾點到幾點？」

「從早上到晚上都可以，我住的地方近，開車只要5分鐘。」

「如果錄用的話，先是3個月的試用期，3個月之後，我會寫推薦信給社長，到時你再跟社長面試，通過後便可成為正社員。」

「好的，謝謝。」

整體感覺不靠譜，但出於離家近又能在富麗堂皇的機場工作，就先答應了下來。面試時，我一心想著的是成為正社員，竟然忘了談試用期的時薪，時薪之於非正式員工等於月薪之於正式員工。

面試結束後，聽從太平的指示，去銀行辦理工資卡，西裝革履的我一出機場後直奔香川銀行，一路上神采飛揚，在一堆大爺大媽的目光中把銀行卡辦了。此時的我像一條魚兒，遨遊在廣袤的海洋裡，層層鱗浪隨風而起，伴著跳躍的陽光，也伴著我的心。來日本整好一個月，找到一份像樣的工作，喜上眉梢。

面試時，太平說入職時間需等半個月後，我滿口答應下來。一般公司的做法是，面試後的一週就開始上班。幾個月之後我獲知，讓我等半個月才入職的原因是，8月15日是盂蘭盆節的最後一天，大部分從香川回東京的人選擇在這一天搭乘班機，這天的客流量最大。這天之前的半個月風平浪靜，不需要我這樣一個新入職員工，所以依著能省則省的原則，讓我乾等了半個月。

火紅的8月，電視裡盡是里約奧運的報導，熱情奔放的南美風情目不暇接，恍惚中彷彿看見了一朵朵潔白的浮雲，一棵棵參天大樹，一處處水窪，一縷縷從樹葉縫隙間透出的陽光。亞馬遜雨林的原始、自然、靜謐，反襯出高松的平淡無奇，科科瓦多山頂上的巨大耶穌石像張開雙臂擁抱里約，電視直播鏡頭從其身邊掠過，一望無垠的視野令人心曠神怡。

半個月的時間稍縱即逝，期間去了一趟機場簽合同，見到了日後的直屬上司——副經理林女士，看樣貌像四十好幾，實際還沒到四十，薑黃色的馬尾無力地躺在黑黝黝的制服上。見到我後，她遞給我一件小號制服，玄青色，衣領處有兩抹白色，扣子掩蓋在一層布下面，以防被不小心蹭掉。

第一天上班的日子終於到來了。我一身玄青色裝扮出現在機場。至於為何規定全身玄青色，我猜，大概，一是玄青色不顯髒，二是玄青色能給人穩重感，三是玄青色不會喧賓奪主。日本流行素色，一般人日常打扮不會太花裡胡哨。

腦子一片空白，林副經理領我到國際登機口，跟我說：「每週一、四、六、日有往來上海、香港、臺北和首爾的航班，你負責口譯。需要製作中英文文件時，你可以在辦公室待著，其餘時間可以到旁邊這家咖啡廳幫忙。」這家咖啡廳負責機場員工的中餐，也接待客人。

與其說是咖啡廳，不如說是餐廳，一家兼咖啡廳與飯館性質的餐廳。整體布局呈L形，進門七八米開外往右拐進去還有大概八九米的樣子，盡頭的鏡面牆體使整個餐廳看起來寬敞明亮。

我站在吧檯裡，看著眼前一溜排開的明晃晃的杯子：底座方形的、通體圓形的、狹長形的、漏斗形的、寬口的、玻璃的、塑料的……眼花撩亂。以為簡單的吧檯，並不見得那麼簡單。

我還沒緩過神來，林副經理端了一盛滿冰塊的盆過來。「林」是日本姓氏裡的林，發音和中國的林姓不同，她38歲，化的淡妝禁不住汗水，透過粉底可以看出臉上有不少斑，細長黝黑的眉毛下是一雙黯然無光的眼睛。

她招呼我：「先給你介紹一下同事們。」「謝謝，好的，請多多關照。」我用還不太熟練的日語回答。從吧檯的另一端可以一覽廚房全貌，開放式設計，在空間上可以節省材料，也能讓客人對店裡的衛生狀況放心。

林副經理介紹說：「廚房裡穿藍色條紋，戴黑帽子的女士叫由香。」我掏出口袋裡的小本子，認真地記下「由香」倆字，早上在家時，琢磨著要怎麼記住同事們的名字，於是便準備了這個小本子。林副經理叫來正在擦桌子的女士，短髮，深邃眼窩，乾癟脖子，瘦削身材，她叫里美。剛和里美打完招呼，這時從後門進來一位神采奕奕的女士，留著馬尾，妝容精致，淚溝旁一顆大大的痣讓我瞬間記住了她，她叫松本敦子。

認識完咖啡廳裡的員工後，我在機場溜達了一圈。上下兩層的機場，一塵不染，鱗次櫛比的餐館、書店、飲品屋、便利店，現代感極強的設計，令機場充滿時尚氣息，秀色可餐的Lounge接待小妹，謙虛有禮的清潔大媽，假小子模樣的全家收銀員，構成了一副多彩的畫面。

我成了高松機場裡的同聲翻譯，有乘客或客人無法跟日本員工交流時我就會出現。其實，我是被騙來的，但綜合考量之後，決定先留在這兒。在日本的第一份工作就這樣開始了。

許多人骨子裡都有那麼一點欺上媚下的勁兒，幸虧我的英文比許多日本人好，而日本社會又很推崇英文好的人，所以就中和了他們瞧不起說不好日文的中國人的成分。

（四）接觸日本服務業

一邊幹著機場翻譯的活兒，一邊去咖啡廳幫忙。翻譯慢慢得心應手，而咖啡廳的「繁文縟節」就多了。日本服務業的細膩之處，在此洞若觀火。

一有客人來店，店員需要聲音洪亮、精神飽滿地用敬語招呼，「請問幾位？」客人邊答邊用手指比劃人數。目光敏銳的店員引客人入座，一位或兩位客人時可引其入兩人座，這樣能給後來的四人、五人乃至多人團留出多人座的位置。

客人進店時，店員需要朝廚房方向喊話，告知廚師客人人數，這樣廚師也能呼「歡迎光臨」，讓店裡好客的氛圍顯得更濃，也讓廚師在心裡有個譜，待會兒要做多少人份的餐。

招呼客人入座的同時，店員需要上有冰塊的水，無論春夏秋冬。冰塊要選還沒融化的，融化了一半的冰塊漂在水裡對客人是一種不尊重，冰水的杯身和底座不能濕漉漉的，端水的托盤不能殘留水漬，當把托盤端到客人跟前，從托盤上取杯子遞給客人時，盡量一手托住盤底，一手去拿杯子，諸如把托盤放到客人桌上、托盤壓菜單等都是不規範的行為。

在把杯子逐一遞完之前，「小毛巾」先得送到客人手上，「小毛巾」在夏天冰涼，在冬天溫熱，可以起到客人清潔手掌和增加好感度的作用，冬天一塊熱毛巾愉悅心情，妥妥的，尤其之於旅途中的客人。遞完毛巾和水，店員此時會說：「您決定好點餐時，請按桌上的鈴。」這是完整的從客人入店到點餐前的服務流程。松本敦子在我眼前演示了幾遍。

流程雖記住了，但實操起來可沒那麼簡單，我的日文口語還不足以跟客人順暢交流，加上心理上的抵觸，就遲遲不能投入，翻譯的時候自信滿滿，一到咖啡廳幫忙時就蔫兒了。第一週上班，林副經理說主要熟悉環境，記清楚機場的空間結構，各個店鋪的位置，咖啡廳裡的基本用語等。

客人用完餐結帳走人後，桌上的殘餘物需要立即清理，收拾桌子沒有多少流程，憑常識去做即可，收完碗筷，用桌布擦乾淨桌面，把桌椅調正就算完事了。收拾桌子是前廳最初級的活兒，但忙起來時也不簡單，大腦需要迅速判斷各事項的優先次序，比如正在收拾桌子時，一端有客人呼叫點餐，需立即停下手上的活兒，以客人點餐為優先，一旦客人發現自己的請求被忽視了，哪怕只有3分鐘之短，也有可能會在兩天之後收到他們打去總部的投訴電話。

第一週每天中午，我在咖啡廳幫忙1小時。店裡忙得不可開交之時，只聽見幾聲清脆的響聲，隨即腳下濕了一地，原來是我在收拾桌子時，把杯子摞了三層，為了能一趟就把東西都清完，摞放的三個杯子在我走動途中顫顫巍巍地掉了下去，摔在地板上，瞬間碎成渣子。

他們理解我作為一個日語初學者的難處，基本只關注我的行為，在對日本人來說非常重要的口頭禮節性用語方面對我寬容了不少。

晚上躺在床上，心裡犯嘀咕了，要不要繼續幹這份工作？左膝蓋隱隱作痛，四個月前在上海松江參加了前公司的32公里徒步，左膝蓋落下了後遺症，為此還專門在8月1號去了一趟醫院，大夫瞧了瞧，給開了幾片貼膏。

由於前三個月試用期是以兼職的形式，林副經理給我排班。第二週的出勤時段被定為早上6點至下午2點，中間休息一小時。

悶熱的空氣從木房子的牆板外透進來，白天嘈雜的店內氛圍和林副經理慌張的神情，隱隱作痛的左膝蓋和對這樣一份在心理上多少有落差的工作，我思緒凌亂。還好，至少不用成天泡在店裡，在機場做翻譯時能給自己補充一些精神食糧。

由於上個月發生的追尾事件，當天用從上海帶過來的錢買了一輛車，存款瞬間所剩無幾，本打算用這筆錢去大城市租房的計劃也只能暫時作罷了。一面是與自己預期有差的工作狀態，一面是嚴峻的現實，我想八成是要暫時在這兒待下去了。高松也不差，好山好水、原汁原味的日本風情，正是一個了解日本跟學習日語和感受日本文化的大好時機。

上班流程是：出勤時在電腦裡輸入自己的員工號進行打卡，開始計算上班時間，打卡時間精確到分鐘。這裡的規則是，以每15分鐘為單位計算，比如一個人是從早上6點開始上班，那麼他的打卡時間段應該介於5:46與5:59之間，在5點46分打的卡和在5點59分打的卡沒有區別，都從6點開始算。同理，如果遲到一分鐘，6:01分打卡，那麼工資計算從6:15分開始。

早班的主要任務是在6點至6點30分這段時間給日本航空ANA的飛行員和乘務員們準備早餐，日本航空ANA和機場簽有長期合同，機組人員每天早上來此就餐，航空公司的員工會把第二天的早餐內容寫在紙上投進指定郵筒裡。宮本里美一五一十地給我講解備餐步驟和注意事項。

飛行員和乘務員的早餐一般是和食套餐、牛肉蓋飯套餐，以及三明治套餐和烤土司套餐。和食套餐包括煎三文魚、雞蛋捲、味噌湯、白米飯、鹹菜以及白蘿蔔末；牛肉蓋飯套餐包括米飯、牛肉、海苔絲、小蔥花、味噌湯、鹹菜和焙茶；三明治套餐包括三明治、沙拉、小火腿腸；烤土司套餐包括烤土司、沙拉、小火腿腸以及草莓醬和黃油。需要注意的細節包括，諸如筷子的朝向，餐巾紙的擺放方向，以及一個套餐盤中米飯，湯和主食分別應該擺放在什麼位置。

在和宮本里美一起準備早餐的過程中，通過蹩腳的日文和手勢我跟她聊了起來。她是單親媽媽，有一個27歲的兒子，也是廚師，近來身體抱恙，閒賦在家休養，還有一位80多歲的老母親需要她的照料。她是基督徒，逮住機會就跟我講基督教的東西。宮本里美溫柔敦厚，她的出現讓我在緊張，抵觸和無助的情緒中感到一絲親人般的舒坦。

每一天，不斷地接收嶄新的信息，要命的是它們全是日文，不僅小票單據上的日文認不全，連各類食物、飲料的名字也搞不明白。有一回，松本敦子跟我說：「你去給他們5個碟子。」我聽了半天，猜到了是碟子，但硬是猜不到「幾個」，那時的日語水平連「5個碟子」的「5個」都摸不著頭腦。她用手勢比劃了一下，我恍然大悟。

忙碌、新鮮、疲倦，有目標，每一天都在飛速地進步著。先假裝自己能做到，然後我真的做到了。

（五）工傷

2016年8月23日，週二，晴。

最後一班飛香港的航班滿員。在機場翻譯完之後去咖啡廳幫忙，滿屋的香港客人點了許多套餐，剛吃完一桌，椅子上還留著屁股的餘溫，另一撥在門口翹首等候的客人便亟不可待地進來了。

我被安排在廚房。髒盤子、杯子和用過的筷子源源不斷地進來，炸豬排套餐的盤裡一堆堆被客人剩下的沙拉耷拉著，掉入網狀鐵絲托盤裡，黃色的色拉調味汁像小孩擤出來的鼻涕。水杯裡懸浮著擦過嘴的紙巾，用過的一次性筷子如餓殍遍野的景象，觸目驚心。

店裡人聲鼎沸，香港客人的粵語和店員們的日語交織著。廚房洗碗的一般流程是：大廳的人把托盤連同碗筷杯子端進廚房後，一邊說「お願いします」（「請」的意思），一邊放下托盤轉身離去，廚房的人挑出不鏽鋼勺子，放進一個鐵篩裡，紙巾和用過的一次性筷子以及吃剩的食物則倒進垃圾桶裡。

髒盤子、髒碗從托盤上拿到洗碗槽裡，用水沖洗一遍後放到自動清洗器的塑料容器裡，等容器堆滿後推到自動清洗器下面，三至五分鐘，洗刷、高溫消毒和烘乾三個環節自動完成，然後打開自動清洗器的蓋兒，用手把廚房用器皿和大廳用器皿分揀開。

剛被高溫燙過的器皿碰到塑膠手套上的油，在又燙又滑的情形下，一個踉蹌，一隻裝咖哩飯的船形瓷碗從我手中滑落，就在其掉落的過程中砸中了一旁的櫃子，缺了一個口，此時我竟然試圖用手去接它，結果不僅沒接住，反而右手大拇指被劃了一道口子，感覺到一陣一閃而過的疼痛。

竹原聞聲而至，問：「你沒事吧？」我說：「沒事。」這時他大叫了一聲：「好多血……」我一看，果然，在被割破的藍色橡膠手套下，露出來的半截大拇指上，鮮紅的液體被傷口擠了出來，越出越多，流到了指甲上、手背上、手心裡，斷線的血色玉珠滴在地上，一滴、兩滴、三滴……不一會兒地上紅成一灘。

血是暖的，心卻涼了。

「大概就皮外傷，沒什麼大問題吧。」我一邊想著，一邊朝水槽走去。用自來水沖洗了很久，再一看，血仍止不住地往外湧，如同一股股泉水，我死命地掐住拇指根部，不斷滴落的鮮血仍然在廚房的地板上畫出了一串珍珠項鏈般的形狀。

此時，林副經理走了進來，用慌張的神情問我是否還好，說著拿出了創口貼，試圖去強行封住血流，我一邊用不熟練的日文說要下班了，一邊頭暈了起來。幾乎一整天沒進食，有點眩暈、噁心的感覺，心跳加速。這時一陣恐懼襲來，不會導致失血性休克吧？拿上包，齊藤廉送我到樓下，坐上車去往醫院。

驅車來到附近的醫院，醫院已關門，只能去市中心24小時開門的大醫院。血還沒止住，藍色橡膠手套已經被染紅了。為了趕時間，撥了120急救電話，日本的120電話是數字119。不一會兒，救護車趕來，用來掐右手的左手已經麻痺，傷口處已經發黑凝固，血腥味瀰漫。上了救護車，他們讓我平躺下，食指被夾上了一個脈搏測量儀，大拇指的傷口被拍了照片。醫護人員詢問我關於傷口的一些問題：起因，時間，處理措施等等，我用日文努力地回答著。

半個鐘頭後，車子到了醫院，護士迎了上來，招呼我先去盥洗室把傷口清理一下，他們用一種特製的泡沫狀液體幫我清洗，完事後用自來水沖洗。我問道：「不需要用酒精消毒嗎？」他們回答說：「不需要，水是最好的溶劑，已經把傷口洗得很乾淨了。」

說罷，帶我前去看夜診醫生，醫生仔細檢查了我的傷口，然後說：「應該沒什麼大礙。」說著，他用醫用膠帶把傷口嚴嚴實實地包紮上，開了幾天的消炎藥，臨走前讓我去照一下拇指的X光。深夜的急診間如同五星級酒店，柔和的橘色光和毛茸茸的沙發，以及踩上去能把腳後跟陷進去一大截的厚底拖鞋，讓剛才驚心動魄的一幕變得恍如隔世。

在X光室裡，醫生耐心地引導我擺手部動作，以不同的角度擺了幾個不同的動作。「沒傷及骨頭，無大礙。」主治醫生確認說，

「按時吃藥，定期到醫院處理幾遍傷口即可。」我付了檢查費和醫藥費，救護車免費。等拿到公司開出的工傷證明後便可退回今晚墊付的費用。傷後休了3天，弄好了工傷證明材料，右手包著厚厚一層紗布，不能碰水，也不能太使勁。過了大約3週才拆掉紗布換上防水創口貼，至此，這事才算結束。

因為他們是把我往正社員的方向培養，故我需要掌握機場翻譯的各事項，以及咖啡廳裡的各項服務。由於是小型機場，不同的時間段繁忙程度不同，也跟季節、節假日以及航班的上座率有關。

目前，高松機場有往返東京、沖繩、上海、首爾、臺北以及香港的航班，大體來講，週五、週日、週一以及週三會比較忙，週二和週四相對清閒，週六最悠閒。

咖啡廳從早上6點營業到晚上20點。大致情況是：早上6點開燈，啟動收銀機、咖啡機、冰淇淋機，把當天的報紙和一壺水放到客人自助角落裡，然後準備飛行員和空姐們的早餐。所有的杯子滿上水，放入冰塊，牛奶倒入咖啡機後便開始收銀精算，每天收銀機裡固定留有30萬日元的現金，早上需要過一遍數目並記錄有無差錯。

大約6點30分開門迎客。飛行員和空姐們會在6點30分至6點50分之間來，乘坐最早一班7點40分航班的客人也隨即接踵而至，早餐時間到11點結束。

12點到13點是午餐時間。此時機場的部分工作人員會前來用餐，店裡為機場工作人員特別準備了員工餐，每份756日元，有四種套餐可供選擇，每個季度換一次菜單，員工們還能享用免費的飲料和飯後甜點，若他們點非套餐的菜，則可享受每份200日元的折扣。

下午3點到5點算是「飲料時間」，此時間段的客人大都點咖啡，可可或果汁，和同事或親朋坐一下午。點咖啡時，客人一般只說咖啡的名字，店員需要追問：「需要熱的還是冰的？」

過了5點，進入晚餐時間。晚餐時段的客人一般會點套餐和啤酒加小食，店員要頻繁補齊桌上的餐巾紙、筷子以及砂糖、牛奶之類的。忙的時候，廚房的某些食材快速耗盡，廚師會告知哪些菜單客人不能再點，哪些菜品還剩多少人份。

晚上7點，謝絕新客人入內，7點15分，詢問客人有無last order。待所有客人離店，掃地，清潔，補充餐巾紙、筷子、牛奶、糖漿以及咖啡豆。關掉咖啡機、冰淇淋機，杯子、叉子、勺子歸位，最後準備第二天飛行員和空姐們所點飲料的杯子和套餐托盤。

等收銀臺精算完畢，把當天的營收放進保險箱，這樣一天的工作就算結束了。

期間，需要時常清理咖啡機榨剩的咖啡豆粉末，補充醬料、芝麻和海苔，幫廚房準備鹹菜、味噌湯底料以及「じゃこ天」（愛媛縣特產，用魚肉製成）等，除此以外，還有冰淇淋機要每隔幾小時開動一次之類的瑣事。

進廚房的第一步是戴好手套和帽子，如果食物裡掉入一根頭髮，那造成的後果比食物難吃的後果要嚴重很多，客人不僅會當場發火，還會投訴到機場辦公室，一兩週後，機場辦公室工作人員便會來盤問詳情。

各類冷凍食材的「賞味期限」需要勤檢查，一旦過期，只能扔掉或免費給員工吃掉。賞味期限和保質期是不同的兩個概念，在日本一般的食品包裝上都標註有賞味期限，意思是「保鮮期」，而消費期限才是保質期，過了賞味期限，不代表不能食用，只是味道沒在最佳狀態。如果賞味期限是10天的話，一般在10天的1.1-1.2倍的時間內是可以食用的，許多賞味期限標註為五六個月的方便麵，實際上在8-10個月後仍可食用，所以剛過賞味期限不久的食材，林副經理都會分給員工們。

廚房需要不斷補充食材，對供貨商提供的食材進行分揀、解凍、切塊、調味，蔬菜切絲或腌製等，要時刻保持菜單上的菜品一點就能上的狀態。廚房的清潔工作也很重要，客人少的時候，就是清潔廚房的水槽、垃圾桶以及裝炸薯條的塑料袋、刀具、裝醬料的瓶瓶罐罐的時候。除此之外，每週幾次的換油是一項力氣活，炸雞塊的油需要定期換，要高高舉起十幾公斤重的油桶在空中停留好幾分鐘。

從這個咖啡廳能對日本的服務窺一斑而知全豹，由衷讚嘆，無可挑剔，每一位從業者個體高度自律，責任感和服務意識爆棚。在我看來，有時不免有「過度服務」的嫌疑，但恰恰這樣，才讓日本贏得全球服務最佳的美譽吧？

工作之餘，我在高松及四國島上遊山玩水，領略日本風土人情。金秋十月，碧空如洗，我們來到隔壁的愛媛縣，觀看了「太鼓神輿」。日本各地的神社舉辦年度大祭的時候幾乎少不了擡神轎活動，這些神轎重達500公斤、800公斤、甚至1000公斤，平均每個擡轎人的肩膀、脖子部位會受到上百公斤的神轎與擔棒（担ぎ棒）的擠壓。擡神轎現場通常熱火朝天，無論是參與者還是觀看者，都情緒熱烈，氣氛高漲，像熾熱的熊熊火焰，刮刮雜雜。

高松之於我的意義，是一扇通往日本社會的門，我推開了它，不知不覺便推開了日本的大門。

（六）日本客人

機場咖啡廳早餐菜單有烤土司套餐、三明治套餐、和食套餐、牛肉蓋飯套餐以及雞蛋西紅柿法式麵包，金槍魚火腿法式麵包。

午、晚餐菜單有炸豬排、炸牡蠣、炸雞塊套餐和拉麵、炒飯、意大利麵以及下酒小菜，比如煮毛豆、煮小火腿腸、じゃこ天、炸薯條之類的，甜點有四種蛋糕可供選擇。一本厚厚的菜單，上面各種菜品的做法和擺盤我都略知一二，有些還滿擅長，比如拉麵、意大利麵和炸薯條。

總體來說，日本客人很尊重店員，言辭和行為彬彬有禮，他們會用否定疑問型句式來詢問店員，會在店員上每一道菜的時候說一句發音飽滿的「謝謝」，他們知道怎麼做能最大限度地滿足店員想要被客人尊重的心理，也知道如何恰如其分地表達平等和友善。令人覺得他們值得被認真對待，他們也會認真對待自己。

凡事皆有兩面性，如此高素質的另一面是，店員需要習慣他們獨有的情感表達方式。他們嚴於律己，也嚴於律人，對店員顯示出的每一份禮貌和涵養，都是在希望能得到相應程度的服務質量的前提下進行的，倘若達不到他們的心理預期，便會顯露出一些在我眼裡有幾分「怪」的獨特行為。

日本客人的「獨特行為」包括且不限於以下。

當客人獨自一人就餐時，言辭拘謹；團體聚餐時，尤其微醺之後，往往開懷大笑，音量分貝大到打破世人心中對日本人輕聲細語的固有印象。

客人進店時，一般店員會給他們指引一個方向，許多客人故意不選店員所指方向的座席。

忙的時候會出現某些菜品售罄的情況，如果正好被客人點到了，即便店員邊解釋邊道歉，他們也會用誇張和難以置信的語氣問：「為什麼？為什麼售完了？」

一些客人假裝不知道怎麼食用某些食物，比如炸豬排套餐。炸豬排套餐配有芝麻和醬，客人叫來店員詢問其具體吃法，這就好比一個北京人去到上海，然後問上海店員：「灌湯包怎麼吃？」

有些客人假裝找不到菜品在菜單上的位置，叫來服務員後，用疑惑中夾雜質疑的語氣問：「店門口看板上的菜品怎麼沒有呀？」店員還沒來得及回答，他們就自言自語：「哦，原來在這裡呀，剛剛沒注意到，不好意思……」

閒時，店員站在靠廚房的一端，沒注意到客人進來，他們會故意站立在門口許久，直勾勾地盯向店員，等待店員發現他們、疾步衝上前道歉並引他們入座，他們很享受這種「被道歉」的感覺。

有些客人從門口徑直走到座位後，在3分鐘之內店員如果沒端來冰水的話，不出下一個3分鐘，他們就會怒氣衝衝地離開，因為他們認為店員不尊重客人。

咖啡廳最裡頭的三張桌子，因為需要擺放第二天飛行員的早餐餐盤，而被擺上「預約席」的牌子，某些客人會走去這些座位，對其它十幾張空桌子視而不見。此時若禮貌地勸離他們，他們不會選擇離預約席最近的空位子坐下，取而代之，會選離預約席最遠的。

忙時，門口擺放「店內滿席」的告示牌，許多客人會無視牌子，無視滿屋的客人，找店員問：「滿席了嗎？還需等多久？」另一種情形是，店內從滿席變為非滿席，但店員忘了拿掉告示牌，此時一些客人瞅著明晃晃的大廳，指著告示牌問：「這裡放著牌子呢，是滿席嗎？能進去嗎？」

客人獨自前來就餐，不選單人席，偏挑四人座，若店員勸其坐單人席，也會出現憤然離店的情形。

同一團的客人不同時進店。比如一行四人，先進來倆，店員沒問人數端過去兩杯冰水時，他們會說：「還有兩人……」大約3分鐘後另兩人出現。這種一團分兩撥，相隔幾分鐘入店的情況屢見不鮮。

客人點咖啡時，店員沒問熱的還是冰的，根據天氣自行判斷後往往會出錯。大冬天客人要冰咖啡，大夏天客人要熱咖啡的情況不少，反正跟店員心裡判斷的正好相反便是。

有時客人點了牛肉烏冬，店員端來後，他們會說自己點的是じゃこ天烏冬，明明5分鐘之前親口說的是巧克力蛋糕，他們會睜著眼睛說瞎話，說剛才點的是芝士蛋糕。

有些客人每喚來一次店員只點一道菜，一頓飯吃下來，按了5次鈴，點了5回餐。

結帳時，當店員告知客人的卡不能使用，需要換一張時，他們會大吃一驚，不相信、生氣然後不情願地掏出另一張卡，心有不甘地喃喃自語：「好奇怪，怎麼會用不了呢？」刷卡機傳輸信號耗時有點過長時，他們也會不耐煩地問：「怎麼會這麼久？」

結帳找零時，若沒有面值百元的硬幣，又沒提前向客人解釋而直接找了一堆50日元的硬幣給客人的話，他們會很生氣，認為這是一種失禮行為。

店裡有客人時不能掃地；店員不小心碰倒東西發出響聲時要大聲喊「對不起，失禮了」；客人不小心打翻水杯，店員要迅速幫忙擦乾，並遞上新的冰水；客人打翻桌上的調味瓶，店員需及時前去安撫客人說「沒關係，請讓我來處理，您不用管」；客人吃完一道菜時，要及時收走空盤子以便給桌面騰出空間；客人點的飲料是飯前，飯後還是飯中，需要問清楚。

總而言之，大多數情況下日本客人謙謙有禮，婉婉有儀，偶爾會現出一些文化根源裡獨有的「怪味」，假裝瞠目結舌的語氣，稍許神經質的眼神和過於苛刻的心理需求。

一個小小的咖啡廳，能反映日本社會「人人逼自己也逼他人自律」的程度之深。

在高松機場工作期間，下班後或假日裡，會抽空去探索高松。高松位於日本四國島東北岸，是香川縣首府，臨瀨戶內海，是四國地方的政治、經濟、文化中心，商業發達，有香川大學等高等學府。香川縣是知名的烏冬麵之鄉，被稱為「烏冬縣」。在此能感受到地道湯汁與筋道烏冬的完美結合，香噴噴的鮮美之氣蔓延迂迴，縈繞鼻端，令人垂涎欲滴。

烏冬的料理方式與吃法講究也不盡相同，有咖哩烏冬、湯烏冬、火鍋烏冬，有湯麵分離，配上一碗湯汁蘸著吃的，有搭配蔥花或蘿蔔泥一起吃的，有在烏冬麵上打一顆生雞蛋的，也有搭配天婦羅的。

高松除了有赫赫有名的烏冬麵之外，還有一個在日本國內數一數二的名園——栗林公園。歷史悠久、景色優美、景致多樣、四時風貌不同，是體驗典型日式園林的絕佳之地。栗林公園注重對自然的提煉、濃縮，創造出能使人入靜入定、超凡脫俗的心靈感受，耐看、耐品，精巧細膩，含而不露。

2017年11月18日，我有幸在高松機場親眼見到了日後的德仁天皇，彼時他還是皇太子。高松機場是個好地方，高松也是一個好地方。

（七）同僚

在咖啡廳，固定有13位同事。

林副經理家有四口人，丈夫在一家清潔公司做經理，小兒子是附近售車點的正社員，大兒子同在這家機場店上班，四人都抽煙、喝酒。林副經理每天20點下班後，雷打不動6罐啤酒和半包香煙，跟大多數日本家庭一樣，一家人用同一盆泡澡水輪流泡過澡後，在吞雲吐霧中看YouTube視頻到凌晨3點，睡兩小時，凌晨6點趕來上班。

咖啡廳的13位員工裡，只有四位的工作時長達到每月的納稅標準，其餘9位為家庭主婦或在校學生。隨著時間的流逝，這裡慢慢成了林副經理一手遮天的地方，與兒子一唱一和，加上機場辦公室賦予的權力，林副經理享受著大權獨攬所帶來的特殊待遇，對其他員工的不公之舉也紛至沓來。

一般情況下，大廳標配兩名店員，然而每週六日早上6點至上午11點，常常只安排松本墩子或高尾女士一人，林副經理自己想在週末睡個懶覺，她兒子則拒絕上早班。

林副經理不希望員工有片刻閒暇時刻，每時每刻身體要動起來，如果手頭的活兒做完了，就擦地板，擦玻璃，大廳實在找不出活兒了，就去幫廚房的忙，換味噌湯料包，炸「唐揚げ」（炸雞塊），或切白菜絲、蘿蔔絲。

在排班方面，一切以自己和兒子的方便為準則，根據自己的行程去安排其他員工的班次，別說提前排下個月的班次，即便是以星期為單位，林副經理也給不出大家的排班表。

日本勞動法規定，員工連續工作時長不得超過5小時，所以一旦有人的班次是從早上6點到晚上20點時，中途便會有多段休息時間。中途休息時間的起止、次數均不能提前獲知，只能依據店內的繁忙程度以及配合他們母子倆的情況來定。休息時間可能從早上9點至11點，下午14點至16點，一天下來，實際算工時的時間最多不會超過8小時，有時甚至只有四五個小時。

林副經理和她兒子均嗜煙如命，不顧二手煙對他人健康的傷害，在辦公室堂而皇之地抽煙早已司空見慣，上班時間間歇性煙癮發作，跑出去抽個20來分鐘也是家常便飯的事情。林副經理的兒子在大廳幹活時，最常做的事情是玩手機遊戲和只收銀，其餘端茶送水，打掃衛生的活兒當然歸其他員工了。

林副經理還有一大癖好，常常向店員們打探她不在店裡時相互之間的聊天內容，然後傳達給各方，破壞大家彼此間的信任。表面十分有禮貌，敬語一套一套的，背地裡卻嚼過不少人的舌根。

林副經理常常連續出勤半個月，嘴上向所有人抱怨說：「太辛苦了，但店裡缺人，我不得不每天出勤。」實則不然，每週六跟週二是相對清閒的時候，她完全可以休息，但為了掙更多的錢，她自己選擇不休，還假以一個冠冕堂皇的理由——「因為店裡缺人，自己作為經理，有責任隨時補上」。這種大家都知道她知道大家都知道的事情，出自林副經理之手。

上原女士當面跟她提議，讓她休一休，她背地裡說：「這個老婆子可真煩人，我休不休是我的事，不用她來管……」

林副經理雖然一直在做過分和不公平的事情，但客觀上也不能忽略她的某些優點，比如：幹活麻利，嘴甜，自信，擅長交際等。有時還能講講葷段子逗大家哄堂大笑。即使內心名堂萬石，表面功夫仍然很到位，該禮貌問候時禮貌問候，該假裝若無其事時假裝若無其事。

林大是林副經理的兒子，2015年高中畢業後在附近的加油站工作了半年，隨後在不遠處的一家餐廳裡做了3個月，之後來了這家機場店。

在加油站工作時，他當時同事的母親是當時這家機場店的副經理，當時林副經理正好在找工作，而當時這家店正好人手不足，經林大的同事引薦，林副經理便進了這家機場店，後來，之前的副經理辭了職，林副經理便喚來林大，兩人滴水不漏地「統治」起這個店來。

林大愛車，愛玩遊戲，愛睡覺，愛吃，也愛追求女生，曾在網上追到一個沖繩女生，特意飛去沖繩見了對方父母，也邀對方來高松見了自己的父母。後來女生去了神奈川縣上專門學校，邀他一同前去生活，在林副經理的阻攔下，林大沒去成。再後來，發生了一些矛盾和誤解，女生報警說林大恐嚇勒索她，以至於林大特意跑了一趟警察局錄口供。

47歲的竹原是專業廚師，廚師專科學校畢業，一直從事廚師工作，離過一次婚，無子女，和父母同住，家裡開了一家拉麵館，打工只是副業。我剛來時，竹原對我很嚴厲，髒杯子放哪裡，大廳的垃圾倒進哪個袋子裡，用過的果汁盒要壓扁，盤子的疊放順序，豬肉蓋飯的醬汁放多少，炸豬排的沙拉堆放形狀，切三明治的刀法等等，都事無巨細，一口三舌。

64歲的上原在這家店10年了，和獨身主義的大兒子住一起，每天從早上6點上到上午11點下班後，回家繼續幹農活，她種了幾畝田，還有幾片菜園，健康的體魄和樂觀的性格讓她遊刃有餘。她了解不少中國文革時期的歷史，也跟我講述了許多關於高松的歷史。年輕時她是家庭主婦，在工廠工作過，結過兩次婚，開車技術一流，即便已六十多歲，倒車入庫仍然是分分鐘的事。上原女士於2017年10月31日辭了職，萬聖節當天，她跟所有人微笑禮別，給廚房留下一個早班缺人的局面。

三個月前的某一天，上原跟林副經理翻了臉，雙方掀了桌子。

生於1997年的大學生齊藤廉在廚房兼職，切蔥、炸薯條、煮麵……家離機場5分鐘左右車程。齊藤廉一表人才，五官完美俊逸，細碎的長髮覆蓋住光潔的額頭，垂到濃密而纖長的睫毛上，眼角微微上揚，純淨的瞳孔和俊秀的眼型奇妙地融合成一種極美的風情，薄薄的唇噙著一抹放蕩不羈的微笑，散發出復雜的氣質，帥氣、可愛、英氣、魅惑。由於是林大初中校友的緣故，林副經理對他愛護有加，從不呵斥他，也從不給他派繁重的活兒，店裡員工多的時候，會假模假樣以示公平地指揮他做一些讓大家能看到的事情。

齊藤廉是陽光開朗的大男孩，喜歡玩遊戲，喜歡韓流文化，從小在郊外長大，簡單單純，腦子裡沒有歪門邪道的東西，據他自己說，高中時談過一次戀愛。但據我後來跟日本人打交道的經驗，許多男生都喜歡誇大自己對女性的吸引力，即便只是牽牽手，嘴都還沒碰到，也稱對方為自己的女朋友。

齊藤廉胃口很好，任何吃到嘴裡的食物，還沒吞進胃裡就迫不及待地稱讚其美味，拉麵、炒飯、炸薯條、炸豬排、烏冬……他誇張的表情和語氣，有時讓沒有胃口的我也會提起食慾。他教會了我不少日語單詞，除了我向他請教的之外，他也主動教我一些日本年輕人常用的詞彙，有時只有我和他時，兩人的談話就滔滔不絕起來，在餐巾紙上畫動漫圖，或聊起中國文化。

齊藤廉於2019年開始正式找工作，這在日本叫「就職活動」，大三的學生們參加公司組織的校招面試，雙方滿意後「內定」簽合同。和國內校招差不多，唯一不同之處是，日本的「內定」可以提前一年，甚至更早。

六車由香女士，在此稱其為「六車母」，因為下面還會提到她的兒子。四十五歲，皮膚通透，沒有半點褶子，丈夫在附近的加油站工作，有一子一女，在山腰處有一所自己的房子，夏季時，在自家的浴室裡就能觀賞市區的煙火表演。由香女士兼有兩份工，除了是廚房的中流砥柱之一外，還是一家美容院的按摩師。

由香是我認知裡典型的日本中年婦女類型之一，待人接物彬彬有禮，把「謝謝」和「對不起」常掛嘴邊，工作勤勤懇懇，精力永遠充沛，有時能連軸轉十幾天不休息。在廚房時，由香也一刻不間，炸牡蠣、炸豬排、煮じゃこ天、煮牛肉蓋飯的湯汁、切蔥、刨胡蘿蔔絲、鹹菜擺盤、換味噌湯料包……食材備齊後，便開始清理水槽、擦油漬……

在店裡時，由香盡量避免跟我聊天，怕被林副經理念叨。在機場辦公室裡，有時她會主動找我聊。我問她為什麼要這麼努力地兼兩份工？她說房貸還沒還清，女兒還在讀初中，如果今後女兒要上大學的話，學費也是一筆不小的支出。雖說許多日本大學生靠自己貸款交學費，等畢業後再逐月還款，但仍有許多父母願意主動承擔子女的學費。齊藤廉的大學學費就由其父母承擔，聽說四年下來近1000萬日幣。

有時我倆會不約而同地談到林副經理對林大的包庇以及林副經理在訂貨和管理上的一些失誤。2018年開年第一週，由於供應商放年假，林副經理沒有在前一年年末訂好足夠多的貨，導致菜單上三分之二的品項都不能夠提供。

最令由香生氣的是，每回她不在時，林副經理就會欺負她的兒子——六車直樹。

六車直樹生於1997年，高大魁梧，聲音渾厚，動作遲緩。在一人被當成兩人用的日本餐飲界，動作不麻利的話，遲早會被人苛責，只是這個早早出現的人是倚勢凌人的林副經理。

機場店的特點是，同一個航班的人一呼啦進店，一呼啦出店。廚房人員的手腳速度和收銀的快慢很重要，有時廚房即便只有一人，那也得有條不紊地把菜品一樣一樣準備出來。真正忙起來的時候，廚房那臺打印訂單的機器，接連不斷地往外吐白花花的紙條時，確實會令人產生心慌的感覺。

直樹不僅手腳慢，且容易慌張，一忙，一慌張，一手足無措，就更像無頭蒼蠅了，此時林副經理便會朝廚房連喊帶呵斥，老實巴交的直樹就用「憨厚」和「任勞任怨」硬生生扛住了在我們看來他其實不怎麼能勝任的這份工作。直樹在2018年2月辭了職，4月從廚師專門學校畢業後，開始了正社員的工作，在隔壁城市的一家日本料理店做幫廚。

松本墩子，47歲的家庭主婦，有一獨生女，丈夫在銀行做外聯工作，頻繁出差，她常常會跟著一起出差，不管是不遠處的大阪，還是較遠處的東京或九州。

家庭主婦在日本是一種職業，一種被社會和政府所認可的生活形態。家庭主婦可以加入丈夫的公司保險和年金繳納系統，享有和社員同等的醫療報銷額度及其他相關福利，丈夫退休後，主婦也可以領取屬於她的一份退休金。家庭主婦的主要工作是打理好家裡的一切，洗衣做飯收拾屋子，準備午餐便當，參加孩子的學校活動等等。目前的日本存在著大量的家庭主婦，她們負責創造一個舒適的家庭環境，對日本社會算是一種間接的貢獻。

2016年8月我剛來時，松本墩子以一個前輩的姿態，指示我如何端茶送水，如何向客人問候，如何拖地擦桌子，如何沖咖啡以及如何洗手。在日本的餐飲店，幹活之前必須花幾分鐘時間把手洗乾淨，要把指甲縫和關節褶子裡的細菌都清掉，有一套規範的洗手流程，手心對手心來回摩、手指交叉來回洗、手心搓手背、手背擦手背、手心抹手腕，以及用小刷子刷指甲縫等，在洗手液豐富泡沫的浸透下，細菌無處藏身。

日語的敬語繁多，對於初學者的我來說，要克服組詞造句上的困難，更要克服心理上的恐懼情緒，在端著尊嚴的日本客人面前，本能的，我只能想到「戰戰兢兢」和「速戰速決」。每每此時，松本墩子都會教我，用她略帶傲嬌的姿態。松本墩子有一輛又大又豪華的車，她兼職做鋼琴教師，崇尚有質感的生活，在這個小城裡維持著她的高級感。

高尾、長尾、豬本、佐藤、藤村女士，以及只相處了半個月的森田，他們都有自己的故事。藤村女士為了給18歲的兒子交學費，打三份工；森田從專門學校畢業後在家待業了半年，作為林大的幼時好友，被連哄帶騙地邀了過來。

高松機場讓我初識了日本職場，以及日本人的社交行為。我眼裡的他們，每天都像在下一盤酣暢大戰的棋，表面平靜，背地裡波濤洶湧。平靜的語氣，堅定的態度，在互相尊重的前提下，相互制約著。

人，總得有點兒臭德行，比如欺負一下弱者，比如說說強者的閒話，這些毛病，日本人也有，只不過以一種「有素質」的形式包裝了起來，站在道義的制高點拔高自己的形象，同時迫使對方壓抑自己的想法並不自覺地做出他想要你做的事來。不懂日語的我，不懂日本文化的我，不懂如何把握分寸的我，不懂如何反擊的我，靠兩個詞順順利利地走完了這一年多的人生必經之旅，那便是——「多微笑」和「少抱怨」。

在高松機場堅持了一年多，期間見到過皇太子、太子妃，戴口罩的龜梨和也，AV女優，各種體育明星和日本老戲骨們，還和大久保佳代子合了影。這一年多的工作經歷也成為我在2018年申請日本身分時的一個有力保障，因為我一來日本就持續不斷地交了一年多的保險、稅和年金，日本政府在給與我正式身分時，這是一個大大的加分項。

2017年12月10日，我參加了日中友好協會組織的日語演講比賽，同場競技的都是在日中國留學生們，起初我滿緊張的，老想著自己才自學了一年多的日語，就跟學了那麼久的留學生們比賽，不免心孤意怯。去了現場之後才發現，他們其實很一般，不僅發音一般，演講時不能脫稿，稿子內容也一般。

我把去年剛來日本找工作時在Hello Work裡遇到的那事兒和在高松機場受到的恩惠之情講了出來，當著高松市日中友好協會所有人以及滿屋子觀眾的面。

第二十三章　神戶

2018－2019年

（一）面試

2018年1月17日，在高松機場工作的最後一天。平靜的一天，跟眾人道別，藤村送了我3000日幣的商品券，林副經理給了我一盒已開封的客戶送的點心，虛情假意下赤裸裸的「沒誠意」暴露無遺。

2017年12月，在網上找了一家位於神戶的公司，目前處於缺人狀態，招聘崗位為其總部直屬的一個品牌推廣部。提到神戶，繞不開的話題之一，非「神戶牛」莫屬了，號稱全世界第一金貴的牛肉，早已蜚聲四海，世界各地的人慕名前往神戶，就只為品嘗一口神戶牛肉。

這家公司的品牌推廣部下有一個主要面向外國人的諮詢中心，打著宣傳神戶旅遊的旗號，重點推薦自家的神戶牛肉餐廳，主要目的是讓前來諮詢的外國遊客在神不知鬼不覺中造訪自家的餐廳，狠賺對方一筆的同時順便為他們提供一些在網上都能查到的旅遊資訊。在這樣的背景下，他們需要一些會說地道中英文的員工，把「忽悠」發揮到極致。

由於2016年來日本時簽的是一年簽，在高松機場待到2017年6月更新簽證時，本來想若能拿三年簽的話，就在高松市安定下來，待上一陣子申請日本身分。可惜以上計劃落空，更新後仍是一年簽，於是逮著機會迫不及待地去了神戶。

一來，神戶是國際化的海港城，工作機會總比高松要多；二來，一個能幫自己從高松機場脫身的機會，先抓住再考慮下一步；三來，在高松更新簽證時，隱約感覺來年仍將會是一年簽。於是，索性轉移陣地得了！

2018年1月23日，我坐四國巴士公司的大巴來到神戶市中心——三宮。下大巴後，走路去面試的公司，辦公室位於神戶元町商業街裡一幢樓的四樓，和神戶中華街僅一牆之隔。我順著樓梯爬到四樓，敲了門，一位身材高挑、長髮披肩的女士開了門，我說明來意，她讓我進屋，坐在長形會議桌旁稍等片刻。

大約10分鐘後，一個精神矍鑠、短小精悍的小老頭走了過來，他便是面試我，錄用我以及接下來會是我直屬上司的川本先生。川本先生原本是大廚，年輕時和妻子開過店，在1995年的阪神大地震中，屋毀店倒。後來，妻子因病仙逝，背負巨額債務的川本先生不得已去公司上班，做過多種類型的工作，也去過東京，幾年前回來神戶，在這家神戶牛公司上班，負責神戶牛品牌的推廣及商業洽談。

他先讓我自我介紹，再一一問了我每份工作的辭職原因以及今後的職業規劃，這部分同大多數面試官無異。關於工作內容，我主動問了他幾句，他熱情地跟我講解起來，他端來電腦，打開PPT，一五一十，口若懸河。

一開始，我還能強顏歡笑，頻頻點頭附和，以示禮貌，出人意料的是，他一發不可收拾，洋洋灑灑講了2個多小時，聽得我腦袋發暈，臉上的笑容也僵硬起來，睏意悄然襲來，可這畢竟是在面試，我不斷地提醒自己不要發睏，挺直腰，強忍過去。後來得知，他跟任何人講話，或者開會發言，都是一發不可收拾的風格。

他問了我的薪資期待以及我外號的由來，我本想回答他外號是自己「隨意」取的，當時腦中浮現的「隨意」用日文表達是「不細工（busaiku）」，而實際上是「無作為（musakui）」，發音相近，意思卻大相徑庭。我一開口，坐在屏風後面、剛給我開門的女士「哇」地一聲大笑了出來，我自己也意識到好像哪兒不對勁，跟著笑了起來。

面試在一片歡聲笑語中結束，川本先生跟我說，面試結果會以郵件的形式通知我。

離開辦公室，我和Miki進了中華街裡一家四川料理店，三個女人在有說有笑，見我們進來，立刻收起笑容正襟危坐，用日文歡迎我們來店。我和她們幾人目光交會了一下，在意會中我們互相猜到了對方是中國人，果然，我道明身分之後，她們跟我說起自己的事來。三人均是從國內來的移民，有丈夫是餐館老闆的，有丈夫是公司社員的，女人們則清一色是家庭主婦，現在的工作是做安利直銷，每天穿梭在阪神一帶，公司每年會獎勵出國遊。

三人極力說服我加入安利隊伍，我說這事還得從長計議，眼下先定下來工作，搬來神戶再說。於是，互留了聯繫方式後道別，我和Miki走去三宮，坐車回了高松。

第二天睡到中午，起床點開郵箱，看到神戶牛公司發來的錄用郵件，寥寥數行簡要介紹了薪資待遇、崗位職責、報到時所需的材料等。工作定下來之後，就是租房搬家了。在日本，租房不算件小事，是一件費時費力的事。在國內租房，只需一張身分證，交好押金，三言兩語就能搞定。在日本租房，需要經過「審核」。

正常情況下，日本的房東和房客不見面，房東只聯繫物業公司，把一切事務委託給物業公司打理，物業公司與租金保證公司以及仲介公司合作，攬客的事由仲介承擔，保障租金的準時入帳則由租金保證公司負責。

房客如果看上了某套房子，填寫個人信息和保證人信息，萬一發生拖欠房租的情況，租金保證公司會先墊付房租，同時催房客補交房租，若房客本人實在承擔不起房租，或者鬧失蹤、耍流氓，租金保證公司就會聯繫先前所填寫的保證人，令其代房客補交房租，若保證人也不履行義務，租金保證公司會用各種方法來讓房客交房租，不排除聯繫當地黑社會，威脅，恐嚇等。

填寫的工作信息，包括公司名稱、職務名稱、公司聯繫方式、年收入等，許多沒有工作的人極有可能租不到房子，也是出於此原因。

填好信息表後，仲介公司會拿去給物業公司，物業公司聯繫租金保證公司進行審核，租金保證公司的人會打電話核實房客的基本情況，大概核對一下先前填寫的信息。接下來就是等，等上幾個工作日，租金保證公司會把審核結果通知給物業公司，然後再由物業公司傳達給仲介公司，仲介公司會以郵件或電話的方式告知房客審核結果。通過了審核的話，就可以去仲介公司交錢，拿房屋鑰匙。

只要老老實實按時交房租，法律會保障租客的一切權利，讓租客有尊嚴地、平靜地住下去，房東及其他任何人均不可隨意進入租客的房間，也不能違反合約。租金、租期以及各種條款都清清楚楚，白紙黑字，讓人可以安安心心，不用擔心國內那種「房東女兒要結婚，你提前搬出去吧」的情況發生。

租房時的「頭金」包括：第一個月的房租，一個月的押金，給房東的禮金（一般等於一個月的租金），給仲介公司的手續費（一般等於一個月的租金），還有清潔費（有時等於一個月的租金，在入住前，仲介公司會找專業的清潔公司來打掃，殺菌），如果需要換鎖的話，還需自己承擔換鎖的費用，一般是一兩萬日幣的樣子。

雜七雜八算下來之後，按市場均價，一個月租6萬日幣的房子，搬進去至少需要30萬日幣左右。我們所租的房子位於神戶市中心，有一個大陽臺，陽光充足，視野開闊，格局是2K，有40平米大小。

一般的日本房子普遍不大，市內大多是公寓樓，郊外大多是「一戶建」，有和室和洋室兩種常見類型，和室代表傳統日式裝修風格，洋室代表現代西式裝修類型。

出於對租客隱私的保護，即使是準備購買出租中的房產，也不能隨意進去看房。一般會先看平面圖，對房產進行篩選。在不同類型的房產平面圖中，可能會出現不同的計量單位。如果是和室，臥室地面會鋪「疊」，也就是榻榻米，即地面也可當床來用。疊同時也是一個古老的用來計量房產面積的日本尺寸單位，只用於表達和室房產面積，1疊＝1.62平米。

如果是洋室，臥室地面就會鋪地板磚、地毯或木質地板。房產面積可能會以「帖或坪或平米」為單位。一般「1帖」就是指1塊榻榻米的大小，與疊代表的面積大小相同。1帖＝1.62平米，1坪＝3.31平米。

要想明白一般日式公寓的房型，需要明確幾個常見英文縮寫的意思。R（room），L（living room），K（kitchen），DK（dining kitchen）。

1R表示的是一個房間，帶廁所、浴室、廚房，有時廚房會在房間裡，有時廚房會在過道處，有點類似於國內的酒店式公寓。

1K和1R構造幾乎一樣，只是廚房和房間一定是分開的，1K表示除廁所和浴室外，還有一間廚房和另外一個房間，2K表示除廚房外還有兩個小房間……以此類推。

1DK表示除廁所和浴室外，還有一個小房間和一個帶餐廳的廚房。2DK表示另有兩個小房間……以此類推。

關於1DK和2K的利弊，因人而異，也跟房間的格局有關，前者一般適合一個人居住，而後者可以入住兩人。為了保障租客居住的舒適度，在日本，物業公司會根據房間的大小和格局決定其可入住的人數上限。

1LDK房間有足夠的使用空間，表示除廁所、浴室之外，還有一間小房間，一間起居室，和一間帶餐廳的廚房，比較適合一家人居住。

我們租的房子屬於2K，2個小房間帶一個廚房，還有廁所跟浴室。不大不小，交通便捷，樓下是種有櫻花的小公園，是一個鬧中取靜的好地方。神戶黑社會「山健組」總部就在我們家隔壁20米開外的地方。聽說幾年前這裡發生過手榴彈事件，現在隔三差五也能看到西裝革履的成員們。2019年10月10日，這裡發生了一起槍擊命案。

這一帶，一戶建房屋的一樓窗戶用防彈玻璃蓋了起來，山健組總部大樓是用結實的鋼筋混泥土澆築建成，四周裝了許多攝像頭，也種了許多綠植。

好一派暗濤洶湧的祥和氣氛。

（二）搬家

2018年2月6日，從高松坐大巴到神戶。

找到在網上聯繫過的仲介公司，仲介公司小夥驅車帶我們去看約好的房，是一間位於山坡處一樓的房子。在電腦上看平面圖時，貌似還可以，唯一令人疑慮的是，在電腦上沒看到窗戶。仲介公司小夥叫木村，生於1995年，恰好在阪神大地震後出生。全程面無表情，嘴上聊個不停，從神戶各個區的治安聊到他下個月要結婚的事。

在日本看房，往往是由仲介公司的人駕車帶著去，寒風凜冽的冬季和烈日當頭的酷暑都能在體感舒適的車裡從容不迫，慢慢地去逐間查看選定的房子。

木村帶我們來看第一間房。車子停在半山坡，沿乾淨、幽靜的階梯而上，一幢4層大樓映入眼簾，心裡「咯噔」一下，「網上不是寫的五層樓房子嗎？」走近仔細一瞧才知道，原來有一層半埋在地下。

由於大廈位於半山坡，故一樓的一側開有兩個窗子，另一側則完全緊貼結實的路基，要命的是，有窗戶的一側的對面有另一棟大樓，因此，能透進來的光少得可憐，大白天的，一進去，彷彿瞬間掉入某個洞穴的感覺，相比北京的地下室，多了幾分恐怖和詭異的氣息。

走出房間，陽光像橙色的酒，倒進透明的翡翠杯子裡，空氣像在水裡洗過，涼涼的，帶點草香。多麼明媚的日子，但沒時間去欣賞美景，趕緊去看下一間房。

回到木村的公司後，我們在他公司網頁上搜索房源，一小時後，有了在可接受範圍內的四五個備選項，於是便匆匆前往逐一一探究竟，因為留給我們的時間並不多，晚上還得趕大巴回高松。幸運的是，在這四五個備選項裡，我們找到了前文所說的2K房子，位於神戶市中心，阪急車站附近的舒適小窩。

高松的家裡，家具一應俱全，自己搬家來神戶是不可能的。在日本，即便是平常好友，也不會輕易煩勞對方去幹一些在中國人眼裡是舉手之勞的事，在日本人看來，除非有正當理由或特殊原因，不然全是「給對方添麻煩的事」。

於是我們找了一家全國連鎖的搬家公司，業務員來查看了一番，根據物品的多少報了價，討價還價後最終以8萬日元成交。搬家公司給了我們十幾個搬家專用紙箱，我們自己打包了所有小物件，搬家貨運車來的當天，搬家公司的員工幫忙打包了大件家具。

就這樣，一個家完完整整地從高松挪到了神戶。物件不多，自己打包也不見得有多累，小件的東西都被我們自己裝了箱，實際上，日本搬家公司的服務包含了所有的打包服務。用幾個詞語來形容搬家公司的服務：專業，細心，極致。

1. 有意向搬家的人首先通過電話預約，搬家公司派業務員登門造訪，根據物件多少以及搬家距離的遠近報價，價格有大約幾千到1萬日元左右的砍價空間。

2. 雙方達成共識，簽好合同，搬家公司送來裝箱用的紙盒。
3. 雙方確定好搬家日期，到時搬家公司派人過來打包物件，然後搬進搬家公司的專用卡車裡，可以立即開去新家，也可以在搬家公司的卡車裡存放幾日，依客人的需求而定。
4. 在細節上，為了防止物品受損，會在門、牆的邊角處以及地板上、玄關處蓋上保護用的布或地毯；打包時，會順便幫客人整理、清潔家居用品，以乾淨的面貌進去新家；根據物品屬性分類打包，碗碟專用打包箱（防碎）、鞋類專用打包箱（防擠壓）、衣物專用打包箱（防起皺）等等。另外，擺放在桌上的CD或書籍，很多都是客人有一定的喜好順序的，為了不打亂擺放順序，一般都會將其放進有小格的打包箱裡，原封不動地搬走。
5. 到新家時，工作人員會更加細致，為了不帶進任何灰塵，全員在進門前都會換上新襪子或套上新鞋套。大件家具按主人要求擺放，小件物品會按照之前的擺放狀態復原，物品擺放完成後，會對室內進行清掃，客人能在搬家當天入住。

2018年2月26日，在高松吃過早飯後，Miki的父親開車送我們去坐大巴。在暖和的大巴車廂裡迷迷糊糊睡了2個多小時，醒來後到了三宮。坐JR到仲介公司拿房屋鑰匙，返回三宮，轉神戶高速專線到花隈站下車，沿上坡路走到新家。2K的小家位於五層洋房的四樓，第二次見了，依舊有心動的感覺，磚紅色的外牆掩映在蔥蔥蘢蘢的大樹後，幽靜的走廊配棕色的防水地板，不僅私密性良好，且洋溢著西式韻味，結構簡練大方，配套自然和諧。

前腳剛進屋，後腳WiFi公司的人就來了，他趴在榻榻米上調試好了路由器。不一會兒，煤氣公司的小夥兒也敲門而入，他帶來了連接煤氣管道和煤氣竈的金屬環扣，三下五除二就弄好了，還免費幫我們換了一個新熱水器。

日本各地的煤氣提供商和煤氣使用方法有差異，在高松時，公寓外有煤氣公司定期運來的大罐煤氣，快用完時，煤氣公司會來填充；神戶的煤氣屬於城市集體供氣類型，由管道輸送到各家各戶，用多少計多少費，前者比後者貴。不僅煤氣不同，煤氣竈和管道也千差萬別，新家的煤氣竈是按照神戶的標準提前備好帶來的。

17點，搬家公司的卡車停到了樓下，一隊年輕人麻利地把冰箱、洗衣機、沙發、櫃子、書桌等搬上樓。在神戶的新生活於是從2月26日這一天正式開始了。

（三）神戶牛

什麼是「神戶牛」？

神戶牛是日本黑毛和牛的一種，正式名稱為「神戶肉」或「神戶Beef」，是在出貨時由「神戶肉流通推進協會」賦予「但馬牛」的榮譽稱號，須達到生長環境、血統、肉質等方面的嚴格標準，它是一個品牌名，並不是一種動物名。

1. 追溯到三代以上，均為純正血統的但馬牛。在兵庫縣出生、兵庫縣長大，並且在兵庫縣內註冊的養殖牧場和指定的屠宰場屠宰的閹割牛或未經生育的牛。
2. 在兵庫縣內指定的牧場飼養28個月以上，60個月以下。
3. 等級達到A或者B級的4以上。

4. BMS（霜降——脂肪交雜分布基準）在6級以上。
5. 枝肉重量，雌牛在270kg以上499.9kg以下，閹割牛在300kg以上499.9kg以下。

在滿足以上全部條件的情況下，才能被稱為KOBE BEEF。

步留等級（Yield Grade），可理解為成品率，是指一頭牛生成最適合食用部分的能力，等級分數越高代表肉體發育得越好。步留等級分為A、B、C三級，A級最高。步留等級跟肉質沒有直接關聯，只能說A級牛肉的牛比B級牛肉的牛產肉率要高，並不能說明A就比B的肉質要好。

肉質等級（Quality Grade），對牛肉的綜合評價，分為四個指標：脂肪交雜度、肌肉色澤度、肉的緊致度、脂肪色澤度。其中，脂肪交雜度 BMS（Beef Marbling Standard）即常說的大理石花紋。

神戶牛享有舉世美譽，口感柔韌、肥嫩，入口即化，不能大規模生產。日本對神戶牛肉質的篩選十分嚴格，在各種因素綜合下成就了神戶牛的金貴。神戶牛肉的烹調方法多種多樣，可做鐵板燒、壽喜鍋、石窯燒、涮涮鍋、清蒸、燒烤、壽司、漢堡等，每種烹飪方法都有其獨特口感。

公司是做什麼的？

一句話概括：全世界最大的神戶牛餐飲集團，從上遊與牧場的合作到下遊經營著幾十家中、高檔餐廳、茶飲店、甜品屋、咖啡廳、咖哩屋等。

我的工作職責是什麼？

總的來說是推廣神戶牛品牌，具體有中、英、日翻譯，小冊子、看板的內容翻譯與製作，視頻字幕翻譯，菜單翻譯，現場口譯以及給對神戶牛知識感興趣的客人辦講座。品牌推廣部下轄一個客服部跟一個觀光俱樂部，不在辦公室時，平時就在俱樂部裡待著，給前來諮詢的外國遊客提供神戶旅遊資訊和神戶牛餐廳資訊。於是，2018年3月，懷著對公司「引以為榮」的想法，開始了在這家大型集團的工作，當時的抱負真的是想把神戶牛肉推廣到全世界，因為神戶牛肉確實牛。

剛進公司，一切都是新鮮的。3月1日9點18分，走路去公司總部報到，依山傍水的神戶，綽約雅致的街景，高低起伏的地形，空氣裡瀰漫著海水淡淡的鹹濕味，艷陽高照，和風習習，心情帶點小緊張又帶點小期待。

填好各種表後，被帶去中華街裡一家大型餐廳的三樓，那兒有公司的一個大型會議室，入職培訓從此開始，經過5小時的神戶牛知識灌輸，對神戶牛有了一知半解的認知，培訓完畢後去了元町和三宮的主要店鋪挨個打招呼，自我介紹。

之後的一個月，每天上午都在這家餐廳研修，畢竟是戰鬥在一線的創收崗，它的業務內容必然是要瞭如指掌的。餐飲業終究離不開客人，待客的一舉一動，面部表情，服飾的整潔，頭髮的潔淨，基本步姿，標準手姿，談話禮節，待客用語，端茶斟酒的姿勢，上盤、撤盤的時機等等。Hospitality是一門大學問，看著是眼上功夫，實則難得其要領。總部一個叫kaji的人，常常會在一旁監督並指正我們。

每天早上出勤時，以部門或餐廳為單位，大家圍成一圈念集團宣言，在日文裡，這叫「朝禮」。精神抖擻，滿腔激情的一番發言，簡述自己當天的工作內容，顯示自己昂揚的鬥志，可以提神醒腦，為自己和同事打氣。「朝禮」有一股魔力，洩了氣的皮球瞬間能有鼓起來的感覺，即使大多數時候我內心滿抵觸它的。

研修了一個月，4月1日，正式被「下放」到觀光俱樂部，之所以用「下放」，因為它畢竟位於三宮，跟元町總部有一小段距離。剛去的前四個月，幹勁十足，滿腔熱忱，一有「可疑」人物出現在方圓五米之內，立馬擡高聲音，英文＋中文＋日文，依對方隨時切換語言模式，成功拉到人的暗爽像心裡有一股甜滋滋、清涼涼的風在吹，算某種意義上的成就感。

那會兒是真心熱愛並享受工作，腦子裡只有一個信念，「拼勁全力去盡可能多地說服人」。由於用力過猛，常常被隔壁競爭對手Steakland的大媽用惡狠狠的眼神瞪。有一回，兩個法國人站在Steakland前，卻望著我們這兒，我朝他們招手並隔空搭上了話，嫌不夠，幹脆走了出去，湊到他們身旁，聊得正歡之時，一個跟容嬤嬤神似的大媽在我身後叫了一聲：「幹嘛呢？」

這幾個月，忙碌又充實，風平浪靜又樂在其中。

面試我並錄用我的川本先生辭了職，單幹去了，開了一家意式風的日料餐廳，使用當季食材，新鮮的魚，精選的葡萄酒，自己研製的醬料，小巧精致的一個地兒。礙於人均消費高，一直想去捧場來著，卻一直沒去成。川本先生在辭職前給觀光俱樂部指派了一位leader——尼泊爾人庫魯。

庫魯五官立體，面部線條流暢，眉毛顏色重，硬朗帥氣，許多日本妹子中意他這款長相。然而，固然有一副好皮囊，庫魯卻完美演繹了「金玉其外，敗絮其中」的涵義：來日本十年，依然看不懂也不會寫大部分漢字；從專門學校IT專業畢業，卻連Excel塗顏色的功能也不會；待人接物阿諛奉承，見風使舵，打腫臉充胖子。

由於他的能力和品行不足以服人，眾人愈發不滿。中國籍員工們聯合起來把他轟下了臺，通過7月24日會議上的你一言我一語，生奪硬搶，把他拉下了馬，而頂替他leader職位的是剛入公司不滿四個月的我。

對我來說是一次挑戰，是一次鍛煉，是一次能力的提升，也是「炮灰」時間的開始。

部門內幾個中國人和兩個尼泊爾人勢不兩立，水火不容，集團更需要中國籍員工，因為近六成的收入來源於中國遊客，但倆尼泊爾人死死抱住會長的大腿，也絲毫不虛。會長信佛，尼泊爾是釋迦牟尼的誕生地，會長視兩人為「掌上明珠」，每月一次的拜佛必定會叫上他倆一起，時不時帶他們去大阪的店鋪轉一圈，刷一刷存在感，請他們吃大餐等都屢見不鮮。

「狐假虎威」準確形容了這倆尼泊爾人，仗著會長的勢，橫頭橫腦。

我成了夾在中國籍員工和尼泊爾人之間的那個人。和尼泊爾人沒有到針鋒相對的地步，和中國人又肝膽相照。既然我頂替了庫魯的位置，做了部門leader，就要開始排班表了。排班是一件很難的事，也是一件很棘手的事，想要盡量讓所有人滿意就得絞盡腦汁，誰比誰的晚班多排了幾天，都會招來一陣抱怨聲。

部門內有倆中國籍員工，一開始工作表現不佳，偷懶、玩手機、抱怨，於是被川本先生在臨走前從諮詢中心踢開了，兩人被安排去了餐廳現場，潛在意思是：如果他們能接受這樣的安排，就安安分分做一個會翻譯的服務員，若不能接受，就請主動辭職。

川本先生一走，兩人看到了翻身的曙光。即便依舊公開耍小混混脾氣，但仍生拖死拽地待了下去，我一做了leader，他倆便連哄帶騙讓我給他們排到元町，不願再來三宮的諮詢中心了。一來，諮詢中心的活兒不輕鬆，每天有業績壓力，在元町待著，自由自在，還能在辦公室吹空調，玩電腦。二來，也想出了當初被從諮詢中心踢走的氣。

9、10月分的時候，他倆委婉地拒絕來三宮，隨著在元町的日子一久，跟四樓辦公室的幾位日本同事混熟了，加之抱上了接替川本先生職位的那日本人的大腿，腰桿子就硬了起來，轉為強硬拒絕來三宮。令事情雪上加霜的是，接替川本先生職位的那日本人屬於得過且過的類型，默許倆中國人賴在元町「逍遙法外」。

無論他倆的工作表現如何，在心裡我把他們當過朋友，此時我有一種強烈的被朋友背叛的感覺。11月的某一天，躺在諮詢中心的二樓休息室裡，我突然意識到，莫非他們把我推上來做leader，就是為了給他們自己排班方便？而我，一方面作為leader，承擔著每天的業績壓力拼死拼活，一方面在川本先生走後接任他職位的日本同事下委曲周全，一方面在尼泊爾人面前用力強撐，一方面還得照顧尚未撕破臉的中國同事的情緒。

太難了！終於，該來的還是來了。

倆尼泊爾人雖有令人厭煩之處，但該幹的活兒還是幹了，而賴在元町的倆中國人，死活不肯來幫哪怕一天或者兩天的忙，認為諮詢中心有足夠的人手，不需要非得他們來，他們要做自己想做的更「重要」的「營業」工作。於是在這樣的「角力」鬥爭中，大家終於捅破了窗戶紙。跟倆中國員工假面的和氣散去後，就只剩狗血了。

煎熬的幾個月，在冬日夜裡、戶外刺骨的寒風中，在從早上10點站到晚上22點的身心交瘁中，我對他們徹底寒了心。

3月，春暖花開，熬過了冬季，一切都復蘇起來。說「熬」其實也不夠準確，除去那倆中國員工傷腦筋外，平日能接觸風趣橫生的客人，天南海北地侃，了解世界各地的軼聞趣事，還是滿有趣的。在冬季的那一段「痛苦期」裡，通過「VISIT JAPAN Travel Mart 2018 –ASEAN・INDIA–」大會，我認識了一位中日混血的帥哥，他大學同學的初中同學竟然是我在日本的親戚。他帶我領略了神戶精彩的夜生活，也通過他，我了解了一些日本年輕人之間朋友的相處模式。

2019年3月，我開始想要學「鐵板燒」。每次看廚師舞刀弄叉時，覺得又帥又有趣，於是主動報了名，參加了總部的廚師培訓，從步驟到刀法，從食材到細節，從儀態到如何跟客人互動，面面俱到。

說到食材部分，不得不提一樣特別的東西——與神戶牛排搭配的「紅魔芋」，許多客人誤以為它是血。紅魔芋一般被認為是日本近江八幡市特產，在滋賀縣全域都有食用的習慣，裡面添加了一種叫「三二酸化鐵」的食品添加物，除了能使魔芋呈紅色外，還含有豐富的膳食纖維和鈣等營養成分。

2019年4月，經過幾個月的等待，我的日本身分正式被批准，趕在平成年代的最後一個月裡。隨即去了沖繩旅遊，曾經的琉球王國果然名不虛傳，作為如今日本的「桃花源」，有著多姿多彩的亞熱帶風情，令人著迷。既然身分下來了，那就可以開始找新工作了。在此階段，我必須要提一個餐廳的名字——「天望」。在最後的3個月裡，我在這裡度過了一段非常愉快的時光。

天望的氣場跟我很合，天望的人也跟我很合，天望的午餐更是杠杠的。天望有人情味，也有午餐時的四川豆瓣醬，有幽默的尼泊爾留學生Santos、四個孩子的辣媽長瀨女士、沈默悶騷的山名先生，還有一間「祕密小房間」。

天望的「祕密小房間」在店的最裡頭，大約8平米左右，私密性良好，有WiFi，有空調，門上還有鎖，鎖上門，就是屬於自己一個人或者我們幾個人的世界。2019年7月31日，終於迎來了辭職的日子，對三宮有太多的不捨，最後一次從天望出來時，有種悵然若失的感覺。

祝福天望，祝福三宮。

（四）神戶的人

2018年3月2日，在元町商業街的四樓認識88年出生的明月和不知道哪一年出生的內蒙大姐姐。

明月來自延邊朝鮮族自治區，熟練掌握中韓日三門語言，聽人說曾在留學期間打工打到暈倒，夜以繼日地埋頭苦幹，為了掙生活費和部分學費，過了一段苦日子，小小年紀，備嘗艱苦。正值春寒料峭時節，我從中華街走回辦公室，兩個取暖用「小太陽」無規則地擺放在嶄新的絨地毯上，川本先生瘦小的肩膀上披著保暖用的毯子，中野女士的大腿上放著一塊紋理清晰的毛毯。屋內充滿暖意和愛意。

我挺著腰桿在座位上學了好一陣神戶牛知識，鴉雀無聲中，我開口問：「這裡有水喝嗎？」「有，飲水機就在那兒。」明月一邊接話，一邊走了過來，帶我走到飲水機旁。「接熱水時，用杯緣靠住開關往裡推。」她中氣十足地說道。

明月老公有一份穩定工作，年收不菲，她在這兒只是兼職，底氣十足，任何人都敢懟。離職那會兒，人資部的山本先生要扣她5萬日幣的簽證費，她死活不幹，在她的堅持下，最終喝止住了人資部的魔爪。

內蒙大姐姐來日本已有15年，她蒙語名字的發音和寫法都很有韻味，但漢語名字就有點「太接地氣」的感覺。她急於找結婚對象，在國內相過親，在日本也相過親，可惜都沒成。「單身貴族」的生活倒是逍遙自在，即便內心時常藏有幾分渴望結婚的焦慮感。

內蒙大姐姐坐明月左邊，而坐明月右邊的則是「劉姐」。

「劉姐」之所以被稱為「劉姐」，並不只是因為她比我們大幾歲，還因為她的氣質和人格，值得大夥兒尊稱她一聲「姐」。霸氣的劉姐出生於東北，有東北人的所有優點：大方，豪爽，正直，熱心腸，講義氣，一言九鼎，樂於助人。

此時的劉姐身懷六甲，以她英姿颯爽的人格魅力和雷厲風行的領導能力，把公司內部各懷鬼胎的幾位中國籍員工團結起來，大夥兒在一起度過了一段一帆風順的時光。遺憾的是，沒過幾個月，劉姐請產假生孩子去了，等她生完孩子回來時，我已去意已決，我在公司最難熬和能量輸出最密集的那幾個月，還有大夥兒尋爭尋鬧、最終不歡而散的時刻，劉姐都缺席了。

川本先生說劉姐內心裝著一個「戰士」，永不服輸。我覺得劉姐心中裝著一個「女俠」，俠肝義膽。

幾天後，尚在觀光中心的W來辦公室邀明月吃晚飯。W是山西人，第一次見面時，我主動說自己去過山西，他貌似沒有很感興趣，沒有追問我去的是山西哪兒。兩個月後，5月，暮春的肩頭，他邀我一塊兒去爬六甲山，和即將辭職的內蒙大姐姐一起。那段時期，我被他的憨厚和幽默所打動，有一種想要做好朋友的衝動。後來因為一些事情，我一怒之下拉黑了他，盡管為自己的決定後悔過。

趙，有四個姐姐，是一個被寵上天的「小屁孩」。有一回一起喝酒，藉著酒意，他半開玩笑地用日語跟我說：「如果你不把我安排在元町的話，以後我對你的支持也會減少。」一旁的日本人美崎先生小小地驚訝了一下。

陳，福州女生，身材高挑，眾人裡唯一出生於大城市的人，我視她為同事亦為朋友，但總有一層東西橫亙在我們之間，交情不夠深，一直停留於相互尊重的「淡如水」的階段。

杜，臺灣女生，溫婉端莊，楚楚動人，嫁了一位在網上相識的日本人，不知道現在過得如何？

李，臺灣女生，態度和氣，慈眉善目，負責公司宣傳視頻的製作，辭了兩回職，有一位東北小男友，甜甜蜜蜜地膩在一起。

庫魯，尼泊爾人，把老婆從尼泊爾接來日本後生了個女兒，不久之後便患了疑難雜症，英文名叫Sarcoidosis，中文名叫結節病。該病臨床經過較隱襲，病人可因完全性房室傳導阻滯和（或）充血性心力衰竭而猝死，甚至以猝死為首發症狀。幸虧他在日本，有先進的醫療技術護體。

阿努基，尼泊爾人，肥頭大耳，口無遮攔，有點「刀子嘴豆腐心」的意味，內裡是一個憨厚的大男孩，外在卻是一隻多疑的刺猬，當然很多時候，他的言行都是拜庫魯所賜。

大腿上放毛毯的中野女士，有一位相戀16年的華人男友，男友住在加拿大，兩人一年見兩次。W在即將被迫辭職時，中野對他冷言冷語，甚至背地裡說：「成天抱怨，乾脆辭了得了。」後來W留了下來，得知那陣子我跟W的關係不錯，中野旋即對W態度大變，成天打打鬧鬧、嘻嘻哈哈。

甲斐先生，是我的大恩人，他頭腦清晰，說話得體，我敬重他，也喜歡他。

留學生劉姑娘，遼寧人，直言直語，做事麻利，駕馭得了公司裡一個臭名昭著的「豬臀部」女人，「豬臀部」得名於她的日本姓氏——豬股。她常呵斥新人或小姑娘們，但在劉姑娘面前就不敢頤指氣使了。

留學生王姑娘，雲南人，長相甜美可人，漂亮中帶有幾分小女孩的氣質，類似於有人形容的邱淑貞的美，是性感中帶點可愛跟俏皮，是一種難以言表又直擊心靈的美，王姑娘的漂亮也有異曲同工之處。王姑娘腦瓜子靈活，第一次更新簽證即換了五年簽。

留學生徐姑娘，遼寧人，敢拼敢闖敢說敢幹，自力更生，不僅能顧好自己的生活，還能幫助遠在中國的家人，內心每天在迎難而上，外表卻保持一副養尊處優的大小姐模樣。

半留學生徐小夥兒，之所以稱其為「半」，是因為他讀的是中日合作辦學的那類項目，兩年在國內，兩年在日本。直到他發給我一張幾年前的照片時，我才察覺到他原來是一位帥小夥，又一次印證了那句話：胖子都是潛力股。他入職我們公司後，沒過多久便辭了職，一來跟一個常去香港和東莞嫖娼的日本人不和，二來憤怒於公司在不聲不響中扣了他的簽證費。

「樂哥」，年紀比我小，但他的氣質能叫人主動稱呼他一聲「哥」，用幾個詞來形容他：赤子之心，出塵不染，與世無爭，踏踏實實。

觀光諮詢中心的旁邊有一家中國人開的居酒屋，老闆是一福建大姐，每晚在街邊拉生意，常常跟一些日本小青年發生糾紛，每次發生糾紛時，場景都令人忍俊不禁，雖然在這樣各執一詞，互不相讓，有時甚至叫來警察的場合，不應該笑。

神戶還有許許多多的人兒：山名、祐哉、マリアン、山田、江口、五島、米田、宮下、仲地、伊奈、亀田、大杉、斉藤、宗村、市川、泊、藤村、建元、清水……在這就不一一列舉了，每個人都獨一無二。

我懷念和每個人相處過的時光。

第二十四章　大阪

2019-2020 年

2019年8月，報名了一家位於神戶西邊的駕校，準備拿下日本機動車駕照。

2009年8月在天津拿了中國C1駕照，2012年在紐西蘭換了當地駕照，2016年在高松費盡周折拿下日本摩托車駕照，2019年……竟然還得從頭開始跟一幫大學生學員們一起學、一起考。心態歸零，踏踏實實按駕校的要求來。日本駕照考試的筆試部分極其嚴格，考題大部分是故意想讓人錯的陷阱題，得虧我在國內身經百戰，有充足的考試經驗，那些可疑的措辭都逃不過我的火眼金睛。

實操部分。平時練車時，一輛車裡只有一個學員和一個教練，一對一VIP教學，一小時費用大約6000日幣的樣子。日本的教練有多細致？已經超出言語能描述的範圍，與其用「細致」，不如用「龜毛」來形容他們更恰當。

上車前需要檢查車子四周有無人或動物，打開車門後，要牢記調節車內後視鏡、座椅距離、靠背傾斜度和繫安全帶的順序，發動前不僅要通過倒車鏡後視檢查，還要側過身子用肉眼檢查一遍，方向盤的握法，打方向盤的姿勢，拐彎時踩剎車的時機，打轉向燈的時機，變道時觀察後方車輛的時機和姿勢，時速的控制……等等，諸如此比，會開車的人被他們碎碎念幾句，也難以保持心態平和。

往往一兩節課學下來，感覺整個人像犯人被精神折磨後的樣子，呆滯了。

考日本駕照的費用很高，怪誕不經之處在於，它的費用通常跟學員的年紀一致。比如一個22歲的大學生，他的學費極有可能是22萬日元，而換做是一個30歲的人，同樣的課程，他的學費是30萬日元。即便入校時繳納的費用低於30萬日元，駕校也會通過一系列的操作來讓他最終掏出那筆數目的金額。

比如在第一階段，場內考試時，明明覺得自己水平差不多了，教練偏偏說不行，還需要補幾節課，通常此時，第一階段的課時已消耗殆盡，於是每補一節課就得交大約6000日幣，令人氣憤的是，補課時，有些教練壓根就沒教技巧，取而代之的是在車上跟學員閒扯，好幾堂課我處於敢怒不敢言的狀態。最終，忍無可忍，向學校投訴了一個教練。

有些教練態度溫和，有些一本正經，有些舌燦蓮花，有些冷若冰霜，雖然並沒有像天津的駕校教練那樣罵人「包子」，但日本的教練也不是吃素的，刁難起來，一套一套的，足夠令人火冒三丈。

每回上課時，教練都是隨機分配的，很多時刻著實不尷不尬，因為跟大多數教練都不熟。三四個月堅持下來，最終我還是順利地通過了嚴格的筆試和實操考試，筆試部分一次性過，其中在駕校的兩次筆試模擬考試都得了滿分，前臺小姐姐和幾位教練驚訝了一下，畢竟我的實操表現不如筆試表現。

花了30來萬日幣考下來駕照後，由於8月分新找的專利領域的工作在大阪，我們決定搬離神戶，盡管神戶是我的風水寶地，稱得上是我的「第二出生地」。

2020年1月27日，從Kobe搬來大阪。正巧是這一天，得知這個時代的體育巨星——Kobe Bryant發生了墜機事故，在難以置信的同時扼腕嘆息，在唏噓不已的同時悲痛莫名。盡管我不是籃球迷，仍不妨礙我敬重他，也不妨礙我崇拜他的偉大。

搬來大阪後沒過多久，新型冠狀病毒COVID-19肆虐，日本各地相繼進入緊急狀態，大阪的形勢也日趨嚴峻。眼看地鐵裡的人愈來愈少，商店門可羅雀，四處一副冷冷清清、慘淡蕭條的模樣。上班族紛紛過起了居家上班的日子，行人們紛紛戴上了口罩，眼神焦慮，心神不定，行色匆匆。

2019年12月起，源頭不明，從武漢爆發的COVID-19註定會在人類歷史上留下濃墨重彩的一筆，在這個庚子年，它肆虐全球，威力直逼二戰。在我寫這些文字之際，疫情剛進入僵持階段，離結束還遙遙無期，人類恐怕要在近兩三年內過謹小慎微、縮手縮腳的日子了。

搬來大阪幾個月了，繁華地兒一個也沒造訪過，每天要麼在家辦公，要麼家裡、公司兩點一線，如履薄冰，極為謹慎。口罩是一定不能離嘴的，眼鏡是要時常戴著以防飛沫的，早晨用酒精擦拭辦公桌已成了習慣，一天洗七八次手也稀鬆平常。在地鐵車廂裡一聽到有人咳嗽，立馬神經緊繃，盡量離得遠遠的，或者幹脆下車，等下一班。

每天過著這樣小心謹慎的日子，或多或少是會勞形苦心的，但縱使有太多的脾氣也只能打碎了牙往肚裡咽，在疫情面前，個體猶如滄海一粟。

國家圖書館出版品預行編目資料

十年／王濟洲 著. --初版. --臺中市：白象文化事業有限公司，2021.11
面； 公分.

ISBN 978-626-7018-66-8（平裝）

855 110013564

十年

作　　者　王濟洲
校　　對　王濟洲、林金郎
發 行 人　張輝潭
出版發行　白象文化事業有限公司
412台中市大里區科技路1號8樓之2（台中軟體園區）
出版專線：（04）2496-5995　傳真：（04）2496-9901
401台中市東區和平街228巷44號（經銷部）
購書專線：（04）2220-8589　傳真：（04）2220-8505
專案主編　陳逸儒
出版編印　林榮威、陳逸儒、黃麗穎、水邊、陳媁婷、李婕
設計創意　張禮南、何佳諠
經銷推廣　李莉吟、莊博亞、劉育姍、李如玉
經紀企劃　張輝潭、徐錦淳、廖書湘、黃姿虹
營運管理　林金郎、曾千熏
印　　刷　百通科技股份有限公司
初版一刷　2021 年 11 月
定　　價　450 元